JN112811

鷹の台の黄昏

★たかのだいのたそがれ

森魚名

静人舎

●装釘・装画＝安達史人

鷹の台の黄昏

★たかのだいのたそがれ

*この物語は、一九八〇年代の東京を背景に描かれたものである。
………

• 1

ノートルダム大聖堂西側の前庭で六時頃、わたしと守屋秋男は、田川優子と大須賀めぐみたちと待ち合わわせする約束になっていた。わたしと守屋は、先にその場所に到着していたが、優子やめぐみたちの姿はまだ視えなかった。暫くぼんやりと、われわれふたりは佇んでいたのだが、観光客やあるいはパリの人たちが、わたしたちの左右をさまざまに行き交い、現れ、かつ消えていった。その夕刻、わたしの腕時計の中で、時計の針は六時半をかなり過ぎたことを告げていた。暮れなずむ大聖堂の前庭の光景から、行き交っていた人びとの姿がしだいに減少していくようでもあり、なんとなく心細い気持ちが少しずつ、われわれの心の中で拡大し、守屋が、ちょっと遅いですね、彼女たち。とわたしのほうに、人懐っこい、やや、あさ黒い肌色の貌を見せながら、頬笑むようにではあったが、少し苛だったようでもある言葉を投げかけてきた。女というのはね、いつでも、男を待たせるように生まれついているんだ。これはずっとむかしからそう決まっているんだよ、しかたがないさ。辛抱強くないとね、女性とつきあおうと思ったら。そんなふうにわたしが、苦笑するように言うと、さすがあ。先生は年季が入っているね、若い女の習性をよく知ってるんだ。冗談とも本音ともつかない短い言葉を呟くように言う守屋は、わたしの大学での教え子さんというわけではまったくなく、今度の旅行に参加してきたふたりの男のうちのひとりで、優子やめぐみの通学する都市美術大学〔以下、トシビと通称名で書くことにする〕を、何年か前、その四年制の油絵科を卒業しており、故郷の東北のどこかの高校教師をしているという。彼は上京した時、その油絵科の研究室を覗き、そこに置かれていた今度の旅行のチラシを見て、今回応募してきた人のひとりであった。だから、年齢も二十代の後半であるといい、わたし（同大学非常勤講師）に対して敬語も使うが、友だち語的というのか、丁寧語でないラフな日常語で話しかけてくる。この旅行のどこかで、それがどこだったか忘れてしまったが、わたしと、彼女たち、田川優子と大須賀めぐみの時空に紛れこんできて、最近は、自由行動の時間は、彼女たちとわたしと彼の四人で行動することが多くなっていたのだ。教え子さんや卒業生たちから、先生、とよばれ、丁寧語で語りかけられるのに慣れていたので、守屋の言動はかえって新鮮でもあった。彼女たちは油絵科の短大部の学生で、現在二年生だという。わたしが都市美大で彼らを直截に、教えていたわけではない。彼女たちとは、この旅行の途次、どこかで知り合ったのであったが、わたしは、実は、田川優子に関しては、しっかり、どこで初めて出遇ったかを記憶している。出遇う、といっても、狭い道路で顔を合わせて、短い挨拶の言葉のやりとりをしただけであったのだが。ただ、印象的な美的な風貌で、わたしはその最初の出遇いから優子に魅かれていたと言えるかもしれない。

大聖堂の前庭は、コンクリートかあるいは石かタイルの床面かその地下を、工事し直し始めたのであったろう、あちこち、土が掘り返され、黒ずんだ木組みの足場のようなものが剝き出しになっていた。わたしと守屋は、その木組に腰掛けて、しだいに薄暗がりが拡がっていく大寺院まえの空間を見つめたり、守屋は時おりポケットから煙草を取り出して火をつけ、その薄暗がりの空間から、暗くなりつつある虚空へと向けて淡い煙を吐き出したりしていた。ここはパリのほぼ中心部なんだ、そんな気持ちが湧いてきて、ふたりの男の気分を、ふっと軽い憂愁から解放感へと誘い出そうとするのであった。その時、守屋が、先生、来ましたよ！ 彼女たちが。とたちまち相貌を笑顔へと変化させ、わたしを振り向くと、すぐにかなりの遠くをこちらに向かって歩いてくるふたりの女性たちを、顔の向きで示唆した。確かに、色白で背がめぐみより少しだけ高い田川優子と、やや黒っぽい肌で、優子より背が僅かに低く、幾分太めの大須賀めぐみのふたりの姿が、わたしの近眼でさらに黒っぽいレンズの眼鏡をかけた眼にもしっかりと捉えられる距離に、彼女たちは接近しつつあった。ほっと安堵した。きっとわたしだけでなく、守屋もまた。守屋がまず立ち上がり、右手を挙げて左右に振り、やあ、こっちだよ！　おふたりさん！　と大声で叫ぶように言った。わたしもつられて立ち上がり、ズボンの尻のあたりの土の埃を払うようにしながら、彼女たちが視覚の中でどんどん拡大してきて、その健康そうな貌つきや、夏らしい軽々とした服装が、わたしの視線の中央で魅力的に自己主張し始めていた。優子は淡く薄青い花柄のワンピース、めぐみは白い半そでシャツに紺のぴったりとしたズボンをはいていた。先生、お待ちどおさま。ごめんなさいね。守屋さんも待った？　すぐ近くにやってきたふたりは、どちらからともなく、わたしたちの貌を変わるがわる凝視しながら、笑顔になって軽く挨拶した。めぐみが先に、優子がね、あれ買おう、これ買おうって途中の店先でぐずぐず言うもんだから、遅くなってしまって、と笑いながら弁解した。優子はにっこりと笑いながら、先生、守屋さん、ごめんなさい。今日が最後の日だから、田舎の母さんと父さんに、一応フランス製のハンカチや帽子を買ってあげようと思ったんです。時計を視ると、六時半をだいぶ過ぎていて、大聖堂のある、セーヌ川に浮かぶシテ島では、暗がりの中に下からの照明光を淡く浴びているのか、その建物がふたつの大きな塔をそびやかすように屹立させ、背後にゴシックの古典的な塔もまた、その黒っぽい尖塔を少しだけ覗かせている。しかし、この大聖堂の建っているシテ島を挟んだ、セーヌ川の両岸の市街は、まだまだ明るく、しかし、夜の照明の人工的な光が織りなしている、いわゆる賑やかな街、空間を現出させており、われわれをその街へと誘っているのであった。ヨーロッパの各都市を、写真やテレビや映画で、その映像を眺めてはきたのだが、その実体像を眺め得たのは今回の旅行が、初めての体験であった。しかしそこには、たとえば東京の、紀伊國屋書店のある新宿駅東口から東へと走る夜の新宿通りのような新興の街のけばけばしさはまったくなかった。ネオンサインのようなものが禁止されてでもいるのだろうか。あるいは、街路に並ぶビルの群れが、コンクリートなどの建物ではなく、石造の街であったから、非常に古典的な印象を与え続けていたからであろうか。ただし、飲食店その他のビルの一階の店舗は、日本橋三越のショウウインドウの天の部分を、縦縞の色つきの、確か濃い緑と槐(えんじ)色の布が天幕（テント）のように覆っている、その光景はこの街でも同じであり、その天幕のような布が、多くの街路の両側の店舗のショウウインドウや入り口などを飾っているのだった。

初めて、ああ、これがヨーロッパの都市というものの実態、あるいはその夜の相貌なんだ！　と、明確に感じ取ったのは、わたしたちが乗った大型バスが、ローマの夜の市街地を突っ走った時で、その夜の都市や都市建築群との出遇いが、本当に初めての認識であった。わたしたちのバスは予定を大幅に遅れたのか、予約してあったホテルが取れなかったかなにかの事情で、別のホテルを探すのか、あるいはそのホテルが遠かったのか、ローマの夜の市街地区をバスは疾走していったのだ。石造りの建物がぴったりとくっつくように、つぎつぎに現れ、敷石がその表面を覆っている街路が、バスの走る地上を連続していたのだ。そうか、これが、ヨーロッパなんだ。ヨーロッパという地域なんだ。ヨーロッパの街そのものなのだ、ヨーロッパの建築群と道路、すなわち都市そのものなんだ、と体感するように理解したのだ。そしてその光景は、道路の表面をコンクリートか黒いアスファルトで覆っている、日本の大都市とはイメージをまったく異にしていたのだ。やがて、わたしはその日、泊まることになったホテルに到着し、そして割り当てられた部屋で一息ついたあとで、わたしと同室になる、旅行社から派遣されていた添乗員の山内という青年から説明されたのだが、夏の団体旅行などでは、予約先のホテルが確保できていなかった、という例は珍しくない。ホテルの予約などの多くが、現地の旅行代理店に依頼してあったのだという。しかし、夏の一時期、ヨーロッパではバカンスのために長い休暇を取る企業や会社なども多く、彼の体験でも、現地に到着してから、慌てることも少なくなかったそうだ。添乗員の青年は、その夜、ホテルのわたしといっしょの一室で一晩中、あちらこちらへと電話をしまくって過していた。つぎに行く都市のホテルが確保されているかどうか、確認作業をしていたのであろう。しかしともかくおかげで、わたしはその夜半、ローマの夜の都市を経巡るバスの窓から、石造の建物と道路、という日本にはめったにない街路がつぎつぎに現れては過ぎ去っていくという景観を充分に堪能することができた。都市では、建築物はすべて堅固な古風の石造であり、道路もまた、土の地面がじかに見えるような路はなく、石畳の頑丈な道路がその石造建築群のあいだをどこまでも走っているのだ。概してその道路はそれほど広くなく、ローマの都市の古い相貌を垣間見せていたのであったろうか。ヨーロッパと日本の都市の、さまざまな違いが体験できた旅行ではあったが、人間たちの肌の色、髪の色、言語の違いとは充分認識していたが、この都市の景観の違いを肌で感じる機会に出遇ったわけであった。自由行動の日、ローマで昼間、市内電車の乗る機会があったのだが、つり革にぶら下がる女性たちの短いブラウスから覗ける脇の下の毛が、時々、金色に輝いているのが見えた時は、なにか文化や人種の違いの、一種の記号のように感じられ、わたしの眼を保養してくれていたのだ。そんな光景は、都市の景観のひとつでもあった。

わたしたちは、陸地との間に八つの橋があるというシテ島から、そのどれかの橋を歩きながら渡って、セーヌ川沿いにオートフィーユ通りをまず、西に向かって歩き、サン・ジェルマン通りのある市街地へと歩を進めた。少し、休まなくてもいいの？　この辺ででも。とわたしは優子とめぐみに声をかけたのだが、ふたりとも言下に平気、平気。だって、若いんですもんね、わたしたちって、とめぐみは後ろを歩く優子とわたしのほうを振り向くようにして視ながら、得意そうに頬笑むのであった。若さの特権というやつだね、わたしも守屋秋男もふたりを観察するように視ながら納得した。行動をともにするようになって以来、歩道を歩く時は、守屋とめぐみが並んで前を歩き、その背後をわたしと優子が並んで歩くようになっていたのだった。守屋が歩きながら振り返って言った。先生さあ、今日はね、旅行に来るまえに旅行案内書でみつけておいたんだけどさ、新宿のどん底って店、先生なら知ってるでしょ。あそこの支店がパリにあることが解ってね、そこに案内しようと思ってるんですよ。みんなで、今晩の、文字通り、「最期の晩餐」をそこで愉しみましょう。いい考えでしょ。と少し得意そうに言った。ああ、知ってる。新宿のどん底には、一、二夜行ったことがあるよ。でも、なんだか、暗くて陰気くさい建物だったけどね。先日視たガウディと同じように丸っこい柱や梁を使っているようだったけど、ガウディはなにしろモザイク状に多彩な色がついていた。古びていてもモザイク模様に色彩に溢れた壁や柱、ではなかったけどね、新宿のどん底の壁面や天井は。暗い白と黒しか色がなかったような気がするな。先生、それはその黒いサングラスかけて視ていたからだよ。笑いながら守屋が言うと、ふたりの女性も同感したように笑顔になるのであった。しかしね、守屋くんよ、「最期の晩餐」というのは日本で言えばね、葬儀のまえのお通夜の席とでもいったものなんだ。欧米だと、死刑の前夜は、その殺される罪人は好き放題の立派な食事が与えられる、ということになっていたんだ。キリストが茨の冠を被せられて、ユダヤの王として殺されたようにね。先生、縁起悪いですよ、そんな話は。守屋が笑いながら抗議した。みんなが笑った。すぐ愉しい雰囲気が戻ってきた。

• 2

わたしたちが参加し、そしてついに最後の夜を迎えた、今回のヨーロッパ旅行というのは、ある旅行代理店の企画で、毎年夏に、わたしが勤めている都市美術大学の同じ学科の高見教授のところに持ちこまれる海外旅行であった。「○○先生と行く、ヨーロッパ美術研修旅行」といった名称で、ほぼ一か月近くを、ヨーロッパの主要都市を経巡り、主要な美術館、博物館、キリスト教大寺院などを見学する。あるいは印象派前後の画家の個人美術館なども訪ねた。イタリアのローマやフィレンツェ、パリ、スペインのバルセロナとマドリッド、ロンドンといった都市が旅行の基本的目的地であり、それらの都市には必ず、その国の国立美術館、博物館、あるいはゴシックの大寺院、あるいはさまざまな教会建築がある。またミケランジェロの壮大な天井画のあるローマのヴァチカンのシスティナ礼拝堂そのほか、パリのルーブルや近代美術を展示しているオルセー美術館、あるいはできたばかりのポンピドゥー・センターのような新しいタイプの総合展示館のようなもの、その他、ゴッホあたりからピカソ以降までの比較的新しい美術家たちの個人美術館、生家、その他、美大生を満足させるに充分な施設がどの都市にもいくつか備わっていたのだ。この旅行のばあい、○○先生、というのはトシビの先生なら基本的には誰でもいいわけで、要するに、「ヨーロッパ美術研修旅行」という名称で、大学の夏季休暇を利用して、美術やデザイン科、建築科の学生たちに、ヨーロッパ美術と直接、接することができ、なおかつある期間を、ヨーロッパ各地への海外旅行を堪能し満喫する、という体裁の旅行企画なのであった。大学の先生という職種は、教授や助教授という専任の教師もいるが、わたしのように、時間給をもらっているに過ぎない非常勤講師も多かった。しかし、参加する学生さんたちや、時にはその母親なども同行したのだが、大学の先生、といえばそれで充分だったわけだ。彼女たちにとって、この一か月近くかかる旅行の代金は相当額であり、旅行費を負担してくれる親が裕福でないと参加できなかったのではないのかな。それほど裕福でない学生に対しては代理店が、全額、あるいはある程度の金額を用意してくれ、あとは旅行のあと、月賦で返済するようなシステムもあったのかもしれない。まだ年若い教師であったわたしなどは、ヨーロッパ旅行を愉しめる、という歓びだけで、そんな学生さんたちの経済事情などは当時、考えもしなかった。

そして、集まってくる学生たちは直接、○○先生の生徒であるばあいもあったが、ほかの科の学生、油絵科や彫刻科、時に日本画科、建築その他のデザイン系の学科などの学生たち、この大学の卒業生たち、その他、いろんな人たちの混成部隊であることが多かった。今度の旅行では、わたしはふたつの学科の非常勤講師をしていたため、短大のほうの教室の教え子さんである四、五人の学生と、四年制学科の教え子さんたち、三、四人が参加していることが、旅行の途中で少しずつ解ってきた。というのは、確か、二回の旅行説明会が、国鉄（現在のＪＲ）の国分寺駅ビルの五階か六階の小会議室で開かれたのであったが、参加した学生さんたちのほとんどが、この説明会に出席していず、旅行が始まった時、成田空港の集合場所で初めて顔を合わせた学生さんのほうが多かった。教え子さんたちを見て、やあ、きみたち参加してたのか、と驚いたのであった。国分寺駅ビルの説明会の席では、わたしは、あたかもヨーロッパ通のようなお喋りはさすがにしなかった、というよりできなかったのだが、なにか、挨拶めいたお喋りはしたと思う。わたしは当時、ギリシア神話や初期キリスト教の勉強をしていたので、この旅行中、長時間にわたるバス旅行の途中で、なにか一、二時間の講義をお願いします、と旅行社に言われており、「キリスト教絵画の十大テーマ」という講義をすることを約束し、その簡単なメモを準備していた。そして、ローマかフィレンツェに向かうバスの中で、マイクを借りてこの講義を喋ったのだが、学生たちがそれをちゃんと聞いていたかどうか。バスの中では眠っている人たち、お喋りに夢中になっている学生さんも多かったのだ。この説明会の会場には、優子もめぐみも、そして守屋秋男も出席してはいず、いったいどんな旅行になるのか、孤独感と不安と、しかしまだ見ぬ世界への期待が心の中で交錯し、緊張した約一時間ほどを過したことを憶えている。パスポートの取得については、かつて一度友人たちと香港に行き、一度はトシビの学生さん何人かと、タイのバンコクに行ったことがあったのである程度慣れていて、写真を携えてどこかの関係事務所に申請に行ったのだと思う。そして、八月の最初の何日かの出発の日がやってきた。ある早朝。わたしは、住んでいた四谷から国電の神田まで行き、山手線に乗り換えて上野に行き、京成電車の成田行き特急（成田エクスプレスと言ったろうか）に乗りこんだ。上野は大学の時、通った大学があったため馴染んでいて、一番、安心できる地域であったのだ。

成田空港で待ち合わせたわれわれ一行は、全員で三十四、五人になっていた。飛行機への搭乗時間の四時間ほど前に、空港内の規定の場所に集合することに決まっていた。集まった学生たちの中央で、旅行社の社員が各種の詳細な説明を始めた。緊張したわれわれは、注意深くその説明や、とりわけ注意すべきことなどの言葉に聞き入った。とりわけ、まえから言われていたように、パスポートは一番大事で、必ず軀に密着するように身につけ、片時も注意を怠ってはいけないとか、ヨーロッパでは、案外盗難が多いので財布その他、要注意であること、あるいは、各地のホテルで朝のバスに乗り遅れないことなどなど、さまざまな説明をしっかりと聴かされた。各都市のあいだの道路を、われわれを運ぶのは主としてバスであり、全面的にバス旅行となるのであった。ギリシアからイタリアへは、船の旅であり、各都市が遠く離れている場合は、現地の飛行機を利用することなども説明された。この朝、旅行の最初の日から最後の日まで、われわれと行動をともにする添乗員の若い青年を初めて紹介された。すべて、この若い添乗員氏の指令と指導に従うこと、不明な点は彼に尋ねることその他を、旅行社の社員から説明された。背の高い優しそうな青年で、各地のホテルではわたしと同室になるようだった。部屋はすべてふたり一組だったのだ。旅行を始めて、初めて知ったのだが、わたしたちが宿泊する都市には、その地方で暮らしていて、その都市や美術館などを案内するガイドのような人が必ずいて、添乗員とその現地の案内者に連れられていろんな美術館や博物館に行ったのだ。添乗員の青年はわれわれ旅行者の世話係のような役割であった。ホテルに着き、ふたりになった時、彼とゆっくり話をしたのだが、こんな仕事についてから日はまだ浅く、彼もまた結構、あれこれ努力を重ねているようであった。英会話は一応達者だけど、ほかのイタリア語やフランス語などはまったくだめで、日本の旅行代理店が現地で委託する各代理店に、現地でのバスの手配その他を任せているんです、と彼は教えてくれた。われわれの乗った飛行機は成田空港を飛び立った。「行き」の飛行機は南回りとかいって、香港、インドのカルカッタ、パキスタンのカラチ、イランのテヘランなどの各都市の空港に立ち寄り、ガソリンや水の補給をしながら、そして目的地のギリシアのアテネに到着するということであった。香港では、飛行機が着陸して水や給油などの作業をしている二時間くらいを、その空港の建物の中だけは散歩ができ、免税店で買い物ができる、ということだったので、わたしも香港では、飛行機の外に出て、空港建築の内部、各種の売店などの並んだあたりを歩き廻ってみたのだ。わたしは免税店で、ホワイトホースというウイスキーを買いこんだ。わたし自身の様態は、今ではもうあまりはやっていないかつてのヒッピーふうの長髪であり、さらに黒いサングラスをかけていたためか（実は近眼のための眼鏡の色付きレンズというわけで、現在も黒の色合いはだいぶ薄まったが、同じようなものを使用している。この黒い眼鏡は好きだった小説家の野坂昭如氏の真似をしたものであった）、売店の女の子たちが手を振りながら笑顔をこちらに向けてくるのだ。ひょっとすると、彼女たちは、カレ、ニッポン人ノ芸能人ヨ、キット。などとわたしを視ているのかなとかってに想像し、笑顔を送って軽く手を振ったりしていたのは、いかにも軽薄ではあった。単に客を招くための笑顔だったであろう。しかし、つぎの空港に着いてからは、飛行機の外に出るのもなんだか億劫で、しだいに眠くもなってきて、たいがい、飛行機の中で本を読んだり、アルコールを摂取したりして過ごすことが多くなった。スチュワーデスの女性に「水割りを」と頼むと、ウイスキーの小瓶と水と、氷の入ったグラスを持ってきてくれるのだ。なくなるとまた頼む。飛行機は日航だったので、彼女たちは日本人女性だったから、水割りを頼んだり、トイレの場所を訊いたり、なにかと便利であった。多分、成田を出発してギリシアのアテネ空港に到着するまで、三十四、五時間くらいかかったのだったと思う。帰りはその点、北回りでソ連（当時ロシアはソ連とよばれていた）上空を飛び、途中一度もどこかの空港に寄ることはなく、飛行機に乗っている時間は、二十何時間とかに短縮されていた。地球の自転と同方向に飛べば、時間は短く、自転に逆らうように飛行すればその逆になるという、宇宙論的な時間を辿る、という体験でもあったのだ、今度の旅行は。この旅行では、当時わたしが、上述したようにギリシア神話の研究をしていたこともあり、ふだんはあまり行かないというギリシアに行くことを旅行代理店に要望し、その希望はかなえられて、アテネ市には二泊し、三日めにギリシアの南部にぶら下がるようにくっついているペロポネソス半島を経由して、海路、イタリアに行くことになっていた。古代にはアテネ市はアテナイ王国といった交易都市国であり、ペロポネソス半島南部にあった最強国スパルタ王国を初めとする諸国家としばしば戦争をしていた。ギリシアはそういった多くの都市国家が集まった領域であったのだが、ある時ギリシア都市連合軍が、現在のトルコの最西部にあったトロイア市と十年に及ぶ戦争をした、その戦争を描いたのが世界最古の叙事詩とよばれる「イーリアス」であった。わたしは、ギリシアのずっと南方、地中海に浮かぶ島クレータ（ギリシア神話の宝庫ともいえた）にも行ってみたかったのだが、それは残念ながらかなえられなかった。

•3

わたしたち一行が乗った飛行機が到着したアテネ空港に降り立った時、わたしは、なんだかがっくりしたことを明確に憶えている。熱い真夏の午後のその飛行場は、それほど繁盛していない、日本の地方の空港に到着した時と同じように、アテネ空港はさびれ、空港のあちこちには雑草がまばらに茂っており、夏の熱い空気の中の微風に僅かに揺れているのだ。なんという田舎に来てしまったのか、これがあのヨーロッパなのかと落胆せずにはいられなかった。そんな感慨とは無縁に、団体旅行だとあまり厳しくチェックされないのか、あっさりと、その鄙びた空港の建物の中に解放され、そして休む間もなく空港の外に待っていた観光バスに乗りこむことになった。空港にはギリシアを案内するガイドの男が待っていて、われわれ一行の前でいろいろと説明し、われわれをバスの中に押しこんだ。バスは、たちまちアテネ市に向かって突進するように疾走し、眼下にアクロポリスの丘が眺望できるやや小高い場所まで行くとそこで一旦停まって、われわれ一行はバスを降りた。ガイドから促されてすり鉢の底のように深く掘りこまれたようなある区域を眺めると、かなりの遠方に、早くも夕陽で朱に染まった、橙色というより熟れた柿の実のように赤い、パルテノン神殿が頂上部にあるアクロポリスの丘全体が、そのすり鉢の底から浮かび上がって聳えているのが、距離でいうと千メートルくらい前方に視えていたのだ。ひょいとその丘の頂上に飛び降りることができるような気がするのだ。この丘には翌日登ることになっていたのだが、今日の空港から市内へのバスの短時間の旅程に、その巨大な眺望をわれわれに提供すべく構成されていたのであろう。わたしなどは、個人的に深い感慨にふけりながら、その眺望を体感し、写真機を構えて最初のシャッターを切ったものだ。ああ、さすがに古代アテナイは凄かったな、こんな神殿をたくさん造ったのであり、そこにはギリシアの神々がまだ生きている姿を彷彿として浮上させているかのようなのだ。空港で味わった軽い失望感はたちまち雲散霧消し、感動がわたしを襲った。やはり来てよかったな。十分か二十分だったと思うが、そこで時間を過すとバスはアテネ市内へと突入していった。初めて視た、〈ヨーロッパの都市〉であったのだが、そこはやはり雑然とした空間と雑然とした建築の街であり、先述したローマの夜半の景観とは似ても似つかなかったとも言える。よく、ギリシアはヨーロッパではない、などともいわれるのだが、中世、近代初期まで、アジア的な要素が混入したのか、あるいはバスから見る、陽に焼けた赤茶けた肌をさらに夕陽に照らされている男女の観光客たちの、街角の陽よけの天井のないビアガーデンで傾けるビールの大ジョッキや、彼女たちや彼らたちの短いズボンからはみ出した太腿の陽に焼けて赤くなったようすや、そのいかにも軽いサンダル履きの服装などが、なんとなく、やはり雑然として視野に展開しているのであり、すぐには親愛感を抱くことができなかった。市内のホテルに一泊し、翌日はアクロポリスの丘の雑草の繁った急な坂道を実際に歩いて上り、巨大な神殿建築を見学し、その周囲を経巡っただけで、ギリシアの文化を、しかも古代まで眺望できるわけもなかった。そして、神殿横のやはり雑草の生い茂った広場で、添乗員氏がわたしと学生たち一行全員に声をかけ、集まった人たちの集合写真を撮ってくれた。日本に帰ってからこの写真を改めてみつめたのだが、不思議なことに優子とめぐみは写っていなかった。まあ、優子とめぐみはふたりだけで行動することが多かったから、その時間、神殿の周辺をふたりでうろついていたのであろう。その日の午後、この旅行に組みこんであった観光に、小さな船による、アテネ市のすぐ近くの小島のひとつへの短い一、二時間くらいのツアーが愉しかった。島に到着すると、強い陽光の熱気の中を、赤い屋根の平屋とその白い壁、小さな家並みの続く埃っぽい道路を歩いていると、ある家の屋外の軒の下にテーブルが置かれて、老人たちが四、五人でワインかビールなどを飲んでいる光景にぶつかった。わたしといっしょに歩いていた学生二、三人を視た老人が、グラスを持ち上げて、にこにこ笑いながら、「ヘーイ、ヤポーネ?」とでもいった感じで声をかけてきたのだ。なんと答えていいかも解らず、ただ、こちらも笑顔で手を振るしかなかった。ギリシア映画と言うと、女優のイレーネ・パパスを思い出すが、黒い濃い眉と濃い睫毛、大きめの眼と唇、そんな貌つきだったろうか、老人たちは。ただ、白髪と白髭が黒っぽい貌を覆っており、くしゃくしゃの笑顔になったその風貌は皺だらけのようでもあった。しかし一瞬の友好感覚を味わい、愉快な気持ちで船へと帰ったのだった。

ペロポネソス半島へと移動するバスが通ったコリントス海峡を繋いでいるある一部の通路は本当に狭く、自動車が一台くらいしか通過できないのでは、と思ったくらいであったが(今、改めて世界地図のギリシアを眺めると、この海峡を繋ぐあたりはしっかりと太い。どうも印象に違いがあるのかもしれないが、ともかく細かったのだ、記憶の中では)、ともかく半島に渡り、北海岸のたぶんパトレという港から今度は大きな船でイタリアへと移動した。たぶん、千五百トンクラスの、大型船舶であった。夏季休暇でギリシアに遊びにきていた北欧人らしい若い人たちが、故郷へと戻るために、たぶん運賃の安いこの船に乗っていたのであろう。地下のシャワールームに行くと、巨大な身体の青年たちが狭い浴場に裸でごろごろたむろしていて、これは遠慮することにして甲板に戻ったのであるが、実は、そのデッキの置かれた安楽椅子状の長椅子がわれわれの船の旅の宿泊施設なのであった。地下の客室が取れなかったか、デッキチェア・ベッドが安かったせいか、ともかく、わたしたちは、やはり地下一階にあった混みあう食堂で夕食を終え、そのデッキチェアに戻って本を読んだり、隣席の学生さんなどとお喋りしていたのだが（つまり、このデッキチェア・ベッドには男女が混在していたわけだ）、この旅行全体でもなんだか、ほのぼのとする体験をひとつだけしたのである。そのデッキチェアは横に二列か三列並び、縦にはもっとたくさん並んでおり、大勢の客たちが一晩をここで過ごすらしかった。そんな時、十一、二歳の金髪で色白のひょろっとしたやせ型の少年が、そのデッキチェアの群れの中をぐるぐると辿りながら歩き始めたのだ。何回かわたしの横を通り過ぎて行ったため、暫くすると、たがいににこっと頬笑みを交わすようになっていた。彼の貌つきは白人というだけあって白く、しかしそばかすが頬に浮かんでいて可愛かった。わたしは、彼がわたしの横にしばし留まって、にこっとしっかりと笑みを交わすようになった時、拙い英語で「ハロー」とか「グッドナイト」とか言ってみたが、へたな英語のためか、彼が英語を知らなかったのか、言葉は通じず、ただ、笑顔を返して頷き、軽く手を振るのであった。しかし、わたしが、アーユー、イングリッシュ？　と訊いてみると、笑いながら、ノー、アイム、ベルジィエ、と言ったように聞こえた。そうか、ベルギー人だったんだな、とかってに思ってしまったのだ。今、手もとの辞書を視ると、それは聞き違いでベルゲン、ノルウエーのどこかの港町だったのかもしれない。わたしは、この意外な友好関係を維持しようと思って、外出の時、肩からかけているズックの鞄の中から、ボールペンを取り出して、親指で上のとがった部分を押すと、ペン先が出てくる、ポケットの端っこにひっかけるための取っ手がついているのだが、それを上に押し上げるようにすると、ペン先は胴体の中に引っこむ。そんな仕草を何度かやって見せて、鞄から取り出したスケッチブックに線を引いたり、a　b　cなどと書いてみせ、これ、あげるよ、と今度は日本語で言って、彼の小さな掌の中に握らせた。嬉しそうに彼もまたその操作を繰り返し、わたしの差し出すスケッチブックに自分でも何か描いてみると、サンキュウ、とかなんとか言いながら嬉しそうに笑って、ボールペンを片手に握って去っていった。久しぶりに愉しかった。しかし、暫くすると少年は戻ってきて、日本でいえば、マジンガーゼットのような小型の金属製の人形、腕や脚を動かせるそんな人形、フィギュアとでもいうのであろうか、そんな人形を持ってくると、それをわたしに差し出し、わたしの手に握らせ、これあげるよ、とでも言ったような言葉を呟くと、笑顔でわたしのデッキチェアを離れていくのである。

わたしは、これには困ってしまった。多分、この金属製のおもちゃは、彼にとっては一番大事な〈宝もの〉であったに違いない。たぶん、最大の。わたしにとってのボールペンとでは、所有しているその価値がまったく違っていたはずだ。わたしはすっかり暗くなり、各デッキチェアの上部についている小さな電灯の明かりをたよりに、スケッチブックの白いページを破り、それこそ、まったく稚拙な英文で、これは、きみにとって一番大事なものだと思う。だから、残念だけど受け取れないけど、ありがとう。本当に嬉しかった。永遠の友だちになろうね、といった文面の手紙をしたため、最後にローマ字で自分の姓名、東京の住所なども書いて折り畳み、カバンの中にあった紙袋の中にマジンガーゼットを入れ、手紙も入れて、少年が移動を繰り返していた時、見当をつけておいた、少年の父親らしい人物をすでに発見していたので、デッキチェアから立ち上がって、少年と父親のデッキチェアへと歩いていった。少年はすでに毛布をかぶって眠っているようだった。父親は新聞を読んでいたのだが、わたしは、今度こそへたくそな英語で、袋の中の人形をちらっと父親に見せ、簡単に事情を説明し、とても嬉しかったけど、少年にとって最も大切なものだと思うので受け取ることができないから、父親から少年に返してもらうよう、依頼した。父親はどこまで理解してくれたか解らなかったが、笑顔で片手を差し出してきたから、わたしもその掌をしっかりと握り、また日本ふうにしっかり礼をして、自分のデッキチェア・ベッドに帰ったのであった。翌朝は朝早く下船する人びとでデッキは混雑しており、イタリア半島の最南端にあった、たぶんブリンジジ（記憶のなかではブリンデッシ）という港で、われわれ一行は船から降りたのだと思う。桟橋に立った時、ふと見上げると、五、六メートル頭上の船の甲板の一番、手まえのあたりに、少年と父親が立ってこちらを見下ろしていた。少年はわたしのほうを視ながら、笑顔で両手を頭上で交差するように振り続けていた。わたしは、一瞬涙が出そうになるのをこらえて、わたしもまた手を振り続けた。しかし、船が動き始める前に、われわれ一行は、添乗員氏に促されて待っていたバスへと移動しなければならなかった。振り向くと、まだ少年と父親はこちらを向いて手を振り続けているのであった。

これは後日談になるが、わたしがその旅行から帰って一か月たった頃、なんと少年から絵葉書が届いたのだった。文面は憶えていないが、ともかく、その絵葉書に書かれた名まえと住所をたよりに返事を出した。宛先はベルギーではなくドイツであった。ドイツ語はできないので、この時は、辞書など引きながら、ともかくまちがいのない英語の文章をまとめて、返事した。今想い出すと懐かしいが、なにか、日本製の別のフィギュアでも送ってあげるんだったな、と思う。その時は思いつかなくて、ただ、絵葉書を貰った嬉しさ、まさしく国境を遥かに超えた友情が、かつ年齢も人種の違いも超えた友情が成立したんだなあ、という感慨が暫くわたしの胸から去らなかった。夕刻から夜にかけての交情だったたから、写真を撮っておくことも思いつかなかった。少年はもう青年になり、今では結婚などもしているかもしれない。

•4

わたしがこの旅行の途次において、初めて優子の存在を識ったのはまったくの偶然の機会であった。わたしたちの乗った船がイタリアに着き、やはり港に待機していたバスに乗りこみ、北に向かって走り始めたのであったが、バスの走る道路の両側に拡がる景色は、樹木のまばらな田園地帯であって決して都市部ではなかったのだが、樹木の木陰に時々見える住宅の建築が、ギリシアのそれと明確に違っていて、ああ、ここはヨーロッパなんだな、という感慨に耽らせるようなそんなすっきりしたモダンな建物だったのだ。いよいよ、われわれはヨーロッパの土を踏むんだなという感覚がわたしを愉快にしていた。バスは、ある集落のとある小さな建物のまえでわれわれ一行を降ろした。そこは中型のレストランの建物であり、その建物の周りを、小さな緑の庭と樹木の垣根が囲んでいるのであった。われわれは、その瀟洒なレストランのある席を占め、メニューを見てもはっきりと理解できず、添乗員氏の勧めで、わたしなどは、赤ワインのグラスと、シンプルなスパゲッティを注文した。学生さんたちも同様で、添乗員氏は、テーブルの周囲を巡りながら学生さんたちにアドバイスし、やはりスパゲッティを注文した人が多かったようだ。まず、ワインが上等かどうかはまったく解らなかったが、甘酸っぱく、おいしかった。ギリシアの、ククスといったか、名称を忘れてしまったのだが、その白濁した地酒のような酒は、酸っぱかったのか苦かったのか、飲むのも苦しかったのに較べると、やはりほっとしたのである。そしてスパゲッティもまた、シンプルだがさっぱりしておいしかった。風景や建物や食物その他、すべてがギリシアと異なっていて、垢抜けしているのだ。わたしは食事をすませると、入り口のドアを開けて外に出て、さらに樹木の垣根の外側の小さな道路に出てみた。真昼の陽光はまぶしかったが、ふと、向こう側から歩いてくる若い女と出遇った。イタリアで初めて視る日本人であった。が、考えると、なあんだ、今度の旅行に来た学生さんたちのひとりなんだな、と合点し、やあ、今度の美術旅行の学生さん？　食後の散歩ですか？　と声をかけると女性はわたしに軽く礼をして、あのう、つきそいの森先生ですか？　と逆に訊いてきた。そうです、と答えながら彼女を視ると、意外に可愛く、美人と言っていい。わたしたちは一言、二言言葉を交わし、いっしょにレストランに戻ったのだったが、彼女が田川優子であり、わたしたちはその時、初めて顔を合わせ、言葉を交わしたのであった。名まえを訊いたわけではない。席に戻ると、彼女の席とは少し離れており、それ以降、話す機会はなかなか来なかった。そして添乗員に促されてまたわれわれ全員がバスの客になり、そしてバスは北に向かって走り始めたのだった。

バスはまた田舎道路を走りながら、イタリア半島の西側にあったナポリで暫く休憩した。海に浮かぶカプリ島だったかを眺望したが、ざっとバスが通った街路はそれほど魅力的でもなかった。そしてバスは北上し、ローマに到着した。ローマ滞在の二、三日も、優子を見かけることはなかったように思う。最初の頃は、自由行動の日など、食事に行くなど、大学での教え子さんたちにつきあうことが多かったのだ。つぎに訪れたフィレンツェでは、有名なウフィツィ美術館だとか、ルネッサンス期を思い出させる大聖堂がいくつかあって飽きなかった。わたしは自由行動の日、地図を片手にひとりで市中を歩き廻ったのだが、たぶん、このまま直進すればユダヤ教の大会堂があるはずだ、と思って突き進んだのだが、大きく外れていたことがあとで解った。基本的には方向音痴の自分はそれでも、この旅行のあいだ、ひとりで識らない街をあちこち歩いてみたりしたのだった。まあ、なんとかなるさ、といった若い旅行者気分であったのだろう。フィレンツェに着いた最初の夜であったか、アルノ川という市内を流れる大きな川沿いにホテルがあり、たぶん、添乗員氏か、現地ガイド氏の案内で、アルノ川に架かるポントベッキョという有名な橋に近い通りにあったレストラン、建物の外にまばらな雑木林があって、その樹影のあいだに六人掛けのテーブルがいくつかあり、周りを椅子がとり囲んでいる、そんな感じのレストランで、その屋外のひとつのテーブルにわたしとほかの学生さんたちがランダムに陣取っていた。そしてその学生さんたちの中に、なんと田川優子と大須賀めぐみが、偶然にも同席していたのである。まだ、めぐみのことは知らなかったが、優子をその席に発見した時は、わたしはある種の幸運を感じ、おれたち、なんとなく縁があるな、と愉快な気分になったものだ。四、五人の同席者つまり仲間は、チーズやサラミソーセージなどを使ったイタリア料理を食べながら、ワインを飲み続けたのだ。わたしはついついそのワインを呷ってしまったのだ。雑木林の中は暗闇の空間で、それぞれのテーブルの上部に大きな電球がぶら下がって、テーブルやそれを囲むわれわれや眼のまえに並んだ料理を照らし出し、なんとも、えも言えぬ雰囲気を醸し出していたのだ。ワインが二本、三本と空いていったが、その席では、主としてわたしと田川優子が多く飲んでいたようであった。それぞれ、二本近く飲んだのだが、アルコールはかなり効いてきた。そこでは、優子やめぐみとも少し話をすることができたが、個人的な（?）話ができたわけではない。ウフィツィ美術館であるとか、ミケランジェロのダビデの等身大の彫像のコピーのあるどこかの寺院の回廊を歩く、とか、その夜は全員が興奮していたといえる。

その、屋根のない、雑木林の中のビアホール型レストランをあとにし、アルノ川に沿う路を辿ってホテルに帰っていった時間、同じ席にいた人たちがなんとなくひと塊になっていた。わずか十分か十五分の道のりであったが、少しふらふら歩きになりがちのわたしは、ふだんに似ず、かなりの酔いを感じていたように思う。ウイスキーの水割り専門のわたしは、ワインはふだん飲まないアルコールであり、かなり効いたようだった。ホテルに着くと、わたしは、皆と別れて、ホテルの前のアルノ川の草叢の中に降りてゆき、暫く川岸に佇んで酔いを醒まそうとしたのだったが、ベンチのようなものはなく、ぼんやりとアルノ川のゆっくりと流れる暗い水面をぼんやりと見つめていた。ホテルに戻ろうとして道路へと上って行くと、草叢の向こうからなんと優子がわたしを待っていたかのように出現し、先生、少し酔いを醒ましていたんですよ。先生もホテルに帰るんでしょう。と言い、いっしょに眼の前のホテルの中に入り、フロントでたがいの部屋のキィを受け取って、エレベーターに乗った。階が違っていたので、優子が先に、おやすみなさい、先生、と声をかけて廊下に出ていき、わたしは手を振りながら、彼女を凝視していた。いや、エレベーターの無情な扉が、すうっと閉まって彼女の姿を消してしまったのだ、わたしの視界から。そして、翌日の夕刻であろう、現在、なぜいっしょに行動したのかあまり記憶にないのだが、わたしと優子と大須賀めぐみがどこかの寺院の回廊をふざけながら歩いている光景が写っている写真が、現在も手もとに残っている。彼女たちの写真は、東京に帰ったあとで、トシビの近くの鷹の台かどこかの飲食店で撮ったものも二、三枚、あった。優子は伏し目がちになると、なんだか凄く優しい慈母のように視え、正面から視るとしらっとしたある種、冷徹さ、頑固さも感じられる表情になるのであった。

旅行はそのあと、ニースに一泊した。ニースは完全な観光地であり、美術館などはなかったように思うのだが、よく憶えていない。誰かの、あるいはマチスかだれかの個人美術館でもあったか。まあ、ニースに一泊というのは、イタリアからフランス南部の海岸線道路を走って、いわゆるピレネー山脈を越えて、スペインのバルセロナに向かうバスの、相当の長時間の旅のために一休みするようにニースでの一泊が、旅程に組みこんであったのかもしれない。ホテルに到着したあと、わたしはひとりですぐ近くにあるという海岸、要するに地中海に泳ぎに行ってみた。大きなホテルがふたつ並んでいて、その一方のホテルの前を通り過ぎようとして、ふとガラス窓の中を視ると、優子とめぐみが向かい合うように座って、食事をするかお茶を飲んでいるようであった。わたしは海岸に向かってひとりで歩いた。ふたつの大きなホテルに面した海岸は、それぞれのホテルの占有地のようになって、その端っこには金網が貼ってあり、一般観光客の、そのホテルの前の砂浜への侵入を拒絶しているのであった。わたしは金網の傍らに座ってシャツを脱ぎ、ホテルでGパンの下に着けてきた水着姿になって、午後の陽光を浴びていた。その海岸には人はわたしだけではなく、何人かの白人の男や女たちがあちこちに散らばって仰向けに寝たり座ったりしながら、陽を浴びていて、いわば衆人環視のもとにあった。わたしはひと泳ぎして戻ってきて、シャツやズボンを置いたあたりに戻ってまた砂の上に座った。その時、フランス人らしい、いやほかの国の観光客でもあったか、金髪碧眼のほっそりした女性がわたしの座る砂浜の三、四メートル離れたあたりに来ると、麦わらで編んだような大きなバッグから大きめの布を取り出して砂の上に敷き、そこに腰降ろした。そして、当然のように上に着ていたシャツを脱ぎ始めたのだ。わたしは横目でちらっと見詰めていた。彼女がシャツを脱ぐと、ブラジャーも外し始めた。おやや、これはこれは。ひょっとすると、欧米で流行しているとかいういわゆるヌーディストなのかな、彼女は、とわたしはびっくりしながら、しかし今日はひょっとするとヨーロッパ女性の全裸が視られるのかもしれない、と期待もした。それほど若くはない女性の貌つきの表面には、陽に焼けた白い肌の頬に薄赤いそばかすが浮かんでいるようだった。そして、ふたつのそれほど豊満でもない乳房が露出され、わたしの眼に晒されたのだ。彼女が続いてスカートを脱ぐと下には淡い色のついた下着をつけており、しかし、その下着か水着は脱がずに仰向けになって寝ころんだ。さすがに、ふつうの女性のオールヌードは残念ながら視ることができなかったな、と少々残念でもあった。アメリカかどこかのヌーディスト村の写真集を視たことがあったのだが、中年やあるいは若い男女が正真正銘の全裸で、海岸でバレーボールに興じたり、海に飛びこみ、真っ裸で水泳するなどの写真が並んでいたのだ。わたしは、彼女のそれほど豊満ではなかったが、上半身の裸の軀や乳房を視たことで満足せねば、と思った。こんな機会はめったにないはずだ、と自分を納得させながら、服を着て、半裸の彼女を海岸に残したまま、ホテルに引きあげた。もう夕刻から夜へと、ニースの街はすっかり変わっており、ホテルの窓の灯りが黄色っぽく輝いている光景を見上げながら歩いた。例の窓から見えた優子とめぐみの姿は今はなかった。その日宿泊するホテルに帰ったのかな。わたしは複雑な思いでホテルへの道をゆっくり辿っていった。

•5

もうすっかり夜を迎えているノートルダム寺院をあとにしたわれわれは、守屋に誘導されるままに夜半の大小の歩道を歩いてめざす店へと向かっていった。わたしと並んだ優子とのふたり組は、最近では四人のあいだで公認されていたようであり、わたしたちふたりのまえには守屋とめぐみがペアになって歩いており、時々、めぐみが振り向いてわれわれに話しかけてくるのだが、それが自然な感じであり、そうして四人のあいだで会話が拡がっていくのであった。守屋は守屋で、めぐみとなんだか愉快そうに笑いながら話をしていた。われわれは守屋の誘導するまま、歩いて行ったので、どこを歩いたのか、わたしなどはしっかりとは憶えていない。ともかく気がつくと、わたしたちは新宿の本店とはまったく違った落ち着いた感じのレストランどん底の、店内の一角を占めた四人掛けのテーブルに向かい合って腰掛けていた。窓がある壁際の席に優子とめぐみを掛けさせ、わたしと守屋がその前に座った。まずワインを頼みましょうか、先生、と守屋がメニューを見ながら言った。店員、すなわちボーイの青年は二、三人が日本人であり、日本語で頼めるのであった。店内を見渡すと、それほど広くない店内の客は、大半がフランス人か観光旅行中といった感じのヨーロッパ人たちであり、お客の二、三組が日本人客らしかった。店はしっかりと繁盛していて、空いた席はもうなくなっており、ボーイの日本人の青年は一応、ワインの銘柄などを尋ねたが、わたしは、自分は、ワインにはほとんど詳しくないから、適当に頼みます、おいしい赤ワインをね。と返事し、それから、あまり高価でないものを、と続けて言うと、青年は了解、という感じでウインクして頬笑みながら頷き、そして暫くするとワインの瓶を片手に持って現れた。わたしが一番歳上であると考えたのだろう、わたしの前に立ててあったワイングラスにワインをほんの少しだけ注いでわたしを視た。ああ、これはその席の主賓格の人が試飲してＯＫのサインを出す、といういわゆる〈儀式〉だな、と映画などで識っていたわたしは、すぐにグラスを持って少しだけ揺らしながら口へと運び、一口飲んで、ああ、これで結構です、と言うと、青年は改めて四人のグラスにワインを注ぐのだった。わたしがメニューを見て、食べる物を注文します、と青年に言い、ワイングラスを右手で持って、じゃあ、乾杯しようか、パリの最後の夜のために、とひとこと言ってテーブルの中央付近に差し出すと残りの三人も同様にグラスを差し出して、小さく音を立てながら、乾杯！　と声をかけあい、それぞれが飲んだ。ヨーロッパでこんなにゆったりした気分で、しかも落ち着いてワインを飲んだのは初めてだったかもしれない。それほど緊張した旅行でもなかったのだが。

おいしいですね、めぐみが最初に言い、全員がうんうんと頷き、飲み始めた。守屋がメニューを見ながら、女性ふたりのほうに差し出して、そうだ、今夜はきみたちに選んでもらおう、ねえ、先生。と言いながら、メニューを彼女たちに差し出した。めぐみが言った、わたしたちもそんなに詳しくないわ。先生、選んで。と言うのだが、フランス語の単語はほんの少ししか知らないし、おれもほとんど、解らないんだ。そうだ、ボーイの青年、ギャルソンにお勧めを選んでもらおうか。そう言うと、その声が聞こえたように青年はすぐに現われ、というか乾杯を待っていてくれたのだろう、決まりましたか？　と訊いてきた。いや、フランス料理のことはあまり詳しくなくてね、ブイヤベースくらいしか思いつかない。きみが選んでくれないか。お勧めを。そうだ、きみは、東京の新宿のどん底は知っているかい？　と訊いてみた。いや、名まえだけしか知りません。横浜出身、横浜育ちなんですよ。東京はほんの少しだけ。と笑いながら答え、しかし知っていたらどうするんですか？　と訊いてきた。いやね、同じようなメニューがあるのかな、と思ってね。たとえば、湯豆腐とかね、とわたしは返事した。日本料理も日本酒なども少しはありますよ。と彼は言ったが、しかしここはパリですから、フランスの料理を味わっていただいたほうが……、と答えた。もっともだ。で、きみのお勧めは？　と訊くと、そうですね、まずオードブルとしては、生野菜と、生ガキその他の貝をいろいろ大皿に盛ったもの、それからキャビアとかソーセージなどとパンとチーズを組み合わせたものなどはどうでしょう。了解、それを三人前くらいどさっと大皿に乗せたものを頼みます。青年は頷き、では順番として、魚料理、アントレ、肉のお料理ですね。じゃあ、それも二、三人前くらいずつお願いします。そしてブイヤベースもね。それしか識らないもんで、と笑ってみせた。了解です。青年は小さなノートに書いたメモを持って奥に引っこんだ。そしてすぐに、用意していたかのようにチーズとサラミソーセージを切ったものを山盛りにした大きめの皿を持ってきて、テーブルの中央あたりに置くと帰っていった。

　随分、頼んでしまったけど、おれはね、夜はあまり食えないんだ、飲酒専門でね。と正直に言うと、守屋はだいじょうぶですよ、秋田県出身の大食いがいることだし。頼んだ以上は残り物は引き受けます。そのかわり、自分はお酒はあまり強くないので、お三人でやってください。そう言いながら、守屋は三人のグラスにワインを多めに注いでくれるのであった。めぐみが守屋先輩、わたしもそんなに飲めないの、と断った。ワイングラスは大きいからか、ワインは半分か三分の一くらいしか、つがないものなんだ、と知ったかぶってわたしが言うと、まあ、いいじゃないですか、今夜は無礼講ということで。改めて、自分たちのそれぞれの自己紹介をしっかりとしておきませんか。と守屋は言い、ぼくは、秋田県大曲（おおまがり）市出身、ちょうど東北の中央部にある出羽山地の中の小さな街でしてね。本当は、東北弁、正確には秋田弁なんだけど、秋田弁で喋ったほうが楽ですけど、それで喋ると皆さん、解らねえ、と思うんだべさ。と少しおどけて言った。教師をやってる秋田市の高校では、秋田弁と標準語とまぜこぜで生徒と喋ってます。トシビに入ったのは昭和四十六年だった。油絵科を卒業して東京に残りたかったんだけど、食っていけなくてですね、郷里に帰って、卒業二年目の春から高校の美術の先生になったというわけ。今でも絵描いているけど、せいぜい県主催の展覧会に応募するくらいかな。将来は不明。このまま教師稼業を続けるかどうか、まだ決めてないいんですよ。精神的にふらふらしていましてね。去年、夏休みに上京した時、トシビの油絵科の研究室を訪ねたんですが、こんな旅行のあることを初めて識ったんです。ぼくの学生時代にもあったと思うんですが、お金もなく、気がつかなかったです。それで、来年はぜひ参加してみようと思って、少しずつ貯金し始めたわけ。ボーナスなんかも使わないようにしてね。以上です、終わり。続きを少し。今日で、旅行は終りだけど、大いに満足していますよ、先生。日本に帰ってからも、またみんなで会いたいもんだね、と言って笑顔を見せながら、つぎは大須賀めぐみさん。やってみっか。

大須賀めぐみは、ワインを飲み干すと、わたしはね、北九州の佐賀県松浦市出身、松浦は古代の邪馬台国の時代に、中国のいわゆる「魏志倭人伝」（正確には、「魏書」の「東夷伝」中の「倭人」の条）という本に、この地のことが出ていると、日本史の先生が教えてくれました。そこには「まつら」と書かれていたとか。地図で言うと、東側に陶器で有名な伊万里市があり、西にゆくと、鎖国時代にオランダ船がやってきた平戸市があります。松浦のあたりは、古代史的には有名な地方だったかもしれないけど、わたしが暮らしていた頃は単なる田舎町でしたね。故郷ですから懐かしいけど、卒業後、松浦に戻るかどうか、解りません。松浦東高校を卒業し、トシビの油絵短大に去年入学しました。そこで、同じ北九州出身の優子と知り合いになって、いっしょに帰郷したり、仲良くしてます。将来は、わたしも将来の夢は中学の絵画の先生かな。守屋さんのお話聞いていたら、そんな気になったんです。ばあいによったら、通信教育で先生の資格を取ることになるかもね。以上です。ああそれから、残念ながら現在、彼氏はいません。ふふふ。今のところはね。つぎは優子よ。

と言っている頃、オードブルの大盛りの皿が運ばれてきた。皆さんのために、お箸も用意しましたよ。食べにくかったら、大きなものは手で直接取って食べくださってもいいんです。フランス人も案外、ラフに食べる人が多いですから、とボーイの青年は言うのであった。わたしが外国に来て、日本人と話すのは、学生さんたちを除くとこれが初めてであった。現地のガイド氏たちは別にして、である。しかし、実はもうひとりの東洋人にも遇っていたのだ。最初にパリに着いた日、市内のホテルが取れなかったせいか、わたしたち一行の辿りついたホテルは二階建ての木造のホテルというのか宿泊施設で、雑草か牧畜用の草か、とりあえず草原が拡がっている所にあって、パリの南側の郊外に位置しているらしかった。夕刻、食事のまえに裏庭の草原に出てみると、そこには小型のプールがあり、その横に子ども用だったのか、ブランコが並んで建っていた。わたしが、そのブランコに腰掛けて、お尻をぶらぶらさせていると、白いワイシャツに黒い蝶ネクタイをしめ、黒いズボンをはいた青年が近寄ってきた。明らかに東洋人であり、日本人かな、と思ったのだが、青年はわたしのほうに笑顔を見せながら近づいてきて、日本語で、やあ、今日は。もしかして、イルボン・イン、いや、日本の、人、ですか。日本人の旅行団体が急に泊まることになった、と上司から聞いたんですよ。わたし、このホテルの、ギャルソン、ああボーイです。わたしは韓国人、なんです。よろしく、お願いします。なにか、困ったこと、あったら、言ってください。日本語は解りますから。わたしは一瞬ぎょっとした。日本では在日韓国人とは少数の知り合いもあって、話したことがあったが（日本語であった）、現実の韓国人と会うのは初めてであった。しかも、パリ、という異境の、しかも農園か草原のなかのホテルで。韓国テレビドラマが好きになったせいもあり、現在なら、わたしも、アンニョンハセヨ、ナヌン、イルボンサラム、ハシムニダ。くらいの反応できたと思うのだが（韓国語の勉強を始め、そしてすぐ挫折したのは、この旅行のずっと以後の話である）。それにたどたどしくはあったけど、彼のほうがしっかり日本語を話しているので、日本語で応対しようと考えた。遠いところまで来て働いているんですね。いつ、フランスに？と訊くと、それが、去年の春です。フランス、来るまえに、イルボンの、日本の神戸に暫く、二年ばかりいました。日本語、そこで、学びました。わたしはそのたどたどしい日本語を聞きながら、いやあ、日本語、お上手ですよ。こんなところで、隣の国の人に会えるとはね。正直言って、びっくりしました。ワインでも、一杯、御馳走したいところですがね、そう言うと、嬉しそうに笑いながら、でも、わたし、勤務時間中で、仕事、ありますから。いつまでの、御滞在ですか？　いやあ、たぶん、明日、朝食が終わったら、パリのルーブルやオルセー美術館などに行き、その日はパリ市内のホテルに替わるんじゃないかと思います。残念ながら、今晩だけお世話になるのではないかな。

たどたどしい会話を、笑顔のなかで話したが、彼は腕時計をちらっと視て、もう少しだけ、休み時間あります、と言ってわたしの座っているブランコの横に腰掛けて、ぽつぽつと話しかけてくるのだ。わたしは、済州島、チェジュド出身なんです。チェジュド、知ってます？　韓半島〔朝鮮半島を韓国ではそうよぶ〕の南の海のなかにぽっかりと、浮かんでいる島なんです。御存じ、ですか？　ああ、知ってますよ。日本にチェジュドからやってきた有名な小説家とかいますから。会ったことはないけどね、在日の詩人の金時鍾、キム・シジョンがそのひとりです。そうですか。一九四五年に、韓国が日本の、統制下から解放された時、ある騒動が島で、起きました。その時、島の人びとが大勢、ミ軍〔米軍、韓国では米国のことを美国、ミグㇰと言っているので米軍のことはミグンとでも読むのであろう〕や韓国警察に殺されたりしました。その時を前後して、日本へと密航した人たちが大勢いたんです。そのひとりがわたしの従弟（いとこ）で、彼は神戸に住んでいます。青年は話すうちにだんだん、滑らかに日本語を喋るようになった。その従弟を頼って、わたしも神戸に行ったんですよ。だから、日本のことはある程度知ってるんです。あなたをお見かけして、つい、声をかけてしまいました。そこまで言うと、また腕時計を視て、そろそろ戻る必要がありま す。どうぞ、今後、いい旅をお続けください。そう言って、右手をわたしのほうに伸ばしてきたのだ。わたしは、そうか、握手を求めているのだな、と気がついて、わたしの右手を出して、彼の手を握った。そして、あなたも元気で過ごしてください。アンニョンハセヨ！ わたしに笑顔を見せながら青年はブランコから立ち上がり、ホテルのほうに戻ろうとした。そうだ、あなたのお名まえは？ と訊くと、ああ、キム・ヨンイルです。漢字で書くと、金陽一と書きます。アボジが、父が戦前から日本におり、結構、日本びいきでして、陽一、と日本人のような名まえをぼくにつけたんですよ。わたしは、ポケットの財布を出して名詞を引っ張り出して、ここにぼくの名まえと住所と電話番号が、ほら、書いてあるでしょう。日本に来るようなことがあったら、ぜひ、電話してください。東京の四谷というところに住んでいます。ギャルソンのキム・ヨンイル青年は笑顔で、アンニョンハシムニカと言いながら、去っていった。二、三度振り返って、笑顔を見せ、片手を軽く振りホテルの中に消えていくのであった。なんだか、懐かしい気分でいっぱいになった。

わたしはホテルに引き返すと、優子とめぐみの部屋の前まで行って、ドアをノックしてみた。そして、森だけど、と声をかけると、めぐみが先にドアを開けて顔を見せた。やあ、ふたりともいる？　優子も顔を出した。ホテルの裏側の庭にね、小型のプールがあるんだよ。よかったら、そこで泳いでみないか。夕食までまだ、だいぶ時間あるしね。なんだか、大きな農園か牧場のように広々した空間が広がっていてね。とふたりに声をかけてみた。ふたりはどうしよう、というふうにたがいの顔を見つめあった。もし泳ぐんだったら、水着に着かえて来てみたら。プールの横にブランコがあるので、そこにおれはいるよ、とわたしは言い、ふたりを残してまた裏庭に戻った。ブランコに腰をおろして軽くゆすっていると、やがて、ふたりはふつうのワンピース姿をしてやってきた。そして、先生、泳いでみます。先生は？　いや、おれはここできみたちを見学しているよ。そう言うと、彼女たちはさっと服を脱いだ。下には水着を着ていたのだ。ビキニ型ではなく、競泳用の水着のように、その身体にぴったりとくっついている。わたしの眼には、めぐみのほうはグラマーと言っていい。優子のほうは均整のとれた理想的身体を、それぞれふたりは彼女たちの身体を水着を通してわたしの眼に晒(さら)しているのだった。準備体操ね、と言いながら、ふたりは腕を頭の上に伸ばしたり、首をぐるぐる廻したりして、あるいは両脚を開いたり、伸ばしたりして軀をほぐしている。それからまず、グラマータイプのめぐみがプールの中に脚を入れ、冷たーい、と言いながら、それでも軀全体をプールの中に沈めていった。続いて、優子もすっきりした軀にぴったりとくっついた水着姿をわたしの視覚に披露しつつ、プールに入っていった。わたしは、プールの外側に立って、ふたりがゆっくりと泳ぎ始めるようすを見守った。平泳ぎの形になると、ふたりの股の合わせめのあたりが露わになるのが眼に愉快だった。優子が水の中からこちらを視て、右手を上げて軽く振り、先生は泳がないんですか？　と訊きながら笑顔をみせた。うん、おれ、水着、着てないしね、ここからおふたりの水泳をじっと観ているよ。まあ、なんだかずるいわ。先生も泳ぐものだと思って、水着に着かえてきたんですよ、とめぐみもわたしを視て笑顔で抗議するように言った。わたしが、水着なしで真っ裸で泳ぐと、ヌーディストになってしまうもんね、と冗談で言うと、意味が摑めなかったようで、ふたりは平泳ぎで五、六メートルを泳いで向こうに着くと、今度はまたプールのわたしの立っているほうに泳いできた。先生、気持ちいいですよ、本当に。こんなところで泳げるなんて想像もつかなかったわ。とふたりは水しぶきとともに声をかけてくる。おれはね、ギリシアの海岸で泳いだよ。ニースの海岸でも泳いでみたよ。要するに、地中海でしっかり泳いだわけだ。わたしは、傍らのブランコに尻を乗せて、ぶらぶらとこぎながら、ふたりを見下ろし、また周囲の広々した草原を見渡した。かなり遠くに、民家がいくつか、ぼうっとして見えていた。牧場があるのかもしれない。パリに来て、こんな草原のような景観に出遇うとは、本当に意外だった。少しすると、ふたりはプールから上がってきたのだが、濡れた水着がふたりの身体の形状をしっかりと提示しているのだ。めぐみがタオルを持ってくるのは忘れました、軀が乾くのを待っていようか。そう言いながら、体操のような動きをし始めた。彼女たちのそれぞれの胸のあたりや、太腿の大胆な動きを凝視し、幻惑されつつ、いいところにプールがあったな。おかげで、彼女たちの裸に近い軀を視ることができたんだ、と顔が思わず、ほころんでくるのを自覚した。

・6

パリのどん底での自己紹介は、優子の番になった。その前に守屋が、彼女のグラスに、二本めになったワインを注いで、ついでのように、わたしのグラスにも注いでくれた。わたしは、めぐみと同じ北九州ですが、めぐみがやや西よりで生まれ育ったのに対して、わたしのほうは東側の、大分県の宇佐出身です。宇佐神宮のあるところ。宇佐高校を卒業し、画家になれたらいいな、と思って上京し、一年間、吉祥寺にある武蔵野美術学園に通って、絵の勉強をしたんです。それから、トシビに入学したので、実はめぐみより、一歳、歳上です。でも、めぐみのほうが偉そうにしてるでしょ、姉さんぶって。と言ったので、残りの三人も笑った。大学卒業したら、こちらに留学するのもいいかなと、ヨーロッパに来て思いつきました。別になにも決めたわけじゃないですが。そうすると、イタリア語とかフランス語とか、勉強しなきゃいけないでしょ。わたしにそんな能力があるかしら。語学から学んでいく努力が果たしてわたしにできるかどうか、自分でも疑問ですけど。もともと努力家ではなく、やや、思いつきで行動する性格なんです。そして、フレスコ画の保存修復の学校に入って、将来、そんな仕事ができたらいいかな、と考えてます。そういうふうに話を終えた頃、肉料理がテーブルに運ばれてきた。わたし以外の三人は、おなかもまだ余裕があったようすで、それぞれの小皿に肉片を取り分け、さかんに食べだした。守屋が、それじゃあ、最後に先生だよね。拍手、と声をかけると、三人はフォークやスプーンや箸を皿やテーブルに置いて、ぱちぱち、と拍手した。

自分は拍手されるようなもんではないけどね。きみたちより少しだけ長く生きてるせいで、話も長くなってしまうから、適度にね。自分は北陸の貧しい県である、福井県っていう所の出身。福井県といっても知らない人も多いんだ、貧乏県だしね。日本が、日本列島がちょうど中ほどで、「く」の字型に緩く曲がってるよね。その曲がった内側の所、つまり日本海に面した所が敦賀という港のある町でね、ここを挟んで西側が若狭、東側が越前。このふたつをくっつけたものが福井県なんだ。江戸時代までは、越前と若狭というふたつの国があったんだけど、明治政府がたぶん、このふたつの国をひとつにくっつけて、福井県というものにしてしまったんだと思うんだ、調べたことはないけどね。同じ県だけど、若狭と越前は文化的にもかなり違っているっていう感じがするんだ。共通性があまりないんだよね。若狭のほうは京都に近いから、そのくの字に曲がったつけ根にある敦賀なんか、まるきり、京都弁だといわれている。越前のほうは、同じく関西文化圏ではあるが、むしろ、東北に親近性を感じるんだ。なんだか、ぼうっとしていて鋭さがないんだね。なんていうと東北の人に悪いけどね、と守屋の方を視て笑ってみせた。自分はその越前の出身で、その越前の中ほどにある粟田部っていう田舎町に生まれ育ったんだ。なんとなく、ださい町名だよね。ただし、京都には粟田口という地名らしきものがあるから、この「粟田」にはなんか意味があったのかもしれない。この町で小学、中学時代を過ごし、近くに武生市というやや大きな町があるんだけど、おれはその武生市の武生高校を卒業した。貧しいせいか福井県には県立高校が五つくらいしかなかった。武生高校のあった、武生っていうところはね、むかし、国府とよばれていた所で、まあ、越前の国衙といって政治的にその国の中心的な地だった。国府は全国にあったんだけど、その越前の国府のあった所なんだよね、武生市は。「源氏物語」を書いた紫式部が、幼少の頃のある時期にね、父親が受領(ずりょう)(国司)といって、まあ、明治以降の県知事みたいなものになって、京都朝廷から越前の国府のあった武生に派遣されていたことがあった。だから、紫式部も子どもの頃、父親に連れられて、武生で一年くらい過ごしたんじゃないか、というのが定説なんだ。これはほかに誇るものがないから、越前を京都文化と結びつける唯一の伝承なんだね。ほかにも越前の三国って港町のあたりに、継体天皇という古代の天皇がいたことになっている。畿内の天皇の血統が絶えそうになった時、天皇家に血が繋がるという継体天皇がよび出されて、天皇になったわけだ。この継体天皇を途中までおっかけて行った愛人照日前(てるひのまえ)の悲恋を描いた能が世阿弥作の「花筐（はながたみ）」だという。おれはね、この花筐を「かきょう」と音読みにした、花筐小学校って所に通っていたんだよ。だから偉いというわけではないけどね。越前というのは、まあ。あまり知られていないと思うけど、おれの生まれ育った粟田部町というところの隣村の岡本村がいつの時代からか、紙漉きの村でね、越前和紙、というものが作られてきた。ある時期、この越前和紙がお札、お金の、お札として使われていた、という説もあるが、どうだったのか。ただ、越前和紙はむかしの日本画、つまり山水画なんかを描くために使われていたようだ。書道も盛んで、たぶん、この越前和紙に筆文字を書いていたんだ。おれも子どもの頃はね、当時、習字とよばれていたんだが、その習字をやっていてね、何回か賞を貰ったこともある。と笑いながら自慢してみた。

先生、越前和紙なら、わたし聞いたことがありますよ、日本画科の学生さんが教えてくれたの、とめぐみが言った。先生、おれは越前ガニ、知ってるよ。食ったことはないですけどね。あれって高いんでしょ。北海道の同じような形の蟹は、もう少し安いですけどね。守屋は言って笑った。優子は、わたし、「越前竹人形」という映画見ました。意味がもうひとつ解りにくかったんだけどねと言った。そうか越前は案外、有名なんだな、三人ともそれぞれ識ってるなんて。とわたしは笑って、そうだ、その「越前竹人形」というのはね、水上勉という有名な小説家が原作者なんだけど、水上勉はさっき言った若狭の出身なんだ。若狭地方を舞台にした小説を多く書いているけど、隣の越前のことを書いた小説も少しだけある。「越前竹人形」というのはそのひとつ。武生市という地名は出てこないけど、多分この武生市の奥のほうの山の中の村が舞台になってるんだ。むかし、三国港は北前船も寄港する港町だから小さな遊廓があったんだね。その竹人形作りの息子の父がね、自分自身の愛人として、その遊廓の女を受け出して、この竹人形作りの家に連れてきたんだ。と、わたしは、優子にその物語の大要を教示すべく、そんな話を続けた。父親が死んだ時、その遊廓から買われてきた女が、今度は息子の嫁になったというわけ。そして、この越前竹人形を仕入れにきた京都の商人が、この女が魅力的だったから、誘惑し、女はそのため孕んでしまった。そこで、堕胎する必要があって、思い切って京都の商人を尋ねてゆく。しかしなんだかんだ、うまく逃げられてね、女はあちこち、堕胎の医者を探して、関西をうろうろする。そしてある大きな川を渡る時、疲労から船のなかで眠ってしまった。そのあいだに女は流産してしまったんだ。その時、あの映画では渋い演技の歌舞伎役者が渡し舟の船頭の役をしていたんだが、彼が、流産の後始末をすべてやってくれ、流れた胎児を川に捨て、舟の床に流れ出た血は洗い浄めていたんだね。女は目醒めてからすべてを知り、身軽になって故郷の越前に帰り、また息子との静かな生活を取り戻した、とまあ、こういうあらすじなんだ、あの水上勉原作の映画はね。

しかし、若狭と越前では、さっき言ったように文化的基盤が違うし、方言もやや違っているから、結構苦労して書いたと思うな。そいで、自分の話に戻るけど、武生高校という武生市にあった高校を卒業して、東京の大学をふたつ受けたんだけどね、行きたかった早稲田大学は二次試験で落ちてしまった。試験は完璧だったと思うんだけどね。もうひとつの国立の美術大学のほうがなぜか受かってしまったんだ。受験した早稲田のほうは、文学部の演劇科が志望の科でね、そこを卒業して演出家か映画監督になれたらいいかなと高校時代、ぼんやりと考えるようになったんだ。国立のほうは芸術学科といって理論コースだった。これは、早稲田と試験科目がほぼ同じで、受験の日が近かったから受けてみたわけ。そして国立の二期校としては大阪外語大学のスペイン語学科を選んでいるわけで、まったく、なにがやりたいのか、あまりに漠然としてるだろ。いい加減な人間だったってわけだ、高校時代から。おれって人間はね。で、受験のため、大阪に住んでいた姉夫婦のアパートに泊めてもらっていたんだけどさ、そこに家から、芸大に受かった、という電報があり、翌日は外語大の試験は放棄して、大阪の街で映画を視て……というふうに実にいい加減な男だったね、やっぱり。おれという人間は。そこまで話してへっへっへと笑ってしまい、全員がいっしょに笑ってしまった。自分の家は貧しかったから、国立大学に入ると入学金とか授業料とか安いから、家族は、いや金を出す父親などは大いに歓んだであろうけどね。父親も若い時、絵描き志望だったらしいし。その大学、つまり芸大では芸術学科では、美術史とか美学を勉強することになっていたんだ。しかし、受験科目に石膏デッサンがあってね。三年生の後期だったたんだけど、高校の授業が終わると、美術室にあったアグリッパ像って言ったか、石膏像を借り出してきて、教室に残って、デッサンなるものを始めたんだけど、最初の頃は今考えても、めちゃくちゃ変てこな石膏デッサンの絵ができあがってしまってね、自分でも笑ってしまった。しかし、おれが芸大を受験することを知った図画の先生が、当時、三人いたんだけど、毎日、変わりばんこのようにやってきて、一から教えてくれた。紙の中心線を頭に入れておき、上から一、二センチのあたりに髪の上部が来るように、下から、やはり同じくらいのところに、石膏像の頸(くび)が来るように配置して、顔がどの辺に位置するか、などを目分量で考え、少しずつ描いてゆく。木炭というのを使うのも初めてだった。おれはデッサンが結構うまかったのか、大学時代のある時、おれがアラン・ドロンの写真を見ながら、その写真を参考に鉛筆で似顔絵を描いていたところ、隣に来た学生が、森、お前、絵うまいなあ、イラストレーターになれるよ、とまじめな貌で言うんだけど、当時、イラストレーターって言葉もまったく識らず、苦笑いしていたよ。だから、今の職業についてから、担当していた雑誌の表紙などに、自分流の絵を描いていたこともあったな。

きみたちは油絵科だから、石膏デッサンはだいぶやらされたろう、大学で。だからおれの話、解ってくれるだろう。しかしね、芸大受験の日のデッサンの日にね、隣でまったくへたくそなデッサンをしている女の子がいてね。石膏デッサンするの、今日が初めてです、って言うんだよね。驚いたけど、なんと、その子も受かっていたから、デッサンはただ、形式的に受験科目の中に入っていただけだったんだな。自分は、半年弱は毎日二時間くらいはデッサンやっていた。だから、デッサンにはそれなりの自信があったんだね。しかし、入学してから校舎の中央に大きなデッサン室があってね、そこに油絵科や彫刻科の学生さんのデッサンが、イーゼルに掛かっていたんだけど、はあ、これが本物のデッサンなんだな、と眼をみはって見つめたものだ。やはり鍛え方が全く違っているんだな。デッサンそのものが「作品」になっているんだ。自分は芸大を滑り止めのために受けただけで、美術史なんかにはたいして興味が湧かなかった。自分はもともと文学少年だったし、美術より、やっぱり文学部にはいるべきだったな、と思ったね。しかし、大学を卒業する頃になって、美術史以外の領域だけど、何かについてじっくりと勉強するということが少しずつ好きになってきてね。カミュの『ペスト』という小説を読んだ時、当時親友だった男が、この本はそれぞれ、ノートを取りながら読み、それをもとにあとで議論しよう、と言い出してね、小説をそんなふうに読むこともあるんだな、と気づかされたんだね。それから、哲学的な本を読むと、自分でノートを作って内容を要約した。「古事記」や「風土記」などを読んだ時もそれぞれの地域にどんな神がいたか、ノートを取りながら読んだよ。長くなったから、この辺でやめようか。

そう言うと、守屋たち三人が、せっかくだから、もう少し喋ってくださいよ。おもしろい話だったし。と言うのだ。それでまた、話を続けることになった。大学四年になった時、思い切って大学院に残ろうかな、とも考えたんだけど、それは時間稼ぎというか、大学院時代に本当にやりたい学問をみつければいい、という考えで、その頃、一番興味があったのは民俗学で、『遠野物語』の柳田国男とか、文学的要素の強い折口信夫というふたりの民俗学の泰斗の展開しているような学問がやりたかった。とりわけ折口信夫には魅かれていたな。「貴種流離譚」という彼独自の概念とかね。先生、その「きしゅ流離たん」というのは何ですか？　とめぐみが聞いた。これはね、たとえば日本で一番古い物語とされる「竹取物語」ではさ、月の世界から地球に、日本に下ってきて、竹の中から誕生し、美人となっていった。その美貌が多くの貴族を魅了し、難問を出されてだれも彼女を手中にできなかった。ついに天皇からお呼びがかかった時、そのお姫さんは月へと帰っていく。そういうふうに、貴種とよばれるような人たち、京に住む貴種が、なにかの理由で地方へ流された話が多い。こういった物語を、折口は「貴種流離譚」と名づけたんだ。「譚」はまあ、物語、話って意味だ。で、自分の話を続けるとね、しかし果たして芸大の大学院でそんなことができるだろうか、とも考えると、やっぱり卒業してから考え直そうと思ってね。しかたなく、就職口を探したんだけど、就職活動はだいたい三年生の後半から、四年生の初めに行われるので、就職口なんか、もうすでになくなっていてね。

　守屋は興味を覚えたらしく、わたしのグラスにワインを注ぎ入れながら、話をもう少し続けたら、おれたちも参考になりますからと言いながら女性ふたりに同意を求めた。優子もめぐみも賛成し、先生、せっかくだから、最後まで話して、とめぐみが言った。先生のお話って、凄く難しいところから、なんとなくおかしいって感じもあるから、愉しくて、いつまでも聞いていたいわ、ねえ、優子。そう、大学で先生の講義を聞きたかったわ、と優子も言う。そうか、じゃあ、あと少しだから、出された料理を食べようか。今日はなにしろ、ヨーロッパで過ごす最後の夜だからね、守屋くんの言った「最後の晩餐」になるから、今晩はおれが御馳走することにするよ。どんどん食べよう、と言い、なんか注文したいものがあったら、追加してくれていいよ。そして、わたしもチーズのカットしたものを一切れ、手でつまんで口に入れた。今日の食事はやはり、一番豪華であった。ワインも四本くらいはなくなっていた。現金はそれほど持ってこなかったけど、トラベラーズチェックをいくらか用意していたので、お金の心配は無用であった。今日の勘定はだいじょうぶ、と考えた。みんなも雑談も含めて、よく食べた。まあ、あとはたいした話じゃあないんだけどね、なんとか、建築雑誌を作っている会社に就職できたというわけ。その出版社では、月刊の、その世界では有名な建築雑誌を作っていたんだけどね、年、四回、月刊誌を欧文化した、英文の建築雑誌を作っており、それは「the Japan Architecture」という題でね、海外に現代日本建築を紹介する、といった雑誌だったんだけど、その編集部に配属されたんだ。でも、大学時代、建築理論の世界では有名だった阿部公正先生だったか、漢字も忘れたが、彼の「建築美学」という講義を一年間、聞いたことがあるだけで、一般の建築史とか現代日本建築とか、ほとんど識らなかったから、むかしの東京都庁を設計した丹下健三ぐらいだった、日本の建築家ではね。そして、識っている有名な建築家だと、フランスのル・コルビュジェと、アメリカのフランク・ロイド・ライトぐらいのものだ。ガウディなんてもちろん、全然、知らなかったな。だいたい、現代日本の有名な建築家の名まえもろくろく識らなかったし、英文誌の編集部にいてもたいしておもしろくなかったんだ。そう思っていたところ、その出版社に、ある有名建築会社三社のＰＲ誌を作っている部門があったので、そちらに移動させてもらったんだ。そこにはベテランの編集者がひとりいて、ＰＲ誌のデザインは、まさにトシビのデザイン科の学生さんやなんかをアルバイトで使ってやっていたんだね。そこで自分はそのＰＲ誌のデザインを担当することになったんだ。というのは、英文誌をやってた頃、その雑誌のアートディレクターだった及部さんという人が、たまたま同じ大学、芸大のデザイン科出身だったんだ。で、出身学科は違っていたが、まあ後輩だと思ったのか自分に非常に優しくしてくれたんだね。この人、現在、トシビのデザイン科の教授だよ。彼はデザインなどまったくの素人だった自分に、手取り足取りして、印刷のことから始めて、デザインや本造りのことなど、いろいろと手ほどきしてくれてね。まあ、そんなわけで、本のデザインをする職業をやることになったというわけなんだ。この及部さんという人に遇わなければ、現在のようなデザイン商売なんかやってなかったと思う。及部さんは土曜日になるとふらっと会社に現れて、森くん、昼めしでも食いに行こうか、と誘ってくれ、近くの蕎麦屋に行った。彼は日本酒を頼み、それを飲みながら愉快そうに大学時代の話とかしてくれるんだね。それが格好良くておれは彼の弟子になってしまったというわけ。最初の会社を辞め、つぎの会社も辞めてフリーになったんだけど、つまり絶えずふらふらしてたんだね。ヴィジュアルな仕事も愉しいけど、もっと理論的なことを欲求していた。本を読むのが好きで、世界の小説や理論書を読み漁ってもいたんだ。しかしフリーになった最初の頃は本当に仕事もなく貧乏だったよ。現在はだから、フリーの仕事しながら、トシビに講師として週に一回来るようになった。午前中は基礎デ、午後は生活デザイン科で教えている。そして、フリーのデザイナーとして無名だけど、飯は、まあまあ、食ってるわけだ。一応ね。そして飲めなかった酒が飲めるようになって以来、メシよりアルコールのほうが今のおれにとっては重要なんだ。以上。こんなとりとめない話でいいかな。

拍手はなかったが、その辺、しっかり解ってもらえたかどうか、確かでない。なにしろ残りの三人とも油絵科であって、デザイン的領域のことはほとんど、知らなかったであろう。そこでつけ加えて、もう少し、話すとね。と言ってまた、ワインを飲むと、自分のことを喋り出した。ある時代から、ギリシア神話とか、原始キリスト教の研究、というか勉強をやりだしたんだ。その時、初めてヨーロッパのルネッサンス期の美術というものに興味を持つようになったんだね。ルネッサンスというとなにかキリスト教文化から解放されて、古代ギリシア、ローマとかエジプトなどの思想から始まって、ギリシア・ローマの絵画、彫刻、建築などが復元的に制作された。それ以前の貧しいキリスト教的ヨーロッパ美術とまったく変わっていた。そして新しい文化が展開され始めた、と後世の人たちは評価するようになった。確かにヨーロッパ文化は、キリスト教の、宗教的教条主義によって大きな制約をさまざまに科せられてきた長い歴史があってね、そこから新たな文化を生み出すのは大変だったんだ。たとえば太陽が地球の周りを廻っている、という古い考えに対して、いや地球のほうが太陽の周りを廻っているんだ、という新しい発想のいわゆる「地動説」なんかは古代ギリシアの思想を復活したコペルニクスの理論をさらに深めたものだったんだけど、その後継者のガリレオなどは、たちまちキリスト教による宗教裁判で裁かれている。そして最後はキリスト教に屈服するんだけど、最後に、「しかし、地球は廻っている」と呟く。しかし科学のみでなく、同様の新たな文化的理論がさまざまに生まれてきて、キリスト教の排他的教条主義と対立したんだね。ギリシア文化に出遇わなければ、ルネッサンス以降の新たな文化は生まれ得なかった。この辺はきみたちも識ってるだろう、ヨーロッパの十字軍を。あれは宗教戦争でもあって、アラブ的世界と戦争したわけだが、実は当時、アラブのほうが文化的に進んでいて、彼らは古代ギリシアの学問や芸術を先に手に入れていた。十字軍は彼らと戦うことで、逆にそれを間接的に識ってね、そこで、ギリシアのプラトンとかアリストテレスなどの思想が、ヨーロッパにも齎(もたら)されたとされている。そしてヨーロッパにルネッサンス期が訪れることになったんだね。ちょうどね、ここんとこ、ドイツの小説家のトーマス・マンの『魔の山』という小説を読んでるところだけどね、この旅行にも持ってきて、時々読んでいる。この小説の中に現れる重要なふたりの人物がね、まさしく今、自分が言ったような、ルネッサンス期以降の開放的な人文主義者であり、もう一人が、かたくななキリスト教的教条主義者でね、このふたりがしょっちゅう、議論している、という小説なんだね。

しかし、また話をもとに戻すとね、ルネッサンス期の絵画、彫刻を美術全集などでつぶさに調べたことがあるんだけどね、やっぱり、ギリシア・ローマ神話をテーマにした作品より、キリスト教的主題の美術が圧倒的に多いということが解って愕然としたことがあるんだ。今度の旅行でも解ったと思うけど、大聖堂とか大寺院とかの殆どがキリスト教文化の中心としてヨーロッパ世界に君臨してきたし、また現在も君臨し続けている。ルネッサンス期以降の絵画、彫刻の主題を視るとね、古代ギリシア的テーマと、キリスト教的主題との割合は、極端にいうと一対九か、二対八くらいの割合でね。単純にいえば、ほとんどの絵画がキリスト教的主題で描かれているということに気がついた。もうひとつは、なんだか講義のようになってしまったけど、ルーブル美術館とかロンドンの大英博物館とか、ヨーロッパが植民地獲得活動を非ヨーロッパ的世界で展開した時、その地方から戦利品として収奪してきた、古代の美術品、考古学的に貴重なもの、その他、そんなものをいっぱい展示してるよね。古代のエジプト、ギリシア、ローマそれから中近東などのものをね。これはそういう植民地主義的活動の成果でもあるんだ。だから手放しで、ルーブルにはいいものがたくさんあるんだ、などとは単純には言い難いものがある。結局はヨーロッパ植民地主義政策のお土産のようなものなんだよね。たとえば、ロンドンの大英博物館で有名なロゼッタ・ストーン（石碑）を実際に見たんだけどね、これは古代のエジプト文字、ギリシア文字、民衆文字とよばれる三つの文字で、エジプトのプトレマイオス王を讃美した文章だった、という非常に貴重な石碑だったんだけど、イギリスがエジプトまで遠征した時、戦利品としてイギリスの持ち帰ったものなんだね。まさしく植民地獲得時代の産物なんだね。最近はそんなことをよく、考えているんだ。なんだか、座がしらけてしまったような気がするな。もっと陽気な話にしよう。それぞれ、得意なこととか、好きなこととか話そうか。

•7

ホテルに帰ると、すでに十一時を過ぎており、村田は少し酔ったし、疲れたからもう、休みますとわれわれに言い、自分の部屋へと帰っていった。わたしは、優子とめぐみに向かって、まだ十一時過ぎくらいだから、おれの部屋に一、二時間、遊びにこないか、と誘ってみた。おれの部屋は、もともと添乗員氏と同室だったんだけど、途中で彼がどこかほかの部屋に消えるようになってしまってね。大概、ひとりなんだ。そのほうが気楽だったけど。部屋にはウイスキーがあるから、少しだけ、飲んでいかないか、とわたしが言うと、ふたりとも頷いて、わたしについて部屋にやってきた。シングルベッドがふたつ、並べて置いてあり、その脇、窓ぎわに小さなテーブルと椅子がふたつ置かれていた。わたしは、どこかの空港の免税店で買った、そこでは比較的安かったオールド・パーというスコッチウイスキー（?）をテーブルに乗せ、グラスを三つ並べて、冷蔵庫から氷を取り出してその中に入れ、ウイスキーを注いで、さらに炭酸水を加えて、さあ、どうぞ。疲れたよね、今夜は。明日はそんなに早い出発じゃあないから、まあ、ゆっくり飲もう。スコッチウイスキーは、明日行くドゴール空港の免税店でも安く買えるし、遠慮せず、呑もう。そう言って、わたしと優子はふたつの椅子に掛け、めぐみはベッドに腰掛けさせて、それぞれ、グラスを持つよう促した。そして、軽く、カチっと音をたてて乾杯した。ウイスキーを飲むのは久しぶりです、とめぐみは言い、しかしわたしはそんなに強くないので、一杯だけで充分です。優子はほっそりした掌にもったグラスを口もとに運んで、まず、ごくっと音を立てて飲みこんで言った。おいしい！　三人は最初は静かに飲み始めた。いよいよ、この旅行も最後の夜を迎えたね。でも、東京に帰ってからも、こうしてたまには集まって飲まないか、と口に出してみた。優子は、先生は何曜日に来られるんでしたか、トシビには。おれ？　おれは木曜日なんだ。わたしね、優子は言った。鷹の台商店街の中ほどに郵便局があるでしょう。あそこの二階がアパートになっていて、そこに住んでるんです。めぐみは西武線の鷹の台駅より、もう少し向こうに住んでるから、つぎの木曜日にわたしのアパートに集まりませんか、三人で、と提案した。大学から近いですから。解った。そうしよう。郵便局の二階だね。そうです。部屋が三つあるうちの一番奥。三号室がそうです。夜になると静かですよ。わたしとめぐみは、天平って、ほら鷹の台駅にも近いお店でアルバイトしてます。へーえ。給仕とかやってるわけ？　おれは天平は二、三回しか行ったことがないけど、トシビの先生とか学生さんが飲んだり食ったりするところだよね。わたしは月、水、金、めぐみが火、木、土の三日ずつ、アルバイトしてるんです。優子が東京を、鷹の台あたりを思い出したように言った。めぐみさんは木曜日だけど来れるの？　とわたしが訊くと、前もって言っておけば休めます。給料から引かれますけどね、と笑いながら言った。そんなふうに歓談しながら、十二時近くなった時、めぐみが先生、わたしもちょっと疲れが出てきたし、今日はかなり飲んだので、先に部屋に戻ります、と声をかけて立ち上がった。優子はお酒が強いんだから、もう少し、先生につきあってあげたら、とドアのほうに歩きながら、わたしたちふたりを覗きこむように振り返って頰笑みながら言った。優子はすぐ、じゃあそうするわね。帰った時、静かに入るから、ゆっくり寝ていてね、と返事した。部屋にはわたしと優子だけが残った。すかさず、わたしが、ふたりきりになるのは初めてだね。凄く、いい気分だよ、と遠慮せず言うと、ほら、フィレンツェのホテルのまえで偶然のようにふたりきりになったでしょ。と笑い顔で優子は言うのであった。案外、大胆な性格なんだな、優子は、となんだか嬉しくなった。あの時は、実を言うとおれは小便がしたくなってね、その辺で、と思って川岸に降りていったんだ。でも、まじめな観光客がすることじゃない、と思って我慢して部屋に戻ろうとしたわけなんだ。ワインをがぶ飲みしたせいもあってね。とわたしが笑いながら言うと、まあ。先生ったら。生徒の前でそんなこと言っていいんですか。それならわたしも打ち明けますが、実はわたしもそうだったんです、実は。……おしっこがしたくなってしまって、と少女のように、恥ずかし気に言うのであった。で、なんとかしたわけ？ と冗談で訊いてみた。まあ、先生ったら。いくらなんでもそんなことできませんよ。でも小学生の時なんかだと、女の子でも道端とか木の陰かどこかで、ズロースを下げて、しゃがんでそんなことしていたんじゃないか。女の子ならだれでも経験があると思うな。

先生、そんな話やめましょう。もうその話は終わり。わたし、なんだか、本当にしたくなってきたから、トイレを借りていいですか。と今度は素直な感じで言って立ち上がった。どうぞどうぞ、ごゆっくり。いやだ、先生ったら。優子は相好を崩し、笑顔を残して入り口のドア付近の洗面所に消えていった。わたしは、なんだか、ほっとし、陽気な気分になって、スコッチウイスキーの炭酸割り、二杯めを作って飲んだ。今夜は思いもかけず、こんなぐあいにふたりきりになったうえ、あんな話をしたとは、と考えると愉しくなってしまった。やがて、トイレの水を流す音が聞こえ、少しすると優子が椅子に戻ってきた。手を拭きながら。ウイスキーを足そうか、と優子のグラスを少し手まえに持ってきた。薄めがいいです。あんまり酔って醜態を見せてはいけないので。別に、自然現象だから、いいんじゃないですか。とわたしは陽気に言った。あら、またその話ですか。先生って、本当はいやらしい人なのかしら。一見、まじめそうで、そうは見えないけど。いやあ、男はだれでも、ある種、いやらしい気持ちは当然あるよ。でもふだんはかくしていて表に現れないようにしてるだけさ、きっとね。でもまあ、もちろん、おれだってそんなことばっかり、考えてるわけじゃないよ。そうでしょう、先生は信頼できるって感じが、最初にお会いした時からしてました。さっきのルネッサンスの絵画とかの話も参考になりました。まるでただで授業を受けてるみたい。あのあたりは、ともかく、画集とか美術全集とかを必死に見まくっていたんだね。その手の本は高価で簡単には買えないから、大学の図書館とかその他でね、画集を見まくったんだ。学研で出していた『世界美術全集』という分厚い本、全七巻、これは自分で買って持っていた。細かいモノクロの図版などがたくさん収録されている本なんだ。それを丁寧にひとつひとつ視ていたんだ。

絵描きというより学者的な感じのするレオナルド・ダヴィンチなんかは、キリスト教関係の絵をだいぶ描いてはいるけど、そんなに多くはないんだ。聖母マリアの懐妊を知らせる「受胎告知」

とか、「岩窟の聖母」、「最後の晩餐」なんかが主な作品だね。そのほか、有名な「モナリザ」をはじめとして、肖像画がいくつかあるんだ。キリスト教関係の絵に関していうと、まあ、残っている作品が少なかったのか、それともその主題の絵をあまり描かなかったのか。残っている作品を見ると、ギリシア神話に取材して描いたものに「レダと白鳥」〔高津春繁『ギリシャ・ローマ神話辞典』によると、レーダーは人間の男とのあいだにふたりの子どもを産んだが、魅力的だったのか、主神ゼウスが白鳥に変身して、彼女と交わってふたりの子どもが生まれたとある〕という絵がローマのボルゲーゼ美術館にあるんだけど、ある図録によると、レオナルドにもとづく模写とあってレオナルドの原作は残っていないらしいね。それからこの絵のレダは、完全な女性の裸体画でね、ルネッサンス時代のほかの画家を忘れたけど、裸体画の嚆矢（こうし）〔最初の作品の意〕のひとつだったと思う。ミケランジェロのほうはバチカンのシスティナ礼拝堂の天井の大壁画は「旧約聖書」をもとにしており、有名な「ピエタ」という彫刻は聖母が、死んだキリストを膝の上に抱いているところとされているけどね。それからフィレンツェで見たダビデの像なども、旧約聖書に登場する人物だね。つまり、キリスト教関係の作品が多かったと思う。しかし、ある雑誌の別冊によると、やっぱりギリシア・ローマ神話をもとにした作品、絵画や彫刻、たとえば、酒神のバッカスの像、ヘラクレスという有名な英雄の像などなど、かなりある。それから古代ローマの貴族であり王の、ブルータスの胸像〔ブルータスという王は何人もいたので、確定できない〕なんかが、古代ギリシアやローマに取材した作品だね。まあしかし、今夜はお堅い話はやめにしようか。今度の旅行できみは、どこが気に入った？　たくさんの絵や彫刻を視てきたんだけど。絵や彫刻もたくさん視ましたが、フィレンツェの街が好きでした。なんだか落ち着いていて、そこにいると安心できるって感じかな。先生は？　そうだね、おれはバルセロナの旧市街というのか、海に向かう大きな商店街のような通りがあった。なんだか猥雑な感じもして、そういう場所がおれは好きなんだね。日本でいえば上野のアメ横付近とか、浅草とかね。しかし、フィレンツェの街も好きだったよ。確かに落ちついた感じが街全体に漂っている。ある日の自由行動の日、街の地図を片手に、それからビルの一階と二階の境目あたりに、その通りの名まえが書かれた表示札のようなものがあってね、自分はその時、ユダヤ教の大会堂を視てみたいと思って狭い街をずうっと歩き続けたんだね。そろそろ着きそうだ、と思ったんだけど、やはり、方向音痴の自分は四十五度くらいは外れた方向に進んでいたようでね。でもなんとか、その大会堂を見つけて入ってみたんだけど、ユダヤ教は、偶像禁止といって、神さんの像もなければ、ともかく装飾的なものはまったくない、完全にシンプルな建物であり、室内の会堂もそうだった。ほかのキリスト教の聖堂とか大寺院とかは、どんな小さな教会でも、中世にできた木造の粗雑なキリスト像が掛かっており、壁や窓もまたさまざまに装飾されているよね。窓ガラスは、色つきのステンド・グラスを通して外の光がさまざまな色になって入ってくる。イスラム教も偶像禁止のようなんだけど、壁全体にモザイク状の抽象的な装飾がたくさんある。ユダヤ教が好きなわけじゃまったくないが、本当にすっきりしていたね。日本のシンプルな神社に似ているのかもしれない。神社の内部にはなにもなく、アマテラス大神を象徴するような丸い鏡が置いてあったりするけど、ほかにはなにもない。自分の母親の姉さんが、神社の神主さんに嫁入りしたので、瓜生神社というその嫁入り先の神社の境内でよく遊んだんだけど、神社の建物の内部はどうなってるのかな、と考えてね、普段は入ったことのない、その内部にそっと入ってみたことがあったんだ。そこは禁忌の場所って感じだから､普通は入れない。

おれはもともと無宗教でね。まあ、かっこよくいえば無神論者なんだ。神社とか行っても手を合わせて拝んだことはないよ。子どもの頃は別だけどね。優子も言った。わたしもどちらかというと、それに近いです。宇佐神宮の境内ではよく遊びましたが。わたしと優子の、ぽつぽつと喋りながらの飲酒の時間は、ゆったりと過ぎていった。今日は本当に愉しかった。きみとふたりきりになれるなんて、思ってもいなかったしね。それこそどこかの神さんがわれわれを祝福してくれているのかな。なんて、無神論者の言う言葉じゃないね。わたしも同感です。同じ大学にいたのに、たがいにまったく識らなかったんですものね。まあ、学生さんも多いし、科が違うと知らない人、先生にしても学生にしても、そういった人がほとんどです。そうだね。おれは風月なんかもめったに行かなかったから。木曜のお昼は生デの研究室で、出前ものを取ってもらってすませていたし。夏休みの通信教育のスクーリングの時は、おれは一週間だけ、これは朝九時から夕方四時過ぎまで教えるんだけどね。昼は近くの中華料理店へ行ってね、まずビールを一本飲んでから、なんか食って研究室に戻り、教室に出ている。道徳的でない先生なんだ。もともとお酒は弱くて、少しの酒にすぐ酔って、横になって眠ってしまうことが多かった。二十歳過ぎから不眠症だったから、三十代前後の頃、ウイスキーをストレートでコップ三分の一くらいを一口、ふたくち、三口と飲むと、たいてい、ころっと眠ってしまっていたから、これは睡眠薬代わりになるなあ、と思ってね。毎晩飲むようになったんだ。そのうちお酒はある程度飲めるようになってしまったんだ。優子さんはお酒強いね。やっぱり大学に来てから飲むようになったんでしょう。いえ、わたしは父親が酒好きで、わたしがひとりっ子だったためか、中学生の頃からか、夕食の時なんかに、晩酌していたお酒をコップ一杯くらい、わたしに差し出して、飲め、と言うんですよ。悪い父親でしょ。だから、酒好きである程度飲める体質になってしまったんです。おれも、酒がある程度飲めるようになってからは、知り合いたちと飲みながらお喋りする時間が愉しくなってしまったな。日頃は人見知りで友人というものが、まずできないんだけど。

＊文中、ある図録と書いたものは、『イタリア・ルネッサンスの巨匠たち18、レオナルド・ダ・ヴィンチ』（東京書籍、一九九三）。ある雑誌は、『別冊みづゑ、No.45　ミケランジェロ』（美術出版社、一九六六）である。

おれはね、手相の名人なんだよ。手相を見てあげるよ。手相は左手で見るからテーブルの上に出してごらん。そう言って自分も左手を差し出して、優子の掌を上に乗せるようにして、掌を開いて。と注文した。優子は素直に応じてきた。わたしは上体を優子にぐっと近づけて、彼女の掌をじっと見つめた。そして右手の一指し指で、優子のふっくらした掌をなぞりながら、ほら、この親指と人差し指のあいだから出て、真ん中で下のほうに曲がっている線があるだろう。これを生命線といってね。わたしの人差指は優子の掌の上をさするようにして、ほら、この線が腕首のあたりまで続いているだろう。これは長生きする証拠だよ。何歳まで生きるか、それは解らないが。そう言いながら優子の掌を撫でるように触り続けた。優子は、わたしの掌から逃れるように引き出すと腕時計をちらっと視て、先生、もう二時近くなったので、そろそろ部屋に帰ります。そう言って椅子から立ち上がった。わたしも立ち上がり、じゃあ、きみの部屋の前まで送っていくよ、と言って立ち上がり、優子、と声をかけて振り向いた優子の掌をしっかりと握り、わたしのほうに引き寄せ、素早く、チュッと彼女の唇にキスをした。優子は一瞬、茫然としたように立ってわたしを凝視していたが、後ろ向きになると、ドアを開けて廊下に出た。わたしはすぐ優子のあとを追って歩き始めた。そして、すぐに並んで歩きながら、優子の左手の掌をわたしの右手の掌の中でそっとくるんでみた。優子は無抵抗でされるがままになり、われわれふたりは並んで廊下を静かに歩いていった。エレベーターがゆっくり昇ってくるのを待つのも面倒なので、廊下の中央あたりにあった大型の木の螺旋形の階段を一歩一歩、歩いて下りながら、一階下の廊下へ出て、彼女とめぐみの部屋へと進んでいった。彼女の掌はわたしの掌の中でほんのりと暖かかった。先生、ここです、と優子がわたしを見上げて笑顔になった、わたしはまた、その彼女の唇に、またわたしの唇をそっと接近させ、ピタッとくっつけて本格的に接吻した。優子はわたしをよけることなく素直に受けとめた。わたしの舌は、さらに彼女の唇の内部へと侵入したかったようだが、いや、今晩は最初の、いや二回めなんだから、ともかく優しく、そう思って唇を離した。改めて優子の貌を視ると、緊張のためかやや蒼ざめ、下を視ていた瞳を上にあげ、わたしのほうをじっと視てきた。悪い先生！　と言いながら、そして白い頰は逆にやや赤みを帯びており、わたしの眼を見つめて言った。先生、先生ってもしかして、わたしのこと、好きなんですか？　と訊くのであった。わたしはその唐突な言葉の登場に、やや驚いたのであったが、ここで嘘はつけない、そう思って言った。うん、初めてきみを視た時から、魅かれてしまったんだ、正直に言ってね。しかし、自分はともかくも教師だろう。きみを教えているわけじゃないが。だから、そんなことは簡単に口には出せなかった。たぶん、ずっと心に秘めたまま、おれは生きてくことになるだろうな、と思っていたんだ。こんな機会があったから言うよ、本当のことを。ごめんね。あの、イタリアの田舎のレストランの外で顔を合わせたことがあっただろう。あの時、ああ、こんな美しい人が、こんな可愛い娘がこの旅行に参加してたんだ！　と思うと、途端に嬉しくなってしまったというわけなんだ。びっくりしたよね、今夜キスを二回もしてしまって。優子は言った。わたしも先生をお見かけしてから、どう思ったか。明日かあさってか、いつか。正直に言います。嘘は言いません。そういう彼女の白い貌つきは真剣で、かつ、頬を赫らめながら、先生、今晩はもう帰って！　先生のお部屋に。そう言った。うん、解った。たとえ、がっかりするような返事でも、今後、ちゃんと教師と学生さんとしてのつきあいは、しっかり守るから。案外、まじめな先生なんだよ、おれって。そう言うと、優子は安心したような表情でわたしを見返して頷いた。そしてしっかりとわたしを視ながら優子はわたしに背を向けて、ドアのほうに向きなおり、理性を取り戻したようにドアを開けようとした。が、鍵がかかっているようだった。まあ、めぐみは寝ちゃったのかな、と言いながら優子はドアをトントン、と小さくノックした。暫くしてドアが開く気配があった。わたしはじゃあね、明日また。明日かあさってかいつか、いい返事を期待してるよ。あさってというのはないか、飛行機の中だもんね。そう優子に声をかけ、しかし、そのまま後ろを向いて、階段の所まで戻り、一階上の階の廊下に出て、廊下を歩き、自分の部屋へと戻った。服を脱いでベッドに入ったのだが、さすがに心と身体は昂揚していて、わたしはテーブルの上のわたしのグラスを取ってウイスキーを注ぎ、氷を出すのは面倒だったから、炭酸水だけ注いで、ぐっと飲みこんだ。ついでに優子のグラスも取って、口紅や優子の唇の香りが残っているわけでもない冷たいグラスの縁を舐めてみた。そして残っていたウイスキー炭酸割りもしっかりと飲みこんだ。さっきはもっと大胆にキスしてもよかったかな、とも考えたが、まあ、そんな機会はまた、東京に帰ってからきっと訪れるであろうとも思った。おれのこと、拒絶的ではなかったな。ウイスキーを一、二盃傾けるうちにしだいに眠りの世界へとわたしの頭脳は転回し、わたしの軀全体を、覆ってきたようだった。愉しい睡魔が拡大してゆき、わたしは夢の世界へと移行していくようであった。夢の中に優子が現れたのだったかどうか……、憶えていない。

•8

つぎの日の飛行機は、北廻りとかいって、ソ連上空を飛び、途中でガソリンや水の補給のため、途中の空港で降りる、というようなことはなく、二十何時間を飛び続け、そして成田に到着するということだった。南廻りと違って所要時間が大幅に縮少されるわけだ。ただ、ほぼ一日にあたる時間を飛行機内で過ごすことになる。客室の中央あたりにある洗面所やトイレなどを囲む部屋の前方と、後方に客席は並んでいた。わたしたち一行は、その囲いの部屋のすぐまえの席で、中央三席が並ぶその中央にわたしの席はあった。わたしの横には守屋がいた。そして同じ列の通路を挟んだ右側の窓側には二席ずつ並び、反対の窓際に同じように二席が並んでいた。優子とめぐみは、わたしの席と同じ並びの右側の席におり、優子が窓際に、めぐみが通路側にいた。わたしは、この旅行のあいだに読了しようと、『魔の山』のほかに、岩波文庫のフレーザーの『金枝篇』第一巻を持ってきていたのだが、帰りの飛行機で完読できるかな、としおりを挟んでいた後半部あたりから読みだした。この第一巻でフレーザーは、宗教と呪術はその成立の由来が違うのだ、というふうに強調していた。そうか、呪術は宗教の原始形態ではなかったのか、と思って読み始めたのだが、しかし、だんだん、宗教のほうが呪術より新しく、どこかで自らを大系化しようとする傾向があり、呪術にはなかった神を造形し、神の言動を早い時期から文章化している。これは『金枝篇』を読み終わり、あるいは宗教学の泰斗エリアーデの『シャーマニズム』(冬樹社、一九七四)などの本をいろいろ読むようになってから考えたのであるが、フレーザーの考えは本当にそうだろうか、と考えるようになった。多分、フレーザーのなかには、その体系化された宗教と、体系化のようなものと無縁の性格の呪術は違っていて当然である、という考えがあったのだろう。呪術と宗教のあいだには飛び越えることのできないような溝があるのだ、というわけだ。しかしその、宗教という時の原点にはキリスト教があったのかもしれない。キリスト教は、多くの国や地方に拡がった時、各地の代表者たちが、ある都市に集まって、〈公会議〉とよばれた会議を繰り返し、何度かの会議を経て、整合性のある宗教にしようとしたのであった。とりわけ、ニカイヤ公会議が有名で、そこでキリスト教の「聖三位一体」という概念が確立されたのであった。父なる神(ヤハウエ）とその子（キリスト）、そして精霊（天使）という三つの柱が確定した。しかし、宗教の初原形態には当然大系性などはなく、その長い成長の過程で、文字文化と出会うことで、体系化が行なわれる。キリストが語った言葉、行った病気治療などが文字化されたのだ。しかし、宗教の誕生時には、確定された神がいるわけでもなく、その構造は呪術そのものであった、とわたしは考えるようになった。拝火教ともよばれるゾロアスター教では、燃える「火」という存在をもとにこれを進化させてアフラ・マズダという神を拵えるようになった。キリスト教以前に古代ローマで信仰されていたミトラ教では、地下で集会が開かれ、神秘的雰囲気を醸し出していたのだが、キリスト教もそれを模倣して、地下に聖堂を作ってそこでミサとか洗礼などの儀式を行っていたのだ。現に、大寺院の地下室を上から見下ろしたこともあった。すべて呪術的儀礼によっていたわけだ。そして、キリスト教が誕生し成長を始めた時、「新約聖書」のような「本」が成立したのだ。「四福音書」がひとつずつできていった。「マタイ書」、「マルコ書」の順に。伝承というものは新しく作られるたびに、地名や人名が詳細になる、と考えられている。記述が明確化されてゆくのだ。その過程でイエスがしっかり言葉を持つようになる。つまりは古いぼんやりした伝承が、あたかも実際の記事のように明確になり、詳細になるのだ。そんな過程を経て、最後の「パウロの書」ほか、で「新約聖書」は完成した。イエス・キリストはあたかもパレスチナのあたりに実在した男、のようにイメージが明確化されていったのだ。古代地中海のとりわけ農耕地帯には、大地母神という女性神がいたのだが、夫なくして子ども生む存在として捉えられていた（キリスト教においては処女で男を知らないマリアが、宿屋の馬屋で男の子、キリストを生んだという。そして処女マリアは聖母マリアとよばれるようになったのだ。★ただし、処女が処女のまま子どもを生む、という絶対にありえない、という人間誕生の時の最大の嘘によって成立しているキリスト教という存在は、はっきり言ってナンセンス、ということになることを多くの人たちが指摘していないのは変である）。他方、あちこち移動しながら病気直しをしている神の系譜というのもあったらしい。キリスト教は、アラビア半島から出てきた砂漠の民であったユダヤ民族が棲んでいた古代地中海沿岸部の領域から生まれ出てきたのだが、しかし、この領域の一番北側に誕生した新興宗教のひとつであり、ユダヤ民族の棲む世界では、ユダヤ教オンリーであったから、この世界に受け入れられるわけはなく、原始キリスト教は北方へと展開し、現在のトルコである小アジア（アナトリアとよばれていた）へと進出し、さらに西に向かって古代ローマのあたりで最も盛んになったのである。そして、夫なくして子ども生むというこの地帯の母神を模倣して、聖母マリアの処女懐胎という神話が生み出されたのだ。そして夫失くして生まれたという人物がイエス・キリストであったのだが、彼は病気直しの神として生き、治癒神として死者を蘇生させたりもできたのであった。

この旅行の時、初めて『金枝篇』を読み始めたのであり、まずはフレーザーに学ぼうという地平から勉強を始めていたのであったが、すでに「新・旧約聖書」は読んでいた。わたしは二十代の半ば、建築雑誌時代の友人だった青年とふたりで勉強会を始めたことがあった。最初はどんなことから始めたのか忘れたが、ある日、大学で建築史を学んだという小川格というその友人は、眼を輝かせながら、森くん、世界のあらゆる文化は、ギリシア、古代ギリシアに始まったというんだ。だから古代ギリシアの代表的古典であり、世界最古の叙事詩といわれる「イーリアス」から読み始めてみないか、と提案してくれたのだ。わたしはすぐ賛成し、しかし、二週に一回くらい会って読書を開始して暫くすると、森くん、ごめん、仕事が忙しくなってね、なかなか来れなくなったんだ、と告げられたのだ。彼も最初の建築雑誌の出版社を辞めて、小さな建築専門の出版社に勤めを替えていたのだが、その出版社は、編集者がふたりしかいないため、思うように時間が取れなくなったというのだ。それ以降、わたしは「イーリアス」というギリシア神話叙事詩をひとり読み続けていくことになった。そしてそれから翌年だったか、二番めに勤めた出版社で親しい友になった高橋くんという男の奥さんが喪くなった時、わたしは彼の市川の家に泊まりこみで葬式の手伝いなどもしたのだが、ある日、これ、妻の形見なんで、森くん、貰ってやってくれないか、と言って、部厚いキリスト教の「新・旧約聖書」をくれたのだが、彼女は病気になる一年ほど前からキリスト教会に通うようになっていたのだ。そこでその遺品に聖書があったわけだ。あるひと夏中をかけて、わたしは冷房のない、扇風機しかない四谷のアパートの熱い部屋で、まず、「旧約聖書」に読み耽った。この「イーリアス」と「新・旧約聖書」の二冊の世界が、自分が今まで生きてきて、初めて自発的にかつ熱心に勉強した、ふたつの源泉、源流であったのだが、ギリシア神話と原始、初期キリスト教の勉強にほぼ十年くらいを消費していた。わたしの、今度のヨーロッパ旅行はその勉強の途次にあった。そして、古代ギリシアの神々や文化と、キリスト教美術の関わりを、現地でも直截に確認することができたのであった。ルネッサンス絵画や彫刻のほぼ九割くらいが、キリスト教関係であって、残り一割くらいが古代ギリシアや古代ローマの関係であったのだが、彫像のような人物彫刻の源泉は古代ギリシアより古代ローマで主として制作されていたことが明確になった。本当に、自分の勉強にとって有意義な旅行であったのだ。

わたしがフレーザーを読みだしたのは、神話学だけでは、民族と時代と文化のありようはそれほど明確にはならない、ギリシア神話の研究では、その著書が日本語でもだいぶ翻訳されていたケレーニィというハンガリー人の研究者をもっとも信頼していたのだが、ある時、神話の研究には民俗学や文化人類学の本も必要であることに気がついて、その一環でフレーザーの『金枝篇』も読んでみようと思ったというわけだ。原始キリスト教に関しては、日本の和辻哲郎が、懐疑論的宗教学に関する翻訳書を出していて、それはイエス・キリストがはたして実在していたのかどうか、がまず大きな課題であった。イエスが実在した、という考えへの懐疑、それが懐疑論の出発地点であったのだ。もう少しだけ言うと、キリストについて書かれた本は「新約聖書」しかない。同時代のどんな本も、イエスの出現について書いたものはないのである。では、この「新約聖書」

の記事がはたしてどのくらい信用できるのか。これが宗教的懐疑論の出発点であった。ドレウスの『キリスト神話』という本が、この懐疑論を徹底化していたのだ。ともかく、これらの読書がきっかけになって、自分のなかには懐疑論的発想がしっかりと登場し、定着するようになったのである。今回の旅行ではだから『金枝篇』を携行してきたのだが、彼は一八〇〇年代から、第二次世界大戦の前くらいまで活動した人類学の大先輩とも言えた。『金枝篇』の中でとくに印象に残った研究は、古代地中海の農耕地帯の風習にあった祭りで、サトゥルナリア祭と言ったのだったか、一年に一度、ある村では、旅する青年を捕まえて、どこかに閉じこめておき、しかし王さまでもあるかのように毎日御馳走でもてなし、若い女性をも与えるような日々を与えた。そしてその年の終わりにこの青年を崖の上に連れ出して、そこから下の農地などに突き落として殺す。この死体を地中に埋めておくことで、来年の麦の収穫が豊富になるという。これは紫の衣装を着け、頭にいばらの冠をかぶせて、おまえはユダヤの王か、と問われてそうだ、と答え十字架上で殺される、あのイエス・キリストと生と死と構造が同じである、というのがわたしの考えである。

わたしが、『金枝篇』を読みながら、時々本を膝の上に置いて、真横の窓際の席を視ると、優子の姿は視えなかった。通路の隣の席には、まずはめぐみが座り、わたしのすぐ横の席には守屋がいたから。で、優子もわたしが時々、彼女のほうを見つめる作業に気がついたようで、わたしの視界に彼女が登場できるべく、時々、軀を前に乗りだし、小さな窓を背にするようにこちらを視るようなポーズになっている。つまり、わたしの視線に、彼女の身体を晒そうとでもいった感じでそんな姿勢を時々するようになったのだ。そうするとわたしはすぐその姿勢に気がつき、そして彼女のほうに視線を走らせて、そして、ゆっくりと優子の顔を見つめることができたのだ。これは、優子のサービス精神であった、と思う。彼女は彼女自身をわたしの視線のために、提供してくれていたのだ。彼女はめったにわたしを視ることはなく、彼女自身は伏し目になって濃い睫毛の貌つきで、ただ、わたしの視線を浴びるだけであったのだから。わたしは例によってスチュワーデスにウイスキーと氷とグラスを何度も貰い、それを飲みながら『金枝篇』を読み、時々、守屋とも話をし、そして優子を見つめることで、飛行機の中のゆったりとした時間は過ぎていった。わたしは優子のその優しい仕草を、本当に嬉しく感じながら、長い時間を過すことができたのだった。それは昨日の夜、彼女がわたしをどう思っているかを、告白しているのでもあった。めぐみは時々こちらを視て、通路を挟んで、主として守屋と話をしたり、笑いあったりしていた。われわれは長いヨーロッパ旅行の終焉の時間を過しているのであったが、みんなが若かったせいか、そんなに疲れたようすでもなかった。しかし優子は昨日の夜、すぐに眠れなかったのか、ちょっとだけ疲労している風情があった。病的な雰囲気の女性はなんだか、目つきが潤んでいたりするので、それが却って艶めかしい雰囲気を醸し出すこともあるものだが、優子は開いた眼でわたしを視ることはあまりなく、やはりただ、少しだけ色っぽい情感を見せる感じでもあったのだ。時々トイレに行くのだろう、立ち上がって通路に出てくる時は、守屋やわたしに笑顔を見せ、元気であることを知らせた。食事が何回か出て、朝なのか夜なのか、飛行機の中では解りにくかった。飛行機というのはたいてい、雲のさらに上空を飛んでいるのだ。こんな時、時計の時間は、どのように設定していたのか。わたしは、ふだんはめったに腕時計をしない主義であったが、今度の旅行では知り合いの時計を借りていった。到着する頃、現在の現地時間は何時何分です、というアナウンスがあって、それに時計を合わせるのである。この北回りのソ連上空にあった何時間はパリの時間になっていた。だから飛行機が日本に近づいた時、現在、日本時間は、〇月〇日、午前〇時〇分です、といったアナウンスがあるのだ。

やがて、飛行機は成田に到着し、われわれ一行はこの空港で解散ということになった。出国時と違って、税関などの個人検査は比較的に簡単で、空港の中に出る前に、われわれの旅行鞄などの荷物を受け取る場所があった。そこにはどこか上のほうから荷物を運んでくる回転エスカレーターのようなものがあり、待っているわれわれの目前に来た時は、荷物はわれわれの前でぐるぐると廻っていた。そこでわれわれは、自分の鞄らしきものが出てくるのを待つのである。旅行代理店の、見憶えのある社員が現れて、われわれの鞄の発見を見守っているのである。そして、われわれ全員がそれぞれの鞄などの荷物を発見し、それを持って出口を出た所で、代理店の社員はわれわれ一行の前で、それ以降のわれわれの行動を指示すべく、やや大きな声で、皆さん、わたしの周りに集まってください。そう言いながら、一行の前列にいたわたしと添乗員氏に深々と礼をし、森先生、ご苦労さまでした。今後のいろんなことは追って連絡させていただきます。それから、皆さん、添乗員の山内さんにも、お礼を言ってください。今度の旅行が無事終了し、こうして成田空港に戻られたのも、このおふたり、森先生と山内さんの努力のおかげなんですよ。では、あと、皆さんのそれぞれのお帰りに関して、行く前にも説明はあったと思いますが、確認の意味で、ここでもう一度説明します。と言って、彼は東京駅への帰還の道筋を説明した。東京に帰るには箱崎行きのバスに乗るのが一番らくで、バスを降りると東京シティエアターミナルがあります。そして箱崎へのバスに乗る場所、成田エクスプレスの乗り場などを、てきぱきと説明した。そして、解らなかった人のためにわたしがいくらでも説明しますので、わたし、暫くここにいますから、不明の点は遠慮なく質問してください。では、森先生と山内からもひとこと、ご挨拶のお言葉を戴きたいと思います。まずは、先生、お願いいたします、と言ってわたしのほうを見た。わたしは突然の指名に驚いたものの、指名されたのだし、そういう機会もあるかもしれないと思っていたので、密かに用意していた挨拶の言葉を話すことにした。

皆さん、無事、日本に帰ってきました。ヨーロッパで今まで画集などで見て来たいろんな作品の実物にお目にかかった、愉しく、かつ勉強になった旅行だったと思います。また、それぞれいろんな思い出が残ったと思います。今後の学生生活やさらにつぎの人生に役だててくださいね。長い長い道のりでたぶん皆さん、相当に疲れたと思います。今日はそれぞれ自宅なり下宿などに帰って、疲れを癒してください。でもご両親とか、皆さんの報告を心待ちにされていて、あるいは一晩中寝かせてもらえないようなこともあるかもしれませんね。飛行機の中では時間がはっきりしないので、時差ぼけというのがあって、暫くは頭がすっきりしない人もいるかもしれません。でもご両親やご兄弟の方々も皆さんの御帰宅を心待ちにしておられると思います。今夜はその辺、覚悟のうえで臨んでください。ぼくはぼくで、帰って少し落ちついたあたりで、今度の旅行の慰労会を新宿のぼくの知っている店でやりたいと、帰りの飛行機の中で考えてきました。これはあくまで自由参加ですが、新宿の伊勢丹の東側の通りの、映画館のある角を右に曲がった狭い通りのすぐ、左側に小さな看板が出ていますが、店の名まえは、「玄海」と言います。北九州の玄界灘の玄海を使った名まえで、すぐ解ると思います。小さな入り口ですが、急な階段があり、その地下一階が店です。ドアを開けて入ると、右側に座席が並ぶ通路があり、一番奥に、いろりのある田舎ふうの和室っぽい部屋と、その横に大きめのテーブルがあって、周りを椅子がたくさん囲んでいる、そんな席で、すぐ解ると思います。その大きな席を予約しておきますが、そこで、今日から二週間あとの九月十八日、土曜日の六時から、慰労会をやりたいと思います。集合場所は、新宿東口を出てすぐの、紀伊國屋書店の入り口左脇に二階に上がるエスカレーターがありますが、その横は、歌舞伎町のほうへの通路になっているんですが、そのエスカレーターの横の通路の入り口あたりにしたいと思います。あとで、ぼくの名刺を皆さんにさしあげますから、出欠を、直接、ぼくの事務所アパートか、あるいは、トシビの生活デザイン科の研究室の助手さん、だれでもいいですから、森主催の慰労会に出るか出ないかを十三日月曜までに連絡してください。ぼくもその電話を待って、店に正式に予約の連絡を入れますから。連絡のなかった方は、不参加と考えます。そこで、今度の旅行で愉しかったこと、心に残ったこと、あるいは苦労したことなど、いろいろみんなで話しましょう。参加費はひとり千円で、残りはぼくがもつことにします。今言ったことを、あとでノートにメモしておいてください。じゃあ、あとは添乗員の山内さんのまとめをお聞きして、解散ということにしましょう。挨拶、以上です。本当に、お疲れさまでしたね。そして愉しい旅行をごいっしょしてくださった皆さんに心から、感謝しています。それから、来週月曜からは後期の授業が始まりますから、お忘れなく。ではね。わたしは名刺入れを取り出し、名刺を全員に配った。

　わたしのあと、添乗員の山内氏が短い挨拶をして、その場で解散になった。わたしの教え子さんたちがそれぞれ、挨拶にやってきたから、わたしはその場で暫く彼女たちと応対していた。そしてひとり、ふたり、あるいはひと塊になって、それぞれの方向へと消えていった。最後に守屋と優子、めぐみの三人がわたしの横に残った。みんな、本当にお疲れさん。どこかで、空港内のレストランで一休みしようか。と声をかけた。わたしたちはひと塊になって、車付きの旅行鞄をゴロゴロと引っ張り、空港内を歩きだした時、先生、みんな。サッポロビアホール成田店、という店の看板をみつけてよ。そこに行きたいんですよ、と守屋が言うのだ。なんか、わけありだね、そう言いながらわれわれは、飲食店やお土産屋のある通りを歩いた。そしてみつかったその大型レストランに入っていった。奥のほうの窓際の席についたわれわれはまず、生ビールの大ジョッキと中ジョッキをそれぞれ注文した。窓から、空港の広い飛行場が見えており、旅の情緒はまだまだ、われわれを覆っているのだった。守屋は、店に入ると同時に、先生、そして田川さんや大須賀さん、おれね、飛行機が到着した時、すぐ東京の友人に電話したんだ。ロンドンから航空便も出して、成田到着の時間などを連絡しておいたんだけどね。そしたら、さっきの電話で、友人がね、自分の車で成田まで迎えに行くから、少しだけ待っていてくれ、って言うんですよ。自分は上野に出て、そこから東北線に乗るつもりでいるんだけど、みんなの希望の場所まで、彼が送ってくれると思うんだ。みんな、もしよければ、ここで、そうだな、三時間ほど、になるかもしれないけど、いっしょに待たないかな。先生、どうですか。友だちが車で来るので、いっしょに乗って、上野でもいいし、先生の四谷でもいいし、ゆっくり帰りませんか。と突然のように言うのであった。わたしは、帰りは箱崎までバスにでも乗ろうと考えていたのだが、それもいいな、車に乗ったまま、四谷に着けるとはありがたい、と思って、優子とめぐみに、おれは賛成だけど、どうかな、きみたちは？　と訊いてみた。ふたりは顔を見合わせて、どうしようか、と検討しているような雰囲気だったが、たがいに頷きあって、じゃあ、わたしたちもごいっしょさせてください。今晩中に鷹の台まで帰れたらいいんですから。誰も待ってる人はいないですしね、とめぐみが代表して言った。守屋は頷き、よかった。それじゃあ、最後までこの四人でいっしょに過せるね。じゃあ先生、そうしましょう。おれがこのレストランを指名したのは、その電話の時、友人がこの店の名を言って、ここで待てと言うんです。みんな、時間はたっぷりあるから、トイレに行くとか、おみやげの買い物するとか、取りあえず、この場所を拠点に、しばらく過すことにしよう。おれは、先生の言われた慰労会にはたぶん出れないから、今日が慰労会のつもりでいます。みんなも、今後、元気で学生生活、頑張ってね、と守屋は言葉を締めくくった。わたしたちはなんだか、本当にほっとした。疲労が半減したように元気が出た。わたしもあちこちでバスや電車の乗り換えをせずに四谷に帰れるのはラッキー、と正直思った。そして、その、守屋の友人という人に、優子たちを国分寺か鷹の台まで送ってくれるよう、頼んでみよう、と思ったのだ。その時、生ビールの大ジョッキが四つ運ばれてきた。改めてメニューを見直して、それぞれが食べ物を注文することにした。わたしたち、旅行の後半をともに過した、いわば仲間のような四人は、ジョッキをたがいにカチッと音をたてて乾杯した。当然ここはサッポロビールであったろう、久々の日本の生ビール。われわれは久々の日本の生ビールをごくごくっと飲んだ。喉を下に向かって冷たい液体が降りていく、その感覚がわれわれを一気に生き返らせくれるようだった。ロンドンでも、ひとりでパブというものに入ってみて、ビールの本場だという街でビールを飲んだのだが、わたしの舌にはそれほど、おいしいとは感じられなかった。やはりビールはニッポンだ。わたし自身は決して、日本第一主義者などではない。だいたい、国家などというものもいらないし、国境も必要ない、そう考えている人間なのだが、思わず、日本の生ビールを賞賛してしまった。そんな感懐を、われわれは共有しているようでもあった。思えば、ワインばかり飲む旅であったな。もっともわたしは寝るまえは、必ずウイスキーの炭酸割りを飲んでいたのだが。行くまえからヨーロッパの水はあまりよくない、と聞かされていたため、炭酸水で割って飲んでいたのだ。守屋が言った。先生、おれのビールの半分は、飲んでくれますか。口、つけちゃったんだけど。いいよ、もちろん。

守屋がひと口、生ビールを飲むと立ち上がって、おれ、まずはトイレに行ってきますよ、と言って立ち上がり、店外へと出ていった。わたしは優子とめぐみを見つめながら、助かったね。バスと電車を乗り継ぐのも疲れるところを、車で行けるんだから。おれも二、三回、海外に行ったけど、こんなに気楽な帰り道は経験したことないよ。さすがに疲れたね。めぐみがすかさず、そうですね、飛行機が到着し、いろいろあってこの店に辿りついた時はさすがに、ぐったり、疲れを感じました。

よね、優子。優子も同意し、先生や守屋さんと最後までごいっしょできるなんて、本当に思ってもみなかったわ。夏休みなんかに九州へ帰郷し、また東京駅に到着した時なんかも、これから長時間、国分寺まで電車に乗り、それからまた西武線に乗って鷹の台まで行くんだと思うと、もう疲れが出ていたもんね。めぐみが言った。日本のビールがおいしいわ。もうなくなりつつあるけど、つぎはなににしようかしら。なんか食べようかなと呟いてメニューを開いた。ヨーロッパと違って、メニュー見るのも簡単だよね。フランス語、スペイン語、英語、みんな少しずつ違っているから、メニュー見るのも大変だったよ。とわたしが言うと、そうだ、日本のワイン、飲んでみようかしら。どう違うのかな、ヨーロッパのワインと。優子が久しぶりにはしゃいだ言い方をしたから、彼女はすっかり解放された気分になったんだな、よかった。わたしは彼女の掌をテーブルの下でそっと握ることができないため、少し残念だったが、そんな機会はまたきっとあるさ、と心のなかで呟いた。たちまち、四谷の街並や新宿の夜の光景が胸のなかに湧き出してきた。そして、なんとなく湿っぽい店内の空気が、却って郷愁を感じさせていることに気がついた。守屋が戻ってきて着席すると、優子とめぐみも立ち上がり、わたしたちもちょっと外に出てきます、と言ってわたしと守屋を交互に見ながら、しかし、そうだ、先生、わたしたち、ハイボールを注文してきますが、先生はどうですか？　と優子が訊いた。うん、いいね、じゃあ、おれの分も頼む。守屋はトイレから戻ってきて、ビールの残りは先生にプレゼントだ。そうだ、久しぶりに日本のかつ丼を喰ってみようかな、と言った。ふたりはレジの所で注文しているのか、店員と話をすると、店の外へと出ていった。例のおっしこかな、ふたりは、と考えるとなんだかおかしかったが、むろん、守屋には言わなかった。

守屋は半分ほど残ったビールを、先生、残り物で悪いけど、あと頼みます。独特の軟らかな眼つきで、先生、やっぱり疲れましたね。国内旅行だと、こんなに疲れた！　という感じはしないんだけど。と言った。わたしも同意したが、でもきみのおかげ、というかきみの友人のおかげで本当に助かったよ。これから、バスや電車を乗り継ぐんだとばかり思ってたからね。そうね。でも実はヨーロッパに来るまえから、友人は車で成田まで迎えに行くから、って言ってくれていたんですよ。だけど、四人がこんなに仲良くなるなんて考えてもみなかったから、ずっとこのことは言わなかったんです。おれも、こんなふうにくつろいで過すことができて、ありがたく思ってます。ともかく、旅行の途中から、あのふたりと先生と仲良くなれて、それも幸運でした。きっと生涯の、忘れがたい思い出になるでしょうね。そうだ、あとでみんなで写真を撮っておきませんか。記念にね。うん、いいね。そうしよう。じゃあ、あのふたりが帰ってきたら、そうしよう。ぼくのカメラでもいいし、守屋くんのカメラでもいい。撮影はここの店員さんに頼もう。ギャルソンにですね。そう言って守屋はにたり、と頬笑むのであった。守屋くんの秋田の住所や電話も教えてよ。ああ、名刺持ってるかな、高校の先生だと。彼は名詞を三枚出してきて、その一枚をわたしにくれた。残りは優子とめぐみに渡すのだろう。ところでその友人というのはトシビの卒業生？　そうです。同級生でクラブも同じでした。ぼくと彼は柔道をやってたんですよ。あそう。強かった？　いやいや、四年間でやっと二段まで進みました。そりゃあ、たいしたもんだ。おれは芸大の一年生の時、ボクシング部に入っていたんだけど、こっちは段位はないからね。自分の実力がどのくらいか、全然解らない。まあ、それはそれでいいんだけどね。ところで、友人の方はどこに住んでるの？　池袋の奥のほうです。電話番号がずっと変わっていないから、きっと同じでしょう。そうか、それだったら、東京に着いたら、まず四谷でおれを降ろしてもらい、ちょっと遠いが、彼女たちを国分寺か鷹の台まで送ってもらえないかな。たとえば新宿あたりで降ろしてもらうと、重い鞄をぶらさげて、また国分寺までゆき、バスか電車を乗り継がないといけないもんね。もしなんだったら、鷹の台を先にして、四谷まで引き返してもらって、守屋くんはおれのアパートに泊まっていってくれて構わんよ。いやいや先生、泊まるなら、友人の所にも泊まれるから。じゃあ、その辺、その友人と相談して、一番無理のない行き方で頼むよ。わたしは、テーブルに届いているハイボールをひとくち、ふたくち飲んだ。そして、守屋の残したビールをわたしのジョッキに移した。そして、おれもトイレ、行ってくるよ。そう言って店を出て、左、右？　左です。少し行くと表示が出てるから、すぐ解りますよ。

わたしが表示のとおり左に曲がってトイレに向かった時、その通路でなんと優子と顔を合わせたのだ。わたしは彼女を抱くようにしてわたしの軀にくっつけてみた。優子は拒むことなく至近距離から、わたしの眼を見ながら、先生、このあいだ、言った約束の言葉です。と小さな声で囁くように言った。わたしも、先生のこと、好きです。そう言って、これでいいかしらね。言いながら恥ずかしそうに下を向いた。わたしは感動して、彼女の両肩を両手で抱くようにして、彼女の軀を抱きしめるように、わたしの軀のほうへとくっつけた。優子は、先生、今日はここまで……。あとからめぐみが帰ってきますから。そう言ってはにかんだが、わたしの両手を振り払うような仕草はしなかった。わたしは、さっと、彼女の唇にわたしの唇を重ねて、そしてまた素早く、軀を離して向き合うような体勢に戻した。すぐに、優子の背後からめぐみが顔を出し、あれっ。今、おふたりは、ひょっとしてぴったりとくっついていませんでした？　と、にやにや笑いながら言うのであった。いやあ、そんなことないよ。誓って言うけどね。わたしも笑いながら答えて、急いでトイレに行くところで、おたがいのおでこがぶつかってしまったんだ、痛かったよ。と言いわけにもならないことを言って笑った。なるべく冗談めかして。いたいけな女の子、しかも同じ大学の学生さんとキスするなんて。罪の意識などというものは、自分の本性に、基本的にないものであったかもしれない。

やがて、守屋の友人が登場し、われわれは紹介され、友人がコーヒーを飲み終わると、早速出発することになり、空港の地下駐車場にあった彼の車に同乗させてもらうことになった。そして空港を離れた車は、すぐに高速道路のような通りに出ると、友人はかなりのスピードを出して突っ走った。友人の横に乗った守屋が後部座席のわたしや優子、めぐみのほうを振り向きながら、先生、今度の慰労会、さっきも言ったように出れないのが残念です。でも、東京に来たりした時は連絡します。また、こうして会えたらいいですね。先生、旅行のあいだ、生意気そうな口をきいたりしましたが、ごめんなさい。でも、本当に、旅行の後半、愉しかった。先生たちといっしょに過せて。そう言うので、いや、おかげで、このふたりとも気軽につきあえるようになったのは、きみのおかげだよ、そう返事したのだった。車中でも四人の、いや、守屋の友人も入れて五人のお喋りが続いたせいで、たいした時間もかかった気がしないうちに、車は東京に到着した。友人は、まず四谷のわたしのアパートのあるあたりで車を停めた。まず、わたしだけが車を降りた。友人トランクから荷物を出してもらうと、残りの四人の乗った車は新宿通りをまっすぐに西へと去っていった。後部座席の窓から、優子とめぐみがこちらを振り向いて、ずっとわたしのほうを見つづけていたのだ。わたしも片手を振り続けた。守屋は友人とともにまずふたりを鷹の台まで送り、今夜は友人の所に泊めてもらうのだと言っていた。疲労感もさることながら、充実感も大きく、夜の四谷の街路を少しだけ歩いて、ホワイトホースの横から、すぐに梓アパートへと、到着した。

旅行の疲労は、空港から守屋の友人の車の中でのお喋りですっかり、取れているようだった。その夜以降、わたしは、九月の第二週の、つまり来週の木曜に優子のアパートに集まることは決まっていたから、その日を心待ちにして、毎日を過ごしていたのだった。

• 9

その日は九月九日の木曜日で、わたしの後期の授業が再開される日であった。御前中の基礎デの教室、午後の生デの教室で、夏の旅行に参加した学生さんたちと、あまりめだたないように、旅行の思い出を少しだけ語りあった。もっとも基礎デでの授業は講義だったので、ただ、笑顔で挨拶を交わしただけだったが。生デの授業は実技だったから、学生さんたちの間を縫って、旅行組に近づいて、簡単な会話をしたのだ。旅行は参加したくとも経済的な理由で、あるいは別の理由で参加できなかった人たちの前で、大声で愉快そうに思い出話をするのは禁物であった。四時十分に授業は終わり、共同研究室で、まず、わたしに旅行への同行を推薦してくれた高見教授に、お礼の言葉を伝え、お土産の小品を渡し、学生さんたち全員が無事に帰国したことなどを報告した。旅行中に出した絵ハガキはまだ届いていないようであったが、彼も無事に旅行を終えたことを喜んでくれた。今日はちょっと先約があるからだめだけど、来週は、飲みに行きましょう、高見教授はにこっと笑うのだった。その日、出校日だったほかの先生たちもヨーロッパの話を聞きたがったが、わたしは笑いながら、また徐々に話しますよ、と答え、その日は、五時十五分頃研究室をあとにした。そして鷹の台駅のほうに向かってゆっくり歩き出した。トシビを出るとすぐ近くを、江戸時代あたりから神田川とともに江戸に新鮮な水を運ぶ玉川上水とよばれていた川があったのだが、たぶんその老朽化したかのような古びた小川があって、川幅は狭いわりに少量の水の流れる谷底のようなところまでがかなり深い川で、両側は崖のように直立しているのだ。無頼派ともよばれた作家の太宰治が女性と情死（投身自殺）した、あの川であった。かつてはそんな自殺ができるくらいの水量があったのだろう。その川の両岸は細い路になっており、学生さんたちが鷹の台駅から徒歩で登、下校する時、通る道であったのだが、わたしもいつからか、バスで大学まえに直行できるコースをやめて、自然の風景をしっかり再現しているこの道を歩くことにしていたのだ。そして、ある通りに出て左に行き、すぐ右に曲がると、西武線の鷹の台駅のすぐ前まで、商店や飲食店の並ぶ、商店街があった。ただ、その通りの左側は、日大か法政大の付属高校のグラウンドがあるらしく、高い金網の垣根があったから、大きな商店街というわけではなく、まあ、片側だけが商店街というこぢんまりとした道路であった。その路の中ほどに、鷹の台郵便局はあったのだが、その郵便局の二階に、優子は住んでいるというのだ。その前の道、商店街をわたしは週に一回、いや、行きと帰りの往復だから二回は歩いていたのだが、その一画に優子のような魅力的な女が住んでいるなんて、知るわけもなかったのだ。わたしは教えられたとおりに、郵便局の横の狭い道から建物の裏側に出ると、二階へと上がる階段があった。そして、二階には小さな部屋がいくつか並んでいた。三号室だという彼女の部屋のドアをノックすると、すぐドアは開いて、優子が顔を出した。導かれるように中に入ると、台所のような小さな部屋があり、その奥に六畳くらいの部屋があった。中央に座卓が置かれ、その上にいろんな料理や、ビール瓶などが並べられている。先生、どうぞ。座卓に向かって、出された紺の座布団の上に座ることになった。まずは、駆けつけ一杯ですね、と優子は言い、ビールの栓を抜いて、わたしのコップに注いでくれた。わたしも彼女からビール瓶を取って、彼女のコップに注いだ。軽く乾杯し、再会、おめでとう、とわたしは言ったが、おめでとうはおかしいか、と笑いながら続けて言うと、優子も笑って、適当な言葉がないですね。と同調するように言った。まあ、こんなに早く再会できて、本当によかったよ。そうですね。わたしたちはビールを少し飲んだ。まだ充分暑い季節であり、ビールは喉に冷たかった。めぐみさんは?　と訊くと、少しだけ遅れるそうです。天平に行ったんですが、もうすぐ来ると思います。わたしも、商店街にちょっと行ってきます。忘れた買い物があるので。ちょっとだけ待っててね、そう言ってわたしをひとり部屋に残して、そして、すぐに戻りますからと言いながら出ていった。

わたしの背後を見ると大きめの窓があり、建物の裏側の雑木林や民家などが遠く見えていた。右側には押し入れの襖、その襖と窓のある壁ぎわの角っこに、イーゼルに掛けた油絵が置かれていた。そこには裸の女性が椅子に座って、こちらを向いている絵が置かれているのだった。これは、ひょっとすると、優子の裸の自画像ではないか、と気がついた。おかっぱが少し長くなった髪が白っぽい貌の上部と左右を覆っている優子らしき顔があった。ふたつの胸はそれほど大きくなく、白っぽい腹部、両膝は僅かに開いていて、しかし両腿は奥に行くとぴったりとくっついて閉じられ、下腹部の両腿の合わさったあたりが、少し暗く翳っている。右手はやや上に突き出されて絵筆を握り、左手は臂のあたりから下は視えず、溶いた絵の具が見えているパレットらしきものが、左胸のやや下に描かれていた。たぶん、優子が裸になって椅子に座り、絵を描きながらの自分の像を大きな鏡にでも映しながら、この絵を描いたのだ。そうか、優子はわたしに自分の全裸像を見せるために、この絵をここにさりげなく置いて、わたしがゆっくり鑑賞できるようにともくろんで、買い物に、と言い置いて外に出ていったのであろう。本物の裸体はいつか見せることにして、今日はまずは前哨戦として、絵に描いた自分を、つまり間接的に自分の裸体をわたしに公開したのだ、きっと。そう思ってわたしはしげしげと絵に見入った。優子のふたつの乳房は予想どおりそれほど大きくはないんだな。それから体毛もあまり濃くないような感じだ。なにしろ平面の絵画だから抱きしめるわけにはいかないところが憎い。しかし、しばしその自画像にわたしは魅了されていた。

優子がドアを開ける音がして、すぐに奥の部屋に入ってきた。皮つきのピーナッツと、枝豆の茹でたようなものを、これを買ってきました。皿に入れますね、と言いながら、台所から大小の皿を取り出してきて、テーブルの上の料理の隣に並べて、ピーナッツや枝豆を載せると、そうだ、枝豆の殻を出す皿がいるわ、ちょっと待ってね。と声をかけながら、台所に戻っていった。後ろ姿のスカートが揺れて、白い太腿の裏側がちらりと見えた。なんだか、落ち着かなくてごめんなさい、先生。そう言いながら、戻ってきて、わたしの横に座った。やはり紺色の座布団を敷いて横座りになり、両膝が少し離れているのが見えた。先生、ビールのほかにウイスキーもありますよ。そのほうがいいですね。うん、そうだね、そうしてもらおうかな。氷と水も頼む。コップはこのままでいいよ。そう言うと、いいえ、先生用に用意した、もう少し上等なグラスもありますから、そう言って立ち上がる時、また太腿も少しだけ、揺れるスカートから覗いているのが眼に新鮮だった。案外、よく働く女なんだな、優子は。そうか天平でアルバイトしてるんだったら、こういうことはお手のものか。わたしはコップのビールを空にして、氷と水とグラスなるものがやってくるのを待った。自画像を振り向きながら、背中やお尻の見える自画像があってもいいんだけどな、といつもながらの下品な発想に自分でも苦笑した。優子の裸のお尻が視たかったのだ、実際。優子は少し重くてギザギザした刻み目のような感じのするグラスを三個、持ってきた。そしてわたし用のグラスにサントリーの角瓶からウイスキーを注ぎ入れ、氷を入れ、水を薬缶から注いで、座卓のわたしの前に置いてくれた。このグラス、先生が来られた時のために、国分寺で買ったんですよ。わたしの分とめぐみの分も揃えてね、と言って頰笑んだ。きみは？　このビールの残りをまず飲みますね。と、コップを傾けてビールの残りをごくっと飲んだ。白い喉が鳴るように動いた。今日は、まずはきみの裸を披露してくれたんだね、代用品だったけど。嘘！　と言いながら、少しだけ顔が赫くなった優子は立ち上がって、いやだ、こんなところに出しっぱなしのままで、と言いながら、油絵とイーゼルを押入れの襖を開けて、中に入れてすぐに閉めた。別に、あれは自画像じゃないですよ。大学でモデルさんを視ながら描いたんですから。別にごまかさなくてもいいよ。堪能したからね。いつか、本物に出遇えるかもしれないし。まあ、予行演習みたいなもんだね。優子は、いやいや自画像じゃないんですよ。そう言いながら、自分もギザギザの見えるグラスで水割りを作った。

その時、ドアをノックする音が聞こえ、めぐみが来たようであった。ドアは空けてあったのか、かってに入ってきためぐみは、先生、お懐かしゅうございます。と用意してきたようなセリフをそのまま口に出して頰笑みながら、わたしたちの前に座った。もうだいぶやってるんですね、もう六時過ぎか。遅れてすみません。優子、天平の女将（おかみ）さんがね、体調がよくないから、休まずに手伝ってくれないか、って言うのよ。でも、大事な先生が来られるので、と正直に言ってね、断って来たのよ。女将さんには悪かったわ。でもほかの店員さんもいたしね。先生も天平は来られたことがあったんですよね。いやあ、もう何年まえだったか、二階の畳敷きの大きな部屋に入ったことがあったよ。おれは親しい近代デザイン史の高見先生に誘われて行ったんだが、そこに、高見先生のやや苦手の先生がいたんだね。その先生というのは、実はおれの大学の先輩でね。おれも顔は知ってたが、遇うと挨拶するくらいで、あまり話はしたことはない。有名な現代美術の評論家でもあるんだけどね。まあともかく、それ以来、天平には高見先生はあまり行かなくなった。国分寺駅まで行って、駅まえの通りの北側にあったグランドピアノが置いてあった暗めのクラブのような店にはよく行ったよ。そこに色っぽいママさんがいてね。それから、あとは専ら新宿だな。ゴールデン街というバアや怪しげな店も軒を連ねている一区画があってね、そこの二、三軒の店というかバアをはしごするわけ。高見先生って、近代デザイン史の先生でしたか。わたしも習ったことありますよ。とめぐみが言った。優しそうな先生だったわ。そうそう、あの先生がね、今度の旅行の随行者として自分を旅行会社に紹介してくれたんだ。とってもいい先生なんだよ。優子は、そうなの、それならわたしも取ればよかったわ。惜しかったわね。でも、その高見先生のおかげでさ、おれはきみたちと、こうして出遇え、そしてこんなに仲良くなれたんだ。恩人だな、まったく。

おれがね、トシビの生デに行くようになったのは、ある年、その学科の専任になったMさんという人が、専任になった最初の年の前半を、すでにオランダだったかに遊学することに決まっていたもんだから、彼の不在の半年間だけ、ピンチヒッターとして顔を出したんだ。で、前期の授業だけ、つまり夏休みまでのピンチヒッターという約束だったんだけど、高見先生がおれにさ、来年、森さん用に新しい講座を作るから、来年から、正式の非常勤講師として来ませんか、と声をかけてくれたんだよね。そこでつぎの年から週一日だけど、トシビの生デの非常勤になって来ることになったんだよ。それから、高見先生とはすっかり仲良くなったんだね。まあ、彼が年上だったから、可愛がってくれたんだろうな。あとで聞いた話だと、この科の主任教授が芸大のむかしの工芸デザイン科を卒業した人で、おれが後輩にあたる、というんで、高見先生を通して、講師になるよう促進してくれたらしいと言ってる人もいた。先生、その、非常勤講師って何ですか？とめぐみが訊いた。うん、そうか。大学ってさ、専任と非常勤というのがあってね、専任はその大学に属していて毎月給料貰っているその大学の専門の先生というわけ。専任講師から助教授、教授、というふうに偉くなっていく。非常勤講師は、時間給で雇われた労働者教師で、給料なんかほんとに安いんだけどね、おれのばあい、本職の本のデザインで飯食ってるだろ。トシビには週に一回顔を出すだけだから、なんか、新鮮な気分になるんだ。若い娘さんたちがたくさんいるし。つまり、まあ、息抜きになる。ただ、非常勤講師を週に一回だけやっても、メシは食えないよ。お金があまりにも安くてお話にならない。だから非常勤講師で生活している人などはあちこちの

大学のかけもち、とか、とりあえず時間給を増やさないとやっていけない。しかし、大学ってい
う所はね、専任は少なく、大半が非常勤でやっているようだ。要するに大学はその辺、お金をけちっ
てるわけだ。専任だと、年齢にもよるが、それなりに儲かるよ。給料がいいからね。ボーナスな
んかもしっかりあるし。などと言いながら、ウイスキーの水割りを、ゆっくりだが飲み続けていた。
優子もだいぶ飲み、自宅だから、まあ、借りているアパートだけど、ともかく帰る必要がないわ
けだから、何となく安心で、ヨーロッパ旅行中よりも、早めに酔いが廻っているようにも見えた。
しかし、ここでぶっ倒れても問題はないわけだ。自分なども、外で飲む時は、とくに緊張するわ
けではないが、とりあえず、しゃきっとしているが、四谷のアパートで飲んでいると、酔いが早
いような気もする。

優子が、旅行の時、撮った写真ができてるから、見てみます？　と訊いた。先生がたくさん写っ
てるわけじゃ、全然ないんですけど。と言いながら、机の上に用意してあったのだろう、写真の
塊を出してきた。しかし、テーブルの上には料理がだいぶ残っていた。まずはこれを片づけましょ
う。先生も食べて。めぐみはお酒より、食べ物でしょ。どんどん食べて。これって優子が作った
わけじゃ、ないよね。へへへ。もちろん、買ってきたものばかりよ。料理は面倒だし自分ではあ
まりできないの。ただ、九州の食べものが恋しくなると、自分で作ったりするけどね。長崎チャ

ンポンっていうのは、あれは長崎のほうしかないんだろうね。確か、佐世保あたりで喰ったような気もするけど、とわたしが言うと、わたしの故郷の松浦のあたりは、ありますよ。長崎に近いですから。そうか、松浦は佐世保にも長崎にも、比較的近いんだったよね。ふたりの話はつきなかったのだが、わたしはウイスキーの水割りをゆっくりと飲み続けた。そして、そうだ、成田で解散する時、自分が言った新宿での慰労会だけど、きみたち、参加するだろ？　その店、玄海というんだけど、不思議だね、きみたちが玄界灘に面するあたりで生まれ育ったことを識ったのは、旅行の最後の夜だったんだけど、おれが玄海に最初に電話入れた時は、きみたちとこうして知り合いになるなんて、夢にも思ってなかったものね。なにかしら、ぴーんと感じたのかな。おれはそんなに勘が鋭いわけではまったくないのにね。そう言うと、すぐめぐみが、優子がね、テレパシーを先生の頭の中に送っていたんじゃない？　と言って笑った。優子も苦笑して、そうかなあ。不思議ですね。ところで、九月十八日の土曜だから、来週の土曜日なんだけど、めぐみさんは天平の日かな。それはなんとかなりますが、優子どうする？　参加しようよ。先生の主催なんだから、応援する意味でもね。玄海にも行ってみたいわ。玄海って、北九州出身の人がやってるのかな。そうすると北九州の食べものが食べれるかもね。行きましょう、めぐみ。わかったわ、わたしも出席。そうか二名確保だな。守屋くんはさすがに遠くて来れないと言ってたけど。めぐみが言った。もう、十時半ですから、わたしはそろそろ帰るわ。先生は残ってもいいんですよ、と言ってめぐみはいたずらっぽく、にこっと笑うのであった。わたしはもう少し残っていたい、とも思ったが、また機会はあるだろう、と考えて、立ち上がりながら、いや、おれも帰るよ。今日は大ご馳走になってしまったね。散財させてしまってすまなかった。先生、それは皮肉ですか。ろくに料理しなかったことへの。優子はすねたように言ったが、もちろんその貌は笑っていた。わたし、鷹の台駅まで送ります。じゃあ、みんなでいっしょに出ようか。とめぐみも言い、駅からの帰りにあと片づけを手伝うわ。そう言いながら、三人は鷹の台商店街を駅へと歩いた。といっても、二、三分とかからなかったのだが。商店街から駅のほうの暗い夜空を見上げると、このあたりは、東京の郊外にあり、まだ空気が澄んでいるのか、星の群れのちらっちらっと小さな光の輝きがわたしたちのほうに向かって、静かに音もなく降ってくるのであった。

• 10

九月十八日の土曜の五時半、わたしは、新宿紀伊國屋書店の一階のエスカレーターの横の通路に立っていた。待ち合わせの人、通路を歩く人、やはりここはいつでも人の波が途切れることがない。優子とめぐみはちゃんと来るかな。参加の約束はしてあったが、期待と不安がいっしょになった気分で、わたしは、店内の書棚が透き通って見えている大きなショーウインドウの厚いガラス戸に寄りかかるようにして、彼女たちやほかの学生さんたちを待っていた。生デの研究室に参加者からの連絡は入っていた。まず、わたしの生デの教え子さんたちが三、四人、人混みの中に見えてきた。やあ、来てくれたね。そう声をかけると、今日はR子が来れないんだって。とその中のひとりが言った。六時に近かった。それから、基礎デの二、三人が姿を現した。今度の旅行で初めて会ったトシビのほかの科の学生さんたちも現れた。顔を憶えきれなかった参加者が四、五人、少しずつ人が増えていった。六時十五分になった頃、心待ちにしていた優子とめぐみが現れた。わたしはほっとした。人混みの中から出て、道路側に集めるようにして、出席者を確認した。なんと添乗員氏の山内もいるではないか。よかった、これだけ集まったんだから。わたしを入れて、全部で十三人。時計は六時半を指していたので、もう待たなくてもいいだろう。玄海の電話番号は教えていたから、あとから来る人は直接、店のほうに来るだろう。じゃあ、皆さん、出発しよう。といってもすぐ近くなんだけどね。今日はわたしが添乗員氏のように先に立って、伊勢丹のほうへと歩き始めた。そして伊勢丹の前の信号が緑色に変わったのを見ると、そのまま直進して、渡った所を左に曲がって、三、四分歩くと、玄海のある狭い道路の角に出た。わたしたちは右に曲がり、すぐに着いた玄海の前で、立ち止まって、皆さん、ここです。じゃあ、ぼくに続いて入って来てね。と言いながら階段を下りて、小さなドアを開き、店内に入ると右側のカウンターの中にいた女性に、予約していた、森という者ですが。全部で、十三人、奥のテーブル席、お願いしますね、と言うと、お待ちしてました。どうぞ奥へ、とカウンターの女性は笑顔で言い、わたしが先頭に立って、奥のほうへと歩き、左奥の大きなテーブル席へと進んで、ここですよ。と言いながら、わたしが左奥の中央の椅子にまず、腰かけた。続いて、教え子さんたちや学生さんたち、優子とめぐみ、最後に添乗員氏が、大きな机の周りの椅子に適宜、腰おろした。隣の囲炉裏のある席はまだお客がいず、われわれだけがその一画を占めると、改めて、店内を見廻すように眺めたり、すぐに、机の上に置いてあったメニューを書いた紙の料理名を眺めたりする人もいた。わたしは、ちょうど、わたしの眼の前の席に座ることになった添乗員氏に、やあ、よく来てくれましたね。お顔を見てびっくりしましたよ。いや、ぼくも二週間、休みを取っていたんですよ。でも、今晩は皆さんのお顔を拝見しに来たので、しばらく同席したら、帰らせていただくつもりです。愛想ないですが。明後日から、またヨーロッパなんですよ。団体客だけど、今度はお爺さん、お婆さんたちという話だから、このあいだの旅行とは全然違います。まあ、ですから、明日は日曜だけど、会社で打ち合わせがあるんです、と言った。

わたしの横の左右には、生デと基礎デの教え子さんたちが座り、左側の店の一番奥の席には優子とめぐみ、というふうに座って、あとはいろんな、学生さん、参加者が残りの席を埋めた。椅子はもっとたくさんあったので、ゆっくり座る余地があった。じゃあ、まず、それぞれの飲み物を頼もう、とわたしが言い、たしか、ウーロン茶などもあったと思う、お酒の苦手な人のために。飲み物が決まったら、店員さんを呼ぼう。それぞれ、食べ物も考えてね。促されるように、それぞれがメニューとにらめっこして、考えこんでいるのが、なんとなくおかしかった。添乗員氏が、わたしが面倒みますね、と笑って。皆さん、決まった？　そろそろ、店員さんを呼びますよ。先生も決まりましたか。と言った。ああ、ぼくはサントリーのオールドをボトルでね。そして、水と氷もお願いします。山内添乗員氏は手慣れた感じでてきぱきと、ビールの人は、と訊いて、五本くらい、まず頼もう、などと言いながら、振り向いて、おおい、店員さん、注文お願いしまーす。と大きな声で呼んだ。まだ、旅行中でもあるかのように。当然ながら、人の世話をするのには慣れているようだった。しかし、それ以上にサービス精神の持ち主だったのであろう。

わたしはウイスキーの水割り飲む人は、グラスだけ頼めばいいよ、と声をかけた。机の上はたちまちビールだの、日本酒のとっくりだの、サントリーオールドの瓶だのが運ばれ、彼女たちのグラスや盃などがそれぞれの前に並んだ。添乗員氏はわたし用の水割りを作ってくれ、水割りを頼んだ、優子の前にも水割りグラスが運ばれていた。わたしが、それじゃあ、お酒はみんな揃ったかな。まずは乾杯しようね。旅行中、事故もなく、急病の人も出ず、こうして無事に東京に、そして大学に戻れました。山内さん、ありがとう。皆さんも山内さんにお礼を言ってね。じゃあ、乾杯！　とグラスを上にかざすと全員が唱和した。そして暫く、酒を飲みながらの雑談がその場をいきなり賑やかにした。山内添乗員氏が、それじゃあ、店員さんをまた呼びますから、食べたい料理を店員さんに言ってください。今夜は先生の驕りだそうだから、いくらでも頼んでいいみたいですよ、とわたしのほうに笑顔を向け、また振り向いて店員さんを呼んだ。そのうち、いろんな料理が机の上に並んだ。箸やスプーンなどが皿とぶつかる音が賑やかに響いた。わたしが言った。まずは、ぼくの横から順に、簡単でいいから自己紹介しようか。じゃあ、Kさんから、どうぞ。Kが立ち上がって、わたし、生デで先生に教わっているKです。終わり。そうだ、得意なこととか、好きなことを、今後やりたいことなんかを、ひとことずつ、言うことにしようか。Kさん、どうぞ。困ったな。得意なことは水泳です。高校の時、単距離平泳ぎの選手でした。終わり。平泳ぎというと、蛙のように股を開いたり閉じたりして泳ぐんだよね、とわたしが口を挟むと、先生っていつだってどこか下品な言い方をするんですよね、と隣から声があがり、皆笑った。いやあ、悪かった下品で。生まれつきなもんでね。続いて、その横のSが、自己紹介した。得意は大食いです。笑い声と拍手が起こった。つぎつぎに、自己紹介が始まった。すらすら自己紹介する人もいれば、そしてもじもじ、恥ずかしそうに俯きながら言う人。それぞれが案外まじめに答えるのだ。みんな、飲み食いしながら、自己紹介していけばいいよ。とわたしが言った。グラスのカチカチいう音、皿と皿のぶつかる音が響いたが、学生さんたちはそれぞれ、自己紹介はするのであった。わたしは聞きながら、頬笑んだり、驚いたりしたが、大机の上に身を乗り出して手を伸ばして、山内添乗員氏の前のウイスキーのボトルを手もとに運んで、また、水の入った大きめのボトル、氷の入った金属の桶のようなものも手まえに運んで、そして自分で、水割りを作った。優子のほうを視たが、その時俯いていたので、わたしの視線に気づかなかったようだった。優子とめぐみの自己紹介は終わっていた。優子は得意なものを、料理です、と言ってわたしのほうに視線を走らせて、小さく頰笑むのであった。優子って案外、ユーモア精神があるな、と思った。めぐみは得意なものは、人のおせっかいです、と言って、やはり、わたしをちらっと視て、笑い顔になるのだった。それからお喋りが始まり、店内のさまざまな雑音に吸収されていった。

時計が九時になった時、一応、この辺で第一次解散ということにして、まだ帰らなくともいい人は残ってください。とわたしが言った。山内添乗員氏が先生、ちょっと、と声をかけて立ち上がるので、わたしも立って、椅子を離れて山内と、囲炉裏席とのあいだの通路に出た。先生、今日は、ぼくはここで失礼しますが、もう少し早めに出るつもりだったんですが、なんだか、愉しくて、長居してしまいました。そう言ってポケットから財布を出すと、一万円札を抜き出して三つ折りにたたんでわたしに渡そうとした。いやいや、山内さん。こっちこそ、いろいろお世話になってきたわけですから、お金はいりません。と押し返した。何度か、そんなやりとりをしたのだが、根負けして、じゃあ、遠慮なくいただいておきます、と受け取ってしまった。いつか、またこの旅行を引き受けると思うから、その時は添乗員として指名しますからね、わたしは言った。旅行中、山内氏が部屋をわたしひとりにして、どこかに行っていたこと。どうやら、部屋割りの時にひとりきりになっていた学生さん（女性）の部屋を訪れていたらしいことを、その後のそのふたりの視線の交差や行動を視ていて、なんとなくわたしは感づいてしまったのだ。彼が、今日参加したのもその学生さんに会うためだったと思う。現に彼女と並んで座っていたし。そのことを彼はなんとなく、罪悪感も持っていたらしく、それを、あのお金で帳消しにしたようであった。わたしは、学生さんもおとななんだし、別に彼らがどんな関係になろうとも、別にかまわない、と考えていたのだ。自分は道徳の先生っていうわけではないんだし。彼は安心したような貌つきになって、同時に立ち上がった、かの女子学生さんと。では先生、今日はお先に失礼します、とまず最初の帰宅組になって去っていった。

何人かが帰ってゆき、優子とめぐみのほかに、生デの教え子さん三人、つまりわたしを入れて六人が残った。この席、六人には広すぎるから、向こうの小さな席に変えてもらおうか、と提案し、店員に告げて、普通席に変えてもらった。わたしたちが移動すると、店員さんは、じゃあ、料理だけ、大きな皿に寄せ集めて、グラスは新しくしますと言って、てきばきと、そんな作業を開始した。わたしたちが普通の席に座るとわたしの横に優子が、その横にめぐみが座り、前席にはKとSとHが座ってわたしたちと顔を見合わすような体勢になった。また、この六人で乾杯するか。

わたしが言うと、隣の優子が、先生、今度はわたしが水割り作ります。と言ってボトルを手に持つと、先生、ウイスキーがもう僅かになってます。じゃあ、もう一本入れてもらおう。通路を通りかかった店員さんに、声をかけ、ボトルを持ち上げて見せ、これをもう一本お願いします、と言った。ビールの人はそれぞれ注いで。と言ってるあいだに、六つのグラスと、大皿に残った料理をあれこれ詰めこんだものと、六人分の取り皿に箸をつけて、店員さんが運んできた。ボトルも来た。わたしが、ここって、ボトルキープできたっけ？　と店員さんに訊くと、だいじょうぶですよ。あとで、サインペン持ってきますから、瓶にサインしていってください。と言い残して席を離れていった。優子が、また水割り作ります。希望の方は、と教え子さんたちに声をかけた。わたしも、とSが言った。わたしと優子自身のものとSのグラスにウイスキー注ぎ入れ、氷と水を加えたものを、わたしとSのまえに置いてくれた。

じゃあ、改めて自己紹介するかな、とわたしはみんなに声をかけた。Kが言った。あたしとSとHは先生の授業を取ってるの。先生ってすっごく優しいのよ。あたしたちは、どちらかというと、ややまじめグループなんだけど、先生は落ちこぼれ的な人たちにもね、優しくて。あるテーマで作業を始める時って、学生を黒板のまえの先生の机の周りに集めてね、その作業の手順とか方法とかをいろいろ教えてくださるの。ところが落ちこぼれ組の人はそんな日、たいてい来ないのよね。すると先生は次の週に来たその落ちこぼれの生徒個人に、先週と同じ説明をしてあげるのよ。翌週もそう。あたしたちのクラスって、全部で四十人くらいかな。落ちこぼれ組って時々、教室に現れるわけ。あたしが先生だったら、絶対、そんな甘え、許さないわ。と怒ったように言うのである。順番が来ると、Hが短い話をしたあとで、ところで、田川さんと大須賀さんだっけ。おふたりは、先生と旅行の時、初めて会ったの。なんだか、凄く親しそうにも見えるわ。と言った。すぐに、めぐみが、いや、そうじゃないの。わたしと、隣の優子はね、鷹の台駅に近い天平って飲み屋あるでしょ。あそこでアルバイトしてるのよ。その店にね、先生が近代デザイン史の高見先生といっしょに来られてね。二、三回お会いしているうちに、店の女将さんが先生たちに、わたしたちのことを、油絵科の学生さんなんです、って、ちゃんと紹介してくれたのよ。それでお知り合いにさせてもらって、それから、店におふたりが来られると席に呼んでくださり、ビールを一、二杯、飲ませてくださるの。でもこちらもアルバイトとはいえ店員業だからね、いつまでもその席にお邪魔してるわけにもいかないでしょ。まあ、そんなわけで、旅行に行くずっと以前から、お知り合いにさせていただいたのよ。と平然と言うのである。うーむ。めぐみって頭がいいっていうのか、機転がきくな。わたしたちが仲がいい感じがしても当然なんだと、教え子さんに無理なく説明してくれるのだ。そうなんだ、質問した学生さんも納得したように頷いた。

お喋りとお酒は弾んだが、十時半頃になると、Sが、先生、わたしとKは家が横浜なんです。うちまで時間がかかるので、残念ながら、この辺でお先にお暇します。と言い、Hもわたしも川崎なんで、いっしょに帰ります。解った。来週から、本格的に後期の課題が始まるから、がんばってね、とわたしも声をかけた。きみたちが一番熱心に授業について来てくれてるから、ありがたいんだ。そうだ、それから、卒論とか卒制とか、テーマによって自分が担当の先生となって、受け持つこともできるから、M先生から、卒論、卒制の話が近く出ると思うから、考えて、なにか決まったらおれに相談してみてよ。テーマにもよるけど、お手伝いできると思うからね。と声をかけた。三人は、はーいと返事しながら、慌ただしく帰っていった。帰り道は解るよね、と後ろから声をかけると、解ります、それから、今日は御馳走さまでした、と挨拶して、入り口のほうに歩いてゆき、ドアの外へと出ていった。めぐみが立ち上がって前席に移動し、自分のグラスにビールを注いだ。優子、先生の水割り、頼むわ。ＯＫと優子は返事したが、その手つきはなんだか、物憂げで、ああ、優子は疲れたんだ、そして少し酔ったんだな、と解った。いや、今度はおれが作るよ、とボトルを手もとに持ってきて、おれと優子の水割りを作った。優子、きみは、ああ、めぐみさんもやっぱり疲れたろう。これを飲んだら、おれたちも今日は帰ることにしよう。そう言って、ふたりを視た。西武線は何時まで走ってるの？　十二時ちょっと過ぎまでありますす、とめぐみが答えた。ふと思いついて、いや、国分寺からタクシーに乗ったら。タクシー代を渡すから。めぐみが、店員が置いていった太いサインペンを取って、サインしておきますね。森、魚という字に、名まえの名、でしたね。変わったお名まえですね。と言いながら、太い大きな字で、ボトルにサインを始めた。優子の瞳を視ると、心なしかとろんとしていて、眠そうであった。じゃあ、つぎに会う日をふたりで決めて、電話して。待ってるよ、と言いながら、残っていた水割りを空にして、さあ、じゃあ、そろそろ帰ろう、とふたりを促した。ふたりもそれぞれ用意し、バッグから財布を取りだすような仕草をしたから、いいんだ、いいんだ、今後はさ、おれといっしょの時はお金なんか必要ないからね。おれはこう見えても案外、金持ちなんだよ。と言って、彼女たちの手を抑えるようにした。おれはレジで勘定していくからさ、外に出て待っていてよ。そう彼女たちに声をかけ、レジに行ってお金を払い、そして自分もドアを開けて階段を上った。そして出口で待っていたふたりに、お待たせ、と声をかけて新宿駅に向かった。彼女たちを両手で抱いて、と思ったのだが、歩道はまだ人の波が減らなかった。わたしは右手で優子の左の掌を、左手で思い切ってめぐみの右の掌も握って歩道を歩き始めた。今夜はふたりとも疲れたろう。ふたりの掌はわたしの掌の中で汗ばんでいるように、熱気を帯びているようだった。優子。眠いかい。めぐみ、思い切ってそう言い、優子を頼むよと耳に囁いた。優子のほうと、そしてめぐみのほうを視ながら、これから、優子、めぐみ、と、さんをつけずに呼んでいいかな、ふたりとも。偉そうだけど。そのほうが親近感が増すんだよ。ふたりの小さな、了承の声が返ってきた。歩道の人混みは新宿駅が近づいてくるにつれ、却って増えていくようでもあった。その混雑がわれわれの身体をくっつけるように、援護してくれているのだ。駅までの距離が長いといいなあ、と心の中で呟いた。そしてふたりの躯をしっかり抱いて歩き続けた。

・11

つぎの月曜の夜、八時くらいだったろうか、めぐみから電話がかかってきたのだ。おやっ、と思ったが、もしもし、と答えると、めぐみは電話の向こうで言っていた。土曜は、いろいろありがとうございました。無事、帰れたよね、鷹の台に、とわたしが返事すると、めぐみは、先生、わたしたちの名まえ、呼び捨てにするの、全然かまわないんですが、やっぱり、そうするのは優子だけにしてやってください。なんだか、優子が可哀そうで。だって、優子は先生のこと、好きなんだし、優子とわたしが同じように、名まえだけで呼ばれるのって、却って口惜しいんじゃないかな。だから、今後は優子にだけ、優子！　と呼んでやってください。お願いします。そのほうが彼女も悦ぶと思うわ。先生、でもわたしも、めぐみって呼ばれるのいやじゃないんですよ。むしろ嬉しいの。でも先生、そこは解ってくださいね。そうだ、わたしとふたりきりで会うようなことがあったら、その時は、めぐみって呼んでくださいね。……それで、まだ、いつ先生とお会いするか、まだ決めてないので、ああ、これは優子とふたりでお会いする時の話ですよ。その日が決まったら優子から、電話がいくと思います。めぐみはそんなふうなことを言って、電話を切った。そうか、先夜は、少しまずかったかな。調子に乗ってしまったかもしれない。酔った勢いで。と反省した。まあ、しかし、めぐみもわたしを嫌っているわけじゃなく、むしろ好いていてくれるのかもしれない。まあ、しかたがない。これからはこれからだ。そう思って、わたしはキッチンのある台所の間から、奥の部屋に戻り、小さな円い卓袱台のまえに戻った。そして卓袱台の上の水割りのコップに手を伸ばし、ひとくち飲みこんだ。そして、さっきから続けていた読書を再開した。めぐみは気をきかせてくれているんだな、よく気がつく人だ。頭もいいし。優子より、頭の回転は速いようだ。めぐみから電話がかかった時読んでいた大西巨人の『神聖喜劇』(光文社、一九七八、全五巻)の続きを読みだした。部屋は充分暑かった。九月はまだまだ暑い。わたしは、奥の部屋の窓はいつも全開にして風を入れていたのだが、この夜は、あいにく無風の夜であり、暑かった。たいてい、上半身は裸になって過すのであるが、それでもやはり暑かった。わたしはGパンも脱いで、パンツだけになって、窓枠に座布団をふたつ折りにして置き、そこに背をもたせかけ、だらしなく仰向けに横になっていた。いつものポーズであり、だいたい、毎晩そんなふうに過していたのだ。その夜、仕事がなければだけど。その夜の十時半くらいに、また電話のベルが鳴りだした。電話は玄関に設置してある靴箱の天板の上に置いていた。だから、立ち上がって、電話のところまで歩いていって受話器を取ると、今度は、優子からだった。今晩は、先生。わたしです。めぐみとね、今度いつ会うか、相談しました。ほら、毎日、代わりばんに天平に行ってるから、すぐに都合がつかなかったの。でも、めぐみが、天平の女将さんと相談して、来週の金曜の夜、わたしが休むことにしてもらって、新宿あたりに行くことにしました。六時頃、また先日の紀伊國屋書店の一階のあのあたりで、いいですか。うん、解った。そうしよう。じゃあ、ふたりで行きますから……。それまで元気でいてくださいね。きみこそ、元気でね。電話が切れると、また静寂と暑さが、わたしのふた部屋しかないアパートの、部屋全体を満たしているのであった。夜は長い。ひとりで過ごすと長いのだ。もちろん、本に熱中している時は時間のことを考えなかった。

台所の間は、四畳半くらいを横に長くした空間で、現在でいえばフローリングの床であり、そこにわたしは仕事用と、来客応対と読書などに使う机、両方とも金属製の事務机でかなり大きなものをふたつ並べて置いていた。ふたつとも、あるプロダクト・デザイナーの友人が四谷にあった事務所を閉じた時、くれたものだ。ともかく、台所の間は狭苦しい部屋なのであった。机に向かう椅子に座って、振り向けば、すぐ、水道の蛇口がある流し台であった。料理はめったにしなかったが、流し台の横には、電気屋で見つけた中古の小型冷蔵庫を置き、流し台の右側には小さなガス焜炉も置いていたから、なにか作ろうと思えば作れないことはない。玄関の横には、床がコンクリートの地肌を見せている部屋で、右側にトイレの便座が、左側にガスで焚く風呂があった。なんでもコンパクトに詰めこまれている、という感じの部屋であったが、ひとりもんには便利な造りであった。奥の部屋は畳敷きの六畳で、畳の上に、地味な色のカーペットを敷きつめ、その部屋の大きな窓のあるほうが、隣家に面しており、時々掃除などしている老女が窓に一年中吊るした簾越しに透けて見えるのであった。彼女のほうでわたしのほうを視たことはなく、わたしも挨拶をしたことはない。隣室との距離は二メートルに満たなかった。一番奥の壁に書棚をぴったりと嵌めこむように置いていたのだが、わたしが大学を卒業して最初に勤めた建築雑誌の出版社で、月刊雑誌のために、掲載する建築の図面などをトレースする仕事をしていた青年が、都立工芸高校卒と聞いていたので、書棚の設計を依頼したのだ。すると、何日かたつと、彼の叔父さんがやっているという工務店で、分厚いラワン材を使った書棚にして届けてくれ、壁際にぴたっと収まっていたのだ。それから、近所の家具屋で買った脚を折りたたむ丸い小さな卓袱台（ちゃぶだい）を必要に応じて使用している。窓と反対側には襖の入った押入れがあり、妻子と別居して、この部屋でひとりで暮らすことになった時、妻がくれた蒲団が一組、その他のものといっしょに入れてあった。その押入れの左側の上段は、あまり多くないスーツや上着やコートなどの服を吊るしておく空間にして使っていた。つまり小さな洋服ダンスだったわけだ。

妻子と別居したあと、わたしは日曜ごとに息子に会いに彼女たちの家に出かけてゆき、息子が小学生の中頃になると、グローブやバットを買い与えて、近くの公園でふたりで野球ごっこをやったりして過し、妻の作る夕食を食べ、アパートに戻る、そんな生活を続けていた。わたしは、パリの百貨店で、子ども用の漫画を二、三冊買って、それをおみやげにした。吹き出しのなかにはフランス語の文字が書かれていたのだが、まあ、記念に受け取ってくれればいい、と思ったのだ。類型的だが、いわゆる魔女のような痩せた女が黒い帽子と裾の長い黒服を着て登場していた。小学の五、六年生になると自転車を買い与え、四谷から赤坂までいっしょに、自転車に乗って出かけてゆき、赤坂の一ツ木通りといったか中心街にあったスエヒロ、というアメリカン・ステーキの店に連れていき、千円でステーキや生野菜とパンかご飯が、楕円形の熱々の鉄板皿に載って湯気を立てているものを息子用に取ってやり、わたしはビールを飲んで、また四谷に帰るのである。赤坂から四谷までは急な坂道になっており、自転車で下るのは楽だが、登るのはきつかった。思い切って、銀座まで自転車を飛ばし、銀座のゲームコーナーのような店に連れていって、百円か二百円か渡して、好きなゲームをやらせたりした。そのように、日曜ごとに出かけていくことは、一歳半くらいの子どもを捨てた、という罪の意識がいつまでも残っており、その贖罪のつもりであった。彼が中学二年になった頃、お父さん、もう来なくていいよ、というので、そうか親離れできる年齢になったのか、と思って行くのを中止したのだが、その頃から、完全な不良少年になっていた。わたしのヨーロッパ旅行の頃は、小学生の、まだ本当に可愛い少年であったのだが。

約束の日、わたしは、六時少し前から、例のごとく紀伊國屋書店の一階の優子との待ち合わせ場所に立っていた。そして、優子は三十分ほど遅れて、六時半に、わたしの前に出現した。すみません、遅れました。急いでアパートを出たんですが、などという言い訳を優子はしたことがない。それ以降、何度か新宿で会ったのだが、たいてい遅刻して来るのだが、なぜかごめん、などと言わないのであった。でもわたしは寛大で、咎めたことはない。それでね、先生。今日になってね、めぐみがどうしても都合が悪くなったから、ひとりで行ってくれって言うんですよ。今日大学で、突然に。それは残念だったね、と慰めるように言ったが、わたしは、たぶん、めぐみが気をきかせて、今夜はわたしと優子だけのデートの夜にしてやろうと、そんなふうに考えたのだな、とさっきの電話のめぐみの言葉を思い出していた。じゃあ、今日はね、三人で行くつもりだったんだけど、ふたりだけでも結構。そのほうが仲良く過ごせるかな。新宿西口のほうに、きみを連れてゆきたい店があるから、これから行ってみよう。わたしは優子を伴って、新宿駅の東口の前を素通りして歩き、山の手線や中央線の通っている低い高架の下に開けられている小さく狭い地下道を通って、西口へ出た。この地下道はよく通るのだが、いつも不潔な感じがあり、傷痍軍人を装ったような乞食の男がいたこともあった。西口のある店には、わたしの若い友人のカメラマンが連れていってくれるようになり、そこには彼のカメラマン仲間が集まるボルガという飲み屋があり、今夜はそのボルガに行く通りの少し駅寄りのところにあったバガボンドという店に、優子とめぐみを連れていくことに決めていた。ボルガだとその仲間の中に入らざるを得なかったから。バガボンドはドアを開けると、すぐ二階に上がる狭く急な階段があり、上っていくと上のほうから、女の店員が、何人ですか? などと訊いてくる。ふたり、と答えながら上るとすぐそこが二階であった。おふたりなら、こちらにどうぞ、と言われて階段を上がった二階のすぐ突き当りの正面から左側の壁際にかけて、背の高い丸いカウンター席があり、そこに並んで腰掛けた。そのカウンターは普通より広めにできており、料理がいろいろ置けたのだ。またカウンターの背も高かった。背の高い椅子に掛けると、すでにその席には若い客たちがひしめくように座っており、狭いふたり分の席だけが空いていた。わたしと優子はその狭い空間にすっぽりと嵌りこむように座った。わたしの右腕と彼女の左腕がぴったり触れあっているような、そんな感じで腰をおろした。カウンターの右端のあたりに大きな鍋が掛けてあって、この店の自慢の肉豆腐が大鍋の中で湯気をあげているのであった。そのカウンターの端に接客担当の店員の男女がふたりいた。やや暗いその狭い空間の奥に間仕切りの暖簾があって、その奥が、調理場らしかった。暖簾をくぐって入ったり出たりする男の店員が、暖簾をかき分けて、料理を運んで来たり、からの皿などを奥へ持ち帰ったりしているのであった。カウンター席の後ろを向くと大きな一室だけの店内全部が見渡せるのだった。わたしは、常連というほどこの店に来ていなかったが、このカウンター席にも、背後の椅子席にも何度か顔を出していた。若い女性を誘って、親密な話をするような時、カウンターの席がちょうどよかったのだ。部屋の中央は一階への階段のため空間になっており、その両側に四人掛けのテーブルが二列あり、その四人掛けのテーブルは縦にふたつかみっつあった。そしてつきあたりの空間にスタンドピアノが置いてあり、時間がくると中年の女性歌手が現れて、ピアノを弾きながら歌を歌うのであった。店名どおりしゃれた構造になっていた。この歌手は時々変わるのかもしれなかったが、常連というほどではないから、その点はよく解らない。ともかく中年の渋い女性であった。

わたしと優子はまず、生ビールの中ジョッキを頼み、肉豆腐を一人前ずつ頼んだ。料理はやや洋風だったのかもしれないが、箸で食べる普通の料理も多かった。フォークとナイフなどは見かけなかったように思う。わたしは、この店をボルガの常連のだれかから教えられて以来、もっとも気に入った女性に出遇うと、彼女を伴ってやってきて、このカウンター席に並んで座ったのだ。カウンター席では、ふたりで横に座って過ごせるところが、ヴォルガなどと違っていた。ヴォルガでは、女性とふたりで行っても、カメラマングループの一員にならざるを得なかったから、誰かに会いたい、そんな人恋しいような夜は、ひとりでヴォルガに顔を出したのだ。そして、今夜のように、軀を密着させて座れるのは、このカウンター席のほうであった。四人掛けの席のほうはゆったり座れるように設置してあったから、三、四人で来る時、利用していた。わたしは、ほら、うしろを向いてごらん、と優子の顔をわたしと向き合うようにさせながら、上半身を捻らせて、背後の空間の天井のすぐ下の小さな壁のスペースにたくさん飾られている、額縁入りの油彩画を示して、ほら、あの絵はね、平賀敬という画家の作品でね、この店の主人がかつて平賀敬と知り合いだったそうだ。平賀敬は知ってる？　かなり有名な油絵家だったようだけど。わたしも、お名まえだけ、聞いたことがあります。そう答えた。おれはあまり好きじゃないが、きみは？と訊くと、そうですね、初めて視るんだけど、色はとても地味ですね。そうだね、地味だ。あの渋い感じが彼の持ち味だったんだろうな。あの壁はスペースが狭いから、小品ばかり掛けてあるが、こちらの右側の壁はやや広いので、やや大きな絵も掛けている。ちょっと、この席からだと視えにくいんだけどね。あとで、椅子から降りた時、視てみます。ああ、そうだね。そう言いながら、またカウンターの奥のほうへと向きなおった。その一瞬、わたしの顔と優子の顔は二、三センチの距離で向き合っており、たがいに正面へと向きなおったのだが、キスも可能なような距離でたがいをちらっと見つめあった時は、わたしもドキッとした。優子の相貌、軟らかい瞳の光、やや厚い瞼、そして濃い睫毛、鼻やその下の蠱惑的な唇、一瞬のうちにわたしの眼はそれらを捉えていた。そんな瞬間は、わたしと彼女が共有してきた、ヨーロッパ旅行以降、初めての時間であったのだ。そもそも、あの旅行以来、優子とふたりきりになったのは、今夜が初めてだったのだ。優子はどう思ったのか、尋ねる間もなく、カウンター前方に向けられたわたしたちのジョッキは、もう半分くらいになっていた。先生、ビールもお好きなんですか？　うん、そうだね。ある時期からビールは好きじゃなくなって飲まなくなったんだけど、生ビールというものが出てきてから、また飲むようになった。生ビールだけね。普通のビールは苦味があってあまり好きじゃなかったんだ。だからといって甘い酒が好きなわけではないけどね。日本酒は甘くて、どうもいかん。体質に合わないって感じ。だいたい、甘い食べ物はだいたいだめでね、カボチャとか、サツマイモとかは甘いから食べないんだ。甘いけど、逆に大好きなのは、スイカだけだな。それとスイカの中味のように赤い、氷イチゴだね。まあ、子どもっぽいわ。先生って、おとなと子どもが同居してるみたいですね。うん、そう言われれば、そうかもしれないな。おれって一貫性というものがないいんだね。なにかに夢中になることがあっても、飽きっぽいし。先生って、お若く見えるけど、本当のところ、おいくつなんですか? いくつに視える? そうですね、三十三、四歳? うーん、いくつかな、はっきりは忘れたが、二十七歳の時、初めてトシビに来るようになったから、それから五、六年は経ったかなー。まあ、先生って、あたしより十四、五歳、年上なのね。髪を長くし、恰好もあまり年相応にしてないから、若く見えるのかな。ずーっとGパンだけで通してきたしね。ネクタイをするのはだれかの結婚式か葬式に呼ばれた時だけ。たぶん、服装は、おれのばあい、歳とっても変わらないような気もするな。らくだからね、こんなラフな格好は。恰好いいですよ、先生って。同級生の男子生徒なんかより、ずーっと。今日は、なんだか、口が上手だな。これは、お小遣いが欲しいってことかな。いくらでも、でもないけど、小遣いならいつでもいくらでもあげるよ。まあ、そんなつもりで言ったんじゃないわ。わたし、案外、まじめな女なんですよ。へえー、まじめな女か。でも、いや、まじめな話、まじめそうだけどね。ほんとに。まじめそう、じゃなく、まじめ、なんです！　それにしてはサービス精神があるよ。裸の自分を披露してくれたわけだから。代用品だったけどね。まあ、あれはうっかり……。ほら、嘘ついてる。

おたがいの話声はすぐ近く、十五センチ以内の距離で交わされているので、ビールの匂いのする口臭がふたりの間を行き交ったが、時々、意識的に優子の頸すじに鼻を近づけて優子の体臭を嗅いだ。すると、それらしき感じが、若い女の肌の香りが伝わってくるのだ。わたしは思い切って彼女の頸のあたりに、唇をくっつけてみた。その香りにうっとりとなったのだ。優子はわたしのそんな悪戯（いたずら）を拒絶しなかった。彼女は化粧というものをほとんどしていないようであった。化粧品の匂いのない若い女の生の体臭。匂いを嗅ぎその肌を凝視するだけで、興奮してしまうではないか。吐息（といき）が、切ない、ため息だから……、という唄の文句があったが、まさしく、そんな感じのイメージというのか、甘酸っぱい口臭と体臭とでもいうのだろうか、優子の身体からは甘い香りの匂いだけがわたしの顔面にあたって、鼻孔をくすぐってくるのだ。バガボンドに来てよかったな、とわたしは秘かに考えた。また、わたしはそんな距離で見つめる、彼女の誘惑的な唇の動きに見とれていたのだ。店員やほかのお客がいなければ、わたしは優子にしっかりキスしていたであろう。そうだ、そろそろ、ほかの飲み物にしようか。肉豆腐はうまかったかい。ええ、濃い味付けだったけどね。優子は笑顔でメニューはどこだろう、と眼で探したが、それを察したカウンターの中の女店員が、板状の大きめのメニュー表を差し出してくれた。ここはたまにしか来ないから、ボトルキープはやめて、そのつど頼むことにしよう。わたしが、まず、ビールの続きでハイボールを頼むかな、炭酸入りだから。じゃあ、あたしも。と顔をあげると、女店員は愛想よく、決まりましたか、と声をかけてきた。ええ。ハイボールのダブルをふたつ、と優子が女店員に返事した。

身体を密着させ、接吻の可能なくらいたがいの貌を寄せ合い、甘い口臭と体臭が優子からわたしのほうにからみついてくるという、身体的にも精神的にも性的な快感を共有する時間はしかし、どんどん過ぎていった。九時を過ぎた頃、わたしは時計を視ながら、この辺で河岸(かし)を変えようか。などという江戸弁的な言葉をふっと使って、優子を視た。ええ、いいですよ。先生にお任せだから、今夜は。じゃあ、どこへ行こうかな。この店の先によく行く飲み屋があるんだけどね、若い知り合いたちのたまり場でね、そいつらに会うのは面倒だし。新宿の知ってる数少ない飲み屋というと、たいてい知り合いに連れていってもらった所ばかりなんだ。人が大勢いる所だと、東口にライオンビアホールという大きな店があるんだけど、そうだ、キリンビアホールという店を最近みつけたんだ。そこに行ってみようか。また、東口に戻るんだけどね。いいですよ、先生の知ってるとこなら、どこでも着いていくわ。少し歩くよ。今度は駅の中を通っていこう。わたしたちは、バガボンドの急な階段を先に優子を下ろし、あとからわたしが下りていって、外の道路に出た。そして、ヴォルガに行く時、いつも出てくる新宿駅西口の出入り口から逆に入って、階段を下りていった。下へ下へと下りる日だな、今日は、と考えるとなんだかおかしくなった。日本神話の中に出てくる黄泉の国への旅を思い出したのだった。死んだ妻イザナミを追って、イザナミのいる地下世界である黄泉の国に訪ねていったイザナキ。しかし変わり果てた妻イザナミ（全身を蛆が覆っているのであった！）を視て、逃れるように地上へと駆け上って地上世界へと脱出した。イザナミはどこまでも追ってくるのだが、彼女は地上に戻ることはできなかった。イザナミはすでに屍体だったのであるから。イザナミから逃れたイザナキは、海の水でみずからを洗い浄めたのだった。身に着いた穢れ、不浄を取り除くために。他方、ギリシア神話では、音楽の神オルペウスは、毒蛇に咬まれて死亡し、冥府へと旅立ったニンフ（精霊）の妻エウリュディケーを求めて、地下世界を辿った。妻と再会できたオルペウスは、音楽によって地下世界の神々を慰め、妻を伴って地上へ帰還すべく出発した。しかし、冥府の神ハーデースが地上への帰途に、オルペウスに後ろから来るエウリュディケーのほうを振り向いてはいけない、と忠告したにも拘らず、ふと妻の顔が視たくて後ろを振り向いてしまったのだ。そのため、妻エウリュディケーは冥府から帰還できず、オルペウスだけが地上世界に帰ることになったのだ。なぜ、イザナミやエウリュディケーは地上世界に帰還できなかったのか。なぜなら、彼女たちは残念ながら、死者であったのだ。生者と死者は厳然として区別されてしまうのだ。このふたつのよく似た構造の物語は、なにかの象徴に違いないが、それは何だったのだろうか。男は生き延び、女だけは死んでいく。社会にはその逆の場合もしっかりとあったと思うのだ。今でもよく解らない謎であった。

わたしと優子はしかし、神話のなかの神がみではなかった。新宿西口から地下への階段を曲がりながら下りてくるあいだ、わたしは優子の手を離さず、しっかりとした歩調で歩いた。現実の地下空間は結構遠かったのだが、やがてなんとか地上に出ることができることになっていた。神話の世界ではない新宿駅のかつて知ったる地下一階の国鉄の新宿西口駅改札のまえの空間をさらに、営団地下鉄の新宿駅へとまた少し下っていった。西口側から、東口側への大きな地下通路の中央付近に、地下鉄新宿駅の改札口はあった。それ以上、地下へと辿ることはなかった。地下鉄に乗るばあいはまた、階段を下りることになるのだが。その改札口の横を通ってさらに進むと、少し階段を上って、国鉄新宿駅東口のまえの空間に出ることができるのだ。そしてそれから地上世界に出るべく階段を上る。やはり、それは一種の冥界行であった。ただし、どこに行っても光り輝く明るい冥府世界であったのだが。わたしは優子の掌をしっかり握って離さず、雑踏の中をすり抜けていった。そして東口の地上へと復帰した。イザナキやオルペウスのように。ただし、妻を永遠に喪った彼らと違い、わたしは優子をその腕でしっかりと把捉した状態で……。新宿東口から、東側に向かう何本かの通りがあるが、その一番、南側を通っている道路の中ほどに、キリンビールの建物はあった。たぶん二階建てで、一階の店内の空間は木造の建物のようなイメージがあって自分は好きであった。あまり混みあってはいないが四人掛けのテーブルがいくつか置かれ、道路側に二階へと上がる木の階段が設けてあった。また、イザナキやオルペウスのようにそこを上っていくと、二階は、大きなテーブルがふたつ、みっつあって、その廻りに椅子がたくさん並んでいる、ここはそんなラフな感じの空間であった。九時半くらいだったか、店内はそれほど混んでいず、わたしたちは、空いた席に並んで座った。ただし、ふたりの間にはいくらでも隙間ができていた。しかし、わたしは遠慮なく、優子とさっきのバガボンドほどではないにしろ、軀をくっつけるようにして座った。やはり、ふたりの距離が近いほうがいい。小さな声が届く範囲の距離での会話は、なんだか、秘密っぽくて、身体感覚には快かったのだ。優子の息の匂いを嗅いでいたかったのだ。優子は、軀を逃げもせず、わたしの横にしっかり座っていた。ここで、頭を少し冷やしてから帰ろう。そういえば、バガボンドでは気がつかなかったが、この店では冷房が効いていて、適宜、われわれの、いや、主としてわたしの頭を冷やして、冷静にしてくれているのだ。今度はなにを飲もうか。この店もめったに来ないし、たぶん、できてから日が浅いのではと思うんだ。道路に面した側は大きなガラス戸になっていて、夜の新宿の一部が視えていた。頭を窓の方に伸ばせば、下の通りを歩く人たちの姿が視えたであろう。わたしは、ここはキリンビールのやっている店なんだけどね、そうだ、ウオッカがあったら飲んでみようか。ロシアの酒なんだ。無色透明のね。しかしこの店にはウオッカは置いてなかったので、結局ウイスキーの水割りのダブルを注文した。優子も、同じものを、と店員を視ながら答えた。さっきの店は、バガボンドっていうんだけどね、〈放浪者〉とか、〈流浪者〉という意味らしい。何語かな、英語じゃないみたいだけど。その放浪者、流浪者っていうのが気に入っていてね。なんだか、自分自身のような気がするんだ。別にそんなに放浪はしていないが。むしろ書斎派といってね、部屋の中に籠るようにして暮らしている。だけど心の内部では、絶えず一定の枠の中にいるのはいやで、勉強の範囲も少しずつ変わって来ている。精神的、観念的に放浪や流浪への憧れがあるんだね。精神的放浪者なんだ。優子はどうかな。あたし？　よく解らないけど、あたしもヨーロッパには行きたいし、フィレンツェかローマで勉強したいと思ってるんだから、やっぱり放浪願望型かしら。将来、男から男へと放浪するんじゃあないか。

なんだか、嫌みのように聞こえるわ。先生は、あたしをどこへも行かせたくないの？　まあ、人を縛るというのはいけないと思ってるがね、今は優子を手放したくないのは確かだよ。でも、人が何かを勉強しよう、そのために努力を惜しまない、という生き方は大賛成なんだ。だから、優子が、ローマやフィレンツェに留学するっていうのは賛成だよ。まあ、ともかく卒業まではおとなしくしてるわ。西荻にもね、ノマド、っていう古書店があって、旅行の本の新刊とか古本とか売ってるって聞いたことがあった。このノマドは〈遊牧民〉とか、〈流浪の民〉っていう意味らしい。つまりバガボンドに似ているんだね。流浪の民って言うと、「さまよえるユダヤ人」という言葉を思い出すが、やはり、ふたつの外国語は、意味が微妙に違っているのかもしれないな。先生って、なんだか、変わったことをいろいろ知ってるのね。どこで勉強したんですか？ そんなこと。勉強したってわけじゃないけど、そうだな、民俗学とか、民族学なんかの本読んでると、人間生活にはある土地に定着して農業生活する人びとや、一定の家や土地を持たず、あちこち移動していく遊牧民、あるいは行商などをしながら町から町、あるいは村から村を移動していく非定着民といった、二種類の民族がいるという。農民なんかは自分の土地、田んぼとか畑を一生大事に生活してるだろ。ああいうのは、おれなんかはまあ、だめだね。ただ、勇気がないから、実際の移動の民にはなれない。でも、現代でいうと、サラリーマンなんかは、ほぼ一生を会社と家を往復して過す。おれには、それは無理だね。だから、こうして、フリーの生活をしてるんだよ。かっこいいわ。わたしも誰かの奥さんになって、子どもを生んで育てて、という生活はいやだな。でも、先生の奥さんになれっていうんだったらできるかな。へへへ。でも料理ができないけどね、と言ってにっこり笑うのだった。まあ、ここは大学じゃないから、こんな七面倒くさい話はやめようか。と言っているところに、ウイスキーの水割りダブルのグラスがふたつ運ばれてきた。

●12

じゃあ、乾杯だけど、重そうだから、テーブルに置いたまま、カチッとぶつけようか。優子は思わず笑って、まあ、先生って、本当に面倒くさがりやなんですね。そんな乾杯って、聞いたの初めてだわ。でも、そうしましょう、と笑いながら優子は応じた。われわれは、テーブルの上をグラスを滑らせて、カチッと合わせた。面倒というか、力がないんでね、この氷入りのグラス、持ち上げると相当重そうだもんね。ほら、こうして片手で持って、片手で底を支えるようにしないと持ち上がらない気がしたんだ。優子もその真似をして、わたしたちは笑いながら、グラスを両手で持ってそれぞれの唇に持っていった。氷がグラスに当たってカチカチっと音を立て、やや濃いめのウイスキーが喉を落下していく感じが、堪らなく快かった。ほら、よく言うだろう、色男、金と力はなかりけり、でね。と笑いながら言うと、うまい！　しかし、先生はお金はお持ちなんでしょ。そんな気がするわ。うん、田舎に帰ると、山がいくつだったかあってね、山林何万坪かを所有していたらしい、なあんてね。ただね、おれの父親の曾祖父や祖父の時代はまだ、福井県の山奥の小さな村の大地主だったらしいな。そんな家の長男に嫁いだ母親がね、その結婚の当時はその村の九割が森家のものだった、とか言ってたから、その辺は嘘ではないらしい。しかし、戦後の、ＧＨＱの指導した農地改革でもって、そのほとんどを喪ったというわけだ。農地改革のことはしっかり調べたことはないけど、教科書にはしっかり載っていた。その頃、農地改革の前の時代に生まれていればね、おれも大地主の、「お坊ちゃま」というわけで、好き放題の生活ができたかもしれないね。村の女の子、全部おれのものにしてしまう、とかね。先生の空想って必ずいつでもそっちのほうへ行くのね。先生って本当に女好きなんだ。いやいや、冗談で言ったんだよ。こんな話はもうよそう。それより、優子のことが訊きたいな。中学、高校と、やっぱりもてたんだろうね。高校一の美人とか言われてね。ミス北九州なんかになれたんじゃないか。水着姿もかっこよかったしな。まあ、そんなんじゃないわ。わたしはどっちかというと地味だったのよ。スポーツが得意なわけじゃないし。勉強が凄くできたわけでもない。大学だってどうにか入れたようなものよ。謙遜、謙遜。スポーツは解らないけど、絵はうまかったんじゃないか？　ええ、絵だけは、誉められたこともあったけど、そんなにうまかったわけじゃなかったわ。絵がもっとうまければ、四年生のほうに進学できたと思うもんね。得意なことといえば、ぼうっとして何時間でも過ごせることかな。頭の中が空っぽで、何も考えなくても退屈しないの。なにからなにまで、先生の反対よ、残念ながら。いや、これからはおれが優子の代わりに考えてあげるよ。

おれと優子は、反対というより、似たところもあるんだよ。怠惰、生まれつき怠惰な性格でね。優子はそうではないか。料理作らないとこなんか、きっとそうだ。自分の裸の絵なんかも平気でその辺に置いてある。じゃあないか。あれは意図的に置いといたんだったね。意地悪！　先生って意地悪ね。いつまでもそんな話するんだもの。まあまあ、なんかやろうとするのが面倒くさいんだな、おれは。優子も似たところないかい。でも先生は、本はたくさん読まれてるでしょ。偉いわ。それから芸大でしょ。なかなか、入ろうと思っても入れないところよ。頭が良かったんでしょ。あたし、頭はあまり良くないわ。それだけは自信があるわ。と言って嬉しそうに笑うのだ。わたしは、口を近づけて、チュッと軽く彼女の唇にキスした。先生！　だれか見てるわ。恥ずかしい。まあ、いいじゃないか、見られたって。それに優子が誉めてくれたほど、おれのほうこそたいしたこと、全然ないよ。だいたい、勉強ってものをほとんどしたことがないんだ。小学校の低学年の時は別にして、小学校、中学、高校では予習、復習なんてやったことがない。勉強しようかなと思って、なんかの教科書を机の上に拡げるとするだろう。すぐ飽きてしまって、その教科書の上にほかの教科書を開いて乗せる。しかしまた、飽きてしまうから、開いた教科書がどんどん積み重なっていくんだよ、五、六冊ね。先生、その話はおかしいわ。リアリティがあって。でも芸大に入れたわけでしょ。それはね、単にラッキーだったんだよ。おれの受けたところは国立の一期校の中では、成績はそれほどでなくともよく、絵もほんの少しできればいい、という、めっけもん的大学の理論コースだったんだね。倍率は十倍くらいだったんだけど、受ける人も少なかったしね。ただ、受験勉強ってものを真剣にやりだしたのは、高校の二学期からだな。それから受験の直前の頃までは、本当に真剣に勉強した。午後の七時から十二時まで、毎日五時間か。本当にその四、五か月だけだな、本格的に勉強したってのは、おれの人生のなかでね。しかし歴史は、日本史しか手が届かなくってね、もし受験の時、世界史の問題が出たら、今年は浪人だな、と思っていたよ。そしたら、案の定、中国の「元」という国の政治の五つの特徴を言え、みたいな問題が出たんだね。まいったな、と思ったんだけど、必死になって中学・高校時代の歴史の教科書に書かれていたことを思い出したり、とかね。よく、受かったな、とほんとに思ってるんだ。

そんなことを喋っているうちに、われわれは、そのダブルのウイスキー水割りを二杯ずつ飲み終わっていた。時計は十一時近くなっていた。ふたりともさすがに、少し酔っていた。わたしは、彼女を自分の四谷のアパートへと誘いたい、という誘惑の気持ちを抑えきれなかったけど、それは絶対いかん、と自分を戒め、話の続きはつぎの機会にしよう。今度は優子のことをもっともっと話してくれよね。初恋の話とかね。それを聞いて嫉妬するのも悪くないかな、なんてね。ごめん。ちょっと、酔ってるかな、おれも。優子はだいじょうぶだよね。国分寺まで送っていこうか。先生、だいじょうぶよ。九州女はこんな時もしっかりしてるんです。わたしは彼女を抱くようにして、支えながら、階段を下り、一階のレジで勘定をすませると、彼女の肩を抱いて、歩道をゆっくり歩いて駅のほうに歩き始めた。優子は、わたしをきっと見つめると、少し逡巡するように黙ったあとで、思い切ったように言うのだった。先生、先生のお部屋にね、今晩、おじゃましたら、だめ？　あたし、正直言って少し酔ったし、疲れてしまったの、とぼんやりした口調で呟くように言った。うーむ、泊まっていくのはかまわないんだけど、自分がやばい男、狼男にでもなったらと思うと、ね。そんな危険もあるよ。わたしは、心の中で、だめだ、いや、泊めたい、いや、やっぱりいかん。と葛藤しながら、しかし、少し酔いが廻っているような優子を、混んだ中央線に乗せてホームで見送ることも、可愛そうだし、それでいいのか、という気もするのであった。わたしもまた、しばし逡巡したあと、言った。解った。おれんとこ、思い切って行こう。おれは、今夜はちゃんとまじめ人間でいることを誓うよ。わたしは彼女を抱くようにして東口に戻り、タクシー乗り場を探した。結局、新宿通りに出て、流しのタクシーをつかまえ、優子を先に乗りこませた。あとから彼女の軀を支えるように押しこみながら、わたしもくっつくようにして乗りこんだ。そして、運転手に行く先を伝えた。タクシーはまだそれほど混んでいない新宿通りを四谷方面に向かって走り出した。優子はわたしの軀にぴったりとくっつき、肩に頭を持たせかけるように軀を倒し、時々、スゥー、スゥーっと寝息を漏らしているのだった。ウイスキーの水割りダブルを二杯、その前にバガボンドでも充分飲んでいたのだから、酒豪と思っていた彼女にも、今夜はほろ酔い状態が到来したのであろう。タクシーの座席で、優子の手はわたしの掌をしっかりと握り続けているのであった。

タクシーはたちまち、四谷三丁目の交差点を通過するとわたしのアパートに近い二丁目の信号のあたりに到着した。わたしはすっかり寝入っているような優子を揺り動かして、優子、起きろよ。優子。着いたよ、四谷に。そう言って、わたしは先に車から降りて、少し乱暴だったが、優子の躯を抱き上げるようにして、車の外に引っ張り出した。夜風が涼しく、わたしはたちまち、酔いから醒めたような気がした。暗い歩道に立つと、そこには新宿通りを渡るための信号があるのだった。わたしは優子を抱いて、そこで立ち止まって、信号が緑色に変わるのを待った。信号の色が変わるとさっそく、彼女を腕の中に入れて、躯を抱きながら、ゆっくり歩いて向こう側の歩道に渡った。歩いているあいだ、彼女の乳房に触れている、という感触が掌のなかにあり、わたしの頭脳に伝わってくるようだった。優子、おれのアパート、もうすぐだよ。あと二分。もう少しだけ、がんばって歩くんだ。優子はわたしの頬や頸にアルコール交じりの息を吹きかけながら言うのだった。ああ、あたし、だいじょうぶ。ちゃんと歩けますから。だいじょうぶよと言いながら、今度はひとりで歩こうとした。だいじょうぶだよ。おれが抱いていくから。渡った側の歩道の正面にはまだ、しっかりと店内の明るさを外に向かって放出している大型のパチンコ店があり、その前から少しだけ、四谷三丁目のほうに戻ると、最初の角の右側に、古風な木の板を張ったドアのある、ホワイトホースという小さなクラブのような店があった。その手まえを左に折れ、そして、すぐ、二、三軒先を今度は右に曲がると、その道の正面に、わが梓アパートである白っぽい三階建ての建物があった。一階は駐車場で、すでに車が何台か置かれていた。その駐車場の一番左側の壁に沿って細い階段があり、わたしは優子を背後から押し上げるように二階へと運んで行った。優子は一歩一歩ゆっくりと階段を上がった。わたしはヘンリー・ミラーのなにかの小説に、ミラーが階段を、ある女の背後を歩いた時、そのぷりぷりした臀部が眼前に揺れていた光景に魅了された、というシーンがあったことをふと思い出した。そのアメリカ女のようなお尻では、優子のばあい、なかったのだが。階段を上がった二階の、蛍光灯が照らしているがやや暗い廊下の周りに、五室が廊下を囲むように並んでいて、それぞれグレーの鉄のドアがついていた。わたしは左側の奥の、わたしの部屋へと、だいぶしっかりしてきた足取りの優子を導き、Gパンのポケットからカギを引っ張り出してドアの施錠を開け、ドアを開いて彼女を抱くようにして中に押しこんだ。右手を暗闇に伸ばして壁のスイッチを押すと、台所の間の天井の蛍光灯が点灯し、その部屋を幾分明るくした。そして、玄関で靴を脱いで入るんだ、と優子に言い、彼女が玄関の上がり框(かまち)にへたりこむように腰を下ろすと、わたしは振り向いてドアを閉め、カギをかけた。そしてしゃがんで優子の靴を片方ずつ脱がせてやった。足には白い短いソックスを履いているのが闇のなかに印象的であった。床に座っている優子をひとまずその場に残して、そこに座っていろよ、と声をかけ、わたしも履いていた皮のサンダルを脱いで床に上がり、今度は奥の部屋に入った。中央辺りの天井からぶら下がっている電球のスイッチを捻って、電気をつけた。部屋は明るくなったが、なお、全体的に暗い感じのしているのがわが居室の特徴であった。

眠いだろう、優子。すぐ、蒲団敷くからさ、待ってろよ。まずは蒲団に横になれよ、楽になるから。そうだ、トイレはいいかな。おしっこは。と言うと優子はゆっくり立ち上がって、小さく頰笑み、先生、トイレはどこ？　と訊くのであった。わたしは、台所右側のトイレのドアの横のスイッチを押して、ドアを開き、ほら、ここがトイレだよ、と白い磁器の便座を右手で指さした。優子が肩からバッグを取ったので、わたしはそれを受け取り、すぐ左側の机の上に置いた。そして、優子、ちゃんとできるよな。わたしは優子のワンピースの裾をまくり上げて、便座に座らせた。ああ、パンツも降ろすんだよ、そう言って優子をひとり、トイレに残してドアを閉め、奥の部屋に入ると、まず窓を全開し、そしてあたりを見廻すとそれほど汚れてはいないな、と気軽な気分になった。この部屋を掃除したことはあまりない。目だったごみを拾うくらいだ。襖を開けて一組しかない蒲団を出し、部屋の中央あたりに窓を頭にして、蒲団を敷いた。そしてひとつしかない枕を、敷布団の頭のほうに置き、夏用の薄い掛布団も出して蒲団の裾のほうに三つ折りにして置いた。優子をこの蒲団に寝かすとして、おれはその奥のほうの空間に横になればいいか、と配置を決めた。夏だから、おれは蒲団なしでもだいじょうぶだろう。寝るまえにもう少しゆっくり飲もう。明日は、とくに仕事もないし。まずは、卓袱台を拡げようと、窓際に立て掛けてあった小さな円い卓袱台の裏底に折りたたんである四本の脚を出して立て、本棚と蒲団のあいだに置いた。台所の間に戻って、ドアの外から、優子、だいじょうぶかい？　と声をかけ、冷蔵庫から氷を取り出して、ふたつのコップにウイスキーを入れ、氷と水を加えて水割りを作った。そして両手にひとつずつ、水割りのコップを摑んで、その卓袱台の上へと運んだ。優子は、音を立てずに用を済ませたらしく、ものも言わずドアを開いて出てくると、台所の机の横の空間に、ぼおっとした貌を見せながら、しばし佇んでいた。ここに蒲団敷いたからさ、蒲団の上に来て横になったら。とわたしが声をかけると、まだしっかりと開かれていない双眸をわたしのほうに廻らしながら、相変わらず立っている。そして、そこの机の下に入れていた小さな来客用の椅子（子ども用の木組で緑色に塗ったもの）を引っ張り出して、そこにちょこんと座って、部屋を眺めて、ここが先生の部屋なんだ！　ちょっと暗いけど、落ち着く部屋ですね。と、言いながら台所の間やわたしのいる六畳の部屋の内部を見廻すのであった。そして、正面の本棚を視て、まあ、本がいっぱいですね。どおりで先生はいろんなこと知ってらっしゃるのかしら、と素朴に感心したかのように言うのだ。いやいや、勉強した範囲のことしか識らないよ。ほら、もう蒲団敷いてあるからさ、ここで横になったら。おれしかいないんだから、別に恥ずかしくないだろう。今日はしっかり飲んだものね。まあ、先生はまた飲んでるの。先生、先生が飲むんだったら、あたしも飲みたいな。いいでしょ。そう思ったので、きみのも、もちろんほら、ちゃんと用意してあるよ。と言って優子を卓袱台のほうに誘うように視た。優子は案外しっかりとしてきて、立ち上がり、椅子をもとのようにしまってから、蒲団の裾のほうを一、二歩、歩いて、卓袱台の側に廻ってきた。ここにあるのは、一番安い国産ウイスキーなんだ。水はただの水道水だしね。そう、冗談ふうに言いながら、じゃあ少しだけ飲もう。もう、十二時まえだし、きみも疲れたろう。でも先生。この部屋って、本当に落ちつくわ。ここで暮らしてるんですか。食事なんかは？　うーん、朝食はなし。昼は外食。四谷は案外会社も多いらしく、昼の定食を出す飲み屋も多いんだ。優子はすり寄るようにわたしの横に座ると、少し無口になって、水割りを少し口に含んだ。先生。ごめんなさい。わがままを言ってしまって。鷹の台の部屋まで帰るのが面倒になってしまったの。そして泊めてください、なんて、思い切って言ってしまったんだわ。ああ、あの時はおれも少し困った。あんなふうに言われたのは予想外でもあったしね。若い女の子を自分の部屋に泊めるんだからさ。それに現役の学生さんを泊めたことはないんだ。ああ、いや一度だけ、四人で遊びにきた教え子さんのうちのふたりが帰り、ふたりが泊まっていったことがあったな。おれは徹夜仕事をしながら、暗い部屋の中で寝ている女の子たちの寝顔をちらちら視ていたんだったよ。だけど今夜はきみひとりだったし、いいのかな、と考えてしまったんだ。しかし嬉しいな、という気持ちもあったけどね。でもさ、正直言って、こうして一部屋で一晩、きみと過す、というのは、やっぱり嬉しいよね。きみがおれの部屋に来たいなんて言うとは、想像もしなかったからね。いや、正直言うと、実はきみがこの部屋に来ることはちらっと夢想してはいたんだけどね。ともかく、あれから、たぶん混んだ中央線にひとりで乗せて帰らせるってのは可哀そうでね、躊躇したよ。でももちろん、泊まってゆけ、とは正直、言えなかった。倫理的な意味でね。ごめんなさい、先生。いやいや、ほんとに、いいんだ、いいんだ。かえって嬉しかったよ。わたしはわたしの右横の蒲団の端っこに座っている優子を右手でぐっと抱き寄せた。そしてバガボンドでのふたりのように、軀を密着させ、それから、思い切って、優子、キスしていい？　と勇気を出してしっかり口に出して言ってみた。優子は俯きながら、こくっと首を振った。わたしは右手で彼女の貌をわたしに最接近させ、彼女の唇にわたしの唇をぴったりとくっつけた。あまり深入りしてはいかん、と、頭の奥のほうには冷静さも残っていたが、彼女の色鮮やかな唇を吸うようにして、チュッと音に出して離した。優子も、そしてわたしも暫らく黙っていた。水割りのコップを持ちあげて飲んだ。アルコールのせいで、わたしは幾分大胆になれていたのであろう。優子、ウイスキーを口に含んで、口移しにおれに飲ませてくれ。優子は躊躇することなく、言われるまま、口に含んだ水割りのウイスキーをわたしの唇に運んで、キスするように唇を合わせて。彼女の口中で少し温かくなったような感じの液体をわたしの口の中へと送りこんだ。わたしはごくりと飲みこんだ。もう一度。わたしの要求にまた、優子はすなおに応じて同じ動作を繰り返した。わたしは十二分にいい気分になってしまった。優子もそうして欲しいかい？　そう訊くと、ええ、と顔を差し出してくる。わたしは同じように口中に含んだ水割りのウイスキーを彼女の唇に運び、彼女の少し開いた唇の中へと注ぎこんだ。それから、無言の時間が少しだけ流れていった。心の中では、熱い熱い情感が渦巻いており、その時間、えも言えぬ昂揚感がわたしを襲っていたのだった。

●13

わたしは優しく、優子、そろそろ、その蒲団に横になれよ。やっぱり疲れたろう。そのほうがらくだよ、そう言うと、優子は素直に立ちあがって、蒲団の中央付近に座って脚を伸ばして、三つに畳んだ掛布団のなかに足先を入れ、そして仰向けに寝た。上の電気を消すよ。眩しいだろう。わたしは、枕もとの電気スタンドの灯りをつけ、立ちあがって電気を消した。そして、座布団を丸めて窓枠のあたりに置き、そこにわたしの頭を乗せ、右ひじを床のカーペットにつけて、彼女の横になっている蒲団の傍らに、やはり仰向けに横たわった。左手で、氷のほとんど融けた、しかしまだ冷たい水割りのコップを口もとに運んで、また一杯、飲みこんだ。今夜は、満足したなあ、こんなふうに優子の横に寝られるなんて。それにキスもしっかりした。まあ、教師と学生の最初にキスだから、あれくらいでよかったろう。今夜はこの辺で我慢せねば。わたしが、電気スタンドのあたりを視ると、読みかけの大西巨人の『神聖喜劇』の分厚い文庫本があった。手に取って、しおりの挟んであった所を開いてみた。しかし、活字は、わたしの視界のあちこちをうろうろするだけで、文字の列にならず、到底、読むことはできなかった。それほど、心が昂揚していたのであろうか。その時、優子がぽつっと言った。先生。わたしの横にいっしょに横になって。今夜はいっしょに並んで寝たいわ。と呟くように言った。わたしは、そうだね、と言いながら、ひとり用だから狭い蒲団だけど、おじゃまするかな。わたしは、寝る時いつもそうするように、遠慮なく上の白いシャツを脱ぎ、Gパンも脱いでパンツだけの裸になって、優子の横に、彼女の横顔を見つめるように接近して座り、優子、もう少しそっち側に寄れよ。彼女が軀を少しずらして小さな空間を作ったのを見て、優子の横に寝転がった。座布団ふたつ折りの枕を頭の下に置いて。優子は暫く黙っていたが、少しかすれた、小さな声で呟くように言った。先生、それから……、服を脱がせて。え。まあ、それはいいが、それにはどうすればいいのかな。背中にジッパーがついてるから、頸のあたりから、下のほうにジッパーを下げて……。わたしは優子を向こう向きにさせて、言われた通りジッパーを捜して、その小さな取っ手を腰のあたりまで、ジ、ジーッと引っ張りおろした。それから、ワンピースの上着の部分を両方の肩の辺から脱がせてようとしたが、結局、起きないとだめだね。じゃあ、上半身を起こすわ、そう言って、彼女は蒲団の上に座ったような姿勢になった。そして、背中のほうから両袖を左右に脱がせて下に降ろすと、彼女の裸の背中が出てきたが、ワンピースの下には薄地の白いスリップを着ていた。腰のあたりまでおろしたワンピースを脱ぐには、お尻を少し持ちあげなきゃ。そう言って。彼女の腰からお尻まで下げたワンピースの布の塊をお尻の下から前方に滑らせるようにして押しやった。そしてわたしは立ち上がって、ワンピースをハンガーに掛けるよ、皺になるだろう、と彼女から服の丸まったのを受け取ると、押入れの襖を開け、上着などがぶら下げてあるあたりから、空いたハンガーを取り出し、ワンピースを拡げて、ハンガーに吊るし、襖の上の梁に引っ掛けた。

これでいい。だいぶらくになったろう。それに、服を着たまま寝たら、窮屈だもんな。優子は、わたしがまた蒲団の彼女の横に座ると、先生。ブラジャーも外して。と呟くのだった。今夜は、思い切り、おれに甘えてやろうって優子は思ってるんだな、と解った。了解、了解。ブラジャーを取るには、背中のホックを外せばいいんだな。そう言って、スリップの肩紐を左右に開くようにして、上半身のスリップを脱がせた。そして、裸の背中のブラジャーのホックを外し、肩紐も外して、ほら、と言ってブラジャーを優子の胸のほうに廻して、優子に渡した。らくになったかい。ありがとう。お尻を持ち上げるようにして、スリップを前のほうにひっぱって脱がせた。優子の臀部、ふたつの丸みを帯びたお尻を下着がぴったりと覆っているのが暗い光のなかでほの見えた。優子は後ろ向きになって、ブラジャーやスリップを枕もとのあたりに置いた。先生、本当にありがとう、甘えてしまったわ。あたし、わがままばっかり言ったわね、ごめんなさい。このお返しはきっとするわ。いつかね。優子の言葉からは、敬語、丁寧語はしだいに少しずつ消えていて、友だち同士の言葉のような、親し気な会話言葉になっているのだが、裸体の背を見せていることから、羞恥の様子も窺えた。そしていつのまにか、自分のことを、あたし、と言っている。漸く、先生と学生のあいだの、あるいは年長者と年少者のあいだの垣根のような堅苦しさは、すっかり、かどうか、ほとんど取れてしまったと言っていいのだろうか。そしてわたしと優子は、ふたりともほとんど裸に近い恰好になって、しかもひとつ蒲団の中に並んで横になっているのだ。優子は上体をわたしのほうに向け、そのふたつの乳房を暗い灯りの中でわたしに見せながら言った。先生、あたしの裸の軀、もっと視たいですか。先生が視たいなら、あたし、と言って、なにか決意を示そうとしているようであった。ふたつの乳房がしっかりとわたしの眼に飛びこんでいた。枕もとの電気スタンドの下からの光の中の裸体だったから、却って幻想的で、うーむ。わたしは即座に発する言葉を喪って、ただ、上半身を見廻した。そりゃあ、見たいよ。おれだって男だからね。下着も脱いだほうがいいですか？　そう言ってわたしの顔を凝視した。そして、見るだけよ、本当に。そう言って、優子は蒲団の上に立ちあがって、わたしの顔の二、三十センチの距離にあった彼女の軀にしがみついくようにくっついていたパンティを、両手を腰のあたりにあてて、すうーっと下に降ろしたのだった。視線のすぐ先に、下からのスタンドの灯りで光っている下腹部の一番下にある黒い体毛が、しっかりと視えていた。それはあまり濃くはなく縮れていた。そして、その一番下のあたりには、少女のような割れめが見えるようだった。うーむ。とでも言うしかなく、わたしは仰向きになって、優子の裸体を見あげた。両脚を少し開き気味にして優子は立っていた。その下腹部から脚、あるいは下腹部から上を眺めた。少し、自分の軀を後ろにずらして、全身を観ようと自分の配置を変えてみた。優子はすくっと立ってわたしのほうをじっと凝視している。肌色に染めた裸体の影像でもあるかのように。いいなあ、きみの裸は。今晩はそのまま、まっ裸で寝てくれよな、優子。

あの、鷹の台郵便局の二階の彼女の部屋で見た油絵の自画像の本物が、わたしのまえに現出しているのであった。優子は酔いがほとんど醒めたかのように、快活になって、先生、もういいでしょう。ストリップショウはおしまいね。そう言って頰笑みながら座りこんだ。さすがにあぐらはかいていなかったけど、大きく横座りになっていたから、下腹部の暗い茂みはしっかりとわたしの視覚のなかで息づいているのだった。今晩は先生。ふたりとも裸で、もう少し飲みましょう。と、急に快活さを取り戻して言って頰笑んだ。その放恣な姿勢がわたしを性的興奮へと誘っているのだ。優子のやつ、おれを挑発しているのかな。ともかく女ってのはいざとなると勇気があるんだな。わたしは、今までずっと、初めて会ってからついに裸になる前までは、生まれつきの上品な雰囲気を醸し出してきた優子の、今晩の突然の変容に、あっけに取られていた。案外酔っぱらってでもいるのかな。いつのまにか、両脚はあぐらになって下腹部の黒い翳りはわたしの眼を通して脳をも刺激し続けているのであった。明日は、御前中、大学をさぼってもいいわ。そう決めたの。いいでしょ。うん。いいよ、じゃあ、おれが水割りを、と言いかけると、優子は立ち上がって、先生、コップ取ってちょうだい。そう言いながら、コップを受け取り、下着のなくなったふたつのお尻や、両足の豊かな太股、あるいはその裸体の全身をわたしに見せつけながら、蒲団から出て、歩いて台所に立った。ふたつの大きな脹らみになったお尻が形よく揺れるのを、わたしの視覚はしっかりと捉えていた。ヘンリー・ミラーの世界にやって来たかのようだった。じかに視ると、それなりに、案外、女らしい、いい軀だったんだな優子は。めぐみのほうが、ぽてっとして肉体的には豊かな軀であろうと想像していたのだが、優子は着やせするタイプなのか、裸になってみると案外、豊かな隆起のある身体の持ち主だったのだ。お尻や太股の肉付きもよく、いわば女らしい軀の持ち主であった。優子は洗面台の上の小さな蛍光灯だけをつけた、やや薄暗い台所に立って、わたしと彼女用の水割りを改めて作っていた。薄暗がりの部屋の中だし、わたしの仕事用と読書用の机が並べてあるその部屋の中の優子の後ろ姿、お尻の動きなどは明確には視えなかったが、なんだか、歌でも口ずさんでいるように快活な感じは、蒲団の上に座っているわたしにも充分、伝わってくるのだった。洗いかごの中にお盆があるからさ、それにコップを乗せてきてよ、とわたしは声をかけた。優子は今度はその裸体の前部をしっかりと公開しながら、こちらにお盆を持って帰ってきた。わたしは立ち上がって、上の電気をつけてもいいだろう、と優子に声をかけながら、スイッチを捻った。ぱっと部屋が明るくなり、優子の裸体がこの瞬間に浮かび上がった。

わたしたちは、蒲団の上で向かい合って座った。優子は、横座りになって両膝、両脚を大きく開いて座るのだった。下腹部の暗い魅力的な翳りを見せながら。随分、大胆になったな、優子は。われわれは二杯、三杯と水割りを飲み続けた。先生の部屋って、テレビもラジオもないんですか。静かね。ここに引っ越して来た当初は、お金はすべて妻が管理していたから、自分はお金もあまりなくてね。どこかで知り合いになった法政大の中核系の中のプロレタリア軍団と名乗っていた学生運動の連中がね、日曜ごとに引っ越しの仕事を持ってきてくれたんだ。そして、彼らより自分が少しだけ年上だったもんで、森さん、森さんと、少し丁寧な言葉でおれに接してくれたし、おれが腰が悪くて重いものが持てないんだよ、と言うといいですよ。一番軽いものを運んでくれれば。その辺の新聞紙の束とか、そんなものをね。そう言ってくれ、その日の仕事が終わると、お金は参加者全員に等分にして渡してくれるんだ。あの時は助かったなあ。とむかしを思い出して言った。ここではね、隣や三階にどんな人たちが住んでるのか、皆目、解らない。右側のお隣さんだけは時々顔を合わせるのでお辞儀してるけどね。何でも、印刷のブローカーだという話だ。まあ、とりあえず、みんな寝静まっている時間だから、われわれも静かに飲もう。もう何時頃かしら、優子が言った。枕もとに小さな目覚し時計を置いていた。二時過ぎであった。夜通し飲んだことはめったにないが、まあ、しかしほどほどにしようか。じゃあ、最後を飲み終わったら、そろそろ横になろう。新宿からずっと飲み続けたわけだから、疲れたろう、本当に。優子。

ええ、少しね。でも、あとは寝るだけだからだいじょうぶ。じゃあ、お盆のコップの類いはおれが片づけるよ。優子も立ち上がって、先生。またおしっこ。そう言って笑うと、立ち上がり、また裸のふたつのお尻が揺れるのを見せながらトイレへと向かい、ドアの向こうへと消えた。優子は酔いが残っていたせいか、排尿の音を今度はしっかりさせながら用を足しているのだった。わたしは、台所にコップの類いを置き、洗うのは明日にしようと思ったが、おれも小便だ、そう思って、読書用机の椅子に掛けて優子の出てくるのを待った。すぐ、優子は出てきて、裸の軀を蒲団のほうへ運び、先生、お先。と振り向いて言った。わたしも立ち上がって、まだ、水の流れが終わっていないトイレへと入った。そしてトイレを出ると、六畳の間の電気を消した。また電気スタンドの暗い灯りだけになった。

優子は蒲団に横向きになって寝たままわたしを待っていた。わたしは彼女の前に座って、横になっている優子を見おろすようにじっと見た。わたしは言った。優子、今夜は、これでおしまいにしよう。これ以上、進んでいいのかどうか、なにしろ、初めてのふたりの夜だ。どう思う、優子？　あたしはよく解らないわ。先生。先生が決めて。今日、生まれて初めて、いや、子どもの頃は別にしてね、男の人の前で裸になったんだわ。後悔してないし、先生の前で裸になったことが嬉しかったの。もちろん恥ずかしくもあったけど。だから、もっと抱いてほしいって気持ちもあるわ。でも、でもあたし、先生の言うとおりにする。でも、また、今度来た時は……。おれはね、自分のことは、あまりきみには話していないだろう。妻子があって別居してることは、向こうにいた時、話したと思うけど。結構、いい加減に生きてきた男なんだ。そういうことを、一度、しっかりきみに話してから、初めて先に進めるんじゃないか、って思うんだ。それ以上、うまく話せないんだけどね、おれも理性を取り戻して、そのうえでつきあいたい、と思ってるんだ。優子は言った。解ったわ。先生が、もっと話さなきゃならないってことを、話してもらってから、わたしのわがままもっと言うわ。今日は先生のおっしゃるとおりにするから、安心して。わたしは、彼女の頭を抱くようにして接近させ、唇に唇を重ねてしっかりキスした。そして舌で彼女の唇を割って舌を入れ、彼女の舌を吸い、暫くそのままの姿勢で抱きあっていた。顔を離すと、優子は頬笑んだが、そのまま涙ぐみ、先生、今夜はありがとう。今まで生きてきたなかで、一番愉しい夜だった。忘れられないと思う、今後ずうーっと。今日はこの辺で先生を解放してあげるわ。わたしは黙ったまま優子の貌つきに見惚(みと)れていた。優子の閉じられたふたつの眼の奥を、しだいに深い眠りが襲っているのであろう。彼女は眠りの領域へとしっかりと旅立ったようであった。よかった、わたしは、現役の学生さんと特別の関係に進まなかった。自己抑制ができたのだ。しかし、しかしだ。つぎに会った時が問題だ。やっぱり、一線を越えてしまう日が、今年のうちにやってくるんじゃないのか、そんな気がしてならなかった。わたしの道徳、いや倫理観を、どこかで破壊しようとするわたし自身の中の魔性がほの見えているようでもあるのだ。
翌朝遅く十一時頃、わたしが目醒めると、もう、優子はいなかった。下着もワンピースも靴もなくなっていた。心の空白だけが、蒲団に横たわったわたしを覆っていた。しかし、心は快適でもあった。机の上にノートを半分に切ったような白い紙片が残されていた。先生。また電話します。好きよ。先生が、たとえ悪い人でもね。今日はやっぱり大学に行きます。ゆ。

• 14

四、五日して、夜、その日はめぐみから電話があった。来週の木曜ですが、わたしも、優子と先生のデートに参加したいんですけど。わたしも先生のお顔が拝見したくって。と電話の向こうで、幾分遠慮がちに言うのであった。わたしは一瞬、優子とふたりだけのほうがよかったのにな、とは思ったのだが、すぐに、そうだ、優子とわたしの熱い関係を少しだけ冷却するのは、かえっていいかもしれないな、と思い返した。このあいだの夜の続きになったら、もう自制する勇気がないかな、とも思っていたので、すぐ、めぐみの言葉に賛成して、ああ、いいとも。おれは、めぐみさんにも会いたいな、と正直、思ってたんだ。ぜひまた、前のように三人で夜を過ごそう。わたし、おじゃま虫のつもりじゃなく、先生の一ファンとして会いたいんです。わたしは、また新宿の紀伊國屋書店六時頃だね。と返すとめぐみは、それから、わたしのこと、めぐみ！と呼んでくださっていいです。さん抜きでいいですから。優子、めぐみ、にしてください。そう言って電話を切った。その電話のめぐみの最後の声は、曇りもなくただ、少女がなにかを嬉しがっている、そんな純粋な感情だけが支配しており、その声の響きはわたしの耳の奥にもしっかり残っているのだった。そして、その木曜日、わたしはトシビから帰宅すると、大学に着ていった白いYシャツだけ脱ぎ替え、といっても別の同じ色の、白いYシャツだったのだが、まあ、気分を新たにして、というわけだった。わたしはアイロンを持っていなかったから、服はすべて洗ったまま自然乾燥したものなのだった。だれか別の女が、洗ったら絞らないで、濡れたままハンガーに掛けて、吊るしておくのがいい、と教えてくれたのでそれを実行していたのだ。新宿で時間をつぶしてもよかったのだが、アパートから再出発するような気分になって、今日は四谷三丁目から地下鉄に乗ろうと思って、アパートを出ると、ホワイトホースの前から三丁目のほうに向かって歩き出した。歩いてもそんなに遠くはない。新宿通りのわたしの通る左側の歩道は比較的商店が少なく、古めかしい碁盤の店があって入り口は広いガラス戸で覆われていた。店内に置かれた、大きな碁盤がたくさん見えていた。その店でわたしは、梓アパートに引っ越した頃、大枚五千円を払って、厚さが二寸、すなわち六センチくらいある分厚い将棋盤を買ったことがあった。脚のない板状の将棋盤でモダンな感じもあった。今も大事に持っている。わたしの数少ない趣味のひとつが将棋だった。その店を過ぎると、ラジオの文化放送局のほうに曲がる道があるのだが、その道を直進すると、四谷の街のすぐ下に拡がる若葉町という狭い界隈（塩見鮮一郎という人の本によると、江戸時代、江戸の三大貧民街のひとつだったという。現在は、飲食店や大きなスーパーマーケットなどがある賑やかな、しかし狭い通りである）へ続く道があり、新宿通りをまっすぐ行くと須賀神社という古めかしい神社があった。それから、少し歩いていくと大きな交差点に出る。角っ子に建坪は大きくはないのだが、六階建てのビルがあって、そこは近くの大型スーパーの丸正本店経営の経営する書店ビルであった。わたしは散歩のあと、必ず、そこに寄ってみたのだ。その最上階は文庫本のコーナーで、置かれた文庫本が非常に多かったのだ。そして、そのビルのある交差点が四谷三丁目の交差点で、その地下に、営団地下鉄の四谷三丁目駅があった。つぎが新宿御苑前駅、ついで新宿三丁目駅、そして新宿駅、ということになる。わたしは四谷三丁目から地下鉄に乗って、新宿三丁目駅で降りて地上に上がり、ぶらぶらと、紀伊國屋書店のほうへと歩いていった。時間は約束の六時ちょっとまえであった。

　少し早かったかな、と肩から下げていたズックの鞄から、大西巨人の『神聖喜劇』の分厚い小説を取り出した。この本は、敗戦間際の、日本軍隊のハードな思想統制と、繰り返される上官からの身体的暴力に、論理と情実だけで対抗する、あるインテリ二等兵の日々を、対馬を舞台に描いた、情動的な小説であった。だから、本は分厚くて重いのだが、内容的にもずっしりと重いもので、電車の中に持ちこむような本ではなかったのだが、出がけについ、ズックのバッグにひょいと入れてしまったのだ。

めぐみと優子が声をかけてきて、わたしは『神聖喜劇』の苦しい軍隊社会からはっと我に返って、やあ、来たね！　待ってたよ、と彼女たちに視線を投げた。優子はあくまで美貌を全面で表現しているのだが、一見、ぼおっと放心したかのような貌つきを見せ、それに対してめぐみのほうは元気いっぱいといった感じで可愛かった。会いたかったよ。二週間ぶりかな。いや三週間か。まあ、先生ったら、いつ会ってもわたしたちって新鮮、ってことでしょう。なにしろ若いし、ぴちぴちしてるから、とめぐみが抗議するより嬉しがっている、っていう感じで言った。ふたりとも半袖の白っぽいさっぱりしたシャツに、優子は黒っぽい、めぐみは青いフレアスカートをはいていた。今夜は、また、玄海でも行ってみようか。玄界灘のふたりだし。いいですね、と優子も言い、わたしたちは歩道を歩き始めた。あの日から、初めてなんだ。確かボトルを置いてきたよね、わたしは言い、わたしたちは横に並んだり、縦に一列になったりしながら、人混みを抜けて歩いていった。すぐに玄海の前に出た。そして階段を下りて、一階のカウンターの中の顔見知りの女性に、やあ、こんばんわ。森です。と声をかけ、今日は三人ですか。それなら、お好きな席にどうぞ。空いてる所を探して座ってください。彼女の声をあとにし、通路の左側の奥の席のひとつに座った。ふたりはわたしのまえの席に並んで腰を下ろした。まずは生ビールからいきますか？　めぐみが言い、優子のほうを視ると、優子はわたしを見た。そうだね、じゃあ、中ジョッキを、とわたしが言うと、めぐみは振り返って店員さんを呼んだ。なんか好きなものを食べるよ、とわたしが言い、ふたりはメニューを見つめた。料理が来る前に運ばれた生ビールで、乾杯した。ふたりとも元気だった？　顔は元気そうだけど。そうですね、わたしたち、卒業後のことをほぼ決めました。ふたりで相談しながら。行く道は違うし、一生、友だちであるのは変わらないけれど、でも、ふたりとも方向はだいぶ違います。めぐみが言った。そうか、それはよかったね。卒業するとその年に結婚するような人もいたけど、おふたりは？　いえいえ、結婚なんて、遠い夢かなんかよ。結婚よりまずしたいことをやろうと決めたの。と優子。

そして料理が運ばれてくると机の上が賑やかになり、料理の色合いによって、なんだか派手な感じも出てきた。わたしは、そうだ、ウイスキーのボトルを持ってきてもらおうかな、氷と水と、めぐみ、悪いけどまた頼んでくれる。と、さん抜きのめぐみ、が自然な感じになるよう気を配ってめぐみに頼んだ。了解。店員さーん。女店員が来るとめぐみは、こちらの方は森先生っておっしゃるんですけど、一か月くらい前だったかな、サントリーオールドのボトルを残して帰ったんですが、それを出してもらえますか。森先生の下のお名まえは？　と女店員が言うと、めぐみがおかしそうに笑って、魚という字と、名まえの名、と書いて、魚名です。森、魚名。と告げると、女店員も魚と名ですね、と笑顔になって去っていった。本当に変わってますね。とめぐみは笑った。名まえをつけた親が変わりもんだったんだね、きっと。しかしボトルと、氷の入った金属の桶のようなものと、水の入った大きなガラス瓶とがテーブルに運ばれ、グラスはどうします、と女店員が言い、優子がわたしもと言うと、めぐみもわたしも。と言った。了解。と言って女店員は去った。わたしは生ビールを半分くらいは飲んだ。じゃあ、少し落ち着いたあたりで、おふたりの行く道の話を訊いてみようかな。とわたしは担任の先生のように、ややまじめな貌つきでふたりを交互に見つめた。めぐみは生ビールをごくっと飲んでから言った。わたしは、前にも口に出したんですが、四年制の油絵科の三年生として編入することにしました。その手続きもすませました。希望者はそれほど多くないので、わたしの成績がよほど悪くなければ、たぶん通るんじゃないかって、わたしたちの絵の先生も言ってくださっているんですが。一応、口頭諮問が来月の初めにあるそうです。わたしは楽観してるんですが、そのあとですが、いろいろありますが、なんとか、高校の絵の先生になろうと思ってます。ああ、その話は前にも聞いたよね。とてもしっかりした堅実な考えだとおれも思う。油絵の画家としてやっていくのは容易ではないからね。おれの大学の、油絵科の学生ではひとり、個人的によく知ってた男がね、そいつは優秀だったのか、卒業と同時に、名古屋のほうの大きな画廊がスポンサーになってくれてね、軽井沢のほうに家まで買ってくれ、年に一回は日本橋の白木屋なんかで、一週間程度の個展を開いてくれているんだが、こんなラッキーな例はめったになく、結局、絵描きとして一人まえになった男、ってのはめったにいないんだね。しかし、その友人の絵は小品が多く、大きな公募展にも出していないようだから、なかなか有名になるのはね。絵描きの道は大変だよ。めぐみの選んだ道は賢明だったかもね。それで、もし松浦のあたりの高校の先生になれたら、中央のなんとか会なんて絵描きのグループがたくさんあるし、そういうところの公募に出すこともできるし、北九州で絵描きになるのもいいかもしれない。守屋くんのようにね。まあ、彼はいまんとこ、先生業で精いっぱいなのかもしれないが。

優子のほうは、どうするんだ。心の中ではそのほうが、正直にいって気がかりだったのだ。優子は言った。絵の世界に保存修復という仕事があることが解ったんです。夏の旅行の時、バルセロナに行った日、ガウディの建築を見に行きましたね。あちこちのガウディの設計した建築を見て廻ったんですけど、なんといってもあの、サグラダ・ファミリア教会は凄かったのですが、地下かどこかに、サグラダ・ファミリア教会の建築そのものが未完成で、その建造の続きや補修をやる部屋に案内されましたね。その時、教会が持っていた絵画か、教会の壁画だったかを、こつこつと補修、修復しているコーナーがあって、その時、その人たちの中に日本人の方がいることが解って、偉いなあ、こんなところまで来て、こんな地味な仕事してるなんて、って思ったんですが、日本に帰って、大学に戻った時、助手さんにそういう話をすると、ヨーロッパでは壁画も多いし、タブローも多いが、時間が経つとどうしても、上の画材が老化したり、剝落してくるので、とりわけ、展示してる絵とか公開されている壁画とかも、時々、手入れをしなきゃあならない。それは女のお化粧みたいなもんだ、って冗談のように言われたんですが、わたしは、そんな地味だけど、コツコツ作業する保存修復っていう仕事があることを知って、興味を覚え、将来、そんな仕事につくのもいいかなっと思うようになったの。で、助手さんたちから教えられて、ローマとかフィレンツェには保存修復の学校があることを知りました。それで、今年中にそういう学校を調べて、そういう学校へ留学しようか、と準備を始めたとこなんです。と一気に言うのであった。わたしは、正直に言って驚いた。こんな美しい若い女が、そんな、大切かもしれないけど、地味な作業をコツコツ重ねるような仕事に興味を持ち、さらに自分でやってみたいと言い出すとは。と考えたのだ。そうすると、一生、向こうで暮らすことになるのかな、その学校が終わっても。と訊くと、いいえ、日本にもそういう仕事があるそうです。日本にはヨーロッパ式の壁画はないけど、法隆寺の壁画なんかもあるし、古い明治時代の油絵の作品なんかも時々修復が必要らしいんです。日本でそういう仕事がみつかれば、帰ってきますよ。先生って、そんな心配してるんですか。だって、わたしたちって一生の友だちでしょ。

彼女がそんなふうに言ったので、その席の三人が、なんとなく笑ってしまった。でも、よかった。きみたちが、自分たちの進路をしっかり決めることができて。でも、偉いね。おれなんか、大学の終わりになってもはっきり、自分の進むべき道なんか解らなかったものね。大学四年生の四月か五月だったと思うんだけどね、ＮＨＫが、来年の新入社員の募集をしていた。その職種に、企画部というのがあって、はっきりした内容は解らなかったけど、ずっと前から演劇や映画の世界のことは考えていたので、なんかそういうことと関係があるかな、と思って受けてみたんだけど、第一次試験の時の常識問題テストが、まるきりできないんだ。つまり一般常識をあまりにも識らなかったんだね。それであっさり落ちてから、就職のことなんかずうっと考えたこともなかったしね。先生、それでどうされたの？　と優子が尋ねた。うん、大学院のことも考えたけど、一年から四年生まで習ったのと同じ先生が教えてくれるんだったら、もういいや、こんな大学の大学院は、なんて思ってね。親ももう金は出せない、と言ってたし。で、卒業をまぢかにした頃、大学の研究室に同じ学科を卒業した先輩だという男がやってきてね、きみたちの中で、誰か、うちの出版社に来ないか、と誘いにきたんだね。それは建築雑誌を出している会社で、その英文版の「the Japan Architecture」という雑誌の編集部へ来ないか、というわけ。で、自分は勉強あまりしなかったから、第二外国語に選んだフランス語は、なんとか、カンニングでパスしたが、中学からやっている英語しかできないな、と思ってから、二年生から英語初級、ついで、三年の時は中級、四年生になってから、上級までやったから、英語ならなんとかなるだろう、と思ってね、その会社に入ったわけ。ほかに希望者もいなかったし。まあ、おれの話はもういいんじゃないか。きみたちの将来への夢を肴にまた、飲もう。そう言ってつぎの話題へと移っていった。

•15

九時半くらいになった頃、めぐみが、先生、これから、先生の四谷のアパートへお邪魔してはいけませんか。先だって、優子が行ったんでしょ。とてもシックな部屋だった、って話してくれました。わたしも行ってみたいわ。男性の部屋なんて行ったことないし興味があります。とせがむように言うのだ。中年男の情けないひとり暮らしが視たいんだな、と言いつつ、わたしは、優子がどこまで、めぐみに先夜の話をしたか、ちょっと気にはなったが、まあ、いいだろう。シックというより、単に暗くて狭くて、あまり綺麗な部屋でもないんだけどね、それでもよければ。そう答えて、ふたりに先に出るように言い、わたしはレジで勘定をすませると、カウンターの女の子にまた、よろしくね、と言いながら、外に出た。すぐそこに地下鉄の駅があるから、地下鉄に乗って行こう、と店の外で待っていたふたりに言い、伊勢丹の角を駅のほうに戻ったあたりにある、新宿三丁目の駅の入り口をみつけて、階段を下りていった。すぐに地下鉄はやってきたので、われわれは、それほど混んでいない地下鉄の客になり、わたしが、今日、新宿へ来るために利用した、四谷三丁目で降りた。外に出ると、この一帯はまだまだ明るく、角っ子ののっぽの丸正本屋ビルや、四谷消防署のある交差点に出た。有名な佃煮の店だとか、商店の多い道路を国鉄の四谷駅のほうに歩きだした。人通りは、新宿とは段違いであって、わたしはふたりの肩を両手で抱きながら、歩き出した。いわゆる両手に花、というやつだな、わたしは知らず頬がゆるんだ。このまま、まっすぐ行くと皇居の半蔵門にぶちあたる新宿通りはいやというほど、歩いていた。歩道には、あちこちに街灯があって、道路は暗くない。先日、優子とタクシーを降りた四谷二丁目の交差点の少し前の信号で、車道を渡って、道路の反対側に出た。そして、ホワイトホースの前で右に曲がった。

アパートは、窓を全開したが、まだまだ暑かった。部屋の隅の扇風機を廻すがあまり効果はない。わたしは奥の六畳の間の中央に卓袱台を出し、優子とめぐみは、台所の部屋でバッグなどをわたしの読書用机の上に置き、まず、めぐみがトイレを貸してください、と言うと、優子は憶えていたらしく、横のスイッチを押してトイレの電気をつけ、トイレのドアを開けてやった。めぐみはその中へと消え、優子は卓袱台の前に来て、先生、水割りを作りましょうか、と言ってわたしを見た。まあ、ひとまず、座ったら。足をくずせばいいからさ。わたしもあぐらになり、ウイスキーの買い置きは、台所の洗面台の下のドアを開いたところにあったはずだ、コップも洗ってある。いろいろ考えた。トイレから､尿を排泄する時の勢いある音が響いてきた。優子とわたしは、顔を合わせて、声を出さずに笑った。トイレのドアの下部に、小さな窓があって、白い板が隙間を空けながら何枚か重なるようにはめこんであり、連子窓とでも言うのだったろうか、トイレの上の小さな窓（廊下に面していた）を少し開けておくと、その連子状の窓を通って空気が流通するようになっていたのだ。音はそこから漏れてくる。めぐみがトイレから戻ると、こんどは、優子が立ち上がって入れ替わるようにトイレに入っていった。めぐみは腰を下ろし、先生、凄くステキな部屋ですね。天井の電球が､蛍光灯と違って､なんだか暖かい感じを出していると思うわ。今ってどこへ行ってもたいてい蛍光灯ですからね。百ワットの電球だなんて。だから、夏はなおさら暑いんだ。とわたしは苦笑しながら答えたが、優子は注意深く排尿していたのであろう、音は漏れてこなかった。

先生の部屋にはテレビもラジオもないって、優子が言ってましたが、そのとおりですね。でも、なんだか、落ち着くわ。わたしたちの部屋って、田舎の家から考えると、モダンなんだけど、なんとなく安っぽい感じがするんですよ。今の、アパートの部屋って。どこでもね。ここはね、自分が借りた時はね、この六畳間が畳敷きで、向こうの台所のスペースは板張りで、ふたつの部屋の間仕切りに襖が入っていたんだけどね、おれが襖を外してしまったんだ。だから、六畳と三畳くらいの台所の間を足して、少しだけだけど、広く見えるだろう、全体として。ただし机をふたつも置いているから、向こうは狭いけどね。そうですね、襖を閉めてしまうと、やはりこぢんまりとしますよね。田舎の六畳だと、片方が縁側で外の庭が見えたりして、雰囲気が違いますけど。などと話しているところに、優子が戻ってきて、腰を下ろした。さあ、酒盛り再開だ。まずは、ウイスキーと、それから缶ビールが少し、冷蔵庫に入ってる。めぐみと優子は立ち上がり、台所の間に行き、さっそく酒盛りの用意を始めた。かいがいしく働くところは、若々しく頼もしい。わたしは、台所仕事は彼女たちに任せることにした。バッグの中に、前もって買ってあったのか、ピーナツや干しブドウなどを、洗い籠にあった皿に乗せ、優子が運んでくると、めぐみは、氷の入ったコップを三個、やはりひとつしかないお盆に載せて持ってきた。そして、台所に戻った優子が水を入れた薬缶を右手にぶら下げて持ってきて、卓袱台の横に置いた。めぐみが台所で、缶ビールが二本、冷蔵庫にありますが、わたし、飲んでいいですか、と言うので、もちろん。もしビールがもっと飲みたければ、表通りに丸正二丁目店という小型スーパーがあるから、買いに行けるよ、とわたしが言うと、いいえ、あるだけで充分です、とめぐみが言い、優子が、じゃあ、あたしが水割りを作るわ。そう言って、ふたつのコップに水割りを、手早く作った。そして水割りができると、わたしと自分の前に置き、めぐみは缶ビールの栓をシュッと外し、じゃあ、また乾杯しましょうね。と缶ビールを右手で上に上げた。わたしと優子もそれに倣って乾杯した。そして、それぞれの口へとアルコールが運ばれていった。ああ、おいしい、彼女たちは言い、小さな儀式は終わってまた、お喋りが始まった。今日は、わたしが、天平、休みました、とめぐみが言った。めぐみばっかり休ませて、ごめんね。先生が、木曜は大学の日だし、なんとなくいいんじゃないか、と思ったの。いや、おれは、いつでもいいんだよ。だから、今度からは、ふたりで都合のいい日を決めてくればいいよ。電話だけくれておいたら。でも、わたし、そんなに先生たちのおじゃま虫、しませんよ、とめぐみが言うのだ。優子は、まあおじゃま虫だなんて、と言っていくらか頬を赫らめた。そして、先生はわたしの占有物じゃあないわ。先生だって、めぐみに会いたい、っておっしゃってるのよ。ねえ、先生。うん、そうだとも。おれの愛はふたりに向かって同時に放射されてるんだよ。感じないかい。まあ、先生ったら、調子いいんだから。ともかく、今日はきみたちふたりの旅立ちへの最初の、なんだろう、お祝いの日、かな。だれかの唄に、……贈る言葉……とかいう歌詞があったけど、本当はおれが、おふたりの旅立ちに、なんかの言葉を贈らないといけないね。めぐみが言った。でも、わたしは暫くは東京にいるとしても、優子は遠い彼方へ旅立ってしまうわけだから、先生にとっては淋しくなりますね。可哀そうだわ、先生が。そんなこと言ったら、留学できなくなるわ。別に一生いるわけじゃないし。時々、帰って来れるんだし。と優子は急に泣きそうになって俯いてしまった。ごめん、ごめん、変なことを言い出して、ごめん。そんな気じゃ、なかったのよ。めぐみが言い、わたしは、そうだよ。地球の裏側に行ったとしても、今は電話すれば、話はできるしね、と言った。まあ、それより、酒飲みながら、なにかゲームでもしようか。そうだ、まわり将棋をやろうか。それって何ですか。わたしは自慢の将棋盤と駒を押入れから取り出した。そして歩だとか香（やり）とか、銀、金などの駒の説明をした。こうして将棋盤の一番角っ子にまず、みんなが歩を置いて、ここでじゃんけんしてだな、と、この遊びを説明した。こうして、金を四枚手に持って将棋盤の上に投げるんだ。将棋の駒の金将と書いたほうが出た数だけ、駒を進める。裏になると、裏の出た数だけバックしなければいけない。駒が立ったら、十、進むことができる。まあ、やってみよう。その都度、教えるから。自分より強い駒に追い抜かれると、休みといって、一筋内側に入って暫く待たないといけない。自分より強い駒が来ると、やっともとに戻れるんだ。ちょうど、人の駒に上に乗るようにして止まるとおんぶ、と言って上に乗り、下の駒が動くといっしょに動けるんだよ。なんだか子どもの遊びのようだろ。最初に王将になった人がトップというわけ。そうだな、トップになると賞金が千円出るんだ。まあ、そのお金誰が出すんですか。じゃんけんで決めようか。優子にめぐみ。まず、この卓袱台を横にどかせて将棋盤を中央に置こう。頭を使うゲームである高級なゲームの将棋だが、駒を使っての遊びはいろいろあるんだ。将棋盤の前にそれぞれのコップを置いたほうがいいかな。

　こうして将棋の遊びをやりながら、酒を飲むあいだに、たちまち時間は過ぎてゆき、十一時になった。きみたち、どうする？　電車に乗るなら、もう帰る時間だけど。わたしがそう言うと、めぐみは、先生、勝手ばかり言いますが、先生さえ構わなければ、泊めてもらっていいですか。先だって、優子が泊めてもらったんでしょ。じつは、今日は、ふたりで最初から、今日は先生のアパートに泊めて貰おうって、計画的におじゃましたんですよ。と、わたしを見て笑うのであった。優子も、先生、ごめんなさい。つい、めぐみに先生の所に泊めてもらったって、話してしまったの。それを聞いてわたしもそれなら、一度はおじゃま虫になって泊めてもらおうって、ちゃっかり考えたんです。ふたりが笑いながら告白したので、じゃあ、解った。蒲団はひと組しかないから、きみたちは蒲団で、おれは、カーペットの上で寝るよ。そう決まったんだったら、もう少し飲もう。そうだ、お湯を沸かせば。きみたち、お風呂に入れるよ。ほら、トイレの部屋の便座と反対側にガス風呂があるのを見てるだろう。おれは風呂沸かすのも面倒で、土曜か日曜か、週一回くらいしか、入らないんだけどね。それにね、風呂に浸かると皮膚呼吸ができないから苦しいんだよ。なんですか、その皮膚呼吸って。人間はね、肺と口や鼻とで呼吸してるけど、実は全身の皮膚で呼吸してるんだよ。だから全身を風呂に浸かるとその皮膚呼吸ができないというわけなんだ。嘘だ、そんな話、聞いたことないですよ。そう言いながら、めぐみが、でもおふろは嬉しいわ、今日は汗かいたし。わたしが、水を張ってきましょうか、と立ち上がった。やりかたは解るかな、おれが水を入れて火をつけるところまでは、やってもいいんだけど、と言うと、いいえ、わたしやれます。先生は面倒なんでしょ。めぐみはトイレのドアを開けて、風呂の水を張りに行った。

わたしは水割りを口へと運びながら、優子は、どこまで、めぐみに話をしたのだろうか、と考えた。全裸になったことなんかも言ったのだろうか。まあ、ばれてもしようがないんだけど、そう思いながら、優子の貌つきを伺い視るのだが、はっきりとは解らなかった。わたしは、今夜はふたりの裸体が視れるのかな、と期待もあったが、めぐみがそんなこと、するわけないか、とも思った。優子、とわたしは思い切って訊いてみた。めぐみにはどこまで喋ったんだ。きみがまっ裸になったことも、言ったの？ いいえ、まさか、下着を脱いだなんて……。でも寝る時上半身はブラジャーだけになってしまった、って言ったの。と言って、わたしを見ながら笑うのだ。うーん、そんなこと言えるほどには、仲がいいんだね。と言っているところにめぐみが戻ってきて、水を張り終わるのに、十分くらいかかるんですか？ と訊いたので、そうだね、時々行って、確認しながら、水が四分の三くらい溜まったら、ガスに点火するんだ。ええ、わたしのアパートの風呂もそうですから。風呂の点火まではわたしの仕事ね。とめぐみは却って愉しそうに言うのだ。じゃあ、あたしは例の……、と言って優子は立ち上がってトイレに入った。めぐみは言った。さっきのお話だと先生は、お風呂あまりお好きじゃないんですか。そうなんだ、面倒くさいことはすべて好きじゃなくてね。でも、お風呂入ると気持ちいいでしょ。それが、よく解らないんだね。でも、さっぱりするんですけどね。でも、人それぞれだからいいんですね。世のなかには長風呂の好きな人もいるし。優子が戻ってきて、水が三分の一くらい溜まったわ、と報告した。

風呂が沸いた時、優子とめぐみはどちらが先に入る？　と問答し、めぐみが先に入ることになった。おれはそっちのほう視ないように背を向けてるから、台所の冷蔵庫のあたりで裸になればいい。ここには脱衣場のようなものがないんでね。脱いだ服は、その机の上に載せておけばいい、そう言って、台所の間に背を向けるように座る位置を変え、そうだ、蒲団を敷いたほうがいいかな、すぐに横になれるように、と優子に訊くと、そうね。じゃあわたしが敷くから、先生、本棚のほうに移ってください。と言って、立ち上がり、蒲団を敷く場所を空けるように、卓袱台も本棚のほうに移動した。そしてかって知ったかのように押入れを開けて、蒲団を出して敷き、薄いほうの掛蒲団を足のほうに三つ折りにして足もとに置いた。優子、今日はふたりが裸に？　と訊くと、いいえ、残念でした！　今日は泊めていただくかも、と相談して来たので、半袖のTシャツと短パンを、ふたりとも用意してきたのよ。といってにっこりと頬笑んでわたしを視るのだ。そして、わたしの耳に唇を近づけて、つぎの機会まで待ってね。と言って、またにやりと不敵に笑うのであった。めぐみがお湯を軀にかけている、そんな音が響いてきた。わたしはそんな機会を逃すまい、と焦ったような気分で優子を抱き寄せ、キスをした。優子は拒まなかったが、先生、慌てなくてもいいわ。今日はふたりで泊めてもらうけど、今度来る時はひとりで来るから。だから、めぐみにも優しくね。わたしは解った、と言い、優子とわたしのコップに残った氷を入れ、ウイスキーを足し、水も注いだ。そして、カチカチっと氷のコップにあたる音を聞きながら、ゆっくり飲んだ。そうだ、トイレのドアの左側にある和ダンスの下から二段めの引き出しに、髪や裸の軀を拭く大きめのバスタオルが入っているから、それを出して、机の上に置いておく、と言ってやってくれる、と優子に言った。優子は立ち上がって言われたとおりにした。やがて風呂から出ためぐみは半袖のTシャツに緑色の短いズボン、最近は短パンというのか、それを着用して六畳の部屋に戻ってくると、もう蒲団が敷いてあるんだ。そう言いながら、蒲団の上に胡坐(あぐら)をかいて座った。その顔や軀から湯気が立ち昇っているようで、却って暑そうでもあった。いい気持ちだったわ、先生。今度は優子、入って。優子は立ち上がり、先生、こっちを見ないでね、と声をかけ、台所の間の暗闇で服を脱ぎ始めたようだった。めぐみを視ると、Tシャツの下はなにも着ていないようで、ふたつの乳房のあたりは、高く盛り上がり、そして乳頭のところが、つんと立っているのだ。乳房は大きそうだった。そのまま、めぐみの身体の軟らかそうな凹凸が想像されるのだ。

・16

先生、今日はおじゃま虫してしまったわ。ごめんなさい。でも、わたしも先生にお会いしたかったし、まあ、両手に花？　ですから、たまにはいいでしょ、とめぐみは言い、缶ビールはないから、どうしようかな。おれが、外に出て自動販売機を探してこようか。でも、ビールなどは、もう売ってないかもしれないな。先生、わたしは、冷たい水で薄めた水割りを飲んでます。お茶を沸かすことはできるよ、だけど熱いかな。ええ、先生に面倒かけたくないし、いいです。面倒くさいのがお嫌なんでしょ。薬缶の水を足してきますね。それから製氷皿を見て、これも水を入れておきますね、と台所に立った。短パンなるものから伸びた太腿が、健康的でかつ色っぽいのであった。きっといいお尻してるだろうな。浴室からの水音は、優子のあの、案外、肉づきのよかった裸の軀と一体化したように、蠱惑的に響いてくるのだ。めぐみ、その蒲団で横になればいいよ。優子も、もう少ししたら出てくるだろう。そしたら、寝ることにしよう。きみと優子は蒲団で寝ればいいよ。わたしは押入れの蒲団の一番下に、冬用の厚い掛蒲団があることを思い出した。なあんだ、あれを出して、敷けばいいじゃないか。わたしは、飲み残しのコップその他をお盆に載せ、蒲団の枕もとに置いた電気スタンドの横に置いた。そして押入れから、冬用の掛蒲団を出し、ふたつ折りにして、敷蒲団の横に並べるように敷いた。そして、おれも、ランニングシャツがあったな、と立ち上がって和ダンスの一番下の引き出しからランニングシャツを出し、そして、中ほどの引き出しから、白い半ズボンを出し、素早く着替えて、掛け蒲団の上に俯いて寝ころんだ。そして、枕もとのコップの水割りを飲んだ。優子がトイレのドアを開いて出てくるらしい音を聞き、Tシャツを着ているんだな。そんなようすも察知できたので、台所のほうに向かって、優子、ウイスキーの瓶を、こっちに来る時、持ってきてくれないか、そう声をかけると、優子は了解！　と返事し、氷はありますか、と訊いた。製氷皿に氷ができてると思うわ、とめぐみが言った。

ウイスキーだけでもいいよ、とわたしは言い、右腕を曲げて、右の掌で頭を支えて、横向きになってめぐみのほうを向いた。半袖のTシャツと短パンになった優子が帰ってくると、先生は、お風呂はどうします、まだお湯は抜いてないわ。と尋ねながら、蒲団の、空いていた、いや、めぐみが気をきかして空けておいた三人の真ん中に座りこんだ。おれは、もう面倒だから、やめておくよ。きみが軀を洗ってくれる、というなら、話は別だけどね。と言ってから、冗談、冗談、と笑ってみせた。じゃあ、先生のコップこっちだった？　と声をかけて、コップにウイスキーを注いでくれた。薬缶の水も足してくれるかい。おれが注文し、ウイスキーと氷と水でいっぱいになったコップを口もとに運んだ。じゃあ、上の電気を消そうか、そう言って立ち上がり、いいかい、と声をかけながら電球のスイッチを捻って、部屋のひとつしかない中心的な光源からの明かりを消滅させた。電気スタンドの暗い灯りだけを残して、部屋は暗くなった。ふたりの若い女性がわたしの横で寝ている。それは、いままで経験したことのない時間であった。わたしは、ふたりの、まだ眠ってはいないめぐみの横顔を眺め、僅かな衣服で覆われた身体を凝視したが、あまりじろじろ見ては、と考え、わたしもまた天井のほうに視線を移動させた。暫くして、ちょっとごめん。足を踏んだりしたら、もっとごめん、だね、と言いながら、彼女たちの足もとらしきあたりの蒲団を少しだけ踏んで、台所の間に行き、トイレのスイッチを押してから、トイレに入った。音をたてないように、と思ったが、小便は便器の内側に溜まっている水の表面にぶつかって、やはり小さい音響となって、それは、たぶんふたりの耳にまで届いたであろう。わたしが蒲団に戻ると、ふたりは、すうー、すうーっと寝息を暗い空間に放ちながら眠っているのだった。電気スタンドの小さな明かりが彼女たちの貌の半分を、やや明るく照らしだしており、わたしは、水割りを飲みながら、上半身を彼女たちの貌の上まで運んで、めぐみの唇と優子の唇に、わたしの唇を軽くそっとくっつけ、お休み、と言う声の代わりにした。闇はわたしのその、幼稚な精神を、行為を彼方へと運んでいってくれたようであった。

目が覚めると、十一時を過ぎていた。ふたりは帰ったのか、部屋は静かだった。ところが、トイレの水を流す音がしたと思うと同時に、優子が昨夜と同じTシャツと短パン姿で現れた。あ、先生、お早う。目が覚めた?　めぐみが六時過ぎに起きて、帰り支度をしてから、まだ寝ていたあたしを起こしてね、先に帰るわ。先生によろしく言っといてね、そう言いながら、わたしを置いて先に帰ったの。まじめだから、今日の午前中の授業に間に合うように帰ったんです。あたしは、今日はさぼり、と決めて、ついさっきまで先生の横で寝ていたのよ。で、今さっき起きて、顔を洗ってね、先生の目が覚めるのを待ってたの。そう言って、また、わたしの横の蒲団に横になった。わたしは彼女を抱きよせ、唇にキスをして、舌で彼女の唇を開けさせた。きみの唾液を飲ませてくれよ。わたしが唇を離してそう言うと、頷きながら、上半身を少し起こしたので、また唇を彼女の唇にくっつけて、彼女の唾液を飲んだ。生温かだった。わたしの左手は彼女の下半身に延び、短パンの下の下着の中へと侵入してゆき、指先で、陰毛を撫でおろしながら一番下のあたりを触ろうとした。優子は、待ってそれは。それは、今度来た時まで待って。やっぱり、心の準備が必要なの。今度来た時はちゃんと、先生のしたいようにさせてあげるわ。でも今日はここまで。ここまでにして。お願い。そう言って項垂れるのであった。わたしは解った、今日は起きよう。そして、どこか行こうか。そして、国分寺のあたりまで送るよ。そう言って優子の軀を離し、立ち上がった。半ズボンの中のわたしの性器が勃起していることが解った。しかし、さりげなく、台所の洗面台で、とりあえず、歯を磨き、うがいをした。そして、優子もこっちに来て、服を着替えろよ。着替えるとこ、視ていてもいいだろう、さっきの約束の保証金として。小切手のようなものかな。と言ってみた。なんのことか解らないわ。優子も立ち上がってこちらに来て、じゃあね、まず、Tシャツを脱ぎます。と言って腰のあたりから両手を交差させるようにしてTシャツの裾をつまんで上に引っ張り上げると、白い裸の腹部が出てきたのだが、胸にはブラジャーが装着されており、そして、今度は短パンをずり下げるようにすると、真っ白なパンティが下腹部にピタッと貼りつくようにくっついているのであった。そして、上半身に半袖のブラウスを着け、ボタンをふたつ、みっつくっつけ、パンティをつけた腹部や臀部は下から持ち上げた黒っぽいスカートで覆われて、来た時の姿に、たちまちのあいだに戻っていたのだ。その間、優子の白い肌の上半身と下着の下に伸びる太腿への視線は、映像となってわたしの脳に刻まれた。もっとゆっくり鑑賞したかったたな。下着なんか取り替えなくてよかったのに。と残念そうに呟いたのであったが。

その後、わたしたちは、四谷の新道通りとよばれる細い、飲み屋の多い路地を歩き、その一軒で昼定食を注文し、食べ終わると国電に乗るために四谷駅に行った。さあ、これからどこに行こうかな、新宿に新宿御苑という、かなり大きな空間の拡がる庭園があるんだけどね、桜の季節が賑やかなんだ。しかし、ここは確か飲酒が禁止されていたようで、その点があまりおもしろくない。そうだ、少し、遠いが国分寺には近いところがあった。国鉄の中央線で吉祥寺までゆき、そこからバスが出ているんだが、深大寺という有名なお寺があってね、あの辺の観光地でもあるんだけど、知ってるかな。優子は話には聞いたことがあるけど、行ったことはないわ。じゃあ、そこに行こう。そのお寺の隣に神代植物園というのがあるから、そこにも寄ってみよう。わたしはそう言って優子を伴って、四谷駅で吉祥寺駅までの切符を二枚買い、中央線の客になった。正午頃だったせいか、電車はそれほど混んでいず、ふたり並んで座れる席を見つけて座った。また肩と肩をぴったりくっつけて座ったが、公的な世界であって、それほど密着するわけにはいかなかった。新宿を過ぎ、阿佐ヶ谷、荻窪を通って電車は吉祥寺に着いた。吉祥寺には、トシビの吉祥寺校という施設があり、わたしが関係していた編集室がここにあったので、この町はなじみのある町になっていたのだ。ああ、きみも武蔵野美術学園に来てたって言ってたよね。それなら、その辺りはよく知ってるんじゃないか。わたしは彼女を連れて、公園口（南口）を出て、ふと思いついて、この先に井の頭公園というのがあるんだ。まずそこに行ってみようか。わたしは優子を抱くようにして公園への狭い通りを歩いていった。公園の中央にやや広い池があり、中央付近に橋がかかっており、向こう岸に行けるのだ。そのあたりにボート乗り場があった。ボートに乗ってみようか。そう誘って、ボートを借りた。優子を前に座らせて、わたしがオールを漕いだ。そしてゆっくりと池の中央あたりまで進んだ。

今度は東向きになった時、優子はオールを漕ぐわたしのまえで両膝を揃えて座っていたのだが、ボートが回転すると、思わず軀がよろけそうになる。そうすると、両膝が開き気味になり、膝丈のスカートがフレアだったものだから、優子の白い内腿が現れ、腿の合わせめのあたりの白い下着がしっかり見えるのだった。これはいい風景だ、と思ってその辺を時々、ボートをぐるっと回転させる。するとまた、同じ現象が起こって、優子の白い内腿や白い下着が見えるのだ。そんな暫しの眼の快楽を味わってから、ようやくボートを降り、駅のほうに戻ったのだ。中年男の執念深い趣味が否応なく体験でき、また今度、ボートに誘おうと考えると愉しかった。窃視症的人間であるわたしは、女性の歩く後ろ姿、そのお尻の動きに魅かれるというお尻フェティシズムの人間でもあり、優子が言ったように、自分は変態だな、変態先生だ、と思うと、なんだか苦笑してしまうのだ。公園から井の頭通りに出て、マルイ、という大型店舗ビルのまえに戻ると、そのあたりから、深大寺ゆきのバスが出ているのであった。まもなくバスが来て、外が見えやすい後部の席に並んで座り、そしてバスは出発した。

まず、神代植物園に入った。わたしは何度か来ていたので、それほどおもしろくはなかったのだが、植物、とりわけ花の咲く木や草の好きな女性は多いので、優子はまあ、愉しいだろうと思ったのだが、どうだったろう。この植物園は広大な敷地はあるのだが、熱帯植物を見せる温室のような小さな建物の内部は充実していたのかもしれないが、やや狭小で、わたしはあまり興味を覚えなかったためか、そこにどんな種類の花や草木があったのか、あまり把握できていなかった。ともかく優子と手を繋いで、その広大な庭園の中をあちこち歩き廻ってみた。そして、そうそうに、この植物園を出て、ぶらぶらと坂道を下っていくと、すぐ、深大寺へと続く道があり、バスもこの通りを往復していた。この位置からだと、吉祥寺や三鷹より調布のほうが近く、バスは、その三方へと走っているのであったろう。この道を歩いていくと、道の両隣に中型、大型の和風の建物が並んでおり、大きな看板も出ていないのだが、ほとんどが、料亭や飲食店であるらしかった。わたしはお寺近くの、安そうな、あるいは入りやすそうな店を選んで入っていたので、詳しいことは解らなかった。しかしまずは深大寺というお寺へと進み、この通りの中央あたりのお土産屋の林立する、少し奥めいたあたりにこのお寺はあった。

深大寺の正門をくぐると、正面に本堂というのか、大きな寺院の建物がわれわれを迎える。ある意味では多くの寺院がそうであるように、聖性などとは無縁に、大衆化されたような平凡な建築であって、そこで手を合わせて南無阿弥陀仏などと言う客はまずいないであろう。まっすぐに本堂に向かう小道があり、その周辺は白っぽい砂利で整地されており、松の木などが植わっていた。とりあえず、階段を上って、優子は手を合わせて拝んでいるようだった。わたしは無神論者であって、神社で手を合わせたのは、小学校時代くらいのものであろう。階段を下りて、左のほうに行くと、後ろが苔むした岩盤のような壁になっている小さな池があって、大型の魚、鯉が泳いでいる。わたしは、深大寺では、この池の光景が好きだった。静かな池の澄んだ水面を見るのが好きだったのだ。池の水面を見ながら小さな石段を上ると、本堂と橋で繋がった小型の別院というのか、小さな寺院があって、その辺はひっそりとしていた。今日はウイークデーのためか、観光客は比較的少なく、境内もひっそりしているようだった。わたしと優子は正門を出て、お土産屋や、名物の「深大寺そば」の暖簾のかかった飲食の店が、正門のあたりを取り囲んでひしめいているのであった。なんか、お土産、買うかい？　めぐみにでも。わたしが言うと、少し、このお店のあたりを歩いてみたいわ、と言う。一軒の土産屋に入って、どんなものが売られているかを見たり、隣の店に入ってうろうろしたりした。どこかで深大寺そばを食べようか。でも、まだおなかが減っていないわ。じゃあ、一杯やろう。茶店かどこかに入って。わたしたちはバス通りまで戻って、バス通りに並んでいる飲食店のひとつに入った。古い日本民家のような店で、障子戸に張られた白い和紙がよく似合っていた。

店に入ると、四人掛けのテーブルがいくつも並んでいて、まあまあ、広い空間が、われわれを開放的な気分にさせた。白い割烹着の小母さんたちが、二、三人、客席の間を縫って注文を訊いているのだが、この日は客が少なく、レジのあたりに小母さんたちは所在なげに、たむろし、お喋りしていた。ある小母さんが近づいてきて、テーブルの横に立って、ご注文は？　と訊いてきた。そうだね、店内の周りの梁から、白い紙に食べ物の名まえを書いたものが吊るされ、最後のあたりに、ビールとか日本酒とか焼酎と書いて、それぞれ値段が書いてある。優子は何にする？　先生は？　そうだね、小母さん、焼酎って麦？　あるいは芋？　って聞いてみると、両方ありま す。あれは小瓶ですよ、と言う。優子、おれは麦焼酎のお湯割りを頼むよ。きみは？　そう訊くと、そうね、じゃあ、あたしもそうするわ。肴は？　鮎の塩焼きって書いてあるけど、ここで鮎が獲れるわけじゃないわね。でも、その鮎にしようかな。わたしは、小母さんに、麦焼酎の小瓶にお湯を。二人分。それから鮎の塩焼きを一人前。それと、枝豆でも貰おうかな、と注文した。小母さんは頷いて、注文の品を復唱して、こちらがそうです、と答えると、レジのほうに帰っていった。まもなく、まさしく麦焼酎の小瓶が二本と、金属の取っ手のついた丸い枠のようなものに大型のコップを入れたものをふたつ。また、お湯を入れたポットをテーブルに運んできた。まあ、可愛らしい小瓶ね。お湯割り作りましょうか、そう言って、わたしと彼女の二人分のお湯割りを作ってくれた。濃さは、どうします？　と訊くので、そうだな、焼酎を三分の一くらい入れて、あとはお湯を。優子は、鷹の台の天平で作り慣れているのか、手際よく作っている。わたしたちは軽くコップの縁をカチッと合わせると、ゆっくり飲んだ。最初、熱さが解らなかったからだ。程よい熱さになっていた。この小瓶というのは、ポケットウイスキーの瓶くらいの大きさで、わずかに円形に丸みがついているのだ。むかし、戦争中に戦地でも使われた飯盒というものがあったが、あれと同じような丸みを帯びた透明のガラスで作ってある。ポケットウイスキーもこんなに曲がっていたのかどうか、記憶にない。久しぶりだな、ここに来るのは。今日は、お客も少なかったね。そう何度も来たわけじゃあないけどね。先生、焼酎は、たまに飲むんですか。そうだね、めったに飲まないけど。ほら、あそこに焼酎って書いてあったから、飲んでみようかな、と思った。ビールも日本酒も飲みたくなくてね。むかし、友人たちと八丈島に行った時ね、台風かなんかで、海が荒れて船が出なくなってしまったことがあったんだ。飛行機も欠航だというんで、三、四日、長めに逗留してたことがあったんだけど、その時、旅館には芋焼酎しかなくてね、これを朝、昼、晩と飲んでいるんだから、苦しかったな。その点、麦だったら、臭みもないしね。そういえば、熊本から鹿児島のあたりまでは専ら芋焼酎で、麦は北九州が多いようだね。南のほうだけど、沖縄の地酒の泡盛は、それほど、臭みもなくおいしかったな。だれかのお土産で貰ったんだけどね。やはりお湯割りで飲んでいたんだけど。沖縄からのお土産に貰ったことがあるんだ。わたしも田舎にいた頃は、父によく麦焼酎、飲まされました。お父さんってどんな仕事？　中学校の絵の先生なの。ふーん。だから、その影響もあってトシビに来たわけか。でも、あたしは養子でね、両親にずっと子どもが生まれなかったので、母の親戚のわたしを養子にしたんですって。だから、あたし、父にも母にも似てなくて。絵の才能も遺伝じゃなかったから、あたしは、絵はあまりうまくないわ。そうかな、あの裸の（！）自画像しか見てないけど。と〈裸〉に力を籠めて言ったので、優子は恥ずかしそうに頬笑みながら、まあ、先生ったら。意地悪ね。そうしていつまでもいじめるんでしょ。でも、自分の裸をおれに見せてくれたんだろ、あの時は。まあ。偶然ですよ、本当に。でも、このあいだは本物、見せてくれたしね。今度、おれが絵を描くから、モデルを頼もうかな、裸の！　ね。まあ、先生ったら。わたしたちの小瓶は空になっていた。もう一本頼んで、それでひとまず、休憩しようか。休憩って？　まさか、どこかへ誘うつもりですか？　いやあ、そこまでは思いつかなかったよ。そんな手もあったね。とおれが笑うと優子も嬉しそうに笑うのだ。

わたしたちは、その店を出ると、バス通りに戻った。バスの時間をみると、だいぶ間があるようだった。その辺、少し散歩しようか。バス通りを直進するように歩いていくと、両側の店はしだいに少なくなり、吉祥寺に戻るらしいやや大きな道にぶつかった。その手まえにそれほど大きくない池のような水溜めのようなものがあり、裏側には小川が流れこんでいたようだ。そして池の中央には、まっすぐ上に伸びた長い葉っぱの葦のような、薄のような水草が群生していた。水は澄んでいた。その池の脇の小道を登っていくと、そこから小高い丘か山へ続く細い道があった。優子、この丘だか、山で一休みしようか。ええ、と言うので、ゆっくり登っていった。するとその頂上は雑草を刈り取ったばかりのような、そんな感じの緑色の地面が丘状に盛り上がり、小さな広場のような空間を作っているのであった。そこには人は誰もいず、森閑としているのだ。少し弱くなった陽光だけが明るく、その辺一面を照らし出していた。一番端っこのほうに背もたれのないベンチのようなものがあった。優子、ここに横になってごらん、きっと天国へでも来たような気分になるよ。優子は素直に、仰向けに横になり、眩しいのか片手を顔のうえに翳(かざ)すようにして、わたしを視て笑うのだ。残念ながら、ふたりは横になれない。ベンチの幅が狭かったから。あとで思ったのだが、あそこは無人の境地であったし、わたしが彼女の軀の上に被(かぶ)さるように載って、そして下着をおろして……。わたしはその時はそんなことは残念ながら、まったく思いつかず、ただ、こんなに人のいない所に来たことは、少なくとも東京では、まずなかったな、などとぼんやり考えていたのだ。わたしにできたことは、あの焼酎の小瓶の半分くらい残ったものを、持って帰ってかまわない、と店の小母さんが言ったので、バッグの中に入れてあったのだが、その水筒型の小瓶を取り出し、優子、これを口移しにして飲むかい？　と声をかけると、頷いたのでまずひと口、自分の口のなかに入れ、そして優子の唇に接近し、少し開いた唇にキスするようにくっつけて、彼女の口中に放ったのだった。優子は口の中にそれを含んだまま、少し上半身を立てながら、ゆっくり嚥下した。生のままの焼酎は、結構、喉を刺激的に流れるものなのだ。わたしは彼女がむせないように、やさしく背中を撫でてやった。ごくん、と音が伝わってきた。うまかった？　優子。ああ、でもなんだかきつかったわ。どれ、おれもひと口、と言ってひと口飲んでみた。強いアルコールが喉を通って下に流れるさまが見えるようであった。優子も、おれにそうしてくれるかな。いや、もうやめてキスだけにしよう。と、優子の脚を下におろさせて、横に座って優子を抱き、キスをした。アルコールの味の残る口臭がたがいの唇のあいだを行き来した。彼女の唇を吸い続けたが、今日はこの辺でやめにしよう、そう決意して、わたしは立ち上がった。優子はもう少し、と言いながら、仰向けに寝て大空を眺めるようにした。わたしは彼女のお腹のあたりに横顔を載せて、優子のほうを視た。先生、そこで何してるの？　わたしは言った。このお腹におれの子どもを孕んでくれることが、将来あるかな、ってね。まあ、もう気が早いのね。そんなこと考えるなんて。しかしまんざら悪い気持ちではなさそうで、気持ちよさそうに横たわっているのだ。しかし、わたしが貌を彼女の腹部から離して、黙って立ち上がり、じゃあ、帰るとしようか。と声をかけると、彼女も起き上がってきた。深大寺の前のバス停のあたりまで、しっかりと手を繋いで歩いていった。ゆっくり、ゆっくりと。

・17

優子がつぎに四谷に訪ねてきた時は、新宿で会わず、彼女がまっすぐ四谷に行きたい、と言うので、四谷駅に着いたら、電話するようにと告げてあった。そして、ホームの一番後ろから階段を上がって、改札を出た所に小さな広場があるからね、下を通る国鉄の電車のレールを望むあたりに、背の低い石垣があるよ、その辺で待っていてくれないか、とも伝えておいた。ある火曜日の七時過ぎに電話が鳴った。優子だった。わたしはすぐ行くから、その広場のどこかにいるように、と言って、外に出た。駅に向かう歩道は、もう街灯が灯っており、明るかった。パチンコ屋やトンカツを出す有名な店、その他、商店やビルが並んで、いわば四谷のメインストリートなのであったが、おそらく東京という大都市の中央あたりの街とは思えないほど、地味な町であった、四谷は。その商店街の一番端っこ、駅寄りの角っこに小さな書店があって、キリスト教関係の本などが置いてあった。たぶん、四谷駅の向こう側、すなわち麹町に上智大学があり、その神学系の学生さんや先生なんかがこの小さな書店を利用したのであろう。わたしもまた、初期キリスト教の勉強をしていたので、この店でキリスト教関係の本を買ったことが何度かあった。普通の書店で売ってないような本がみつかったのだ。四谷の街のその辺で、よく、頭を特殊なグレイの帽子ですっぽりと覆った修道女らしき女性が二、三人連れ立って歩くのを見かけたものだ。

上智大といえば、騎馬民族論の江上波男氏が、いや江上先生が来ておられることを識ったわたしが、聴講生になろうと考えて、上智大学の教務課を訪ねると、ゼミのほうはだめだが、一般教養の授業なら聴講できる、というので乗り気になったことがあった。しかし、履歴書などのいくつかの書類のほかに、健康診断書を持参するようにと言われて、身体検査なんて、小・中学校時代以来やったことはないし、いったいどうすればいいのか、と、聞いているだけで、だんだん面倒になってしまい、結局、聴講を止めてしまったことがあった。しかし、考えてみると、一般教養の講義なら、学生の数も多かったろうから、知らん顔してその学生のなかに紛れこんでしまえばいいわけで、惜しいことをしたな、と思うのだ。江上波夫氏は戦後まもない頃、ある関係者の集まりで、「騎馬民族征服王朝」説を公開し、それはすぐ世間に現れて、日本社会に大きな衝撃が走ったのであった。彼は、一九六七年に中公新書で『騎馬民族国家』を出版され、わたしなどはそのやや遅い読者であった。ここで、彼は、中央アジアの騎馬民族が朝鮮半島を経由して日本列島に上陸し、やがて畿内にあった原初のヤマト王朝を征服するように、騎馬民族による新たな国家を形成していった、というものであった。江上説の「騎馬民族」という用語も「馬に乗る遊牧牧畜民」と言い換えたほうがいいと思われるし、「征服王朝」という言い方も、すでに成立していたヤマト国家を、朝鮮半島を経由してやって来た人びとが、征服するようにして、新たな国家を作ったという言い方にもやや問題はあると思うが、ヤマト民族が、畿内で自生的に生まれて天皇制国家を作ったという考え（邪馬台国畿内説とその後）は大いに歴史を歪めて解釈していると思うから、構造論的には、江上説は妥当なのであった。

わたしのそれ以降の勉強で明らかになったことは、要するに、日本列島の王権は、アルタイ語系ツングース族が南下し、朝鮮半島に定着し、その一部は玄界灘を超えて日本列島に定住するようになった。彼らは弥生人系民族であり、日本列島の先住民は縄文人系の人びとであった。そして彼らは列島を棲み分け、先住民たちは南や北に定着した。その典型は北のアイヌ人たちであり、南は中部九州から南部九州、そして沖縄人たちがそうである。弥生人系の人びとは西日本から畿内辺りまでにまず定着し、ヤマト王権を確立した。それが、日本列島における民族移動の大きな流れであった、とわたしは結論しているのである。当時を思い出すと、聴講生として学生たちの中に紛れこんで江上講義を聞き、最後に質問などを繰り返していると、やがて、先生との間に交流が生まれたかもしれないのだ。わたしはのちに、そんな具合に知り合った著名な研究者と親しい関係を結んだことがあった。

南口の小広場の煉瓦だったかの石垣に凭れるようにして、優子はわたしを待っていた。よく来たね。待ってたよ。じゃあ、どこかの店に入ろうか、と、優子を伴って四谷駅前交差点を渡り、どこに行こうかな、と考えた。新道通りという細い小路に行けば飲み屋はたくさんあったが、この辺の飲み屋にひとりで飲みにいく、という習慣はなく、友人が来た時、どこかの店に適当に入るのだった。やっぱりもっと落ち着いた、静かな所がいいな。そう思いながら歩いていた時、わたしの棲むアパートのすぐ、斜め前のあたりの地下に、遅くまでやっている洋風の店があり、バアともクラブ（座席がソファであった）とも飲食店とも、どの範疇に入るのか、そんな空間の店があった。クラブと違って女がいるわけではない。店主がひとりで切り盛りしていたのだ。彼はテレビドラマなどで、たまに見かけた渋い感じの、中年の男の俳優さんであった。わたしは、その店でビールを飲み、簡単な夕食を出してくれるので、時々それを注文したりした。客はそれほど多くはなく、感じのいい店なのであった。わたしはある時、なぜ、そんなことを始めたのか憶えていないのだが、将棋の駒と将棋盤（前述した分厚いやつでないもの）を持参し、将棋の好きなお客を相手に、夜中の一時か二時頃まで、将棋をやって過したことがある。ボトルを置いていたので、自分で水割りを作りながら。あまり負けなかったが、店主も将棋が好きだったのか、近くで鑑賞していた。だから店主とも顔見知りになっていたのだ。その、オセロという店に、優子を連れていこうと思ったのだ。その店だけはいつもひとりで行っていたから、店主は冷やかすかもしれないな、と思いながら。若い美貌の女性を伴って入るのは初めてだったから。

わたしが、優子の四谷見物のため、駅前の來來軒という中華料理屋だとか、ノワールというよく行く喫茶店だとか、第一勧業銀行のあるビルの一階で文鳥堂という名まえの書店、ここの店主はいつだったか知り合いになってね、新刊書を八掛けで売ってくれるから、大助かりで、いつもよく来て本を買う書店なんだ、小さな店だけどね、などと、いくつか紹介しながら新道通りを案内した。ここの地下が安い焼き肉屋でね。店に入ると、韓国ふうのチマ、チョゴリを身に着けたいかにもむかしの朝鮮の女って感じの女性がひとりいて、彼女が女主人らしいんだ、とか言いながら、新道通りを出て、新宿通りに出ると、二丁目の交差点を渡らず、新宿方面に向かって、ここが福昇軒という中華料理店で、ここのラーメンが薄味でね、おつゆが黒っぽくなく、薄くって透き通っているんだけど、これがうまいんだ。東京ふうラーメンとはまったく違っている。長崎チャンポンもあるから、北九州あるいは長崎から来た人がやってる店かもしれないね。それから、ここが古本屋で、おれがしょっちゅう、来てる店。小さな店だから、置いてある本はあまり多くない。それから、ここはガラスの食器などをさまざま売っている。四谷案内も適度に、と思ったから、つぎの信号を渡り、まっすぐ進むと左側に小学校のグラウンドがある角を東の方向に曲がった。この右側の古い建物がね、ラジオの文化放送局だよ。その突き当りを曲がると、曲がった角に風呂屋があった。ここにね、夕方の四時くらいに来ると、客が爺さんひとりとか、たいてい空いていてね。おれ一人とか爺さんと浴槽に浸かっていると、その湯舟の水面に天井の大きなガラス窓から、西陽が差しこんで水面がゆらゆらしながら光ってる。本当に気持ちいいよ。くつろいだ気分になれるんだ。風呂はあまり好きじゃないんだが、たまに頭の転換のために来てるんだ。そして、その先二、三軒めのビル建築になった建物の地下に下りると、オセロがあるのだった。優子はわたしのあとに従って店内に入ったのだが、そのビルのすぐ先の左側に、わが梓アパートがあることに気がついていたろうか。前回は反対のほうから来たのでたぶん、解ってないだろう。この店は四人掛けとふたり用のテーブルが通路を挟んで二列あった。といっても、両方とも二組しかなかったから、ごく小さな店だったのだ。ただし、一番奥がカウンター席になっていたから、ひとりで来た客はそちらに座ってカウンターの中の店主とお喋りしているんだね。それぞれの席の椅子がソファ型でゆったり座れるのであった。

わたしが、ふたりだからと思ってふたり掛けのほうのテーブルに座ろうとすると、カウンターの中にいた店主は、森さん、今日は空いてるし、こっちのほうでいいですよ。と四人掛けの席に座ったらと声をかけてきた。いつだったか、わたしが自己紹介でもしたのか、あるいは名詞でも渡したのか、店主はわたしの名まえを憶えていて、森さんはいつものやつね。お嬢さんは、どうしますか？　とわたしと優子を視ながら聞いてきた。優子。ウイスキーが入ってるんだけど、何飲む？　そうね、まず、ビールを頼もうかな、暑かったから。中瓶でいいんだけど。わたしは、店主もその声を聞いていたとは思ったが、とりあえず、ビールを一人前頼んだ。店主がビールの中瓶と、ウイスキーの瓶を棚から探して、わたしたちのテーブルにやってきて、水割りですね。ところで、お嬢さんも森さんのソファに来て横に並んで座っていいですよ。肩を組んでもね、今夜はお客もほんの少ししかいないし。ただ、毎晩、客が少ないのが玉に傷なんだけどね、この店の。と言いながら笑った。わたしは、いや、この人は自分が好きな人ではありますが、そんなふうな関係ではないんですよ。なにしろ、自分には別居している妻子もいるし、時々、悪いこともしている人間ですから。と笑いながら言うと、いやいや、わたしの視るところ、紳士ですよ、森さんは。この店に来るお客さんの中でも一番のね。紳士？　笑ってしまうな。いや、俳優仲間とか文化放送の人なんかは、大事なお客さんですが、わたしから視ると、まじめぶってるけど、彼らは案外、下品でね、ついていけない人もいますよ。今、いないから言いますけどね、と言ってまた笑うのである。それから、ビールの栓を抜いて、優子のコップに注いでくれた。黄金色の液体がコップに溜まって表面が白く泡立った。わたしは自分の水割りを作り、御主人も一杯、いかがですか。水割りでよければ、作りますよ。そうですか、お相伴にあずかりますかね、お客がいないから。じゃあ、お嬢さん、立って、森さんの横へどうぞ。わたしがそこに座らせてもらいますから。少しのあいだだけですけどね。

優子は言われたとおり、わたしの横に移ってきた。御主人、この人、確かにお嬢さんなんだけど、田川さんって名まえです。またいっしょに来るかもしれないので、紹介します。トシビという美術大学の油絵科の学生さんです。すると、森さんも行かれている大学？　というと教え子さんですか。いいなあ、教え子さんが飲み友だちとはね。羨ましいな。店主は機嫌がよかったのか、ふだんに増して饒舌であった。ついでに御主人は、俳優さんのお名まえでお呼びしていいんですか。そうですね、ここでは飲み屋の主人だから、芸名でなく本名は坂口といいますが、その名で、もしよかったら、これからはそう呼んでください。初めてお聞きしました。優子、この方はね、いや坂口さんは、新劇の俳優さんでね、テレビのドラマなんかも時々出ておられるんだ。どっちかというと渋い役どころでね。まだ、家にテレビがあった高校時代、お見かけしました。新劇というとあまり知らないのですが、俳優座とかですか？　と優子。いや、文学座です。いつか、アトリエ公演の切符をさしあげますから、観にきてください、森さんと。ええ、伺います、喜んで。

• 18

坂口店主がカウンターのほうに去っていくと、わたしと優子だけの時間、空間になった。ここ、なかなか、感じのいい店ね。あまり気取ってもいないし、なんとなくしゃれてるし。そうだね。おれもたまにしか来ないいんだけど。この店はオセロって名まえなんだけど、坂口さんが俳優だから、シェークスピアの作品のひとつ「オセロ」という題名を借りて、名まえをつけたんだろうね。おれは、ひとりで飲みにいく、っていう習慣がほとんどなくてね。飲み屋で、酒飲みながら、本読んでいる、というのもなんとなく気取っているというか、嫌味だよね。喫茶店ではそうしてるけど。だから、飲みに行くのは友人といっしょの時だけなんだ。友人といってもあまりいないんだ。新宿の、先日行ったバガボンドの前を少し行ったあたりに、ヴォルガって店があってね、そこは、荒川さんっていう写真青年が連れていってくれた所で、そこは彼のカメラマン仲間がいつもたむろしている店なんだ。そこはたまにひとりで行くんだ。その仲間の横に座ってると、おれが彼らより、少し年上なもんで、向こうから話しかけてくれるんだ。森さん、今晩は。お元気でしたかな、などと訊いてくれながらね。でもたいていは荒川さんといっしょに行くんだけどね。新宿で飲むようになったのは荒川氏のお誘いから始まっている。先生って、だれからも優しくされるタイプなのね。この店の御主人、ああ、坂口さんか、あのかたなんかもそうだし。まあでも、そんな人はごく少ないんだ。べつに構わないけどね。少しだけいればね。もうひとり友だちがいる。高橋くんという男で、長いつきあいだな。彼もおれを飲み屋に連れていって、酒を飲めるようにしてくれた友人でね。ほかに友だち、っていう人間はいないんだよ。別に孤独が好きっていうタイプではないんだけど、もともと人見知りなもんで、自分のほうから、誰かに近づいていって親しくなる、ということがまったくできない質（たち）なんだね。四谷の街も先生に今さっき案内してもらった程度しか知らないけど、なんだか落ち着いた街って感じですね。そうだね、確かに落ち着いた雰囲気があって、その点は気に入っている。四谷には、映画館もないし、デパートもない。大きなホテルもないんだ。駅の近所じゃ、古い和風の旅館が一軒あるだけだもんね。公立図書館は、新宿御苑の近くの四谷公会堂という建物に併設されたごく小規模のものなんだ。たまに自転車で行くけど。四谷は、皇居が近いせいか、迎賓館とか赤坂離宮、学習院初等科だったか、そんな所はあるが、普通に人の入れる建物ではないしね。ともかく四谷は都市の賑わいのようなものとも関係がない。東京の中の田舎であってね、だからおれのような地方出身者には、住みよい街なんだろうな。鷹の台なんか、一年半は住んでるけど、なんか馴染めないところもあるわ。やっぱり街が新しいからよね。あの辺はすべて田んぼだった所に、西武線の電車が走るためにできた駅、鷹の台駅と小さな街だと思うわ。まあ、四谷は、都会的な若い人向きじゃあないね。たまに六本木なんかに行くと、なんだか、まったく違う世界に来たな、って思うもんね。優子もウイスキーに切り替え、ふたりで飲みだすと、ボトルに残っていたウイスキーはなくなった。そろそろ、ここを出て、おれのアパートへ行こうか。今、十時くらいかな。家には安物だけど、ウイスキーのストックはあるから。スーパーがまだやっていたら、氷を買いたいけど、もう面倒かな。行って氷とか、つまみとか、そうだ、優子なにも食べてないだろう。なんか、食べ物も買っていこう。わたしは立ち上がって、カウンターにいる坂口さんのほうに行き、そろそろ帰りますから、お勘定を。

今日はいろいろ、気を遣っていただいてありがとうございました。またいつか来ます。

ボトルは空になったので、今度来た時、入れますね。坂口さんの意味ありげな微笑に送られて、わたしたちは外に出た。外は暗かった。新宿通りから少し入っただけなんだけど、梓アパートまでの短い距離には、包丁などの刃物を売る古そうな店とクリーニング屋があるのだが、もう両方とも閉まっていた。クリーニング屋は正面がガラス戸なので、店の中の蛍光灯はついていたが、人の姿は視えなかった。そんな街なのである。二、三メートルほど歩いて、左側を指差し、ここ、どこだか解るかい？　というと、二階に上がる石段の右側の建物の端っこに、白い小さな縦型の板、表札に梓アパートと書いてあるのだった。なーんだ、先生。ここだったの。解らなかったわ。で、これから、スーパーでしょ。うん、近いんだ。街全体が小さいからね。アパートを背にして直進し、左に曲がると新宿通りに出る。そこを右に行くとすぐ右側に丸正四谷二丁目店の看板のある、超小型のスーパーマーケットがあった。ガラス戸はまだ開いたままだった。わたしたちは氷やつまみ、また優子の食べ物として、おにぎりをふたつ買い、ほかに欲しいものはないかい。刺身なんかも買おうか。ええ。わたしはレジで勘定をすませて、街路に出た。そして梓アパートはすぐそこであった。わたしは優子を先に行かせ、スカートが揺れている優子の豊満なお尻に満足しながら上っていった。前述したようにヘンリー・ミラーのある小説に、タイトスカートの女が眼のまえを階段を上っていき、そのぷりぷりした動きにぐっとなる、そんなシーンが描かれていたが、あいにく、優子のスカートはタイトではなく、お尻の躍動は観察できなかった。

部屋に入ってまず、台所の間の電気をつけ、奥の間に入って一〇〇ワットの電球のスイッチを捻り、それから窓を全開した。夏の終わりを迎えているのか、幾分、涼しい風が忍びこんでくるようだった。二メートルくらいの距離で、隣家の二階の部屋が見え、そこはいつも簾が下りていたのだが、今夜は明かりもついていず暗かった。時々、掃除をしているような中年の女性の姿が、簾越しに透けて見えることもあったのだが、今日は無人か、もう寝てしまったのか、静かであった。いや、だいたい静かな部屋なのであった。わたしが円形の卓袱台を部屋の中央に出すと、待っていたように、優子がかいがいしく、透明の袋に入っていた氷を金属製の氷入れに移し、水を入れた薬缶、コップをふたつとウイスキーの瓶をお盆の上に載せて持ってきて、卓袱台の上に拡げた。またまた宴会だね。今夜はふたりきりの宴会だ。誰も邪魔する人はいないんだ。あたしが水割りを作るわ。ああ、先生。おつまみを持ってきてちょうだい。と言いながら、本棚を背にしたわたしと並ぶように座って、水割りを作り始めた。わたしは立ち上がって、台所で小皿にピーナツを入れ、別の皿に買ってきた刺身を入れた。千切りの大根に、しその葉っぱがついているのだった。そして箸と小皿と小型の醤油瓶、大きめの皿におにぎりを載せ、テーブルに運んだ。お盆や茶わんその他、鍋や旧式の炊飯器、このくらいの生活用品は揃っているのだった。このアパートに入った時は自分で料理を作っていたのだ。面倒ですぐやめて外食になったのだが。わたしと横に並ぶように座った優子のまえには、大きめの氷の入った水割りのコップが置かれた。中央にピーナツや刺身の皿、小皿や割りばし、醤油瓶を置き、優子の前にはおにぎりを置いた。そうだ、乾杯は省略して、まず、キスしよう。そう言って、わたしは左手で優子の頭をこちらに寄せ、優子の唇を吸った。なんだか、いい匂いがするな。まあ、何かしらね。わたしが言うと、優子は自分の唇を自分の舌でペロっと舐めるのだ。口のなかの液体もいいんだが、それより、きみの息だよ、いい匂いがするのは。自分では解らないわ。もう一度嗅がせてくれよ。優子の唇を吸いながら、優子の吐き出す息の匂いも甘受していたのだ。幸福だった。

わたしと優子は、じっと顔を見つめあいながら、水割りを一口飲んだ。おいしい。優子は、ほっと溜息をつくように笑顔になった。しかし、そうそう、先生。あたし、先生にプレゼント持ってきたのよ。そう言って、後ろ向きになり、後ろに置いたバッグから、小さなトランジスター・ラジオを取り出し、これはあたしが高校時代から使ってたものよ。お古だけど、ちゃんと聞けるわ。先生のお部屋って、音がないでしょ。先生は何が聞きたいの？　そうだな、やっぱりクラシックがいいかな、気取っているようだけど。先生、ここをね、と言ってラジオの側面にＦＭとＡＭとＯＦＦと書かれたスイッチを見せて、ここを上に上げるとラジオのスイッチが入るのよ。そして、クラシックならＮＨＫのＦＭね。この小さな板のようなものを上に引っ張ってメモリをＦＭの所に持ってくればいいわ。それから、ほら、正面のＡＭとＦＭと書いた所に数字が書かれているでしょ。ＮＨＫＦＭなら一番右側の数字を見るの。そして、ラジオの上部に付いている選曲と書いた所にちょっとぎざぎざの付いた円板が埋めこまれているから、これをぐるぐるっと右や左に廻して、数字の横にある赤い、なんていうんだろ、光ってる帯のようなものを上げ下げして、その聞きたい局の数字の所に持ってくるの。音量は反対側の側面にＶＯＬとある円板を廻して、音の大きさを決めるのよ。

そして裏面についているアンテナは、これを引っ張って長く伸ばして、音が一番いいところを探るのよ。それから、ここが電池入れ。と、手早く説明し、先生のとこ、新聞取っている？　それを視るとＮＨＫＦＭの数字が解るんだけどな。と言ったが、わたしが、新聞は取っていないんだよ。と言うと、まあ、明日でも新聞を買ってみて。そうか、小さな音でクラシックの曲のかかるところを探せばいいんだわ。しかし、ＮＨＫＦＭは一日中、クラシックやってるわけじゃないんだ。確か午後の一時から四時までは毎日クラシックだったけどね。うん、そうか。勉強不足だったわ。と優子は笑い、慌てることないわね。でも、ありがとう。思いがけないものを貰ってしまって。明日あたり、本格的に聞いてみるよ。解ったわ。きみはラジオがなくなっていいの？　わたし、小型のテレビ持ってるからたまに見るの。ラジオは最近、聞いたことないわ。そうだ、今度、映画でも観にいこうか。暗いから、なんでもできるしね。先生ったら。また、変なことばっかり考えてるのね。うん、おれはやっぱり変態かな。まじめでもあるんだけど。

先生。先生って別れた奥さんとまだ、会ってるの？　うーん。奥さんに会うというより、息子に会いにいっているから、その時、会うことになるんだ。息子が一歳半くらいの時、別居してね。本当は、おれが自分で息子を育てたい、と思ったんだけど、息子もおれが貰ってしまうと、奥さんからすべてを奪ってしまうということになる、そう思って、息子は彼女のほうに残して家を出たんだ。で、息子が三つくらいになった頃から、日曜の夜、訪ねることにして、その習慣が今もずっと続いているというわけ。一歳半の息子を捨てた、という罪悪感から逃れるため、それがおれにできる唯一の罪滅ぼしだって思ってね。日曜の夜は必ず、息子の住む家に行っているんだ。うーん、そうなんだ。息子さんは可愛い、やっぱり？　うん、これは文句なしに可愛いね。ずうっと自分にとって一番大事なもの、って思ってた。おれの奥さんは子どもの教育とか、まったく興味がないようでね、おれが、絵本のようなものは買ってやり、行った時、いっしょに読んだりしている。可愛がってるのね。親なら当然か。でも、偉いわ。ずっとそれを続けているっていうのは。まあ、罪滅ぼしだからね、それに息子の成長を見守ってやりたいし。そして、息子が二十歳くらいになったら、息子にもちゃんとわけを話して、妻とは正式に離婚しようと思ってるんだ。まあ、じゃあ、それまでは、現状のまま？　奥さんなしのひとり暮らしするわけ。うん、そうだね。別れた当時は彼女が早く再婚してくれたらいいな、って思っていた。新しいボーイフレンドができたような感じだったしね。

それで、優子がもしさ、いつかおれといっしょになりたい、なーんて思ったりすることがあっても、それまでは、結婚は待っていて貰うことになるな。同棲ということになるんだ。まあ。先生といっしょになる、なんて考えたことなかったわ。先生って、先へ先へ考えてしまうタイプなのね。まあ、おれのことはともかく、今日はゆっくり飲もう。泊まってゆくよね。ええ、そのつもりで来たわ。また、あのTシャツと短パン持参? それはないけど。優子、もっとおれに近づけよ。抱き合うようにして飲まないか。先生って、まじめなのか、変態なのか、よく解らないわ。そのどちらも、おれの一面だよ、きっと。そうだ、優子、風呂に入るかい? そしたら、水を張ってくるけど。そうね、また、失礼して例のこと、して来るわ。そのついでに水道の水を出しておくわ。優子は立ち上がった。わたしは、いっしょに入ろうって言うかな、と考えながら、水割りのコップの氷とウイスキーを入れた。トイレからは、優子の尿の水面か便器の内側にぶつかる音が漏れて聞こえているような気がして、なんだか、顔面が緩んでしまったかもしれない。優子はおれに気を許して、あるいは挑発するために、あるいは、しっかりとおれに聞かせようとして、わざわざあんな音を響かせているんだな。

・19

先生、風呂に水を入れてきたわ。十分くらいだったかな、ちょうどよい水加減になるのは。そうだね。つぎはおれが視てくるよ。優子の水割りを作るよ。そう言いながら、優子とわたしのコップに、また、氷とウイスキーを入れ、水はそれぞれ自分の好みの濃さで入れよう。水の入った薬缶を優子に渡した。それから、立ち上がってトイレに行き、水の具合を見てから小便をした。そして水道の水を流し、お湯のほうの水を止めた。そして、風呂の脇についていたガス栓を捻って火をつけた。青い炎が、小さな窓の中で光っていた。卓袱台のほうに戻ると、また、優子を抱くようにして座り、またディープキスをした。優子は眼を閉じてうっとりした表情を見せていた。また、ぽつりぽつりお喋りしながら、水割りを飲み、そして、また口移しにおれの口から優子の口の中に流しこんだ。優子の水割りが口の中で再醸造されてわたしの口の中に少し、生暖かくなって移ってきた。ごくりと飲んで、うまい！　優子から口移しにしてもらって飲むと。なぜかな。優子の唾液が混じるとうまくなるのかな。優子の口の中が、特殊な醸造所になっていて……。まあ、意味が解らないわ。先生はやっぱり思考が変態的なんだわ。先生、今度はあたしがお湯の具合を見てきます、とわたしの軀から抜け出すように立ち上がった。また、例の、おしっこかな。そうじゃないわ。じゃあひょっとして「大」のほう？　いやね、違うわ。ほんとに変態ね。変態先生。わたし、そんなもの、しませんよ。先生のこと、これからそう呼ぶわ。優子が帰ってきた時、わたしは冗談のつもりで訊いてみた。優子って、時々、おならなんかするのかな？　まあ、そんなもの、しません。じゃあ、優子はおならとかその他、しないんだ。昔、吉永小百合って女優さんは全国にさゆりファンがわんさかいてね、さゆりはおしっこなんてもの、そんなものはしないんだ、と言われていたんだ。どこか、優子は吉永小百合に似ているね。ふたりとも美人だし。先生ったら！　変なことばっかり言うのね。やっぱり変態だわ。優子といっしょに過す時間はすぐにどんどん進行し、時計を視ると十一時半を過ぎていた。わたしのほうからはあまりまじめな話は出ず、なんだか冗談めいたことばかり、喋っていたようだった。優子といると頭脳が退化してしまうのかな。

先生、お風呂が沸いたわ。先生、入る？　いや、優子がどうぞ。いっしょに入る、というなら、あとから行くけどね。それはだめ。だっておれに裸、もう見せてるじゃないか。そうね。そうだった。そしたら、いっしょに入ってあげてもいいわ。やっぱり少し恥ずかしいけどね。いや、でもやっぱりだめ。そうだ、その気になったら、呼ぶわ、お風呂の中からね。また隣の部屋で服を脱ぐから見ないでね。いやいや、視たいもんだな。女の人が服を一枚一枚脱いで、裸になるシーンって、映画なんかで見ることあるけど、艶（いろ）っぽくていいもんだよ。ストリップショウって、女が一枚、一枚と着ているもの脱いでいくところを見せるんだ。男が裸になってても別におもしろくないけど。変態先生、ほどほどにね。優子は台所の間は電気を消し、暗くしてから上のブラウスを脱いだ。スリップは着ていず、ブラジャーが見えた。そして、スカートを下にずらしていくと、パンティが覆っている下腹部が飛び出してきた。あっさりした陰毛の下にふたつに割れている部分が見えるようであった。先生、ここまでよ。あっち向いてて。わたしは言われるまま窓のほうに眼をやった。隣の簾の下がった窓はやはり暗かった。そしてわたしはすぐに、顔を台所のほうに向き直した。優子は全身、裸で、白く丸いお尻をわたしのほうに向けていた。こら！　変態先生、気がすんだ？　と笑いながら、素早くトイレのドアの内側へと消えていった。瞬間の視覚を捉えた彼女の裸の姿態がわたしの脳の中に残った。お湯を流す音が響いてきた、あとで入っていってやろう。そう考え、わたしも上の白いシャツを脱ぎ、Ｇパンを脱いで、パンツ一枚になって待機した。ウイスキーはこんな時、ふだんはどっちかというと気弱な自分を大胆にさせてくれるのだ。しかし、その時、浴室の中から、先生、来てもいいわ。と優子が少し大きな声で呼ぶ声が聞こえてきた。わたしは立ち上がり、トイレのドアの前でパンツを脱ぎ、ドアを開けて中へと侵入した。優子は浴槽に浸かって、こちらを視て、頬笑んだ。白い肩やふたつの乳房がお湯の中でゆらゆらしているのであった。

わたしは、手桶でお湯を掬って、下腹部にかけて軽く、その辺を洗うようにして、いっしょに入っていいのかな、と風呂桶のまえに立った。優子は小さく頷いた。わたしは、優子両膝を立てろよ。その前に浸かるからね。そう言いながら、右足からお湯の中に入ってゆき、そして左足も同様にして優子のすぐ前に立った。わたしの下腹部の異物が、優子の眼のすぐ直前にあったであろう。わたしは両足を開いて、優子の軀を挟むようにして腰をゆっくりとお湯の中に浸けていった。そして両腿で彼女の軀を包みこむように、脚のあいだに優子を抱くようにして、浴槽の中に沈み、尻を底につけて座った。優子は俯いていたが、お湯のなかでふたつの乳房が揺れているのであった。乳頭が風呂のお湯のなかで赫くなっていた。わたしは、幸福だった。今夜、こうして風呂にいっしょに入るなんて、想像もしていなかったよ。優子、どんな気分？　やっぱり恥ずかしいわ。男の人と風呂に入るなんて、初めてよ。ただ、父とは、小学生の頃はいつもいっしょに入っていたんだけどね。父は毛が濃くってね、胸とかにも生えていたわ。でも、先生は毛なんかあまり生えてないわね。下の毛だけは一応生えてるけど。優子、そのまま立って、しっかり優子の陰毛も見せてくれよ。先生はやっぱり変態ね。そんなこと、普通、言う？　恥ずかしくないの。うん、相手がきみだから、恥ずかしくない（それは嘘であった。こんなこと言うなんてと、本当はそう思っていたのだ）。ただ、軀が痩せているから、そこは男として恥ずかしいね。もっと筋肉に溢れていたらよかったんだけど。先生は変態だけど、優しいし、そこが好きよ。ほんとに。じゃあ、また抱き合ってキスしよう。

優子が先に立ち上がって、お湯をたらしている陰毛をわたしの眼前に披露し、そして先生、先に出て軀を洗うわ。と右足を上げて、風呂桶を跨ごうとした時、陰毛の下の割れめが少し開いたようにも視えた。そして内側の赫いひだの感じが一瞬、視覚に残った。しかし優子は、すぐに風呂桶を跨ぎ、左足も出して風呂桶の外に出る時は、今度は形のいいお尻、下のほうでふたつに割れているお尻をしっかりと見せていた。そして風呂のまえのプラスティック製の小さな椅子に向こう向きに腰かけて、ドアにぶら下げていた軀を洗う網目のついたタオルに石鹸をつけ、そのなかなか豊かな白い裸の軀を洗い出した。優子、おれが背中を洗ってやるよ。もう少し前に移動するんだ。わたしも風呂から出て、彼女から網目のタオルを受け取って、背中をごしごしと、しかし優しく洗ってやった。そして、今度はこっちを向けよ。前のほうも洗ってあげるから。それは、恥ずかしいわ。自分で洗う。優子は主張したが、すぐ立ち上がってこっち向きになって、じゃあ、洗って、と言った。わたしは眼前にある優子の軀の前部、ふたつの乳房や、ややふっくらした腹部、黒い翳りのある下半身などをどう洗っていいのかよく解らなかった。ともかく石鹸を掌でゆっくりこねまわし、その両方の掌でふたつの乳房を優しく愛撫するように撫でるようにして洗い、同じように少しふっくらした腹部を洗い、そして思いきって黒い翳りとなっている体毛を揉むように洗った。ここから下のほうはどうするかな。直接、石鹸で洗っていいのかな。優子は、それは自分でやるわ。そう言って掌に石鹸を塗り、そっと軽く下腹部のあたりを洗っていた。それからその掌をもっと後ろのほう、たぶん、肛門のあたりを洗っているんだろうな。そしてあとは自分で洗うわ。先生はまたお風呂に浸かってね。と言って網タオルで頸から順にあちこち洗い始めた。わたしは風呂桶に戻ってお湯の中から、優子の仕草を鑑賞した。優子のふたつの乳房や下腹部や体毛、それから、大きく開いた両脚を鑑賞するように眺め続けた。お湯の中で自分の性器が勃起しているのが解った。こうなると立ち上がれないな。どうしようか。わたしは、見せるしかないかな、とも思ったが、たぶん処女であるだろう優子にそんな状態を見せるわけにはいかない。そう考え、おれ、外に出るからさ、ちょっと後ろを向いていてくれよ。そう言って、優子が背を向けるのを確認しながら、風呂桶の外に出て、ドアを開いて外、つまり台所の間に出た。和ダンスから、優子用に出してあったタオルで軽く軀を拭き、パンツを履いて読書机の上を視ると、そこには、優子のブラジャーとパンティが折りたたんでそっと置いてあった。わたしは優子のパンティを取って、その形を視、内側の前部のあたりに鼻を埋めて匂いを嗅いでみた。微かな体臭の名残があったが、それ以上の匂いはしなかった。わたしはその下着を軟らかく折り畳んで机の上に戻し、六畳の間に戻った。そして、ほてった頭脳を冷やすように水割りを飲んだ。

•

20

わたしは、押入れを開けて蒲団を出し、六畳の間の中央に敷いた。夏掛けの掛布団を足もとに二つ折りにして置き、上の電灯のスイッチを捻って電気を消し、電気スタンドの灯りだけにして、蒲団に俯けになって寝ころんだ。そして、枕もとに置いていた水割りの残りを飲み干した。そして、上半身を起こしてまた水割りを作った。優子が風呂を出たらしい音がした。わたしは、やや暗い台所の間で、タオルで軀を拭いている優子のしなやかな身体の動きを、じっと見つめていた。優子は下着をつけようとしていた。優子、そのままでいいじゃないか。裸のままでこっちにおいでよ。おれも裸だから。下着をつけるのは明日、帰る時でいい。そう言うと、解ったわ。と答えて優子は全裸の軀を暗い六畳の間へと運んできて、寝そべっているわたしの横に、べたっと座った。膝をくずして横座りになっている。両腿の合わさったあたりに濡れた陰毛が暗く繁っていた。電気スタンドの灯りに、陰毛は光沢を帯び、一本、一本が見えるようであった。優子。と、わたしは彼女の肩を抱くようにして、わたしの軀に密着させ、唇を合わせて吸った。優子の軀はしっとりとして、見た目以上にふっくらとして快かった。わたしは、彼女を組み敷くようにわたしの軀の下に寝かせた。そして、片方の乳房を左手で揉むように、撫でるようにしながら、片方の乳房の乳頭を口に含み、舌で舐め廻し、吸ってみた。優子の、あ、あっ、あっと短い言葉というか、くぐもった声音が口から漏れ出るように溢れて来るのだ。ううっ、とも聞こえた。わたしは左手を離して、右の乳房の乳頭を吸ってみた。右手は彼女の下腹部へと運ばれ、しっとりしている陰毛を撫でた。わたしは思い切って、雪子の両腿を開かせ、その中央の隙間の中へと、自分の軀を潜りこませていった。

そして、激しい快感が根っこの奥のほうから湧き出してきた。わたしは迷った。そのまま、優子の内部に放出したい、と思ったのだ。だが、いかん、それはだめだ。妊娠したらどうする？　そう考え直して、急いで、わたしの体内から湧き出してくる白い液体を、優子の下腹部や陰毛にふりかけた。一滴、一滴、白い液体が優子の白い下腹部へと落下し、わたしは快感の絶頂を終えると、優子の大きく開いた両腿のあいだから出て、優子に並ぶように座って少し休んだ。優子は茫然として眼を閉じていた。そして、仰向けに寝たままの優子の軀を視つめ、枕もとにあったティッシュを引っ張り出して、彼女の下腹部にばらまかれた白い液体を丁寧に拭っていった。そして、優子の濡れた下腹部を軽く優しく拭いてやった。そして、改めて優子の軀を抱きしめた。優子はまだ、軀の震えが取れないようであった。眼はしっかりと閉じていた。優子、痛かった？と訊くと、うん、少し痛かった。眼をつむったまま、そう答える優子の貌は、電気スタンドの灯りの中で幾分赫らんでいるようだった。優子は言った。あたしも、気持ちよかったわ。少し痛かったけど。

男とこんなことしたの、初めてかい？　ええ、今まで誰ともこんなことしたことないわ。あたしって処女じゃなくなったのね。うん、まあ、そういうことになるなあ。今の若い女たちはもっと早く経験するって聞いてたけどね、高校時代とか、早い人は中学生の時とかね。あたし、奥手だったからかしら。ボーイフレンドらしき存在は、高校時代にあったけど、その人もまじめだったのかな。そうか。なんとなく嬉しいな、おれが優子の初めての男だとはね。よし、今夜は優子の処女喪失の日だから、水割りで乾杯するか。ワインでも用意しとけばよかったかな。おれが、台所で新鮮な水割りを作ってくるから、横になって待っていて。わたしは立ち上がって、台所に行った。

その日は午後の早い時間に、出版社の人に遇う約束があったので、優子を四谷の駅まで送って、改札口で後ろ姿を見送った。優子は、何度も振り返り、右手を振って階段の下へと下りていった。わたしは駅を出て、昨夜から今朝までの行為の愉しさと、大失敗とを考えた。そして、またすぐに別れねばならない淋しさの感情を抱えながら、梓アパートへの道を辿って行った。街路は、食事の時間を迎えたのであろう、白いワイシャツにネクタイを締めたサラリーマンらしき男たちが、飲食店へと急いでいた。日差しは強く、わたしや彼らの頭上へと落下してくる陽光の中の歩道を、わたしはのろのろと歩いていった。しかし、昨日から今朝にかけての行為、それが、わたしと優子にとって最後の（！）性的交歓の夜と朝であったことにその時、わたしはまだ、少しも気づいていなかったのだ。

・21

それから、ある日、夜半にめぐみから電話があった。受話器を取ると、めぐみの声が響いた。先生！実は優子がね、優子がね。と言ってそのまま、わあっと泣きだしてしまったのだった。そして、ひと呼吸おくと、めぐみは半泣きになりながらも、しっかりとつぎの事情を語ったのだった。四、五日まえ、優子は天平で、慌てていたのか、突然、階段を急激に滑り落ちてしまってね、後頭部を強く打って、後頭部から血を流しながら、気を喪ったというんです。救急車で運ばれて、国分寺のN病院に入院したの。天平に行くと、病院にいるという女将さんから電話がかかってきてね、その怪我のことを聞いたわ。わたしもすぐN病院に駆けつけたんだけど、手術中で会えなかった。翌日、朝早く行くと、手術室から、集中治療室に移されていて、やっぱり面会謝絶で会えなかったんです。で、看護婦さんに聞くと、後頭部を強く打ったため、「脳挫傷」っていう症状になってね。すぐ、九州のご両親の所に電話したの。ご両親もびっくりされて、早速、その日の午後、福岡から飛行機で上京してこられて、夜、病院に着いたわ。そして、主治医と相談してね、当分寝たきりで眼を醒ますことのない優子を、なんとか、福岡の病院に移すことに決まったというんです。どうやって優子を福岡へ運ぶかを、相談中らしいの。でもお父さんが、福岡だったら、つきっきりで面倒みれるし、知ってる病院もあるから、どうしても移したいって言われてるんです。優子は寝たきりで眼を醒まさないままだし、ご両親がつきっきりだから、先生が、その日、N病院に来られても、面会できなかったと思うので、連絡できなかったんです。結果がどうなるか、わたしが連絡しますから、少し、待っていてください。心配でしょうけどね。今、どうにもならない情況なんです。そんなふうに電話の中の彼女の声は一気に、それだけを伝えた。そうだ、二、三日中に、わたし、四谷にお伺いして、知ってることや今後のこと、しっかり報告しますから、待っていてください。いつ行くか、決まったらお電話しますから。先生、優子に会えないのが残念ね。可哀そう。でも、きっとよくなるはずだから。先生も希望を捨てないでね。最後にめぐみはわたしを慰めるようにぽつんと言った。

わたしはただ、茫然とするだけであった。あんな愉しい夜と朝を過ごした、そのすぐあとで、優子を襲った不意の悲劇！　ああ。……わたしにはどうすることもできなかった。当然、優子の両親に会うことなどできなかった。わたしが、彼女やめぐみの担任ででもあったら、しっかり挨拶し、いろいろ聞くこともできたであろうが、ほかの科の教師で、夏のヨーロッパ旅行でいっしょだった、といった理由だけでは、両親に挨拶することはできなかった。もし会えたとしても、ようすを訊くことしかできないであろう。茫然とし、何もできないまま、とりあえず、悶々(もんもん)として過すしかなかった、結局、アルコールに助けを借りるしかなかった。ウイスキーの瓶を抱えるようにして、水割りを飲み続けるだけだった。なんとも言い難い空白感が、孤独感が、絶望感、虚無感、絶望感が、わたしの頭脳を占拠して離れなかった。優子の裸の姿態や笑顔やその他の生々しい映像が、頭の中をつぎつぎに駆け巡り、思わず、涙がこぼれてしまった。涙は止まることがなかった。アルコールには味がなく、ただ、氷の冷たさだけが、わたしを慰めていたかのようだった。優子はどうなるのか。あんなに、懸命にローマやフィレンツェへの留学を夢み、その願望はまもなく果たすことができたはずだ。わたしは蒲団の中を転々としながら、夜の更けゆく時間を、ただ、茫然として過した。本も読めず、大西巨人の本を開いても、意味を伴わない活字の形象だけが、わたしの眼の中を蠢(うごめ)いているだけであった。

•
22

そして、三日後の御前中、めぐみがまた電話してきて、先生、今晩、お伺いしても構いませんか。優子のこと、詳しくお話しします、と言うので、ああ、だいじょうぶ。待ってるよ。このアパート、解るかな、場所が。ええ、ホワイトホースの手まえの角を左に折れ、すぐまた、右に行けば、その道の正面にアパートはありましたね。じゃあ、七時頃、アパートへ伺います。金曜日の夜であった。

めぐみは、七時少し過ぎにわたしの部屋のドアをノックした。わたしは、少し声を大きくして、カギはかかってないよ。入ってきて、とドアの外に聞こえるように、叫ぶように言った。めぐみは、ドアを開けて入ってくると、卓袱台の前に座って、先生、大急ぎで来たので、まずは缶ビールを一口飲んでもいいですか。あそこのスーパーで買ってきたの。先生にとってはほんとに悲しい話をしなきゃならないので、わたしも今日は少し飲みますよ。そう言うので、じゃあ、ちょっと待って。おれも氷、取ってくるよ。そう言って台所に立った。哀しみの日々、その感情をまぎらわすべく、わたしの夜の水割りタイムはすでに始まっており、めぐみ用のコップを運んで来ると、めぐみの前に置いた。先生、ありがとう。注いであげるよ。わたしは、缶ビールを受け取って、シュッと蓋を開けて、めぐみのコップに注いでやった。今日は、乾杯、はなしだね。でも、わざわざ、遠い所まで、悪かったね。おれも悲しいけど、めぐみも同じだろう。そう言って、めぐみがコップを口に運んでゆき、その喉がごくり、とビールを飲みこむ音が、まるで、お通夜か葬式の日でもあるかのように、念仏のように聞こえた。先生、少しだけ落ち着いたわ。先生、本当に心配だったし、辛かったでしょう。だいたいの経過はこのあいだの電話でお伝えしたとおりですが、昨日、九州から来られたご両親がね、優子を飛行機に乗せて、九州に帰りました。寝たきりの病人なんかも運べる設備が、飛行機にはあるそうです。一般の客室とは別にね。それで、ともかくお父さんのほうが帰りを急がれて、やっぱり、国分寺の知らない病院では落ち着かなかったんでしょうね。日航や全日空に電話して、一番早く乗れる便を探したようです。わたしも病院にいましたが、何のお手伝いもできず、なりゆきを見守るだけでした。お母さんの話相手をしてただけです。ともかく、福岡のF大学病院とも話がつき、昨日のうちに入院できたようです。お母さんが天平に電話をくださったの。入院といっても、寝たきりで意識も回復してないので、なんと言ったらいいのか……。

めぐみは、今夜は彼女自身、気持ちを楽にしたかったのか、積極的にビールを飲み、そして喋った。優子はね、ほら、天平には二階の席に上がる急な階段があるでしょう。みんな、あの階段は下りる時は、用心深くゆっくり上ったり、下りたりすることにしてたんです。ところが、優子は何のためだったか、急いで下りようとして足を踏み外してしまったんですね。そして、階段の足を置くところの板の角に、後頭部を強く打ちつけてしまったようで、あとは転がるように下までずり落ちて……。そして後頭部からかなり出血があったようです。そして同時に気を失っていて、女将さんが、慌てて電話で救急車を呼んで、そのまま国分寺のN病院に運んでくれたんですね。幸い、一命は取りとめたんですが、手術が終わっても意識は戻ってこず、お医者さんは、レントゲンを撮ったり、CTスキャンをやって、脳裂傷であり、かつ脳挫傷であると言われたそうです。いろいろ専門的な説明があって、お母さんは解らないところが多かったと言われていました。不治の病というわけではないようですが、治ってもてんかん発作が起こるかもしれない、ということでした。福岡の大学病院でも、もう一度しっかり診てもらう、という話でした。そして、また救急車が呼ばれて、羽田飛行場まで運んでもらったようです。わたしは行けなかったんですが、羽田まで送ってやりたかったです。そこまで言うと、めぐみはそれまでこらえていたように、また、わっと泣き出すのであった。なんだか、自分の義務を果たし終えた、という思いだったのだろう。暫く泣いているめぐみを見守った。肩が上下し、両手が震え、わたしはめぐみの横に並んで、ティッシュペーパーで、両眼を拭ってやった。泣いたせいか、眼が腫れて、なんだか別人のようでもあった。

でも、わざわざ報せに来てくれて、すまなかったね。今夜は、優子を忍んでお酒を飲んで過そう。わたしは、この時は好色精神などまったく働くことはなく、めぐみがいとおしく、彼女の肩を抱いたのだが、それはめぐみの気持ちがいやというほどよく解ったし、ともかく、彼女を落ち着かせようと気を配った。つまみは何もないが、なんか、買ってこようか。それから、自分の名まえは呼び捨てにするなって、前に言ったことがあるけど、めぐみ、とこれからは呼ぶよ。今や、一番の友だちなんだから。わたしは、優子のおおまかなことは解ったし、なにも具体的なことはできず、ただ、今後はめぐみからの報告を時々聞くことしかできないだろう。めぐみ、冷蔵庫に買ってきた缶ビール、入れてあるんだろう。取ってこようか。だいじょうぶ。先生、このビール、まだ入ってるし。めぐみも報告すべきことは、ともかく終えたので安心したのか、わたしの軀に寄りかかるような体勢になった。わたしは優しくそれを受けとめ、優しく肩を抱いて、缶ビールを彼女のコップに注ぎ入れた。そして、自分の水割りにウイスキーと水を足した。ああ、先生。氷も袋入りを買ってきて冷蔵庫に入れてあるの。すっかり忘れていたわ。めぐみはわたしのふところから抜け出るようにして立ち上がった。氷を入れるあの金属製の入れ物、あれは台所の下の扉の中ですか、そう訊いた。うん、そうそう。じゃあ、お客さんを使って申しわけないけど、頼むよ。先生、お客さんじゃないわ。友だちなんでしょ。と言って、わたしのほうに貌を向け、この部屋に現れてから、初めて微笑してみせた。そうだった。おれの大事な女友だちだったね。じゃあ、これからはめぐみ、と呼んでもいいんだね。ええ、もちろん。それじゃ、おれのことも、先生じゃなく、森さん、いや森くんでもいいよ。だめですよ。やっぱり先生のほうがいいわ。めぐみは氷を入れた丸い金属の桶をわたしの前に運んできながら、優子だって、先生って言ってたでしょ。うーん、まあ、名まえなんかどうでもいいが。しかし、女の子は名まえで呼びたいね。そのほうが、親しさを感じるんだよ。めぐみはまたわたしの横に来て、軀を密着させるように座るのだった。不思議な気持ちになった。優子とめぐみがいっしょだった時、軽いジョークで眠っためぐみの唇にも軽くキスしたことがあったな。でも、特別の感情を抱いたわけではもちろんなく、ただ、軽い悪戯(いたずら)に過ぎなかったのだ、その時は。でも、今晩はなんだか、友だち感覚を超えたなにかがあった。ふたりが同じ哀しみを共有している、そんな気持ちだった。まあ、あまり深く考えないで、お酒を飲み続けよう。先生、今度は、あんまりしめやかにならないで、優子の回復を祈って、乾杯しましょう。そうだね。彼女の復活を祈って、乾杯だ。わたしとめぐみは、コップをカチッと鳴らせた。そうだ、めぐみも、優子のことでいろいろと疲れたろう。ほんとにありがとう！　なんとか、彼女がカムバックできるといいんだけどね。めぐみ、もしよければ、今夜も風呂に入っていけばいいよ。疲れが少しは取れる。そうですね。ここんとこ、あまりお風呂に入ってなかったわ。優子の、ご両親といっしょだった時間が多かったし、気分が落ち着かなかったのね。今、何時頃かしら。九時過ぎだね。じゃあ、先生、お風呂使わせてください。また風呂に水を入れてくるわ。いやいや、めぐみ、それは、今夜はおれの役割りだよね。おれが水を入れてくるよ。立ち上がって、トイレのドアを開け、風呂に水を入れて六畳の間に戻って、円い卓袱台のめぐみの横に座った。先生って、まめなのね、案外。いやあ、そんなことはない。めぐみのため特別サービスなんだ。相当な面倒くさがりやだよ、おれは。顔を洗うのも、洗濯なんかも、風呂に入った日にするだけだからね。まあ、先生。それは変だわ。珍しいわ。不潔……！　毎日、顔、洗わないだって。でも、そんなふうには見えないわ。

・23

めぐみがしっかりとわたしを視ながら、言った。先生。少しずうずうしいけど、思い切って言うわ。今晩、泊めてもらっていいですか。やっぱり疲れてしまって……。鷹の台まで帰るのが億劫になってしまったの。いいよ。蒲団は一組だから、並んでいっしょに寝ることになるけどね、いいかな。今日はTシャツも短パンも持ってこなかったわ。どうしようかしら。おれのシャツを貸してあげるよ。短パンとやらはないけどね。水泳パンツならあるんだけど。どうしようかな。では、ともかく、お風呂に入らせてください。酔う前にね。そっちの机に、タオルとTシャツと、おれのパンツでも出しておこうかな。先生のパンツ？　いやだ、そんなのおかしいわ。ともかくあとで考えよう。そうだ、先生。いっしょにお風呂、入りたいの。わたしね、先生、当分、優子に会えないでしょう。だから、わたし、優子の〈身替り〉になろう、と昨日の夜、考えたんです。わたしは優子そのものにはもちろんなれないけど。優子、先生といっしょに風呂に入ったたって言ってました。優子って、きみになんでも打ち明けているのかい？　そう、時々思いついたように先生とのこと、話すんです。優子はわたしと経験したことも話したのかな、と一瞬、危惧したが、まあ、しかたがないか、知られても。優子の親友のめぐみになら。しかし、自分が優子としたことを、めぐみとの関係の中でもし再現したとすると、これは優子に対する彼女の親友との浮気、あるいは冒瀆になるのではないのか。そんなふうに頭の中で優子との行為とか、さまざまな心の中での葛藤が、目まぐるしく駆け巡るのであった。しかし、こうなったらしょうがないか。めぐみもそんな覚悟でこの部屋に来たような気がするし、彼女は彼女なりに可愛かったし。わたしはそう考えると、解った。じゃあいっしょに風呂に入ろう。そう言って、わたしも裸になり、めぐみが服を脱いでゆくところを見つめていた。めぐみはその視線に気づいたのか、照れたような貌つきになって、先生、先に入っていてちょうだい。わたし、すぐあとから行きますから。わたしは頷いて、まだ下着をつけたままのめぐみの前を通って、トイレのドアを開いて中に入っていった。そして、風呂のふたを開け、水桶でお湯を掻き廻し、その桶で汲んだお湯で、下半身を軽く洗った。そして風呂の中に入ると、めぐみ、もういいよ。と声をかけた。すると待っていたかのようにすぐに、めぐみは、はあいと言いながらドアを開けて、裸の軀を、胸と下腹部をそれぞれ手で覆って、入ってきた。そしてしゃがんで下腹部を洗い、全身にさっと残ったお湯をかけると、胸のふくらみや下腹部もわたしに見せながら立ち上がった。大きくて豊かなふたつの乳房がわたしの視覚の中で拡大され、ふっくらした腹部、そして優子よりかなり濃い濡れた陰毛も見せながら風呂桶の前に立った。おれ、やっぱり外に出てるから、めぐみ、ゆっくり入ってくれよ。ドアを開けてわたしは浴室の外に出た。和ダンスからタオルを出して、軀をざっと拭いた。机の上には、めぐみの脱いだ服が畳んで置かれていたが、一番下をめくるとブラジャーとパンティが畳んであった。わたしはそのめぐみのパンティをそっと持って、優子の時と同じように裏返しにして、下腹部のあたりに鼻をつけて、匂いを嗅いでみた。めぐみの陰部の香りが残っているようでもあった。わたしはそれを、和ダンスの一番下のわたしのパンツや靴下が入っている引き出しの奥へそのめぐみの下着をそっとしまった。優子が指摘したように、やっぱり変態だったんだな、おれは。女性の下着には無関心ではいられない。女性の下着を盗んだことはないが、大学に入って上京し、叔母さんの家で一年間、同居することになったいとこの、箪笥の中の下着をそっと取り出して鑑賞したこともあったな。洗濯した綺麗な下着がぎっしりと並べて置かれていた。だれもいなかったある日のことだ。めぐみの下着があれば、そして優子のイメージと重ねて、当分、自慰のためには困らないであろう、などと考えながらニヤリと笑ってしまった。やばい男だな、おれは。そして、六畳の間に戻ると卓袱台を本棚の前に移して、押入れから蒲団や枕を取り出して卓袱台の手まえに敷いておいた。

•24

わたしは裸のまま、蒲団に仰向けに転がったのだが、また上半身だけ持ち上げて卓袱台の水割りを取って飲んだ。まだ冷たい水割りが喉を通って下に落下するのが、気持ちよく感じられた。そして、やっぱり寝るのには早過ぎる、そう思って立って卓袱台に向かって座り、ウイスキーに氷を浮かべ、薬缶の水を注いだ。カチカチっと氷をコップの内側にぶつけながら揺らして、全体の温度が一定するようにしてみた。またひと口飲んだ。今夜は、めぐみを、いや、優子の〈身替り〉としてのめぐみを、抱いてしまうのかな。優子、ごめん。優子があんなことにならなければ、こんな夜も来なかった。勘弁してくれよな。しかし、おれは悪者だな。頭の中には優子との思い出の情景と、優子への愛の感情がまだまだ渦巻いているというのに。どうしようもない人間だよ、おれというやつは。しかし、ままよ。なるようになれ。めぐみを優子だと思って抱けばいいんだ。そんなふうに考えていた時、めぐみが風呂のドアを開けて台所の間に来た。そして机のあたりでうろうとし、呟やくのだ。変だなあ。わたしの下着がないわ。そんな声が聞こえてくるのだ。めぐみ、早く来いよ。よければ、冷蔵庫から缶ビールを出してきたらいい。先生。まさか先生がわたしの下着をどこかに隠したの？　机の上に置いといたのに、ないんです。そんな答えが返ってきた。えっ、知らないなあ。きみの下着なんか。鷹の台から、はかずに来たんじゃないのか。まあ、そんなばかな。それにさあ、まあ、いいじゃないか、今夜は。無礼講ってやつで、おれも裸なんだし、めぐみも真っ裸でいいじゃないか。また、おれの眼を愉しませてくれよ。きみの裸、さっき見たけど感動したよ。本当にグラマーだったんだね、めぐみは。感心したよ。早くこっちへおいでよ、早くね。めぐみは冷蔵庫を開けたのだろう、右手で缶ビールを持って、左手で下腹部を覆うようにして、蒲団の上を歩いて私の横に来て座った。わたしの眼のまえで、大きな乳房がふたつ、揺れているのだった。おれはあぐらをかいて座ってるんだ。だからめぐみもらくな恰好で横に座ったら。また、飲みながら話をしよう。めぐみは言われたようにして横座りになって、わたしの右側に座った。両ひざが大きく割れ、下腹部の中央に陰毛の濃い翳りをわたしの視線のなかに解放しながら。じゃあ、改めて乾杯するか。今晩はなるべく陽気にしていよう。湿っぽくならないようにね。そして、仲良く時を過せば、優子も喜んでくれるよ。優子が信頼していためぐみと、優子がたぶん好いてくれていたおれとが、こうして、彼女を思いながら飲んでいるんだ。そうだ、「脳挫傷」って、電子辞書のマイペディアで調べてみたが、意識が戻ったとしても当分、病院暮らしになるんだろうね。てんかん性の発作が残る、とも書かれていた。やっぱり具体的には、優子の担当のお医者さんに訊かないと、詳しいことは解らないんだけどね。今年の冬、田舎に帰るから、福岡の病院でよく聞いてきて、また先生に報告するわ。でも、今晩はその話はやめて。悲しくなると、お酒も飲めないし、だいたい〈身替り〉なんか、できっこないわ。そうだね、すまなかった。おれも、やっぱり時々思い出して苦しくなってしまうんだけどさ。こうしてめぐみの裸の軀を鑑賞しながら、酒飲んでいると、なんとか元気も出てくるはずだ。めぐみの裸の軀がこうして、一番の酒のさかなになるわけだよ。いいな、きみの軀は。

それより、優子が先生は変態だって言ってたけど、やっぱりそうだったのね。わたしの下着、先生がどこかへ隠したんでしょ。いやあ、知らないな。はいて来なかったんじゃないのか。そんなわけ、ないでしょ。下着をつけずに電車に乗って来るなんて、それこそ、わたしも変態の仲間入りだわ。じゃあ、いいじゃないか。変態ふたりの恋愛なんて。先生、変態のついでに言うわね。わたしのお乳、撫でながら飲んでください。実はね、わたしね、男との経験、ふたりだけあるの。ひとりは高校生の時で、一年ほどつきあったんです。そしたら、最後の頃、突然襲われたの、彼に。夜の公園の片隅でね。抵抗したんだけど､結局ね……。でも､それで嫌になって別れたの。それから、大学の一年の時、彫刻科の男から言い寄られてしまったの。そして、お酒を飲まされて……。だから、優子みたいにおぼこ娘、純情可憐な乙女じゃあないわ。だから、優子の〈身替り〉はだめかな。わたしの右手はめぐみの背中を廻って、脇の下から出て、彼女の右側の乳房を優しく揉んだ。気持ち、いいかい？　女は乳房、とくに乳頭のあたりに性感帯があるらしいからね、きっと気持ちいいはずだ。そう。いいわ。わたしのおっぱいを撫でながら、先生、口移しに水割りを飲ませて。そしてもっと酔わせてください。そのほうがわたしも大胆になれると思うわ。男と経験があると言ったって、無理やりって感じだったしね。たった二回きりだし。まだ、気持ちいいなんて思ったことなんてなかったんだ。そんな気分になってみたい。わたしは､口に含んだ水割りを､キスしながら、めぐみの口中へと移してやった。唇を離すと、めぐみはおいしい、と言い、今度はわたしの番ね、そう言いながら、わたしのコップの水割りを口に含むと、わたしにキスしてきた。わたしはその生暖かい液体をごくりと飲み干した。そして、今度はめぐみにしっかりキスしながら、右手で彼女の肩を抱き、左手でめぐみの左の乳房をゆっくり愛撫してやった。優子にしたように、赫らんだ乳頭を吸った。

•25

めぐみ、蒲団に横になれよ、そう言いながら、彼女の軀を抱くようにして、仰向きにさせてすぐうしろの蒲団の上に倒れこむように寝かせた。わたしは頭がぼおっとしたまま、今夜はめぐみを抱こうと思った。彼女は、優子の〈身替り〉だ、と言った。その言葉に刺激されたわけではないが、彼女を抱くことが、優子をどこかに送り出してやるためには、一番いいのではないか、と思ったのだ。優子の葬列の光景。その進行を助けるべく、優子の親友のめぐみを犯すのだ。めぐみの弾力的な身体が、自分の軀の下でもがくように、しかし、なんだかくつろいだように動くのが解った。

それから、時々、めぐみはわたしを訪ねるようになった。といっても、二、三週間に一度くらいであり、泊まっていった。めぐみのアパートに行くこともできたが、木曜は彼女が天平でバイトをする日であり、それが終わるまでひとりで待つのも気が進まず、めぐみが四谷まで来ることがほとんどだった。しかし、その足はしだいに遠ざかっていったようだ。その理由は解らなかったが、たまに現れるめぐみに問いただすのも億劫だし、黙って見守ったほうがいいのでは、と考えた。わたしは、彼女の意志のままに任せた。想像するに、冬休みが近づいており、九州に帰る日が近づくに従って、意識の戻らない優子との再会が、わたしとこんな関係になった以上、少し辛かったのではないだろうか。優子は一命をとりとめ、意識はないけど生き続けているようだったが、わたしとつきあうめぐみにとって、優子との再会が重荷になっているようでもあった。わたしとのことを、まるきり黙ったまま、優子とわたしのあいだに立っている自分を、どう説明したらいいのか、これはめぐみだけでなく、わたし自身の問題でもあった。優子が意識を取り戻し、会話もできるようになれば、わたしは、福岡の病院に彼女を訪ねることになるだろう。しかし、めぐみとのことを何と言えばいいのだろうか。めぐみとわたしは、同様の罪の意識のような気持ちを持っていたに違いない。

冬休みの直前に、めぐみが電話してきた。先生、驚かないで！　先生！　優子が、……優子が亡くなったのよ。昨日の夜、優子のお母さんから電話があったんです。優子が死んだって。お葬式に出たいので、今日の御前中の飛行機で、わたし、九州に帰ります。飛行機は福岡着ですから、それから、また汽車に乗って、宗像まで行くの。先生は、行かないでしょ。いいえ、行けないでしょ。わたしも、辛いけど、わたしとのことはご両親もよくご存じですから、わたしは行かねばなりません。また、来年初めに東京に戻ってきますから、その時、詳しい話はしますね。それまで、元気でいてください。めぐみの声は途切れ途切れであったが、しかし、しっかりしていた。電話が終わると、わたしはなにをしていいやら、皆目、解らなかった。香典のようなものを送るとしても、優子の宗像市の住所は訊いていなかった。優子と別れてから、時間はだいぶ過ぎていたから、哀しみに明け暮れる日々を迎えた、というほどでもなかった。めぐみとのつきあいのなかに、優子の思い出はしだい、しだいに溶解してゆき、いまや〈無〉の時間がわたしの頭の中を流れているだけだ。もちろん、彼女が蘇生し、遇える日があったら、必ず、遇ったであろう。しかし、死者が二度と戻らないことは、さすがに経験的にも解っている。優子の再生を望むわけにはいかない。優子の生きていた時のさまざまな表情、あるいは裸の無垢の身体。優子のいろんな表情はいくらでも思い出すことができる。いや、ある意味では、性的経験の多いめぐみ以上に、わたしの頭脳のどこかで生き続けるであろう。しかし、さしあたって、何をしてよいのか、まったく解らなかった。毎年、暮れになると必ずやることになっている、ある展示会の図録のデザインを、冬の休暇のあいだにやらねばならない。優子がくれたトランジスター・ラジオは今では、わたしの重要な音楽装置になっている。わたしはクラシックを選んで、それを聞きながら、冬のある時期を過すであろう。あるいは来年になって、めぐみが戻ってくるかもしれない。それだけを、心の糧として、いや、ウイスキーの水割りという、強い味方もあった。わたしは、日中、仕事のない日は心の中を無にして、ドストエフスキーを読み、フォークナーやノーマンメイラーを読んだ。ページをめくる手は、しかし時々、ストップしてしまって、どこからともなく哀しみの妖精が飛んできて、わたしを慰撫するのか、あるいは、制裁するとでもいうのか、掌の中の文庫本の上に、水滴が落ちてきて、ページを濡らしていくこともたびたびであった。しかし、わたしの日々の営みは終わったわけではない。まだまだ、苦悩のなかを生きていくのか、あるいははっと蘇生するような日が来るのか、現在のわたしには把握できていないのだ。ただ、呼吸し、水割りを飲み、読書だけは終わることなく続き、追憶の感情の中で、ともかく〈生存〉を続けているだけなのであった。

聖処女讃歌

★ヴァージン・ブルース

＊この物語は、一九七〇年代の東京を背景に描かれたものである。………

◉鷲尾原色版印刷会社のある古いビルは、白木屋百貨店のある日本橋の賑やかな通り、銀座の中央通りの延長線上にあったから、やはり中央通りというのかな、そのやや大きな通りに面していたのだが、夕方の五時頃だと、まだサラリーマンたちの帰宅の時間になっていなかったせいか、通りの両側の広い歩道はそれほど、混雑していなかった。蟹の脚を直角に曲げたようなそんなイメージの、幾何学的な形態なのに有機的なイメージも漂う黒っぽいあるインク会社のビルが建ったのは、最近のことだ。その蟹の手足が直角に曲がったビルの隣に、外側に昔ふうの大理石のような石の階段がついている古めかしい石造の建物があり、ぼくが行こうとしている鷲尾印刷はその階段からも、一階の入り口からも行くことができた。石段を上っていくと、一階と同じ入り口ふうの磨りガラスの窓のついたドアがあり、いつでも外側に半開きの感じで開いているのだった。そのドアから細長い廊下が奥のほうまで続いており、すぐ左側が鷲尾原色版印刷会社であった。ぼくはその日の気分で、石段を上ったり、あるいは一階の入り口の地味なドアを開けて入っていくこともあった。廊下の中央付近にエレベーターがあり、降りてきたエレベーターに乗って、二階で降り、左に歩くと突き当りに鷲尾印刷の看板のかかった半開きの入り口があり、つまり、建物の内部から、この会社に来ることもできたというわけだ。そして鷲尾印刷のドアも全開されていたから、部屋の内部の雑然とした光景も外から、垣間見られるのである。部屋の中に入っていくと、その空間は奥に向かって細長く、入り口から奥に向かって右側に細い通路があり、通路のさらに右側は天井近くまで届くような高い棚が奥まで連なっており、書類や古新聞や印刷会社特有の校正刷りの紙の束などがきちんと整理されて詰まっている。通路の左側には木製の細長いカウンターがあって、そのカウンターの内側には営業部員たちのスチール製の机が二重に並び、わたしはその営業部の中の知り合いたちに軽く目礼しながら、通路を奥へと進んでいった。といっても、まあ、五、六メートルくらい進んだあたりに部員の机のないやや広めの空間があり、その突き当りはガラス窓の大枠の連なりになっていて、部屋はそこで終わる。そのガラス窓のすぐ前の部長の席は、営業部員たちの席を睥睨するかのように入り口のほうを向き、頭が少し禿げかかって薄い髪がいくらか横向きに頭部を覆っているといった感じの、温厚な風貌の部長が、老眼鏡の銀縁の枠を少しずり下げるようにして、両手で机の上に新聞を拡げて読んでいるようだった。部長はぼくが入り口のドアを開いた時から気づいていたかのように顔を上げ、ぼくのほうに柔和な眼をまっすぐに向けてきた。寡黙な方で、必要以上のことは喋らない人だったが、愛想が悪いわけでは決してなく、わたしの訪問が、ある有名美術館の仕事だということもあって、いつでも色の少し剝げたジーンズの上着とズボンをはき、ヒッピーふうの長髪に黒いサングラスの自分を、優しい笑顔で、丁重に迎えてくれるのが常であった。自分はちゃんとした礼儀にはちゃんとした礼儀で返す主義なので、部長には丁寧な礼を返し、部長の机の前に立った。ぼくは持ってきた美術館のB1版のポスターの版下を大きめの手作りの封筒から出して、部長の机の上で拡げるように両手で伸ばしながら置いた。三、四年前から、大学時代の友人が学芸員として勤務している世田谷区の、三島美術館のポスターのデザインの仕事を引き受けており、そのポスターの印刷を美術館が依頼している鷲尾原色版印刷会社に、一、二か月に一度は、版下を届けるためにやってきた。そしてつぎはその校正刷りを見るためにまた、訪れるようになっていたのだ。★三島美術館は、かつての三島財閥の始めた美術館で、この財閥の会長が戦前に蒐集した日本や朝鮮や中国の古美術品を収蔵する美術館としてある種の権威があった。友人はおれと同期の卒業の竹村という男で、卒業してからこの美術館の学芸員になっていたのだ。そしてフリーになって以来、たいした仕事もないおれは彼を訪ねて三島美術館に行き、ポスターや図録のデザインの仕事をやらせてくれないか、と頼んでみたのだ。同級生の、あまり勉強をしなかった自分にも優しい優等生であった竹村は、すぐにポスターのデザインは無理だが、と言い、まず美術館での細々したいろんな仕事を覚えてほしい、と言った。まずは展示品の下や前に置く、題箋という作品名を書いた長方形の白い札の文字書きから依頼してくれた。展示が変るたびに、展示の始まる前日、美術館に赴き、サインペンで、その白札に展示品の名まえを三角定規や円定規を使ってさっさとレタリングしていくのだ。そんなことをやっている間に、ほかの学芸員とも仲よくなり、顔なじみになった。三島美術館には東急文庫という、古文書などのいろんな文献を所蔵している部門があって、その学芸員とも知り合った。そんな関係をまずは構築しておいて、と竹村は用意周到で、わたしがそのニ、三人の学芸員たちと仲間であるという雰囲気を作ったうえで、つぎには展示のポスターや図録の表紙のデザインなども依頼してくれるようになったのだ。竹村は大学時代、おれなどと違ってクラスの優等生でいつもよく勉強していた。勉強のみならず、高校時代から日共系の民青という政治集団に入っていたようで、そのための仕事もしていたようだ。日本共産党という存在になんとなく興味を持てなかったおれは、民青が握っているという自治会の連中とはあまり交流しなかったのだが、竹村はなぜかあまり勉強もしないおれにたいしてもいつも親切なのだった。いわゆる世話好きといった好青年であったのかもしれない。フランス語の試験などは、彼の見せてくれる解答用紙を丸写しにして、なんとか切り抜けたのであった。★ポスターの版下を鷲尾印刷に届ける仕事は長くやっていたので、たいした説明もなかったのだが、今回は収蔵品の陶器や絵の展示でなく、日本のほかの美術館や博物館などから借り出した中国の緑釉三彩などの陶磁器の展示で、展覧会名、期日、三島美術館の文字、住所など、必要な文字を貼りこんだ版下の上に、トレーシングペーパーをかぶせ、そこに使われる展示品の写真をざっと鉛筆で薄く描き、それぞれの写真の位置や大きさを示したものを見せながら、持ってきたそれぞれの作品のポジフィルムを順々に取り出し部長の机の上に拡げていった。ほお、緑釉三彩ですか、今回は。ええ、このラクダの形の陶器が今度の展示の目玉作品だそうで、一番大きく扱いました。部長は、三島美術館関係のノートを開きながら、ぼくが貼りこんだ日にちなどの文字をノートの記述と突き合わせて確認しながら、顎をたてに何度か振り振り了解しました、といつものように静かで穏やかな笑顔を薄っすらと浮かべながら、版下を受け取った。校正刷りの出る日はまたお電話しますが、まあ、いつもの通りですね。★森さんは今、うちの山岸君のところの仕事、お願いしてるんでしたね。はい、あとで山岸さんの所に寄っていきます、と言いながら後ろを振り返ると、営業部の奥のほう、いや、そこは入り口に一番近いあたりで、山岸は下を見たり、写真を見たりしながら仕事していた。ぼくは部長に、では失礼します、と言って一礼し、版下やポジフィルム類を入れた封筒などを部長の机の上に残して部長に背を向け、山岸の机のほうに行った。鷲尾印刷は、便利堂という京都の印刷所などとともに、古美術作品の撮影の権利を持っており、高松塚の壁画が発見された時は、このふたつの会社が塚に入って撮影したと言われている。そういった実績もあるためか、朝日新聞社主催の大展示会があると、ポスターや図録の仕事が廻ってくるようだった。現にわたしもその朝日新聞社主催の大形展示会（ここは、二、三年に一度くらい大型の展覧会を主催していた）のたびに、作品の撮影をやり、ときに展覧会のポスターから図録などの制作もやっていた。そのデザインの仕事がぼくのほうに廻ってくるようになったのだ。ぼくは同級生の竹村の助力のおかげで、三島美術館のポスターや図録の仕事をやるようになったことから、三島美術館の図録などの印刷をやっていた鷲尾原色版印刷を知ったわけだ。鷲尾印刷には営業マンが十人ほどいたのだが、トップの山岸が朝日新聞社主催の展覧会の図録の仕事を自分に出してくれるようになったのだ。そんな仕事の最初は、上野の国立科学博物館を会場にした「縄文人展」という仕事で、主として考古学的資料をもとに展開したのだろう、奈良文化財研究所（平城宮跡にあった。この遺跡から文字を記した木簡が大量に発見され、木簡はそれ以来、考古学のみならず日本古代史の重要史料として研究されるようになったと言われている）が中心になって図録の編集を担当し、ぼくがそのデザインをやり、鷲尾印刷が印刷した。鷲尾印刷は古い会社で、ここでの仕事にデザイナーが関わるようになったのは自分が初めてだということだ。この時初めて山岸が、美大出身であったぼくを起用し、奈良市で行われた編集会議の席に出席させてくれたのだ。そしてその企画が成功したためか、翌年には、同じ方法論で「弥生人展」をやり、その後また「平城京展」などをやった時もまた同じスタッフで図録は制作された。山岸はぼくを伴って奈良に行き、猿沢池近くの朝日新聞社御用達の旅館で、一晩かかって徹夜で図録の編集作業をやったのだが、奈良文化財研究所の坪井清足所長／編集長が中心になり、彼の配下の研究員・学芸員たちが編集者兼原稿書きのスタッフとなり、それぞれのページを担当していた。中央に陣取った頭髪が半分以上白くなった坪井所長は鷹揚にパイプ煙草の煙をくゆらしながら、研究員たちに指示を出し、あるいはＯＫの笑みを浮かべたりして全体を統括していた。たぶん朝日新聞社の関西支社が使っていた猿沢の池に面した旅館の大広間が編集室となり、各研究者たちがその日の労働から自由になる夕方から広間に集まってきて、会議は始まった。まずはビールを飲みながらわいわいとお喋りし、すき焼き鍋が湯気を立てている七輪がいくつか出され、何人かずつでそれを囲んで舌鼓を打った。そして食後、九時か十時くらいから夜明け近くまで、編集作業をやったのだった。わたしはわたしの指定ですでに組んであった文字組の隣の大きなスペースに、学芸員たちの提出してくる写真をさっささっさとレイアウトして図版の写真を見て絵を描き、写真の大きさや位置をヴィジュアルに提示してみせると、坪井所長や研究員たちが、いろいろと注文をつけてくる。消しゴムで絵を消してまた書き直すと、彼らは了承する。そんな作業を続けたのだが、何回めかの会議の時は、わたしは腰痛がひどく、坪井所長に向かって、先生、実はもともと、腰が悪いので失礼ですが、寝そべって仕事してもいいでしょうか、などと無遠慮に言ってみた。坪井先生は笑顔でどうぞどうぞと了解の意を示され、畳に腹ばいになった自分は鉛筆と消しゴムによる作業を続けた。今考えると冷や汗ものの、無茶な、失礼な態度の作業をやったことがあったのだが、あれは自分が若くてあまりものを深く考えなかったこと、そして関西の諸先生たちはまったくフランクで、目くじらを立てるような研究員は誰もいず、文句を言う人もいなかった。この作業の時間は、自分にとって重要な「仕事」であったのだが愉しく、山岸に声をかけられると浮き浮きして新幹線に乗るのであった。

◉わたしと山岸は簡単に仕事上の会話を交わすと、実際の編集会議はまだ二、三週先のことなので、それじゃ、と言って、ぼくは入ってきた入り口のドアを押して、鷲尾原色版印刷の外の廊下に出た。その時、入り口近くの洗面所のあたりから出てきた紺の制服の若い女性が、歩き出したおれのほうに笑顔を見せながら近づいてきて、先生！　と声をかけてきたのだ。ぎょっとした。たしかに自分は何年か前から、週に一回、美大の非常勤講師をしているので、「先生」と呼ばれることにはしだいに馴れてきていたのだが、突然だし大学ではない都心のあるビルの中なのでびっくりし、かつ、こんなところでおれのことを先生と呼ぶ女性がいるわけがない。なにかのまちがいだろう、と考えぼくはその彼女をじっと凝視した。鷲尾印刷の小さなマークの入った紺色の制服の若い女性に見憶えはなかったが、美大に行き出した最初の頃の卒業生なのかなと思って、彼女が誰だったか、短い時間の凝視と観察のあいだに探ろうと試みた。紺の制服の下は黒っぽい色のタイトなミニスカートで、少しだけはみ出ている太腿や膝小僧が生き生きしているのだ。先生ったら、いやだなー。もう忘れたんですか。墨田ですよ、墨田。三年前に卒業したんですっ。にっこり笑った丸顔の白い肌が、頬のあたりだけがほんのりと薄朱く染まっていて、しかもその中心のあたりが田舎のおぼこ娘のように輝いているのだ。じつに可愛らしい表情をしているではないか、この墨田という娘は。おれは五、六年前から、その美術大学の生活デザイン学科で講師をしていたのだが、どう考えても墨田という女の学生は記憶になかった。先生ったら。でもあたし、授業あまりまじめに出てなかったからね。憶えてなくともしょうがないわ。先生、今日、急いでるんですか。わたし、六時になると退社できるので、待っててくださいませんか。久しぶりにお会いしたんですし、お話しがしたいわ。おれの呆然とした貌つきなど、ほとんど考慮していないのか、笑顔のまま急いで言うのだ。この会社のビルの斜め前の丸善、知ってますよね。その九階に、小さな喫茶レストランがあるんですぅ。そこで待っててもらえたら。久しぶりに大学のお話なんかも伺いたいわ。きみ、ここの鷲尾印刷に勤めてるの？　そうよ。去年の四月からね。経理も手伝わされてるんですが、営業部の補助の仕事で色校とか検品とかに廻されて勤めてるんですよ。だからいつもいる部屋は経理課なんです。ほら、営業部の右側の棚の向こうが経理課や重役室や応接間があるんですっ。そうか、おれ、そっちのほうはほとんど行ったこともないし、見たこともないんだよ。それで、この会社には時々来てるんだけどあまり会わなかったんだね。いいよ。それじゃ、そこで待ってる。知ってるよ、そのレストラン。おれも丸善に行ったあと、そこに寄ることが結構あるんだ。★おれは鷲尾原色版印刷に来た帰りなど、丸善に寄り、二階の洋書のコーナーでぶらぶらしながら外国の画集や写真集などを見たりして、そのあと九階に寄ることもあった。わたしはなおも記憶の彼方にある墨田という女性と廊下で別れてエレベーターに乗って一階に降り、ビルの外に出た。夕方のまだ強めの陽光が、ビルとビルの隙間を縫って浸入してきて、だいだい色の残照となって大通りの前のビルの壁や窓ガラスを光らせていた。歩道はそれほど混んでいなかったが、車道はつぎつぎに通り過ぎてゆくタクシーが途切れることのない列を作っていた。わたしは丸善側に渡るため、ぼんやりと信号の替わるのを待っていた。うーむ、思い出せないな。あれは授業にあまり来てないんだな、あの子くらい可愛ければ憶えてるもんだが。墨田と名乗る女の子の頰の赫いところがなんとなく気取ってない感じで、田舎の女の子、っていう雰囲気が好もしかった。わたしは中央通りを渡り、丸善のビルに入って、エレベーターで一気に九階まで昇っていった。九階は広くはないが屋上になっており、緑色の人工芝が一面に敷かれ、その隅っこに大きなガラス張りの、しかしこぢんまりとした小さな木造の建物があった。それが墨田嬢の言った喫茶レストランで、窓枠や柱は白く塗ってある。なんだか外国の店のような雰囲気で。なかに入るとテーブルの席も少なく、十人も入ればいっぱいになってしまいそうな規模の店だった。わたしはこの店に来るといつも生ビールを頼み、買ってきた本を開いて小一時間くらい過ごすことにしていたのだ。大きな全面ガラス窓の外の庭はゴルフの練習場のようで、陽がさしていればそのための緑の芝が眼に鮮やかだった。ゴルフ場といってもフルスイングなどはできない狭い空間で、小さなショットの練習をしている男たちを見かけたこともあったが、たいていは誰もいず、喫茶レストランも客は少なく、気分を落ち着けて本を拡げて眺めながら、ぼおっとして過ごすことができたのだ。六時までは三十分くらいあったろうか。わたしは、わたしのクラスにやってきた多くの学生さんたちを思い浮かべ、親しくなった学生さんのなかには彼女はいなかったな、と、思い出す作業を中止して戸外の緑の芝の拡がる床面を眺めていた。★わたしの美大の生活デザイン学科は単行本や雑誌の編集の基礎を学ぶところで、わたしの授業は、学生にブックデザインの基礎を教える授業であったが、たいてい、四、五十人の学生が毎年集まってきた。女子学生が圧倒的に多く、男の学生は少ないせいかたいてい覇気がなく、教室の後部の一か所に固まってこそこそと作業に取り組んでいたが、時々優秀な男子生徒も現れ、彼らの卒業制作の指導をするのが愉しい年もあった。女子学生たちは、前のほうの席に集まるまじめタイプ組と、教室の一番後ろあたりにたむろし、たばこをふかしたり、不良っぽさを気取っているといった男子学生たちといつまでもお喋りしているような落ちこぼれ組と、その中間組の、三つのグループがあった。授業が始まるとまず最初に、これから五、六週かけて取り組む課題のための作業の順序ややり方などを、教室の学生たち全員を、教壇というのか、黒板の前の机のまわりに一堂に集めて、説明をするのである。わたしはデザインを職業にしていたが、フリーだったから編集者と初めて遇うような機会が少なくなかったのだが、じつはどちらかというと、人見知りタイプの人間で、この美術大学でもとりわけ、四月の最初の授業が始まる日は苦痛の二時間あまりを過ごさねばならなかった。まったく知らない若い人たちにぐるりと取り囲まれているというのは、まことに苦しい時間と情況だ。四月の開講の日などは、その一年間を通してやるいくつかの課題の説明をするのだが、その説明の時間の半分くらいは黒板に向かい、ブックデザインが、いわゆるデザインとよばれる領域で、どのように位置づけられるのか、といった説明から、一年を通して制作する簡単な詩集とか写真集のための準備や練習のための作業の説明を書きこんでいるので、その何分かは見知らぬ学生たちを見ずにすんだから少しは楽だったが、それが終わると学生たちにその説明をしっかりするのである。人見知り人間にとって冷や汗が連続する時間であるが、黒板に向かって書きこみ作業をやっている時は気分的に楽であった。そのかわり時間が終わると飛び散った白墨の粉で服の背中や袖や手指や、多分かけているサングラスのような黒い眼鏡なども白っぽい粉だらけになってしまうのだ。★実際に授業が始まると、改めて何週か使ってする作業が変わるたびに、同じように教壇の前に学生を集めて、作業に関して説明をするわけで、そのたびに冷や汗をかいていたのだが、三か月、半年、と時間がたつにつれて、しだいに学生たちとなじんできて、後期になると冗談も連発できるようになるのだ。学期が始まった最初の頃、おれは学生さんたちの名まえを早く憶えたいと思い、ある年からふと思いついて、最初の説明作業が終わると学生さんたちを教室の外の陽ざしのもとの外廊下に連れ出し、一応、自分も横のほうに入って、助手さんに学生さんたち全員の集合写真を取ってもらうことにしていた。そして次の授業の時、少し大きめにプリントしてもらったその集合写真を片手に、作業する学生さんたちの机のあいだを擦り抜けながら、それぞれ名まえを訊き、写真の余白にその名まえを油性サインペンで書きこみ、本人の顔と名まえの文字を線で繋いでいく。そして、一、二か月は写真を見ながら、顔と名まえを憶えてゆくのだ。そんなふうに接近して写真を撮り、かつそれぞれの学生さんたちと言葉を交えていくと、人見知りはしだいに治まってきて、むしろ学生さんたちとも親しくなってゆける。そんなふうにして毎年人見知りを克服してきたのだ。★だから、墨田嬢との今日のデートが今日でなく来週だったら、大学でその写真、捨てずに毎年の分を集めてロッカーに入れておいたので、それを取りだして、本人を確認できたのだがなあと思いながら、まあいいか、今晩は、どうにでもなれ、なんとかなるだろうという軽い気分で生ビールを飲み、墨田と名乗った可愛い女性の現れるのを待っていたのだ。やがて、緑の芝生を挟んで、レストランのあるコーナーの反対側にあるコンクリートの小さな建物のエレベーター用の扉が開き、私服に着替えた墨田さんが現れた。白っぽいブラウスに、黒っぽい短めのタイトなスカートをはいた若い女性が彼女で、こちらを見詰めながら緑の人工芝草の外側の細い通路を歩いて、喫茶レストランに近づいてきた。肩からぶら下げたバッグは薄緑色で、あまり高くないヒールの黒い靴を履いていた。うーむ、スタイルもまあまあだな、とおれはガラス戸越しに評価をくだしながら、彼女の颯爽とした歩行を眺めていると、ガラス戸越しに両者の眼がぶつかった。墨田と名乗る女性はたちまちニコッと頬笑みながら、片手をあげ、首をちょこっとだけ下げて挨拶した。おれは鷹揚に頷いた。レストラン入り口のガラス戸をがらがらっと開けて、彼女が入ってきて、お待ちどうさま、と言いながら、おれの座っていたテーブルの前の席に腰をおろした。先生、すっかりご無沙汰しました、と言ってもあまり憶えてないのね。しかたないわ、あまり授業も出なかったんだもの。でもね、図録の色校（色校正）をしていた時、奥付に先生の名まえが出てたからびっくりしたわ。先生がデザインしたのね、この図録。となると先生、時々この職場に来るのかな、なんて期待してたのよ。言葉はすっかり丁寧語でなくなってラフになり、旧知の友だち同士のように喋っているのだ。わたしに向けられた双眸が輝いていてわたしは思わずどきっとなった。先生ったらー、もうビール飲んでるの？　このあと時間あるんですか。それなら、どっか飲みに連れてってください。わたしも時間あるから。うん、いいよ。墨田さんだっけ。三年まえに卒業したって言ったよね？　それにしては申しわけないけど、正直言ってよく憶えていなかったんだ。あまり教室に来てなかったんじゃないか。でも、おれの授業落としていたら、卒業できなかったよね、多分。そう。先生、じつはね、あたし、編集デザインコースじゃなくって、プロダクトデザインコースだったんですっ、と、会社での会話と同様、語尾を詰まらせながら甘酸っぱい口調で喋り、ふたつの黒目勝ちの双眸はおれをしっかり見詰めて頬笑んでいるのだ。口紅は先ほど事務所のまえで会った時よりしっかり赫く塗られて、饒舌の連続につれて薄く開いたり閉じたりして、性的なイメージを喚起しておれを当惑させるのだ。なんだか、この辺のＯＬって感じになってるじゃないか。やるなー、女の子っていうのは。そうか。プロダクトコースだったのなら、おれの授業、取るわけないよね。初めからそう言ってくれれば、こんなにいろいろ考える必要なかったんだよ。わたしの勤めていた生活デザイン学科は、なぜか、なんの関係もない、編集とプロダクトデザインといって、椅子とか机のデザインや、インテリアデザインなどを学ぶコースを全体でひとつにまとめて、「生活デザイン学科」というものに仕立てていたのだ。先生。そういう意味では先生を少しからかってみたのよ。ごめんなさい。うー最初から言ってしまうより、先生がどんなふうに対応してくるのか、視てみたかったのよ。うーむ、おとなをからかう、悪い子め！　小悪魔ってところだな。一種のユーモアだと解釈しておくよ。それほど腹がたっていたわけではないから、むきになって怒ることもなかったのだ、実際に。

★わたしが最初に見た墨田嬢の印象はその制服の影響も大きかった。鷲尾印刷という日本でもかなり古い歴史があるように感じられる社名でもあり、原色版印刷というのは、活版印刷時代のカラー印刷を特別視して、原色版とよんで、ほかのカラー印刷の別格として重んじている。現在でも一般的なオフセットのカラー印刷より、重厚で、高価で、品質もよいとされている。そんな会社だから、女性社員の制服は地味で、派手さはまったくなかったのだろう。もっともファッションの店などでなく、古くて地味な印刷会社なのだから、あまり華美でもまずかったのであろうし。墨田嬢は、頬は相変わらず少しだけ薄い朱色に染まっているのだが、田舎娘ってイメージはなくなり、むしろ一流企業の女性社員、ＯＬといったいでたちで、堂々としていたからかえっておれのほうが気押されている感じでもあった。テーブルの上に置かれた指は少しふっくらしていたが、爪はマニュキュアをしているのか、少しだけピンク色に光っている。彼女は運ばれてきたコーヒーを急いで飲むと、先生、行きましょ、早く。そう言いながらすっくと立ちあがり、朱色の頰の上の瞳を自信に充ちた笑みでもって光らせながら、まだ椅子に掛けており、飲みかけの生ビールのグラスの取っ手を握ったままのおれのほうを上部から睥睨しているのだ。この男は必ずあたしのあとを追ってくるんだわ。解ってるわ、とでも言うように。

◉おれたちは中央通りを並んで歩き、銀座に向かった。三越デパートの青銅の獅子の像を通り過ぎ、赤っぽい臙脂色の布が上部をテント屋根のように覆っているショウウインドウのなかの、上品な服を着たマネキン人形の白っぽい人工的な肌色の皮膚や、人工的に造形された細身の身体を彼女はちらちらっと眺めたり、その身体を覆っている薄い布地の軽そうな服を見ながら、あの服、いいけど、きっと高いわね。先生、いつか買ってくださいね。きっとよ。おれ、そんな金持ちじゃないんだよ。それになぜ、おれがきみに買わねばならないんだ？　先生、言葉の綾、ってもんでしょ。可愛く見せようと、あたしも考えているのよ。雪子の軽い言葉は滑らかで、一瞬の躊躇などというものと無縁に、ごく素直に、ごく滑らかに出てくるのだ。その辺から少し行ったあたりの通りの車道や歩道の上部を高速道路が横切っていたのだが、その界隈にあった出版社におれは、半年くらい勤めたことがあった。おれは銀座の街はよく知っていたのだが、その京橋の出版社に勤めたからというわけではなく、大学時代から時々ふらっと銀座に出かけ、通りをぶらぶらと逍遥し、用もないデパートに入ってエスカレーターに乗って店内の広い空間を眺めたりしながら、昇ったり降りしたりを続け、広い店内を観察したりしてある時を過す。外に出て、歩道を歩きながら、夕方の暮れなずむ、しかし気取った街をただ無感動に観察しつつ歩いていたのだ。その街に親近感を持っていたわけではまったくなかったのに、なぜ、おれはあんなによく銀座に来たんだろう。田舎者でも、街に溶けこむことはできるんだ、とでも言いたかったのか。しかし出版社のあった京橋から日本橋にかけての地域はあまり詳しくなかった。なぜなら、少女用に作られた週刊誌の編集者だったせいか、ふつうのサラリーマンの勤務時間と無縁に、夕方四時頃になると住んでいた原宿のアパートを出て、青山通りの神宮まえの交差点あたりから地下鉄の青山三丁目までタクシーに乗り、そこで地下鉄銀座線に乗って、京橋に着く。電車を降りて地上に上り、地下鉄の駅から二、三分でゆけるその出版社のビルに通うという、日々の勤務体制であったから、そして会社が終わると新宿に、タクシーで直行していたから、会社ビルの近くはかえってあまりよく知らなかったのだ。タクシー代は報告すれば会社が払ってくれたし、新宿での飲み代も会社持ちであった。それ以前に勤めていた建築雑誌の会社員時代とまったく違った、当時、考えもしなかったような生き方になっていたのだ。帰りは、毎晩深夜で、本社ビルの編集室と別の部屋にたむろしていた何人かの同僚たちとタクシーに分乗して、たいてい、新宿あたりのバーに直行していたから、その辺の街の背の高いビルの連なった領域に関してはあまり興味も生まれなかった。★毎晩新宿に出かけるおれたちは、じつは新任そうそう、やはり新編集長から見放された島流し組とされ、出版社ビルのすぐ前の二階建ての木造の民家（もとは呉服店だったらしく、格子戸が当時もその家を覆っており、一階は現在、会社員の昼食を出す、古典的、つまり江戸の街を思わせる飲食店だった）の二階の八畳くらいの一室をあてがわれ、五、六人の島流しもんグループで部屋を占拠していたのだ。わたしなどは入社当時は、創刊される新雑誌のアートディレクターであったはずなのに、最初に勤めた出版社で覚えた、モダンデザインの徒であったから、野暮ったいデザインの少女雑誌ではうまくいくはずがなく、すぐ見限られて実用活版という部門に放逐されていたのだ。最初の頃はだから一張羅のグレーのツイードのスーツにネクタイという気取ったスタイルそのままに皮のかばんなど抱えて、電車に揺られて通っていたのだ。大学を卒業して三年めくらいで、一流出版社の新雑誌のアートディレクターだったわけだから。まだ意気揚々として愉快な通勤だったと言える。ほんの二、三週間のあいだは。★しかし島流し以降は一種の世捨て人であり、服装もラフになり、髪もしだいに長くなり、好きだった小説家の野坂昭如氏のまねをして、黒いサングラスふうの眼鏡をかけていたから（近眼だったから普通のサングラスでなく特注品だった）、たぶん遊び人のような雰囲気を漂わしていたのであろう。ほかの島流し者編集者たちも同様で、彼らは新たに創刊される少女週刊誌のために集められた専門領域を持ったスタッフで、それぞれが得意の分野に愛着を持ち、編集長と折り合うことができなかったのだ。そんな矜持を持った編集者たちだったのだが、志なかば、とでもいうのか、ほぼ出発点で、編集長と意見が合わず、どうでもいいような違った部門に廻されていたのだ。雑誌は発行まで半年くらいの準備期間があったので、実際の仕事についたのは入社して三、四か月くらいたってからであった。毎日、「読者調査」と称して街に出て行き、中学から高校までの女子学生を摑まえては、喫茶店やレストランに連れこんで、いろいろとご馳走しながら彼女たちの中学、高校生活や趣味や好きな芸能人などについていろいろと質問し、編集部に帰ってきて、会議のための資料を作る。われわれも読者調査をやって、島流し部屋に帰ってくると、調査報告のようなものをまとめるのだ。そして、人によっては、彼女らの気に入りそうな記事を企画しながら、刊行までの準備期間を過ごしていたのだ、その民家の二階の部屋で。わたしは読者調査などする気にもなれず、銀座をぶらつき、並木座という映画館に入って名画とされた映画を観て会社に帰り、適当な報告書を作っていた。あるいは、その島流しもんの部屋にも、芸能プロダクションなどから送られる、歌手たちの視聴版のレコードがたくさんあり、自分はそれをつぎつぎかけてみて、そのなかのフォークルセダーズというグループの、「悲しくてやりきれない」という曲が大好きになり、毎日毎日、これを聴きっぱなしにしていたのだ。だから、それから、何年もたった現在でもこの歌は好きだ。自分が島流しもんで、哀しかったから、というより、この曲と言葉が好きだったのだ。《胸に　しみる空の輝き　今日も遠く眺め　涙を流す……悲しくて悲しくてとてもやりきれない　このやるせないモヤモヤを　誰かに告げようか……》。ざっとこんな歌なのであった。別に島流しもんのひとりになったから、哀しい、というわけでなく、この唄の文句と曲が実によかったのだ。小学校時代、合唱部だったわたしは、小学唱歌などはすべて歌えたのだ。好きだったし、今も好きな歌は、こんな歌だ。『郷愁の愛唱歌』（カタログハウス、2021）という本に載っている。「冬景色」という題で文部省唱歌とある。《さ霧消ゆる湊江(みなとえ)の　舟に白し　朝の霜　ただ水鳥の声がして　いまだ覚(さ)めず　岸の家》三番まであるのだが、引用はここまでにする。小学校時代以降、ともかく今に至ってもいい歌詞であり、いい曲だと思う。こういう曲の引用は、著作権法的にうるさいのだが、まあ、ここで、引用はやめるが、自分が音楽少年であったこと、それは今も変わりがないことを言いたかったのだ。★わたしの銀座通いは大学時代から始まったのだが、フリーのデザイナーになった頃は、四谷が事務所兼住居地でもあったから、地下鉄でも国電でもすぐに来れたし、銀座を散策するのが意味もない習慣になってしまっていたのだった。同じことを何度も書いてしまったが、田舎出身の自分が銀座のような都会的な街にアイデンティティを感じたわけでもないのに、ぶらりとやってきては、街を散策する。伊東屋という画材店は、デザイナー的職業者には大事な店だったからよく覗いた。★最近できたソニービルに入って、エスカレーターに乗って順次、最上階までゆき、またエスカレーターに乗ってまたそれぞれの階の展示を鑑賞しながら降りてくる。この九階建てのビルの最上階で、知り合いの（同郷であったのだ）手描きアニメーション映画の大家の久里洋二氏が展示をやった時は、その作業を手伝ったのだが、というより手足に力がなく、腰痛もあったおれはただ、作業を見学していただけなのだが（アルバイト代は貰ったと思うが、お酒と食事だったかもしれない）、九階の片側の窓をすべて開け放って作品などをクレーン車で運び上げていた。九階の手すりの無くなった床からじかに地上を見おろすと、高所恐怖症のおれなどはたぶん真っ青になって立っていることもできず、床にへばりついて這いながら後ずさりしたようなぐあいだった。★また、並木通りを歩いたり、新橋まで歩いて行ったり、歌舞伎座の前を昭和通りまで歩いたり、そんな無意味な時間を過ごしたあとは、近藤書店を覗き、有楽町と銀座の接する大きな四つ角にあった東芝ビル一階の旭屋書店のある西側の角を、右に折れてポプラの古い樹の並木道を少し曲がりながら歩いていくと泰明小学校があり、その辺で国電の高架線にぶつかり、高架線沿いの細い歩道沿いに歩くと女性ファッションのしゃれた店や画廊などがあった。東芝ビルのほうに戻り、一階の旭屋書店に入り、ビジネス書の多い入り口あたりは素通りして、一階の奥にあったやや長方形の部屋の右奥にあたりに置かれていた画集や写真集などを置いた美術書コーナーで、森山大道とか中平卓馬の写真集を買わずにとっかえひっかえ取り出しては悦に入って濫読いや、濫視し、さらにその右手前にあった思想書や新書の中の本を選んで一、二冊買いこみ、地下に降りて地下鉄丸の内線駅へと向かう。すると地下一階に「直久」という中華そばの専門店があり、そこに入ってビールを頼み、ビールがなくなる頃、ラーメンを注文する。東京では「直久」のラーメンが一番うまいなと思っていたおれは、テレビがしかけたに違いないラーメンブームの時はやった豚骨だしの脂っこいラーメンなどには、手が出なかった。もっとも、当時、一番いいなあと思っていた中華そばは、四谷のアパートからすぐ近くの福昇亭という小さな中華料理店のラーメンであったのだが。この店のラーメンのつゆは薄い薄い茶色で透き通っており、ラーメン鉢の底が覗けている。麺も特別に気取っていない細い麺なのだが、これが実にうまいのだ。だしも鰹だしでなく、昆布だしだったのかもしれない。この店には長崎ちゃんぽんという料理もあったので、主人は長崎方面、北九州あたりの出身だったのかもしれない。★直久に寄ったあとは地下鉄丸の内線に乗って四谷に帰ってくるのだ。銀座の孤独な散歩者といってもいいのだが、最初の妻と別居し、ひとり暮らししていたおれは時間が自由で、銀座や時に赤坂の街などを彷徨していたのだろう。日曜の午前中など、四谷駅を越えて麹町あたりを散歩していると、すぐ近くの四谷と麹町では雰囲気が全く違っていて、麹町は下町って感じがなかったのだ。散歩していて急激な孤独感に襲われるのは、やはり、夜の街の散策時の時であったと思う。四谷から新宿まで行くことが多かったが、歩いているうちに、あの「悲しくてやりきれない」の歌詞の心境にまちがいなく陥るのである。こうなると散策や徘徊という方法はむしろいっそうネガティヴに作用する。そんな時は、やはり新宿に出かけ、若い友人の写真家の荒地健二が初めて連れていってくれた西口のヴォルガという飲み屋に直行した。若い写真家たちの群れとしばらくは歓談し、彼らと別れて、電車に乗るのも億劫で、真夜中近い新宿通りをぶらぶら歩きながら四谷に帰ってくる時など、じわ、じわーっと、涙が出るような孤独感が襲ってくる。もともと人見知りで友人も多い方ではなく(人見知りというのは、自分から積極的に動いて友人を作る、という作業がまったくできないのである。女性でも男性でも、向こうから接近してきてくれる人だけが、仲良くなれる人間だったのだ)、妻子と別居して四谷のアパートにひとりで住むようになってから、もう何年たつだろう。時に孤独感がわたしを銀座へと駆り立てていたというわけでもないと思うのだ。多くの単独者をむしろ孤独感へと導入するような、本来は自分と無縁の領域である銀座などに身を置くことが、かえって、わたしのなかの疎外感を排除し、発散させ、ある時間を孤独感などと無縁に過ごすことができたのだろうか。即ち、自分は自分でなく、第三者になってしまうのがいいのだ。そんな時間の流れが軽い疲労感と不思議な充足感を齎したのであったろう。しかし、アパートには時々、美術大学の教え子さんの卒業生の若い女や、たまに編集者で仲良くなった男が訪れてくる夜もあり、その孤独感を装ったおれは単独者の日々を享受していたとも言えよう。★京橋の出版社は一年もたたずにやめてしまったあと、その後長くつきあうことになった高林くんとはその頃から、個人的つきあいが濃くなっていった。個人的なことでいえば、京橋にあった出版社をやめ、フリーのデザイナーになったが、デザイン科出身でない自分には、デザイナーの友人などいず、仕事を廻してくれるような知り合いもまったくなくて、かなりの間、貧乏生活を余儀なくされていたのだが、御茶ノ水を歩いていた時、ふっと、島流しもん組のひとりだったある青年、京村さんと出遇ったのだ。彼は東大卒という珍しく立派な学歴の持ち主で、その頃始まったある女性週刊誌（じつは隔週出るのであったが）の副編集長を務めているのだという。そして、わたしの現況報告を聴いたあと、その女性隔週誌の仕事をやらないか、と提案してくれたのだ。そして、彼の担当していた、その雑誌でも重要なページのデザインを任せてくれるという。こういうまさしく偶然中の偶然の出遇いを何といえばいいのか！　無神論の自分さえ、神の出現、神が会わせてくれた幸運、とでも言うしかなかったのだ。彼との、この出遇いは、ともかくある闇の世界に突然洩れて来た光明、青天の霹靂ではないな、ともかくこの、彼との出遇いが、その後の自分を百パーセント、変えてくれたのだ。当時、自分が京都の出版社の仕事をしていた時、新入社員として入社してきたある女性が好きになり、いつか彼女と結婚すべく、妻子を捨てて別居した頃であった。とりわけ、一歳半くらいだった息子を捨てた、という罪悪感はいつまでもいつまでも自分の意識の底に沈殿し続けたのだったが、もと妻に対しては経済的救済以上のことはなにも考えていないという破廉恥漢でもあった、自分という人間は。お金が稼げるようになってからは、収入の多くを妻に渡していたし、週に一度は必ず、息子を訪ねて、二、三時間をいっしょに過ごしてきたのだが。実を言うと、これは真実だが、自分は息子を引き取って妻と別れたかったのだ。しかし、別居するうえ、息子も自分が引き取ると、彼女から、すべてを奪ってしまう、というあまりの残酷さに耐えられなかったのであった！　それはともかく、京村さんとの出遇いが、自分の「生」、経済的生活から、ある頃から始まった知識渇望的生活など、「生活」のすべてを活性化してくれた、まさに彼は恩人であった、とでも言うしかない。毎月、ある一定額の収入が保障されたのであった。

◉わたしは流行歌ふうに言えば夕闇迫る……銀座の街を墨田嬢と歩きながら、女連れで銀座を歩くというのも久しぶりだったな、などと考えると、ふっと「軽い心」が自分を気持ちよく刺激してくるのであった。仕事を終えて疲れているんじゃないかなと思われる彼女のほうが潑溂としており、気がつくといつの間にか墨田嬢はわたしの腕に自分の手を軽く捲きつけるようにし、軀全体をわたしにくっつけ、それが少しも不自然でないことが、おれをその思いがけない軽い心へと導いているのだった。「軽い心」というのはある看板の文字で、それは、総武線が飯田橋駅近くを通る時、佳作座という映画館の少し駅寄り、神楽坂をほんの少し入った右手の民家の屋根の連なるあたりに、モダンな雰囲気を醸し出している大きな看板が車窓に現れてくるのだったが、その「軽い心」とに書かれた文字になんとなく魅かれていたのだ。この辺は高いビル建築がほとんどなく、少し高くなった国電の電車の車窓には、連なる民家や、飲み屋などの建物の屋根の集合地域が見えていて、多分、看板の「軽い心」はいわゆるナイトクラブとかいうものなんだろうな、と、わたし自身は行ったことのない未知の世界を想像しながら、その色文字で描かれた看板に出遇うたびに、国電の電車のガラスの窓を通してじっと眼を凝らしたものだ。★墨田嬢はお喋りをやめることなく唇を動かし続け、そして腕をおれの腕に捲きつけたまましっかりとした足取りで歩いているので、おれは却って久しぶりにもの静かな哲人のような気分を味わいながら、時々口を挟んで質問した。きみにはどんな友達がいたんだ？　それが解ると少しは思い出すかもしれないよ。そうね、でも知らないわ、きっと。先生は。ほら、コースが違っていたから。だが、彼女の突き放したような簡単な返事の言葉とは逆に、わたしは彼女への親愛感が少しずつ湧いてきて、なんとなく「軽い心」の至福感に包まれてくるような、そんな気分になっていたのだ。わたしたちは銀座四丁目の交差点に出た。手前に服部時計店。それに阪急デパート。向こう側に丸い筒状のビル三愛が迫っていた。反対側はなんだったたっけ三越デパートだったたか。信号を少しだけ待ち、三愛の前の交番の所で右折した。やはり丸型の建物の交番の入り口に立っている警官は、賑やかになりつつある銀座の景観を渋い表情で、じっと直立したまま視ていたが、彼の頭脳の中の視界には、なにが映っていたのだろう。道路を歩く人間たちは働きアリの一種でしかなかったろうか。警官という連中は、集団になると、同じ日本人であろうと人間たちの群れを平気でぶん殴ったり、とりあえず野蛮人に変貌してしまうのである。まあ、ここでは穏やかに、わたしのデートの光景を再現するに止めよう。おれは、たまに行くビアホールがあるんだよ。そこに行こうか。ええ、先生にすべてをお任せするわ。店は交番を過ぎた一、二本めの通りの曲がり角のビルの地下にあった。★店内へと誘導する狭い階段を地下へと下りると、そこはミュンヘンというビアホールであった。この店は島流しもんとして知り合い、それ以降、親友ともいうべき友人になった高林が最初に連れてきてくれたんだと思う。あまり気取っていず、松坂屋の並びのだだっぴろい空間のライオンビアホールなんかより好きだった。ミュンヘンは一階に店舗はなく、左手の階段を降りた所にあったのだが、その、暗い地下へと下りていく、という作業が、死んだ妻を追って冥界へと下っていった時のギリシアの音楽の神オルペウスの感懐のように、なんだか振り返ると妻は永遠の死者になるのだという、そんな世界を共有するという錯覚に陥ることを誘ってくれたのだ。そして妻エウリュディケーを取り戻すことは結局できなかった。日本神話においても、死んだイザナミを追って地下世界、黄泉の国に行ったイザナキの物語があったが、イザナキが出遇った妻イザナミは、もっと酷い、リアルな死体になっており（うじたかれころろきて、などと書かれていた）、そこがギリシア神話に対して、死者に対する容赦ない表記が〈日本流？〉なのだろうか。ともかく、あらゆる世界で、死者はもう蘇ることはないのである。階段を下りると、そこは暗めのいくつかの大きめの空間が有機的に繋がっているような部屋割りで、大きな部屋ごとにテーブルがいくつも並んでいた。ライオンビアホールは昼や太陽をイメージさせるビアホールだとすれば、ミュンヘンは夜や月や闇を象徴している空間のようでもあったのだ。そこが、このビアホールの、自分には気持ちのいい領域であった。幾分、時間が早かったせいか、まだ店内はそれほど混んではいなかった。壁は黒っぽく装飾され、ビアホールというより、やや暗めのレストランのようにも思われる演出空間であったのだ。昼間に行くならここではなく、却ってライオンビアホールのほうが、そのがらんとした大きな部屋が開放感を与えてくれたのかもしれない。まあ、自分はミュンヘン派であった。★たまに行くもう一軒のビアホールはピルゼンといい、ふたつの通りのどちらからも入れるような細長い店で、しかも中央のカウンターが、ゆったりとしたS字カーヴを取り入れた感じのするユニークな店だった。初めて入った時は、アメリカのというよりドイツ海軍（?）の海兵隊の隊員のような制服の連中が、生ビールのジョッキを太い腕で掲げながら、大きな声で合唱していた。『ファウスト』のワルプルギュスの夜の場面を想起した。ゲーテの文学の中では、ビアホールに集まったあまり裕福でない学生たちの席に悪魔のメフィストフェレスが現れた夜のことだったたか。それはともかくミュンヘンという店名もドイツの地名だから、ドイツビールは美味だという伝説が日本ではあったのかな。ヨーロッパ美術研修旅行でドイツも行ったが、ドイツのビールがそれほどうまい、とも思わなかったけどね、自分などは。★わたしは空いたテーブルをみつけて、墨田嬢を座らせ、自分も向かい合わせに座って正面から、おれの教え子さんだという若い女性を改めてじっくりと眺めてみた。中年男の下品的な後ろめたい本性に気づかれないように、落ち着き払って。しかし彼女はそんなおれの意識の中の逡巡などと無縁にすぐにその可愛い唇を蠱惑的に開いて、ここ、よく来るんですか、先生。と問いかけてきた。うーん、たまーにね。きみ、ビールでだいじょうぶ？　ビアホールなのに馬鹿な質問をしてしまった。若い女性たちへの対応には慣れていたはずなのに。しかし彼女は頓着しないで、また微笑しながらおれを見詰め、ええ、平気よ。あたし、ほんとはお酒、強いんですっ。高校の後半あたりからね、パパが晩酌する時、よっくあたしに飲ませたの。ママがお酒、あまり飲めなかったから。そして子どもはわたしひとりだったから、ともかくつきあうことになったのよ。ビールから始めて、日本酒を飲み、最後はウイスキーの水割りね。酒のつまみなんかも、家が船橋だから、お刺身なんかは充実してるし、小さな鰈の焼いたものとかね。東京湾も船橋あたりだと綺麗になるの。野菜も豊富だったわ。うーん、そうか、そんなパパもいるんだ。パパって何屋さんなの。おれなんかはずっと飲めなかったんだ。親父が学校教師でその辺うるさかったからね。というより生まれつき飲めない体質だったんだね。父親は校長だったから、暮れとか正月とか先生たちが集まってきてよく宴会をやっていたが、おれは隣の部屋の火鉢の前でお酒の燗をしていたんだ。そして酒ってどんな味がするのかなと思って少し飲んでみるんだが、少しもうまくなかったな。おとなはどうして、こんなもん、飲むのかなって思ってたよ。パパはね、晩酌する時なんか、すっごく機嫌がよくてね。

あたし、名まえが墨田雪子でしょ。墨は黒だし、雪は白だから、おまえは、さしあたり、黒白嬢ちゃんだな、黒白嬢ちゃん、今晩はつきあえよな、とか言って飲ませるの。ママは、うなずくように笑っているだけで、未成年者の飲酒を咎めないの。けっこ、いい加減だったのよね、わが家って。★テーブルに近づいてきたウェートレスの女の子に中生ビールをふたつ頼み、メニューを彼女の前に拡げて、つまみを選ばせた。彼女はメニューを覗きこみながらちらっと視線を上にあげ、おれのほうを視ながら、先生、なにが好きなの。あたし、このエスカルゴっていうの食べてみたいんだけど、いーい？　いいとも。エスカルゴでも生牡蠣でも。おれは生ガキは苦手だけどね。

◉二、三年前にアメリカに行ったことがあるんだけど、メキシコ料理の店で、エスカルゴなるものを初めて喰ったのだが、そんなのは余裕だよ、みたいな貌を装って、墨田嬢の素朴なんだけど派手でもある表情の動揺と変化を観察していた。生ビールが運ばれてきたので、ともかく再会(?)を祝して乾杯した。ふたつの、重いグラスがガチっとぶつかった。墨田嬢は、酒が強いというだけあって、中ジョッキの半分くらいをぐびぐびと一気に飲み干し、おいしいーっ、と今度は甘えたような眼の動きと、唇の柔らかな開閉で表現した。声が少し潤んでいるようだ。そして乾杯のすむのを待っていた制服のウェートレスの若い女性にエスカルゴと生牡蠣を頼み、先生は？　と、こちらを振り返った。うーん、そうだな。まあ、おれは、ピーナツ。アーモンドなんかあるかな？

と女の子に尋ねた。ええ、そういうものの盛り合わせがあります。じゃあ、それをお願いします。口腔を流れ落ちるビールの苦みと炭酸の気泡が、食道を拡げながら落下していくのが快かった。先生、あたしさ。実はね、嘘ついていたんだ。ごめん。先生、悪気はなかったのよ。でも、会社のすぐ前で会った時、そんな詳しい話できないし、美大の学生で生デ（生活デザインの略語で、学生も先生たちも、「生デ＝せいデ」とよんでいた）卒業と言えば話が繋がるでしょ。あたしね、先生のコース、実は取っていなかったんだ。本当はね。あたし、プロダクトデザインコースだったの。でもさ、お友達に誘われて先生の授業を何度か見学に行ったのよ。ヒッピーみたいな長い髪に、ゴムぞうり履きの先生がいるわよっていうもんで、あたしたちの評判になってたの、先生は。モリ先生はクラス全体の人気もんだったのよ。知ってた？　それにしても先生ったら、気がつかなかったの？　なあんだ、そうか。どおりで憶えてないと思ったが、おれが忘れてたわけじゃないんだな。こいつ！　最初からおれを騙すつもりで覗きに来たこと黙ってたんだな、きみは。まあ、そんなことはどうでもいいか。★四、五十人くらい学生がいると、後ろのほうの席まで視線のチェックはできないのだが、落ちこぼれ組にも優しかったおれは、後ろの席でお喋りしている学生さんたちの席に近づいてゆき、なるべく視覚の範囲に入れて何気なく観察することにしていた。落ちこぼれ組の女の子たちは、一年間でやるいくつかの作業のそれぞれ最初の日の説明を、たいていは聞いていなかったから、おれは気が向くと彼女たちひとりひとりに何度でも同じ説明を懇々としてやり、制作時はまじめ組たちと差をつけず、学生さんたち全員に、懇切丁寧なアドヴァイスをそれぞれ、していたのだ。美少女たちがいれば、いやもうはたちくらいのおとななんだから美少女でなく、美人たちか、そんな女性たちがいれば気づかなかったはずはないんだがな。だから、きみのような可愛い子がいれば、見逃すはずがないんだ。★おれもビールをぐび、ぐびと飲みこみながら、きみの下の名まえは雪子だったっけ。黒白嬢ちゃんなんだから、雪子か。お父さんってしゃれがうまいね、というのか、まあ、冗談好きな人なんだね。そういうの、おれも好きだよ。うーん、あたし冬生まれたからね。住んでいる船橋ではその日、大雪が降ってたから雪子って名まえにしたんですって。ひどいわね、そんな簡単に大事な娘の名まえつけるなんて。でもいい名まえじゃないか。おれって雪国出身だからさ。雪という字は好きな字だな。川端康成って作家の、《トンネルを抜けると、そこは雪国だった》とかいう有名な書き出しの小説があったじゃないか。雪って言葉の響きと雪という漢字が新鮮な感じを出すんだよ。だからさ、これからおれも、雪子！　って呼んでもいいかな。うーん。まあ、どうぞ。好きに呼んで。雪って突然降ってきて、その辺をどんどん白くしてゆく。宗教学的に言うと、その辺を雪は浄めてくれるんだよね。そおね、雪！　でもいいわ。江戸時代だと、お雪！　だな。ともかく、こうして仲良くなったんだからさ、墨田さん、ではどうも堅苦しいものね。そうそう。わたしも雪子って呼ばれたほうがいいわ。だって墨田さん、なーんて呼ばれたら、また学生と先生に逆戻りしちゃうじゃない。だけど、おれはあくまで先生だぞ。痩せても枯れても。まあ、先生ったら。案外古くさいこと言うのね。墨田雪子は早くも、二杯目を頼んでいい？　という貌つきになっていたので、また二杯頼んだ。★エスカルゴの焼いたものが来た。大きめの皿に、エスカルゴがたこ焼きのように丸っぽい形にまとめられて焼き上がり、いくつか並び、青いサラダ菜がエスカルゴの下の皿の底に敷きつめてあった。それはたこ焼きを焼くような鉄の半球の六つならんだ鉄板を思い出させた。そこに、エスカルゴを丸っこくして詰めこんで焼いたのかもしれないな。墨田雪子はフォークでたこ焼きのようなエスカルゴを突き刺して取り出し、そのまま半開きの唇に運んだ。エスカルゴを噛む雪子の唇と頬の蠢動が、口紅の色と動きが、なんとなく淫靡で、うーん、そうか、会社が終わってから雪子は入念にお化粧して丸善に来たんだな。あまり気がつかなかったが、ふたつの瞳を覆う瞼には薄っすらと蒼っぽい色が入っていたのだ。おれは思わず満足しながらじっと凝視してしまった。おれを魅了せずにはおかないぞ、と雪子はきっと思ったんだだな。その双眸と唇の半開きの艶めいたイメージがなんとも魅惑的だったのだ。思わず、その口の中で咀嚼されているエスカルゴ、そのまま、おれの口に移動してこないかな。唾液もろとも。などと考えてしまった。なんだか、雪子を見ていると中年男に共有されている、そんな〈性衝動〉的なイメージが彷彿として湧き出してくるのだ。続いて、生牡蠣の入った皿も同様にテーブルに運ばれ、雪子は生ビールで口中を洗うように、少し飲み、今度は生の牡蠣をフォークでつまみあげ、ダラーンとぶら下がる牡蠣を大きく開けた口の中に導いた。その健啖振りは、見ているだけでも愉しいのだ。おれもまた、生ビールのジョッキを傾け、そろそろ、ウイスキーの水割りを頼もうと思って、ふと雪子を視ると、アルコールが効いてきたのか、雪子の貌色は赫奕(かくやく)として薄っすら赤らんできて、そうするとなんとなく田舎娘の素朴さのほうが拡大されてくるのだが、それはそれで若い女特有の蠱惑的なイメージも喚起され、おれの精神、いや欲望めいた感性も昂揚してくるのだ。上半身の緩慢な動きが、服で隠された乳房の大きさや張り出し加減を想像させ、おれも珍しく少し酔ったかな。ふーっと息が漏れ出し、見詰めあうふたつの視線が、ほどよく焦げのできたエスカルゴの上の空間で火花を散らすように、あるいは絡まりあってふたりの酔態を攪乱していたようだった。

◉記憶を辿るまでもなく、おれがアメリカのシカゴ市に行き、偶々メキシコ料理店でエスカルゴなどというものを初めて喰うことになったのは、京橋の出版社時代以来、親友ともいえる関係になった高林俊彦が持ってきてくれた仕事で、シカゴという都市を徹底的に取材して、ヴィジュアルな冊子、アメリカ版の「プレイボーイ」くらいの厚さの本を作るのが目的であった。ジーンズのエドウィンかなんかの広告・パブリシティのための雑誌であったらしい。高林は今度の仕事の、アートディレクターの松崎とかいう男と知り合いだったようで、今度の仕事では、高林が編集長兼ライターとして、おれを取材記者兼ライターとして起用してくれたという。アメリカのある都市を舞台にして冊子を作るとするなら、多分、ニューヨークや、ロサンゼルスなどの大都市が選ばれるだろうところを、日本からの観光客もあまり多くはない、商業取引きの盛んな都市とされるシカゴが選ばれた経緯はよく知らないが、松崎が関係する広告代理店が持ってきた仕事であり、ヴィジュアルPR誌といったカラーの冊子を作る仕事である、ということ以外、あまり詳しく識らなかった。三週間、おれたちスタッフはシカゴのミシガン湖を背にしたホテルに宿泊し、毎日、いろんな人たち、誕生したばかりの女市長だの、新聞社の編集長だの警察署長、はたまた拳銃なども売っているという質屋や、黒人居住区域などを訪れ、インタヴューしたり、写真を撮りまくったのだ。★高林はおれと同じく、編集長に見放された島流されもん編集者のひとりで、その新刊雑誌に来るまえはK社で、おれも子どもの時から読んでいた「少年」という漫画雑誌を編集していた、いわば少年漫画部門の専門家的編集者だったわけだ。そして、今度創刊の少女向け週刊誌の漫画担当者として招集されたのだが、彼は石森昌一郎と梅地かずおのふたりだけは載せたくないと主張したところ、そのふたりが実は新編集長のお気に入りの漫画家で、漫画ページの第一候補者だったのだ。なにしろ、そのふたりは売れっ子であり、わたしなど、石森は読まなかったが、梅地かずおの漫画はよく読んでいた。彼の「漂流教室」などは傑作だと言っていいと思う。高林の漫画家の好みはぐっと渋くて、素朴というのか、まったく派手な路線と無縁の作家が好きだったようで、のちに吉祥寺のマンションに住んでいたある漫画家のところにおれを伴ったことがあったが、おれも、その漫画家の名まえを知らなかったくらいだ。おれは、当時、マイナーだけどファンが多かったと思われる青林堂の漫画雑誌「ガロ」などは時々買って読んでいたので、「カムイ伝」で有名な白土三平や、非常にユニークな漫画家のつげ義春や、物語というものはないのだが、絵が非常にうまく個性的な林静一などの漫画家たちの名はよく知っていたし、つげ義春などは単行本をしっかり買っていたのだ。★最も好きだったのは「ガロ」の漫画家ではなかったが、「柔侠伝」シリーズで知られているバロン吉本で、彼は漫画界の松本清張とでもいうのか、日本の近・現代史を非常によく勉強していた。柔術とか柔（やわら）などの世界は、武家的な領域においても重要な戦闘技術であったのだが、明治政府ができると加納治五郎という人物が講道館柔道という新たな領域を開き、日本各地の柔術はここに収斂され一本化されてしまったのだ。明治政府主導のこういった運動は、それまで「○○術」と言われていたものを「○○道」とよび変えることで、あたかも生まれ変わった領域をいろいろ作り出していた。バロン吉本は、そんな世界になっても、あくまで「柔術」にこだわり続けた熊本のある柔術家の祖父、父、そして現在を生きる主人公の三代記として、描き続け、柔道や日本史との関わりを、明治、大正、昭和、戦後まで、延々と描き繋いできたのだ。柔術を通してある一家の展開を、日本の近・現代史の中にぴったり埋めこむようにして大、大長編漫画を描いていたのだ。ちなみにバロン吉本は、わたしが通っている美大の油絵学科を卒業していた。そのせいだろう、女性の裸体画的絵などは本当にうまかった。豊満な女性の裸の身体が画面いっぱいに、いやはみ出すように描かれていた。自分はそのせいだけではないが、この大長編漫画、単行本にして何冊になったろうか、それを何回も読み返していたのだ。★そんなわけで、高林も島流しもんのひとりになった。おれはといえば、建築雑誌のデザインをしていたので、モダンデザインをベースにしていたデザイナーであったのだが、女性週刊誌はモダンデザインとは無縁の世界で、なぜ、編集長がおれをアートディレクターとして選んだのか、解らなかった。おれはその婦人雑誌を出している出版社の「アートディレクター募集」という求人広告を新聞で見て応募したのだが、それはじつはその出版社の宣伝部社員の募集であったようだ。おれがその入社試験の時に描いた簡単なプレゼンテーションを見て、編集長が新雑誌のアートディレクターとして引き抜いてくれたというのだが。前述したが、おれはだから、最初の頃はアートディレクターのつもりで毎日、スーツを着て出社していたのだ。そして、表紙の写真を撮ることになっていたデザイン事務所にあいさつに行くと、撮影中で高い梯子に乗ったカメラマンが天井のほうから挨拶してきた。売り出したばかりの浅井慎平氏であることをあとで知ったが、新雑誌の表紙は、編集長の独断で彼が気に入った女性漫画家、白土三平の妹だという女性の、たいしておもしろくない女性漫画そのものといった絵柄で飾ることになり、浅井慎平さんもお呼びがからなかったというわけだ。★おれはアートディレクターをそうそうに首になり、実用活版という部門に廻された。これは週刊誌の文字ページは当時ほとんど活版で印刷されていたのだが、その活版ページの中の、もっとも派手さのない、むしろ実用性のみのページを担当するということになった。実際には新劇の女優、樫山文枝さんが、この新雑誌の読者の少女たちの身の上相談に応じるというページなどを担当し、おれが五か月くらいでこの会社を辞めるまで、その女優さんをテレビ局や劇団に訪ねてゆき、相談事を話して談話を取り、民家の二階の島流しもん編集室に戻って、原稿用紙に向かって鉛筆書きで規定の枚数の文章に纏めると、デスクと称される人がざっと見てくれ、彼のＯＫが出るとデザイン担当者がデザインして、印刷所に廻すといった、そんなページで、おそらく編集長はろくに読んでもいなかったんじゃないかな。★高林俊彦は日本橋生まれの江戸っ子そのものなのに、なぜか、福井県といういわゆる裏日本の片田舎から出てきたおれに親近感を示してくれたのだ。彼の実家はかつては日本橋で、袋物という、女性用の布地のバッグ（あくまで布地の袋であって物を入れるところは紐を緩めたり閉めたりする）などの問屋をやっていたのだという。福井県は織物の産地でもあったから、袋物の材料に福井県の布地を使っていたのだろうか。大学時代、福井県を含む北陸地方を独りで旅行してきたと高林は言っていた。そんなことがあって、なんとなく親近感を感じてくれたのかな。おれがその出版社を辞めたあとも、二、三年残った彼は、おもしろそうな仕事があるとおれを呼び出し、取材費とかを支払ってくれておれの貧乏時代を援助してくれていたのだ。

◉墨田雪子とおれは、アルコールの効能のためか僅かの時間に簡単に意気投合してしまった。席が混んできたので、おれは席を移動し、雪子の横に坐った。おれたちは並んで肩のあたりをぴったりとくっつけて座ることになったのだが、彼女は肉感的で、その若い身体が放つ快い体臭もおれたちの周辺を囲繞しているかのように漂いそしておれを包摂した。おれは高林の持ってきてくれた仕事でシカゴに行き、おれの通訳と運転手をしてくれたシカゴ大学の大学院生のボブが連れていってくれたどこかのメキシコ料理店でエスカルゴなるものを初めて喰った話をした。子どもの時は田舎少年だったからカタツムリとはおなじみで、あれはナメクジより可愛げがあったよ。ナメクジはひたすら気味が悪いんだけどね。塩をかけると融けていくと言われていたので、発見すると必ず塩をかけたもんだ。するとナメクジの細長い身体はしだいに縮んでいく。まあ、先生って残酷だったのね。どんな子どもだったのかしら、見てみたかったわ。うーん、フランスの詩人のジャン・コクトーの小説に『恐るべき子供たち』というのがあってね、映画にもなったんだけど、子どもたちは雪合戦する時に、雪礫の中に小石を詰めこんで、これを相手のチームの子どもたちに投げつけるんだよ。石の入った雪の玉が相手チームの子どもの額にあたったりすると、やっぱり血が出るんだよね。まあ、怖い。いやだわ。血が出るだなんて。いや、じつはモノクロ映画だからさ、血といってもべつに、あの鮮血ではないのが残念だったけどね。子どもは残酷だからさ。子どもは他者の死というものにたいする想像力が強くないから、小動物が死んだとしてもたいして心の痛みを感じないんだな。魚釣りなんてそうだろ。生きて元気よく泳いでいる魚をさ、さっと釣りあげて彼らの命を奪う。そこに、心の痛みのようなものはまったくないんだね。まあ、相手が魚という小さな存在である、ということもあるけど。おれも消えていく小動物の命、なんて考えたこともなかったな。おれってさ、おれの家では小学生の頃は家で飼っていた鶏を十二月のクリスマスの頃つぶして、ああ、殺して、すき焼きにして食べるんだけどさ、家の中ではおれがその鶏を殺す役目だったんだよ。訊きたい？　その残酷なシーンをさ。うーん、訊きたくもあり、訊きたくもなしって感じかな。やっぱり血が出るんでしょ。でもな、おれの好きなプロレスでは流血はふつうで、人間の額のところは肉がなくて薄い皮膚だけだから、ここを強く殴られると、すぐ血が出るんだけど、しかしすぐ止まってしまう。多分、この辺は太い血管が通っていないんだね。でも額のもっと上、髪の毛の生えてるあたりが流血すると、なぜか血はだらだら、だらだらって、顔や軀を伝って流れ落ちてきてリングを血に染めるんだよ。いやよ、いや。もう止めて、そんな残酷な話。血の話はやっぱり怖いわ。★うーん。今はおれ、そんなに残酷じゃあないよ。きみの話もしてくれよ。女の子だって残酷だろ。うーん、あたしの話？　そうね、あたしも残酷だったかな。子どもの時はよく男の子をいじめてたわ。わたしの家にね、わりあい好きだった男の子を呼んでおいてね、その子をほったらかして、わたしだけひとり遊びしてるの。おにんぎょさん出してきて、服を着せ替えたり、お菓子を口に押しあてて、無理やり食べさせるのよ。男の子はすることがないからしかたなく、本棚の童話を取り出してひとりでじっと眺めてるのよ。あたしはそれをちらっと横目で見詰めるのが愉しかったのよね。生ビールに飽きたおれたちはウイスキーの水割りに替えて、やはり親密感をますます濃くしながら、飲み続けた。店が混み始め、相席を頼まれて、雪子はおれの横に並ぶように座り変えたのだ。そして、いつの間にか、彼女を右手で抱くようにして軀をくっつけて座っていたのだ。彼女の体臭とアルコールくさい息の匂いが心地良くおれの鼻孔に吸いこまれていく。雪子は香水はつけていなかったようだ。これって女そのものの匂いなんだな。おれは雪子の横顔のあたりに鼻をくっつけて嗅いでみた。雪子って、いい匂いするね。やだ。一日働いてたから、汗っぽいよ、きっと。しかしそう言いながらも自信はあるらしく、顔をよけずに時々、おれのほうに顔を向けてくるのだ。つられて、おれは彼女の少しぶ厚い唇に、おれの唇をくっつけてみた。だめ。そんなことしちゃ。前の席にお客さんいるのよ。それに、わたし、婚約者がいるんだからね。親が決めた相手だけど。うーん。いい男？まあね。ふつうかな。でもまじめな人で、先生みたいなことしないわよ。うーむ、おれはもともと下品だからな。でもないわよ、先生って。やっぱり思ってた通り、優しい人だったわ。あたしのグループの女の子たちって、みんな先生のファンだったのよっ。またー。嬉しがらせるようなことを言ってくれるじゃないか。おれ、そんなに優しくないよ、きっとね。でも子どもの時って、女の子をいじめなかったでしょ。うん。しかし当時は学校が終わると、さっさと家に帰り、近所の男の子たちと遊んでいたからな、女の子とのつきあいなんてほとんどなかったからね。そういえばね、ある時さ、町のお医者さんの娘で、飯田美穂子って名まえをなぜか今も憶えているんだけどさ。名まえや顔の印象もね。その子のことを、同級生の男がみんな憧れていたんだよ。その子の誕生日の日、クラスの同級生の何人かが彼女の家に招待されてね。みんなでご馳走を食べたりしたあとで、彼女の家の裏山の斜面に出ると松の木の林があってね、そこで鬼ごっこみたいなことして遊んだんだけどさ、その子は彼女が好きな相手には自分からくっついていくんだよ。追っかけるようなふりしてね。その男の子はおれと最も親しい玉村潤一というんだけど、彼のところにばかりゆくんだ。それで、おれんとこにはまったく来てくれなかった。けっこう傷ついたなあ、あの日は。その女の子は早熟だったんだね、中学になると町の上級生の男とつきあってる、って噂が流れていた。夜、どこどこの橋の近くでその中学生の男の子と会ってたとかね。彼は自転車屋の息子なんだけど、おれたち男の子が見ても、なかなかいい男だったな、眉がきりりとして濃く、眼もぱっちりしていてね、今思い出しても。祭りのときなんかは山車の上に乗って、法被を着て太鼓を敲いていたな。かっこよかったよ。実際。★先生、話の途中で悪いんだけどさ、もう十一時になっちゃったわ。解った。じゃあそろそろ帰ろう。でもあたし、今日はもう、うちに帰りたくない。だって船橋まで混んだ電車に乗らなきゃならないのよ。じゃあ、おれんとこ来るか? だめよ、先生のとこなんて。それじゃどうするんだよ。先生考えて。そんなこと急に言われても解らないよ、どうしていいのか。いつも遅くなったら泊まるのか、東京に。うーん、友達んとことかね。でも今日は友達の所は行きたくないのよ。どっか連れてって。★おれは席を立ち、彼女の腕を抱えるようにして歩かせ、会計をすませて、入り口の階段を彼女を抱くようにして上り、まだまだ明るい銀座の街に出た。通りはライトを煌々と光らせたタクシーが数珠(じゅず)繋ぎになって走り、街は照明の落ちた大きなショウウインドウのガラス板ばかりが連なり、さすがに昼間のあの派手やかさは消えて、幾分落ちついた雰囲気を示していた。おれは道路から身を乗り出し、空車を探し、手をあげた。そして、三、四分後には、すっかり酔ってわたしに軀をもたせかけている雪子を抱いて、タクシーの客になることができた。ライトの流れで光の洪水になっていた道路を、わたしの、四谷へ行ってください、の言葉に運転手は振り返ることもなく、タクシーはその光の洪水の中に溶けこむようになって走り出した。船橋まで送るのは遠すぎてタクシー代も持ちあわせていたかどうか。ともかく四谷まで、と運転手に告げたわけだ。雪子はおれにぴったりと軀を寄せ、安心しきった貌でおれにくっついているのだ。おれは、半分眠っているような雪子の唇にそっとおれの唇をくっつけてみた。柔らかく、ほんのりと暖かく、ひょっとして気づいているんじゃないかと、思ったが思い切って唇を割り、舌を入れてみた。無抵抗の雪子を横抱きにしたおれは大胆になり、彼女の胸のあたりをシャツの上からそっと触ってみた。雪子は眠っているのか、気づいているのか、拒絶しなかった。胸はふっくらとして盛りあがっていたが、ブラジャーがわたしの指などの侵入を固く拒絶しているような感じであった。酔ったかのように、夜半の快く揺れるタクシーの後部座席にすっかり身を凭せかけている雪子の演出なのか、気づいているのに黙っているのか、おれには解らなかった。おれは雪子の短めのスカートからはみ出している両太腿を割って、手を入れてみた。柔らかい、しかし弾力に富んだ肉感がおれの掌に熱く伝わってきた。雪子は僅かに膝や股を開き加減にしたようだった。おれの掌はだから、スムーズに奥のほうへと侵入できたのだった。雪子はおれを誘っているのだな、これは。しかしさて、今夜はどうすればいいのかな。酔っても案外きまじめな自分は、タクシーが最高裁判所の前を通り、国立劇場を過ぎたところで左折する、その道程をしっかりと眼で把握していた。そして半蔵門から四谷へと近づく暗い道路をしっかりと眺めていたのだが、脳みそのほうは内腿の感触とおれの指が感覚している彼女の女という存在に陶酔していたのだ。アルコールの酔いも手つだっていたが、雪子の体臭や内腿のぷりぷりした弾力が、ある種の信号を発しているのを、ずっと感受し続けた。夜はしっとりと更けていったが、四谷の駅前の交差点は瞬く間に出現してしまった。

◉高林俊彦の喪くなった妻の慶子さんの遺品であった「新・旧約聖書」との出遇いが、自分が初期キリスト教の研究を始める契機となった。出版社を辞め、妻子と別れて独り住まいになった頃からおれは古代ギリシアの神話を読むようになったのだが、しだいに古代の地中海地方全体の神話・宗教についてもっと知りたい、勉強したいというふうに知識的欲求が展開した。そんなきっかけのひとつを、確実に作ってくれた慶子さんの遺品であった。★それ以前、わたしは、わたしが最初に会社員というものになるために入った新建築社という出版社の、年に数回出していた英文の建築雑誌「the Japan Architecture」の編集部員になった当時、「新建築」の編集部に入った小川卓という青年と知り合い、自分が先にこの会社を辞め、つぎの少女週刊誌の出版社も辞めて、フリーになった頃、彼も新建築社を退社し、相模書房という建築専門の本を出している出版社に勤めるようになった。そして、本の装釘を仕事にしていた頃は、小川卓さんは、彼の担当した建築書の装釘をわたしに依頼してくれるようになった。彼は法政大学の建築科を卒業した男で、ぼくより二歳年上だったし、その落ち着いた風貌から、編集部で、卓さん、卓さんと親しまれ、信頼されていた青年で、わたしも気軽に卓さん、卓さんと呼ぶようなつきあいになっていたのだ。★ある時、ふと、月に一度とか二度会って、ふたりで勉強会をやることになったのだ。彼が、四谷の駅近くの、ノワールとかいった喫茶店にやってきてくれ、勉強会はスタートした。そして、最初の頃はどんな本を読んでいこうか、とかいろいろ模索していたのだが、ある日、彼が眼を輝かして、「森くんさ、世界の文化というものの原点は、古代ギリシア、であるらしい。だからわれわれも、古代ギリシアから勉強をスタートさせないか、と提案してくれたのだ。当時、わたしの卒業したG大学では西洋美術史の授業は比較的少なくて、古代ギリシアやローマ美術は漠然と解ったが、古代ギリシアというと、パルテノン神殿くらいしか、頭に浮かんでこなかったのだ。

しかしともかく、それでは、というので、世界文学史的にも最古の叙事詩といわれていた、「イーリアス」という本を読むことになったのだ。実を言うと、自分の、学問や知識への最初の始まりが、この、卓さんとの勉強会であり、「イーリアス」であったのだ！　しかし、残念なことに、卓さんは、勉強会を始めて三か月たたないうちに、森君、すまない、うちの編集部のもうひとりの編集者がわけあって会社を辞めてしまってね、会社は社長と自分とふたりだけになってしまってね、こうして、月に、二、三回の勉強会もちょっと、来るのが苦しくなったんだ。申しわけない。だから、森くんもやめるか、だれかほかの人を捜して、なるべく続けてほしいと思ってるんだ。そう言い残して、卓さんは去り、わたしは自分の勉強につきあってくれそうな友人をひとりも思いつかず、四谷の自分の部屋での、孤独な個人勉強の人、となったのだ。わたしは、「イーリアス」を読み、もう一冊の最古の叙事詩「オデュッセウス」を読み、その古代ローマ版の「アイネーアス」を読み、というふうにひとり勉強を続けていったのだ。ほかにこんな領域に興味や関心をもってくれそうな人を識らなかったのだ。友人もほとんどいなかったし、なにしろ人見知りだったから。
★高林は好青年だったが、文学や歴史の徒ではなく、別の領域で、ぼくの世界をさまざまに拡げてくれたのだった。彼はわたしがかつて住んでいた、江戸川区小岩の、江戸川を挟んだ市川市の国府台という所にあった実家に立派な部屋を持っていたし、車も所有していた。東京都の往復は、たいてい、車で、彼の車をよく運転するようになったわたしに運転を任せて、ある晩、気分直しに、千葉を一周してみようか、いや半周でもいい、と言ってくれ、夜中の千葉の海岸沿いのほとんど真暗の国道をばんばんすっ飛ばして走ったこともあったが、今考えると本当に危険な運転であったのだが、そのおかげで、自分は気分がよく、憂鬱が一、二時間で解消してしまった。★そしてまた、よく酒席に誘って、わたしのアルコールへのなじみ度をぐっと高めてくれ、わたしの孤独な気分の解消に、彼は絶えず骨折ってくれたのだ。そしてこれは本当に偶然であったのだが、彼の奥さんの遺品は、古代の地中海世界といういわば世界文化発祥の地、と言ってもいい領域における、二大文化とも言い得るギリシア、ローマ文化に対して、他方は地中海の一番東側沿岸地帯にあったユダヤ民族の地から生まれたキリスト教文化の発祥の地があった。この地は貿易より、アラビア半島から出てきた遊牧、牧畜民が、しだいに地中海農耕民として展開していくという世界であり、一方が純粋に知識や学問の領域を拡大させ、かつフェニキア人とともに海の交易国家の民であったことから、古代のギリシアやエジプトの文化、文明を地中海全域に広げていく活動を展開させていた。他方は羊を飼う牧畜、農耕文化という天の配剤、日光や雨や風などに彼らの生命をすべて託しているような、自然的世界であり、ひたすら「神」というものの恵みによって日々の条件が左右されてゆくために、「宗教」というものが最も重要な地域文化の世界であったのだ。★このふたつの世界が地中海という世界を中心に展開していたのだ。そしてキリスト教文化は、以後のヨーロッパ世界の展開のための、さまざまな弊害を提出していた。ヨーロッパのある進歩的な人びとの思想的展開にも、彼らの地球的規模の活動を始めるのも、大航海時代から植民地時代、というアジア人にとっても大きな転換点を齎す時代を待たねばならなかった。キリスト教文化は絶えず、ネガティブな方向性を強化してきたと思うが、植民地時代が始まると、彼らは植民地活動の先兵になって、アジア、アメリカなどに進出するようになった。★高林俊彦の奥さんの遺品は、こうしてわたしに、ギリシア的でない世界、ひたすらな宗教的世界の対比をくっきりと提示、展開してくれるそんなきっかけになってくれたのだ。彼の奥さんの遺品に遇わなければ、自分のそのような思想展開は始まらなかっただろうと思う。彼には、とくにこんな話はしなかったが、ともかく、わたしのそのような思想展開のきっかけは、自分にとっては偶然と言えたが、高林の友人の中で、妻の遺品の聖書を読んでくれそうな人物は、わたししかいなかったのであろう。そうなると、自分と聖書との出遇いは、ある種の必然でもあった。ともかく、まあ、少し書きすぎた感じもするが、この書物との出遇いの自分にとっての大事さは、なんとも言い難い。これをもって、神の配剤とはしないのがわたしの流儀であるのだが。いわば偶然、しいて言うなら〈天〉の配剤であろう。高林の奥さんの遺品の「新・旧約聖書」はたちまち、わたしの書いた鉛筆線や赤線で染まっていった。その引かれた線というのは、自分の勉強のために引かれたものであり、とりわけ「旧約聖書」のほうは、四谷のクーラーのない暑い部屋で汗だらけになりながら、ひと夏をかけて読了した痕跡であった。★ただしキリスト教の思想などに共鳴したなどのことはまったくなく、歳を重ねるごとにみずからの「無神論者」としての自覚は高まっていった。ただし、その考えをほかの人に及ぼそうなどとも考えていないのであって、宗教が好きな人は別に構わない。ある知り合いが、新興宗教にのめりこんだことがあった時、これは実は最初の妻であり、わが息子の母親だったのであるが、わたしたちが別居するようになった頃、真光り教なる新興宗教に夢中になり、息子には夕飯にラーメンを出前でとって与えて、自分は二階に信者を集めて毎晩のように集会をやっていることを息子から聞き、この時だけは、週に一度、このふたりのもとに出かけることになっていたその日曜日、わたしはその新興宗教がいかに意味のないものであるかを説いて、息子に少しでも気持ちよい、無意味でない家庭生活を送らせてやってほしい、とかきくどいたのだ。妻はとりあえず了承し、そのかわり、伊豆のほうの山の中に引っ越して誰もいない処で暮らしたい、と言うので、当時、五百万円を払って、伊豆の山奥に古い別荘を買ってやった。彼女がみつけてきたもので、わたしは月に一度、熱海まで息子に会いに行くことにしたのだ。★他者がどんな宗教に関わろうと関係ない、と言っていたが、もとの妻と息子、とりわけ息子をそのような情況に遺棄(いき)してはおけない、と決意したのだ。ふたりが伊豆に引っ越しした時期を明確に記憶していないのだが、息子は中学を卒業していたと思うので、それ以降であったと思う。熱海や伊東などで時々遇う息子は中古の車を運転して、熱海や伊東までやって来て、彼がみつけてくれていた旅館に一泊し、息子は、静岡の茶摘みのアルバイトをしているんだ、とか植木屋で働いている、とか言って、健康に暮らしているようではあった。そして、豊橋にあるアートスクールを見つけたのでそこに通うつもりだ、と言っていた。この学校との出遇いが、彼がそれ以降、ネガティブな道へと歩み始めるきっかけになったのだが……。★とりあえず、世の中にあるあらゆる宗教と自分は無縁であるが、宗教を人間の歴史が背負ってきた一種の十字架のように、いつまでたっても人類社会は宗教というものを払拭できないのだな、とは思ってきた。ただし、世界の文化史を勉強するのであれば、宗教の世界は大きな項目として、眼の前に展開されている。これを無視できないばかりか、しっかり勉強しなければ、宗教現象に対して何も言えなくなってしまう。

◉ヨーロッパ中世のキリスト教徒たちのいわゆる十字軍など、その「排他性」や自己中心性には反感しか生まれなかったのだが。キリスト教に非ざる者は人にあらず、「平家物語」の言葉を借りるとそんなふうになる。この、おれの研究なるものの出発点のひとつになったキリスト教の聖書なるもののうち、「旧約」と称される本はユダヤ民族の神話、いわゆる原初の男女であるアダムとエヴァの物語から始まり（わたしはこの神話において、樹間に現れた蛇は、地上に登場した最初の男と女、すなわち、アダムとエヴァに世の中に〈性差〉というものがあることを知らしめ、早くも性的な禁欲思想を植えつけたものであったと解釈した）、彼らが唯一神であるヤハウェを裏切って、「黄金の牛」

を拝むようになったこと（すなわち、アラビア半島から出てきた遊牧民が、農業地帯にやってきて、農業民が崇拝していた農業の神、そのシンボルのひとつが〈牛〉であったのだが、「黄金の牛」を拝む民族となったことを、唯一神ヤハウェが激怒し、ユダヤの民から土地（国）を取りあげ、天空へと帰ってゆき、二度と彼らユダヤ民族を救おうとはしなかった）、それに対する預言者たちの嘆きの言葉が以下に連続した、嘆きの書であったのだ。★これは、ユダヤ民族の実際の体験を、神話的物語と嘆きの詩集にまとめた本であった。ユダヤ民族は、少数民族で固有の土地も少なかったせいか、周辺の強国、ペルシアとかアッシリア、といった国々に、民族全体が拉致され、連行されて、多分、それらの強国で奴隷化されていたのだ。そして、何度か強運に、また自分の国や土地を取り返した。そんな歴史が連続した国なのであるが、こういった小国は当時、地中海世界のみならず、ユダヤ国家のみならず、たくさん、あったのではないのだろうか。ともかく、「旧約」の中で有名な、「モーセの十戒」の物語は映画にもなっているが、エジプトという強国に拉致されていたユダヤ民族をモーセという英雄が、彼らを救出し、パレスチナの地へと導いてくれた、というものだ。紅海を渡る時は海が割れて、海中の地表を露わにしてみせる、といった劇的光景が現れるのだが、ユダヤ民族のその後は、やはり、国土を奪われ、ヨーロッパ全土を放浪し、各地で差別され、漂泊する民族となってヨーロッパ全域に広がり、新大陸、アメリカにも登場したが、第二次世界大戦のあとだったか、イギリスが中心になって、イスラエルという国家を築いて、世界に散らばったユダヤ人たちを、この地へとよびもどしたのだ。

◉聖書の「新約」というのは、このユダヤ人の過酷な歴史と運命をあるひとりの人物、すなわちイエス・キリストに、ユダヤの全歴史を凝縮してひとりの人物像にしたもので、イエス自身は造形された非実在の人物に過ぎなかった。ユダヤ人がローマ帝国に拉致され、ひどい困難に陥った、その歴史が、ユダの裏切りとか、使徒たちの離反の物語に仮託され、やがて十字架上で死体となる。あたかもそれを史実のように書いた、「虚偽の本」と言っても言い過ぎではない。古代ローマ時代の彼らユダヤ人たちの祖先の最大の苦難の歴史が、ひとりの人物、イエス・キリストなる男に仮託され、収斂させられた物語であり、たぶんイエスにまつわる史実のようなものはいっさいなかったのであった。そして、イエスの語ったという言葉のほとんどが、旧約やユダヤ教のラビ（説教師）の民衆に演説する時の説教集に書かれたものだ、と、だれかが書いていた。この点はたぶん後述するが、イエスという救世主が本当に現れたのだとすれば、同時代のローマの本にも登場していたはずだ。しかしそんな記述はほかにはまったくなかったのである。ただ一冊だけあった。ヨセフというユダヤ人学者〔?〕の書いた「ユダヤ古代史」に、イエスに関する記事があったというのだが。その本をわたしは一時所有していた。もう、細かいことは忘れたのだが、ユダヤ教のあるグループ、洗礼者のヨハネといった人たちがいたのだが、ある時、イエスはヨハネのもとに来た。ヨハネはイエスの履いていた皮草履のようなものに接吻し、わたしは接吻する値打ちもない、と言った。そのくらい、イエスは偉大なのである、と。しかし、『キリスト神話』の著者ドレウスはこれを、ルネッサンス時代の富豪メディチ家の図書館で、すでにあった書物に、そんな話を書き加えた、というのだ。この辺、記憶が定かでないので、自分の思い違いかもしれないことを、断っておきたい。★ともかく、イエス・キリストは、「新約聖書」だけが書いている人物なのであった。イエスもキリストも固有名詞ではなく、それぞれ、救世主のような意味の言葉であるらしい。それにたいして「旧約」は、ユダヤ人たちの苦難の実際の経験によって培われた苦痛と苦悩の連続した思想書であった。★新興宗教のキリスト教徒たち（辺境のユダヤ人たちからこの宗教は始まったのだが）、ユダヤ国家の中心部エルサレムなどは当然、ユダヤ教の本場であり、キリスト教者たちが近づける時空ではなかった。そこで、原始キリスト教者たちは、しだいにユダヤを離れ、イスラエルの地から北へ北へと向かい、ついにはトルコ国になったアナトリアの地に定着し（ある写真家の友人がトルコの山岳地帯で撮った写真を見せてくれたことがあるが、古代のキリスト教者や彼らの教会などを破壊した、そんな遺跡の写真であった）、さらに西に進んで古代ローマ帝国の民衆の間に浸透していったようだ。ローマの戦士たちは、当時、ミトラス教という宗教を信仰していたが、キリスト教に改宗していった。このことは、フェルマースレン『ミトラス教』（小川英雄訳、山本書店、一九七四）に詳しい。キリスト教はさらにヨーロッパ全土に拡がった、というわけだ。★キリスト教の総本山はイタリアのローマ市の一角を占めているヴァチカン国に定着した。「新約」だけがイエスの言動を伝える本であり、それは、「マタイ書」、「マルコ書」、「ルカ書」、「ヨハネ書」の四福音書が中心で、さらにキリスト教のローマへの布教に大きな役割を果たした、パウロを描く「使徒行伝」などで構成されている。「旧約」の、いわゆる預言者たちの終わることのない怨嗟の言葉の連続は、神話・宗教研究の徒となったばかりのわたしには読み続けるのがあまりにも苦しかった。預言者たちは言う。神がこの地をあなたたちに与えたのだ、このカナンの地を。それなのにあなたたちは〈黄金の牛〉を拝んだではないか。だから、神はあなたたちの土地を取り上げたのだ。古代地中海地方の農耕地帯において、〈牛〉は神であり、キリスト教以前に古代ローマで信仰されたミトラス教では、闘牛士のように牛を捻じ伏せるミトラス神の図像がシンボルであった。アラビア半島の砂漠地帯からパレスチナのあたりに移動してきたもと遊牧民のユダヤ人たちは地中海沿岸部に定着し、周りを見廻すとそこは農耕地帯なのであった。神は天上でなく、地上の、多くは女神であり、大地母神とよばれていた。牛は、農耕のシンボルであった。わたしはギリシア神話から始めた勉強、「イーリアス」や「オデュッセイア」などを読む作業から、古代の地中海地方の神話と宗教全体を研究の対象に拡大していたのだが、日本聖書協会の発行しているその部厚い聖書はその研究のための基本資料のひとつであり、「新約」から始めて「旧約」まで全部読むのに一年以上はかかったと思う。★とりわけ「新約」は何度も読んだと思う。「旧約」

というのはまあ、説教集でもあるが、この書はユダヤ民族の神話から始まり、彼らはアラビア半島の砂漠を出て、地中海東岸地方の農業国に仲間入りしたのだが、周辺の強国アッシリアやペルシアやローマなどによって何度も何度も国土や民族全体を奪われていたユダヤ人たちの嘆きの書であった。アラビア半島の遊牧民であったユダヤ民族全体がエジプトに拉致され、モーセという英雄がユダヤ人たちを連れてエジプトから脱出し、カナンの地という、神から約束された土地へと定着する話。その話の基本は歴史的事実ではないかとされているが、もちろんモーセのような英雄的存在は、のちに造形されたもので（モーセという言葉は男の子という意味で、固有名詞ではなかった）、という。それはイエス・キリストの名も同様で前述した。「旧約」には、ユダヤ民族の苦難の過去が凝縮して描かれている。ある章「レビ記」ではレビという信心深い人が、道徳的でないことは全くなにもしていなかったのにもかかわらず、悪魔によって試され、粉々になるまで痛めつけられるという悲惨な物語が描かれていたが、この話もユダヤ民族の試練の連続という歴史そのものを凝結させたものだったろう。預言者（神と人との仲介者、イエスもまあじつは、そうだった。つまり神の言葉を人びとに伝える人の意）という人びとが現れて、ユダヤ人たちがなぜ国を喪ったかを延々と説明し、かつ改心させようとする話である。このような怨嗟の文言は「旧約」のほぼ三分の二くらいのページを占領している。★アラビア半島の砂漠地帯にいた人たち（じつはイスラム教の人たちももとは同じアラビアの遊牧民であった。「旧約」の前半はだから、この後世に敵対することになったふたつの民族に共有されているのだ）で、その不毛の地帯から脱出して農耕民の棲む地帯へとやってきた時、農耕民たちが信じていた農業の神の図像であった牛の像を崇拝してしまった。そのため彼らの神ヤハウェは怒り、怒髪天を衝いた神は彼らから神が与えた約束の地を奪ってしまったのだ。砂漠の民の神はあまりにハードだった。そんな苦しいユダヤ教の周辺からキリスト教が生まれてきたわけだが、先述したようにキリストの若くして死ぬという物語はユダヤ民族の苦悩の凝縮されたもの、というのがわたしの考えだ。のちに詩人で思想家の吉本隆明さんの『マチウ書試論』を対象としてイエスの物語に関する持論を展開した文章を書いたことがあるが、「マチウ書」とは新約の「マタイ書」のフランス語読みらしいのだが、そこでは、ユダの裏切りという説話などが、当時の日本共産党などの反政府政治活動の中での党派的な苦しい関係性の〈記号〉として捉えられていたように感じたのだが、わたしの理解は、ユダの裏切りもまた、ユダヤ民族の実際の経験（農耕神を受容したこと）を説話化したものだ。と言って、尊敬する吉本さんを批判したこともあった。★余談が長くなったのでこの辺でやめることにする。しかしながら、キリスト教の神というのはなんともはっきりしない神であり、その神はイエス・キリストではなく、たぶんユダヤ教の神ヤハウェが抽象化された存在で、日本語では〈主〉とか〈神〉とか訳されている。キリスト教は地中海世界のあちこちに拡がったため、各地の指導者たちが時々集まってはこの宗教の根本思想から微細な領域までを議論し、確定した「公会議」とよばれる会議において（毎年か何年おきだったか、各地のキリスト教者が集まって議論する会議）、ニカイア公会議において、父と子と聖霊による「聖三位一体」などという意味不明の概念を提出したのだが、この思想においては、神はユダヤの神ヤハウェのような唯一神ではない。しかし、こっちの神は実は寛容で、牧師とか神父という人たちに懺悔（自分の犯した罪を告白してひたすら後悔する）すれば、どうやら神は許してくれたまうのだ。これはある種利口な考えではないだろうか。それから、ローマ帝国の三代めかの王が、キリスト教の聖地の復活運動を展開し、新約の書いた架空の地名などが、しだいに実際の地名だったように、ゴルゴダの丘などが実際の地図に再現されたという。新約の地名、人名はすべてそのような操作とそれによる展開を、後から与えられたものなのである。

◉地下鉄の四谷駅の交差点でタクシーから降りると、もうすでに時間は十二時を過ぎていた。おれと雪子は四谷の街に放り出された。銀座と違って四谷の夜は明るくはないが、なんといってもおれの居住区域であったからなんとなくほっとしながら、さてどこに行こうかなと思案した。半蔵門から新宿まで続く新宿通りと市ヶ谷から赤坂や青山に向かう、ふたつの大きな道路が四谷駅のあたりで十字架状に交錯していた。タクシーのヘッドライトや後部ライトだけが断続的に浮かび上がってきて流線形の流れが交差するその四谷駅前に立って、雪子に言った。雪子、おれのアパートに来たくないというんだったら、どうするんだよ。おれもどうしようか、これから。と逡巡する感情を雪子にぶつけてみたのだが、雪子は先ほどまでの快活さを喪くして、毀れた人形のようになって歩くのもぎこちなく、貌つきも泣きだす前の少女のように膨れっ面になっていた。まいったな。おれんとこ、すぐ近くなんだけどな。ともかく、どっかでもう少し飲むか。うーん、もういい。もう飲まなくてもいいわ。おれはふと、すぐ駅の近くに普通の和風の古い旅館があったことを思い出した。わたしが四谷に引っ越して来た頃とまったく違わない、木造の、瓦屋根が四谷という古い街なみにすっかり溶けこんで、江戸時代的イメージを今もなお持続させているのだ。しかし、十二時を過ぎた今頃、予約もないのに果たして、泊めてくれるかどうか。解らなかったのだが、しなだれてくる雪子を抱きながら、ともかくその旅館のほうへと歩いて行った。★そこは雪印の看板の出ているビルの横にある道を挟んだ、道路に面した普通の旅館で、いわゆる温泉マークなどではない。修学旅行の高校生だとか、プロ野球の広島カープが東京遠征のときに泊まる旅館だと聞いたことがある。駅前の交差点から暗くなった通りを市ヶ谷のほうに少し進むと、街路樹と街灯を透かして、雪印の看板が見えてきた。その左奥に入り、さらに坂を下って行ったあたりに、わたしはかつて妻と住んでいたのだ。妻と息子を残したまま、おれは現在住んでいるアパートを借りて別居したのだが、おれがほかの女と住むわけじゃないことを条件に妻はおれを解放した。ただ、息子がまだ一歳半くらいで、それだけが気懸りで苦しかったが、週に一回は必ず会いに行くことで自分をなんとか赦していた。そんなことで赦されるわけではないが、自分にできたことは毎月ある程度のお金を妻の預金帖に振り込むことにし、週末、息子と妻が住む家に出かけてゆく、それが約束で、息子がぐれ始めた中学二年生の夏休みの前頃まで、息子に会いに行き続けた。★フリーになった最初の頃は、ほとんど収入がなくて貧乏だったおれのデザイン稼業も、しだいに顧客が増えてきて、最近はかなり稼ぐようになっていたのだ。その、旅館から至近距離にあるかつての妻子の住んでいた家のあたりを思い出しながら、おれは雪子を抱いたまま旅館の入り口あたりに着いた。閉まっていた昔風の玄関の戸に手をかけると、鍵のかかっていなかったその格子の戸はガラガラっと空き、おれは、今晩は、と奥の方に向かって声をかけてみた。すぐに、旅館の名まえの入った紺色の法被を着た中年の男が渋々と、といった表情を隠さずに現れ、いらっしゃい、と答えてくれた。今晩、一晩泊まりたいんですが、予約もしてないんですがだいじょうぶでしょうか。と思い切って言うと、男は躊躇いなく部屋は空いてますよ。わたしの背後に立っている雪子をさりげなく観察するように視ながら言った。わたしはほっとした。ありがたい。じゃあ、ふたりですが、お願いします、と言って、雪子の腕を取って玄関の中に入って行った。男は、おふたりとも靴を脱いで自分で持って、わたしの後について来てください、そう言うと、光を落として薄暗くなった廊下を、わたしたちを導くように先に立って歩き始めた。おれは立っている雪子の靴を片足ずつ脱がせて玄関の床に立たせ、自分も靴を脱ぎ、雪子の靴と自分の靴を持ち、番頭さんのような男のあとを追った。長い、暗い廊下がどこかで直角に曲がっているような感じだった。男は、とある部屋のまえに案内すると、ここです。宿帳を持ってきますから、部屋んなかで待っててください。そう言ってわたしに鍵をくれ、廊下を玄関のほうに戻っていった。★ドアを開けて中に入ると、そこは八畳くらいの洋間で、ドア側の壁にぴったりとくっつけるようにダブルベッドが置かれていた。部屋の奥のほうに小型のソファがあり、その前に小さな円テーブルがあった。おれは雪子の疲れ切ったような顔に笑みが戻り始めたのを確認しながら、よかったね、部屋が空いていて。と言うと、雪子の貌からあのしょげたような表情は瞬く間に姿を消し、もうすっかりふつうのもと通りの貌つきに戻っているのであった。そして、笑みが顔中に復活して、先生、ここってラブホテルじゃないの。と余裕綽綽、嬉しそうに言うのである。いやあ、ここはちゃんとした旅館だよ。いや、そう思っていたんだ。修学旅行の高校生が泊まるとも聞いてたしね。この旅館の前の道路を通ることもたまにあるので、おれもこの旅館の存在はよく知ってたが、自分でこんなとこ来るとは思ってなかった。しかも内部は、普通の旅館でなく、確かにラブホテル風になっているではないか。いや、泊まるのは初めてだからよく知らなかったけどね。でも部屋の雰囲気がなんとなくラブホテルっぽいね。ふつうの旅館の部屋をラブホテルみたいに変えたのかな。でもね先生、さっきも言ったけど、わたし、そんな気はないんですからね。絶対に。さっき婚約者のことまで言ったでしょ、と今度はきつく、真剣な眼差しになって雪子はおれを睨むように見詰めるのだ。そう言われるまでおれもまた、そんな気分もないまま、雪子が安心して泊まれるところがみつかってよかったな、と安堵しながら部屋に入ったのだ。しかし、雪子の銀座のミュンヘンでの、あの浮かれた若い女そのもの、という雰囲気がすっかり変わって、身を守るためか用人深い女に変貌した雪子の、一瞬の変化が可笑しいのか、案外腹立たしいのか、なんとなく不貞腐れた気分にならざるをえなかった。★その時、ドアをノックする音が聞こえた。すぐに雪子が立ち上がってドアのところにゆき、ドアを開けた。失礼しますよ。そう言いながら先ほどの中年男、多分この旅館の番頭さんのあの中年男が無遠慮に侵入してきて、テーブルの前に立つと、お茶とお茶菓子を乗せたお盆と宿帳らしき部厚い帳面とサインペンをテーブルの上に置いた。お名まえとご住所をお願いします。古い江戸時代的宿帳なるしろものを見て、わたしは躊躇せざるを得なかった。というのは現在の住所を書けば、この旅館のすぐ近くなのだから番頭さんも不審に思うだろう。と言って、ほかの住所も思い浮かばなかった。おれは咄嗟に高林のことを思い出した。そこで、市川市国府台○○番地、高林俊彦、三十六歳とすらすら書き、横に、妻慶子と書いた。罪悪感はたいしてなかったが、まあ、勘弁してよね、高林くん。番頭さんは別に疑問を感じたような顔もみせずして、このへやの右隣にトイレとシャワールームがあります。お食事は用意できませんがいいですね、そう言って、ドアを開けて去っていった。ふーん、ここはいわゆるラブホテルに変わったんだな、いわゆる旅館から。もっとも、ラブホテルなる所に行った経験はなかったのだ。女の子と泊まるとなれば、自分のアパートがあったわけだし。おれは立ちあがり、ソファの横にあった冷蔵庫のドアを開いて、中に入っていたウイスキーの小瓶と、上段にあった小さな氷皿の氷を取り出して、冷蔵庫の上にあったコップを取ってウイスキーを注ぎ入れ、氷を入れた。きみも飲むかい。うん、少しだけね。でもわたし、シャワーを浴びるわ。さっきまで汗臭かったでしょ。いやあ、そんなことないよ。ずっときみの軀の穢れのない匂いを嗅いでいたいよ。変態！　先生ったら変態だったのね。あたしシャワーを浴びるけど、でも絶対、覗いちゃだめよ。絶対に。うーん、覗きたいんだけどな。どんな裸か視てみたいじゃないかよ。だめ。だめよ。わたし、婚約者がいるんだからね。雪子はそう言いながら立ちあがって、隣のシャワールームに通ずるドアを開けて入っていった。ちらっと神妙な貌つきになってこちらを振り返りながら。★わたしはコップのウイスキーをひとくち飲んだ。アルコールの熱い感覚が、氷の冷たさと合体して、喉を通りすぎていった時、ふと、雪子の裸を覗いてやろうと思いついた。まずはウイスキーを飲むか。かすかにシャワーの流れる音が、シャワー室のあたりから漂ってきた。わたしはウイスキーをもう一杯飲み干すと、シャワー室に行くドアを音立てぬよう気を配りながらそっと開けて中に侵入した。横長の部屋は小さく、狭い天井には橙色のあまり明るくない灯りが灯ったほの暗い空間であり、つきあたりがシャワー室へのドア。横に小さな洗面所や脱いだ服を置く棚があった。そこにはタオル地のガウン二人分が畳んで置かれていた。わたしはしっかりとたたんである、雪子の下着をそっと手に取り、変態男ぶりを発揮しながら、下着を手でつまんでみた。雪子は可愛い薄手の下着をはいていた。裏返して、股のあたりの匂いを嗅ぎ、それをもとに戻すと、今度は足音を忍ばせながらノブを摑んでドアをさっと開けた。いきなり、雪子の裸身が横向きで視え、シャワーのお湯の落下のなかに屹立している若い女の魅力的な形姿がおれの眼に突入してきた。だめよ、先生。だめって言ったでしょ。雪子は慌てて胸と下腹部を手で隠したが、ふたつの乳房はかなり大きく押さえた片手からはみ出していた。大きな乳房にシャワーのお湯が滝のように流れ落ちている。下腹部も豊満で、おれはごめんごめん、どうしても雪子の裸が拝みたくってね。といい加減なことを言いながら、シャワーのお湯を浴びながら、濡れてつるつるになっている雪子の皓い裸体を眺めるのを止めなかった。片手で覆っている乳房のあたりから、ふっくらした腹部を通って、太腿を伝って流れ落ちるお湯がキラキラと光っているのであった。奥の側にトイレの白い便器があり、手前がシャワールームだった。拒絶の言葉を吐きながらも、しかし雪子は自分の裸体をおれに大胆に見せつけようとしているのではないか。おっぱいはかなり大きく、ふっくらとして乳暈が少し盛りあがり、乳首がにゅっと立っているようだったし、おなかのあたりもしっかりと張りだしており、おれはぞくぞくっとしながら、観察し続けた。だめだめ、と言いながら雪子はやはり自分の身体を見せつけているんだな。どおれ、おれが背中を流してやろうか。そう言うと、突然軀の向きを変えた雪子はこちらに向かい、正面の全身をどうどうと見せながら、おれのほうに近づいてきた。濃い陰毛が、シャワーの水を浴びて艶々と光りながら少し垂れていた。久しぶりに女性の裸身を見たためか、おれの瞳には、その身体は神々しくさえあった。先生、だめよ、もうちょっと待って。すぐ交替するからね、と、今度は胸を隠さずおれの方に近づいてきて、いきなりドアをさっと閉めたのだ。そして施錠するらしい音が聞こえてくるのだ。おれはドアの外側に追い出されたのだが、いいじゃないかよ。いっしょに入ろうよ。と悔し紛れに言いながら、しかしベッドのほうに戻ることにした。わたしはベッドの上に横たわり、残った酒を飲み、またウイスキーを注ぎ、ベッドから出て、冷蔵庫から氷を運んできた。さっき見た神々しいほどの雪子の裸体を頭脳の空間に浮かべてみた。シャワーの落下する音が響いてきていた。★天井の灯りを消し、ベッド脇の壁にあったライトだけ残して服を脱ぎ、上半身、裸になり、パンツ一丁の姿で、毛布を下半身にかけて雪子を待つことにした。婚約者がいるというのは本当なのかな。ではなぜ、おれについてきて四谷あたりまで来たり、いっしょに旅館に泊まったりするんだろ。おれはだんだんどうでもいい気になって、天井を見詰めているうちにふっと眠ってしまったようだ。闇の世界のなかに少しだけ照明を浴びたようなギリシアの女神の裸像が神々しく立ちはだかり、眠っているおれはベッドに縛りつけられたように横たわり、そのおれの肢体を裸像から投げかけられている光芒が突き刺すようにおれの前身を捉えていたのだ。しかし、視線はしだいに軟らかく、暖かく変貌しながら、おれの身体の全体を覆い始めた。

◉アメリカのシカゴに行くことになったのは、高林俊彦が持ってきた仕事で、シカゴのいろんな著名な人たちにインタヴューをして、それをシカゴの街の写真と組み合わせて、一冊の冊子を作るという企画であった。おれはヨーロッパには二、三度行っていたのだが、アメリカには行ったことがなく、期待に胸が膨らんでいたのだが、たいした予備的勉強もしていないまま、まあ、ぶっつけ本番でいこうと決めていた。そのほうがある種のリアルなこちらの感性を読者に伝えることができるのではないかと。ヨーロッパに行ったのは旅行代理店が企画した美術大学の学生を対象にした美術研修旅行に同伴する仕事で、パリやロンドンやフィレンツェやマドリッドなど、大寺院や大きな美術館、博物館のある都市を訪れた。ヨーロッパの都市旅行の経験はだからある程度はあったが、アメリカに関しては、フォークナーやノーマン・メイラーなどの小説と、結構観てきたアメリカ映画によって知っているだけだった。わたしは当時、ボグダノヴィッチという監督の「ラストショー」という映画が最高に好きだったのだが、ハリウッドを離れて撮られた数少なくない映画のほうに魅かれるようになったのは、川本三郎氏のB級映画論を知ってからだったかもしれない。それ以前はイタリアなどのヨーロッパ映画が名画座系の映画館のスクリーンを独占していた。★それはともかく、美大関係の美術研修の旅行は三、四十人の学生さんたちを連れて、イタリアのフィレンツェだのパリのルーブルだのロンドンだのを一か月近くかけて廻ってくるというものだった。この旅行で知り合った、ある女性とおれの悲恋（?!）の物語は、「鷹の台の黄昏」

に描かれている。主人公の女性に、わたしは、将来結婚を約束している女性がいることを、彼女が京都人であったため、しばしば会うことができないでいる情況にあったことを狡猾に利用して、彼女に真実を告げていなかった、というわたし自身の真実を隠蔽していたことは、彼女を喪うことになった、神の厳罰であったかもしれない。無神論者も嘘はつくのである。雪子との関係の中でも、京都関係の話はしなかった。やはり、悪い男であったのだ。シカゴ旅行というよりシカゴ滞在の三週間は、それなりに自分にショックを与えたが、とりわけ、このアメリカ旅行、アメリカ滞在は、自分の文化論的位置を変えるほどではなかったが、わたしが考えていた、「異人と異人は結婚しない論」に関しては、現実的収穫はあったと思う。それは、『日本文化論の方法—異人と日本文学』（右文書院、二〇〇二年）に書いたのでここでは省略するが、シカゴという街を、同じヨーロッパ人たちが、ポーランド人街とかドイツ人街とか、彼らが新大陸へと移住してきた以前のヨーロッパでの国境を、この都市の住居地域に再現していたことが、私の理論への大きな傍証になってくれていたのである。そういった意味でもシカゴ旅行は大きな収穫があったと思う。

◉ベッドに横たわってから十分か十五分たった頃だろうか。おれの眼前からふっと闇の世界は消滅し、真っ白いバスローブを着た若い女性がベッドの外側に立って、髪を梳いているではないか。はっと我に返ったのだったが、ほんの少し眠ってしまったようだ。雪子はベッドに入ってきて、空けてあった壁際の側に潜りこんできた。覚醒したおれが、そのローブ、脱げよ、と言うと、案外素直にバスローブを脱いでおれの軀にくっつくようにして仰向きになった。おれが肩肘ついて雪子を少し上から抱こうとすると、雪子はブラジャーははずしていて、豊かな乳房が両側に倒れるように、しかし上を向いたまま蠢いており、薄茶色に肌色の混じったような乳暈と突き出した乳首が少し揺れた。おれはすぐその乳首を舐めようと接近した。するとどうだ、雪子は腹部をしっかり覆うように白い布地の腹巻きをしているではないか。薄手の白い幅広の布で腹部を何重にも巻いていて、なんだよ、この女は、と、なんだかしらけるように、呆れてしまった。そして、腹巻の下部、すなわち、彼女の下腹部にはやはり真っ白の部厚そうな、一見ズロースと思わせるような大きめの下着がしっかりと身を護るかのように下腹部を覆っていて、その辺を防備しているではないか。なんだよ、腹巻などして。パンツも脱げよ。おれが言うと、だめ。何度も言ったでしょ。今時、腹巻なんかしている女がいるもんか。おれはなんとなく可笑しくなって笑ってしまった。パパが、父が、寝るときはおなかを冷やしたら駄目だって、子どもの時から言うんだもん。そうかきみのパパはお医者さんだったのか。パパは医者ではなく、中型病院の事務長さんなの。健康管理にはだから結構うるさいのよ。おれは腹巻きのなかに掌を入れてみた。臍のあたりが窪んでいたが、全体にふっくらし、肌はすべすべしていた。おれは、その腹部を撫でまわしながら。少しだけ大胆になって、下着、大型ズロースの中も触っていいかい？　と言うと、うん、触るだけよ、絶対。おれの掌はそっと下腹部のさらに下のほうへと動いていった。シャワーの水分でしっとりした柔らかな陰毛が、おれの指で掻き分けられ、その下には、割れめがまっすぐにあるはずだった。おれの掌と指先は、下腹部の恥毛を掻き分けるように侵攻し、その下部のあたりを捉えていた。そこはつきたての餅のように柔らかな、ふっくらと盛りあがった丘のように肌が感じられた。おれの掌がその辺を弄ろうとしたのだが、マシュマロのような、つきたての餅のような柔らかな丘が覆っているだけで、おれの指さきはなかなかその割れめに侵入できなかった。おれの掌も稚拙な動きをしていたのだろうか。うーむ、なんだか変だな。女性の性器ってこんなんじゃなかったはずだと思うのだが、と掌はおれに訴えていた。★おれは結婚生活を何年か送ってきたのであり、妻との性交渉もふつうに行ってきたのだから、未経験の初心な男ではなかったはずだ。しかし、こんなふうに、女性の下腹部を愛撫するようにまさぐったことはあまりなかったかもしれない。しかし私の掌は恥毛の下部あたりをいつまでも彷徨うだけで、もっと中心的な濡れた割れめの領域に辿りつくことができないでいたのだ。ひょっとして、割れめに、砥の粉のような、柔らかい粘土のようなものを詰めこんで、陰裂をなくしているのだろうか。かつて、映画の中に裸体の女性が出てくるようになった頃の話だが、裸になる女優さんたちは、陰毛が映らないように、撮影の前日、陰毛を全部剃っていたというのだが、雪子の行為はそんな人為的な操作がなされている、といった連想をも齎したのだった。★などと、無意味な空想をしたのだが、おれは、やはり相当な経験不足人間だったのかもしれない。いや、同衾する女性の下腹部の構造を視覚的には、あるいは触覚的にはしっかりと把握していなかったのだ。ふたつの丘が中央で二分され、深い溝を持っており、その内部は男たちの性的な幻想が具体化する怪(あや)しい領域であることを、ぼんやりとしか、理解していなかったのだ。江戸川区の葛飾という下町で大学時代を過ごしたおれは、叔父さんに誘われて銭湯というものに時々行くことになったのだが、小学生高学年なのかもしれない大きな背の女の子を連れて風呂に来る人がいたのだが、真っ裸の女の子の、恥毛のまだ生えていない性器の、くっきりとした縦の割れめがよく見えた。軀を洗いながら、目の前の鏡に映るその少女の形姿をじっと凝視していたことがあった。克明に、その画像はおれの頭の中に残っているのであった。

◉まさか……？　雪子は現代版貞操帯を付けている？　現代社会にそんなものがあるはずはないが、ヨーロッパ中世の貞操帯なら、フックスの『風俗の歴史』に絵がたくさんあった。湾曲した薄い鉄板の、日本の町民や武士の男のふんどしの前部のようなものに、尿と便の通るためであろう、ギザギザとした星形の穴ぼこがふたつついていた。この鉄製の貞操帯は、ヨーロッパの古い館(やかた)のような小さな博物館で、実際に見たことがある。この穴つきふんどしを下腹部につけ、腰に巻いた鎖の紐で吊っているのだが、鎖の途中には鍵がついており、夫が旅行などに行く時、しっかりと施錠する。しかし、イタリアの近世の文学『デカメロン』などによると、貞操帯をつけられた女性は夫が旅立つとすぐ鍛冶屋にゆき、合鍵を作ってもらうので、実質的効果はまったく期待できなかったのだという。男たちは昔から、あほな発想をしてきたものだ。しかしまあ、現代社会にそんなものがあるはずがない。あるいは現代版貞操帯などというのも聞いたことはない。おれの掌は探検旅行家というほどでもなく、湿地探索をどこかで誤ってしまい、そしてあまり執念深く行為を連続することなく、諦めてすごすごと現実社会に帰還してしまったのかもしれないな。あとで考えれば、そんな詮索をする前に、雪子のはいていた下着を下へとぐっと、太腿のあたりまで、強引に擦り下げればよかったのだ。そうすれば雪子の下腹部がしっかりと視えたはずなのだ。だが、なぜかおれの臆病で遠慮深い掌はそのまま、下着の外に出てしまった。そして変だな、変だなと思いながら、彼女の小太りの軀を両側から抱きしめ、薄茶色に僅かに朱を混ぜたような乳首を舐め、片手はもう一方の乳房をまさぐった。雪子はそれでも僅かに快感を表現するようなため息を漏らしたのだったが。そして、おれの掌は、不満足な少年の欲望の表現のように雪子のすべすべした太腿の外側や内側を彷徨っていただけだった。まあ、しょうがないか、次回にはもう少し積極的に迫ってみよう。そう思いながら今度は雪子の貌をこちら向きにさせて、しっかりとキスをした。ぴったりと合わせた唇を開き、舌を吸い出すようにして舐めた。唇だけは放恣に、野放しになったように、おれのなすがままに対応してきた。少しアルコール臭が残った唇とその内側の舌や粘膜は、下腹部の構造を再現していたのかもしれなかった。半分眠ったような雪子に、今度会った時は真っ裸になれよな、と言いながら、雪子の薄っすらと開いた唇や、閉じられたふたつの瞼を凝視した。少し微笑んでいるようでもあり、少し涙をこぼしているようにも感じられる潤んだ双眸であった。★雪子は本当はおれにすべて許してもいいと思ってついてきたのではないだろうか。心の中では遠慮気味のおれを弱気ねっと恨んでいたのかもしれなかった。しかしおれはなんだか慎み深かった。きみは義理堅い女なんだな。そんなに婚約者が好きなのか。うーん。好きっていうか、パパが、隣町の千葉市から探してきたまじめな人なのよ。歯医者さんなの。その男のために……? そうよ、処女を守ろうって決めたのよ。うーん、案外古臭い女だったんだな、きみは。それならこれからその男の所に帰ればいいだろ。そんなこと、できないわ。彼の家なんか呼ばれたこともないし。彼もあたしをまじめな女だって信じてるんだからぁ。おれはなんとなく興醒めして立ちあがり、冷蔵庫から小さなウイスキーのボトルをもう一本取り出してテーブルの上のコップに注いで、水を足してそのままぐっと飲みこんだ。雪子の外見と裏腹な、古風な純情さに、あるいは可愛さに負けたって感じだったかな。じゃあ、そろそろ寝るか。そう言うと雪子はにこっと笑って、そうよ、そうしましょ。そういう約束だったでしょ。別に、約束なんかしなかったよ。おれはベッドに腰かけ、ウイスキーをまた注いで、雪子も飲む? と訊くとうん、というから、キスしながら口移しに飲ませた。ふたつの胸は解放しているのに、腹巻はしっかりお腹を覆っているし、分厚い下ばきもつけている。なかなか理解できない雪子であった。しかし、コケティッシュで可愛いことには変わりはなかった。先生、あたし少し眠いわ。そう言いながらベッドの中に倒れた樹木のようにうずくまると、すぐ、すうっすうっと鼾を漏らし始めたのだ。あくまで、その赫らんだ頬や半開きになった唇はおれを魅了せずにはおかなかった。若い娘の気儘な精神と放恣な身体がアンバランスで、おれは困惑しながら、深い睡眠に陥っていく雪子を見詰め続けることしかできなかった。しかし酔いもやってきて、おれの脳みそは空っぽになり、たぶん虚ろな視線だけが、雪子の皓い身体の、しかし規則正しい呼吸とともに上下している胸や腹部のあたりを、ただうろうろと彷徨していたようだった。

◉頭脳の世界に刻印された雪子の裸体の映像とともに、しかし童貞の青年のごとく何もしないまま終わった幾分欲求不満気味の一夜をうつらうつらとしながら過ごしたようだ。翌朝、目覚めると雪子はもういなかった。ベッドには雪子の軀をそのまま復元するかのように人型の窪みと皺が残っただけで、おれは裸の冴えない軀を起こして立ち上がり、服を着た。テーブルにノートを破った白い紙片が置いてあり、「魚名さん、会社に行くから先に出るわ。昨日はありがとう。じゃあ、元気でね。雪子。好きよ！」と走り書きで書かれていた。時計を見ると十時を過ぎていた。しまった。雪子の連絡先を訊き忘れたよ。鷲尾印刷にはまさか電話かけられないしな。しかし、家の電話を聞いてかけたとしても父親や母親が出たらどうすればいいだろう。ともかく、こちらから連絡する方法がないのだ。釣ったばかりの魚が掌からするっと抜け出して、深い池の奥に潜りこんでしまったかのようだった。おれは番頭さんにお金を払い、四谷二丁目のアパートのほうに帰っていった。もうサラリーマンたちが通勤する時間帯ではなく、埃っぽい歩道が律儀におれをアパートのほうへと誘った。表通りを避けて、月餅という中国ふうのお菓子を売っている店や、銀行と文鳥堂という書店のあるビルの廊下を抜けて、いつも歩いている道をなんだか異人になったような気分で狭い道を辿りながら帰った。ひとりでに苦笑が浮かんできて、しかし、それほど失望もしていず、アパートの自分の部屋に着き、蒲団を出してごろりと横になると午後の遅い時間まで眼も醒めず、眠りこんでしまった。しかし、その日の夕方、雪子から電話がかかってきた。山岸さんに思い切って先生の電話番号訊いたのよ。だって大学の先生だったんですもの。それほどおかしくないでしょ。今晩また飲もうか、と言うと、昨日外泊したので今日は帰るわ。今週土曜、半ドンですから午後、時間があるわ。会います? よし、そいじゃあ、そうだな、鎌倉あたりにでも行ってみようか。大学のとき一度、行ったことがあるけど、ふたりで久々に行ってみてもいい。雪子とだったらね。いいわ、そうする。わたしが案内するわ。先生よりきっとよく知っていると思うから。また電話しますね。きみの電話も教えてくれよ。いいけど、夜十一時を過ぎたあとで電話してね。それ以前だとママが出ると思うから、面倒でしょ。解った。じゃ、また連絡をとろう。

★雪子の電話はそれで終わったが、今晩でもしてみようと、おれは考えた。彼女の穢れのない（?）無垢の裸の肢体が記憶のすぐ表層に現れてきた。わたしはその日は蒲団の中でだらだらして過ごした。

◉おれと雪子は東京駅のホームで待ち合わせて、東海道線に乗った。梅雨が終わって夏のあの酷熱の世界に向かい始めた季節だというのに、東海道線には冷房がまだ効いていなかった。午後一時の約束で東海道線のプラットホームに着いたのだが、電車はすでに停まっていて、お客もかなり乗っていた。ふと、松本清張氏の『点と線』という小説を思い出した。東京駅には一番線から何番線だったか、たくさんのプラットホームが並列している。それぞれのプラットホームには多くは電車が停まっているので、隣のホームでさえしっかり視ることはできないのがふつうである。しかし、ある時間だけ、停まっている電車の連結部やなんかの空間を通して、ずっと遠くのホームまで、たとえば一番線のホームから十五番線のホームが見えてしまう瞬間がある、ということを知った主人公が、そのある瞬間を、彼の犯罪のためにうまく利用する、というのである。この小説家の小説作法は凄い。松本清張氏はこんな偶然の光景の奇跡ともいうべき情報をどのようにして発見したのだろうか（こう書きながら思いついたのだが、彼の知り合いに東京駅に勤める駅員がいて、ある時、偶然発見し、これを松本氏に伝えた、のかもしれないな。あるいはそれに類したことだったか）。

彼の小説の多くは、膨大な資料を読み漁り、あるいは小説の舞台になる地方に行くか、何かの方法で、よく調べ、その資料的事実を、犯罪の成立や後の発見に繋げていくという方法論で書かれているのであるが、それにしても凄すぎないだろうか。東海道線のホームに着いたおれはふとそんなことを思い出していた。雪子はもうすでに来ていておれを待っていた。雪子に電車に乗って席を確保するように言い、おれ、なんか買ってくるからさ、と言ってキヨスクに走った。缶ビールを何本かとつまみのピーナツなどを買い求め、電車に乗ると、雪子は椅子に腰かけて待っていた。東海道線に乗るのは久しぶりだった。時代はすでに新幹線登場を迎えていたからだ。おれは、三島美術館の武村の紹介で鷲尾印刷の仕事をやりだした頃、京都の出版・印刷会社の東京支店の支店長にも紹介され、そして武村とふたりで京都に招かれ、祇園とかどこかの料亭で一夜、御馳走になったことがあった。それ以後、わたしは、その京都の出版社の仕事もするようになっていたから、新幹線での東京、京都往復は少なくなかった。たいてい夕方の遅い列車にひとりで乗りこみ、「小説新潮」とか言った雑誌を買いこみ、缶ビールを飲みながら、田中小実昌のページをまず読むのであった。新宿のゴールデン街のある店で、彼の姿をよくみかけ、一言、二言喋った記憶がある。たいてい、席が取れず、連結部分の少し余裕のある空間に、新聞紙を下敷きにして腰降ろし、雑誌を読みながら缶ビールを飲みながら、京都に着くのである。★しかしある時から、午後の早い時間に新幹線の空いた席、それも進行方向右側の席を買うことにした。車窓から見える景色が好きだったのだ。ある頃から、浜名湖のあたりの水辺の風景が好きになり、それで、進行方向右側の席に座って、列車が浜名湖附近に接近するのを心待ちにしていたのだ。浜名湖に近づいたあるあたりになると、水田のような、田んぼの中のプールのような、水の溜まった不定形の池のような光景がつぎつぎと現れてくる。その車窓の景観をいつも愉しんでいたのだが、あれはウナギの養殖場だったか、水田のように小さな土手で囲まれた池のようなそんな用水がいくつもあって、車窓につぎつぎと現れてくるのだ。浜名湖に近づくに従って囲いはしだいに大きくなり、ついに巨大な湖となる。それまでは、水の光景がずっと続くのだった。水面の水の薄っすらした揺らぎを眺めていると飽きなかった。蟹座生まれだから、あなたには〈水〉が必要なんです。昔、占い師のような人物に言われたことがあったが、とくに信用したわけでもないのに、水の風景に心魅かれるようになったのは確かだ。池でも湖でもよい。川や海でもよい。★しかしこの日は、浜松まで行くわけではない鈍行列車の客であったから、雪子と並んで座り、着てきたジーンズの上着を脱いで、窓の横にぶら下げた。窓外のビルの谷間の風景を眺めたり、缶ビールを飲みながら雪子のお喋りに耳を傾けた。多摩川を超えるあたりで立ち並ぶビルの風景は民家群になっていた。雪子はこの日はピクニックのつもりか、半袖のワンピースで、薄いブルーの生地に小さな花模様が白抜きになって全体に広がっている。膝下十センチくらいの丈で、夏の季節にぴったり決まっていた。額にはうっすら汗をかき、ハンドバッグから真っ白なハンカチを出して雪子はそっと顔を拭いた。ＯＬというより、韓国語で言うと「アガシ」、お嬢さんである。それで言うなら、自分などは、「アジュシ」、おじさん、ということになるな。雪子。うーむ、今日はお嬢さん、してるね。黒白嬢ちゃんもすっかり成人したわけだ。薄っすらと淡くお化粧した横顔を見詰めると、先生。そんなに見詰めないでよ、と軽く睨むように言い、今、二十三歳か四歳のはずだな、雪子は。服装は少女っぽいが貌は成人したおとなの女の表情になっていた。おれたちは缶ビールを飲み続け、ピーナツを頬ばった。おれは四、五日ぶりに会う雪子をぎゅっと抱き寄せたかったのだが、前の座席には中年の真面目そうな男がふたり座っていたから、あまりふざけた態度はとれなかった。一時間半あまりを過ごしたろうか大船駅で東海道線を降り、そして雪子の促すとおりに電車を乗り換えて鎌倉に向かった。電車の中では、今日は雪子と鎌倉に泊まろうかな。明日は日曜だし、忙しい仕事もない。と細かい産毛が薄っすらと光っている雪子の横顔を視ながら考えた。今日は少し乱暴に迫ってみるかな。紳士ぶった態度を改めて。そう考えるとなんだか、犯罪者にでもなったような愉快な気分が全身を襲ってくるのだ。しかし、おれは、果たして犯罪者なるものになれるかな？　電車は鎌倉駅に着いた。観光客たちに混じって駅舎を出るともう真夏のような暑気がわれわれを襲ってきて、車中で飲んだビールの軽い酔いもあって思考があまり纏まらなくなっていたのかもしれない。しかし、解放感はあった。雪子はおれの片手にぶら下がるような姿勢で愛くるしくなって言った。さあ、先生。着いたわ。どこに行きたい？　そうだな。まずは鎌倉の大仏さんでも拝みに行くか。奈良の大仏は荘厳過ぎてあまり好きではないが、こっちの大仏さんはなかなかいい。平凡だけど、優しい貌つきの怪物だな。確か、与謝野晶子の歌だったか、大仏を詠んだ歌があったな、大仏は美男におわす云々、というね。あたし、無知だから知らないわ、そんな歌。でもあたしもあの大仏さんは好きよ。ハンサムだもんね。行きましょ、大仏さまの所に。おれたちはぶらぶらと歩き始めた。それからどうしようか？　海に行って泳ごうかな。だめよ、あたし、そんな準備してないわ。おれは冗談の心算で言ったのだが、雪子はいちいち大真面目で受け取るのだ、おれの言葉を。いやあ、水着がないなら、裸でいい。先日拝ませてもらったあの裸でね。だめよ、だめ。生真面目な貌で言い張るところが、雪子の可愛さだ。雪子にはまだ、少女の根っからの素直さが今も生きているのだ。おれはむかし江の島の裏側の岸壁のあたりで泳いだことがあるよ。海の水が干潮になると、ごつごつした岩の平原が海上遠くまで現れて、そこは「千畳敷き」とよばれているらしい。畳を千畳、敷いた広さっていう意味かな。★わたしは、ふと、何回めかのヨーロッパ美術研修旅行の時、ギリシアかどこかの海、地中海のある海岸でバスを待つあいだ、素早く水着に着替えて泳いだことがあったことを思い出した。その時、旅行に参加したひとりの学生さんの女の子が、あたしも泳ぐわ、と言って、おれから少し離れた所で、さっさと服を脱ぎ、いつの間にか、黒いひらひらした襞の多い薄い水着を軀に密着させ、そのしっかり成長した若い女の身体から性的なイメージを十二分に発散させながら、泳いだり、地中海の陽光を浴びて遊んでいた光景が、おれの頭脳の空間に瞬間的に再現された。彼女は、どちらかというと授業にあまり熱心ではなく、やや不良っぽい濃い化粧をほどこした学生さんで、おれともそれほど、親しくはなかった。しかし、独りで裸になったおれにつきあって裸になり、短い時間を共有してくれたのだ。そんなことがあってから、のちに、ロンドンに着いた二日めあたりのある夕方、わたしはホテルの近くから地下を走る電車に乗って、なんとかスクエアとよばれていた中央駅の周辺で降りてその街を散策していたのだが、ここから中国人街になる、というあまり明るくない辺りで、ふっとその彼女に出遇ったのだ。彼女もひとりで散策していたらしい。ビールをご馳走しながら暫くいっしょに過ごしたのだ。あのギリシアの海では大胆だったね。きみの真っ白な軀にまとわりついた黒い薄い水着を憶えているよ。セクシーだったね、とおれが言うと、彼女は少し笑顔になって言うのだった。先生、あれってさ。水着じゃなくって、じつは下着だったのよ。あの日は水着なんか用意してなかったからさ。先生が泳ぐっておっしゃるから、思い切って下着姿になって泳いでみたのよ。黒い下着だったから水着に見えたんでしょ。だから変なとこ、見えなかったわね。変なとこって？　惜しいことしたな。もっとじっくり観察するんだったな。まあ、先生ったら。あの日、わたし、魅力的だった？　サービス精神で下着姿になってあげたのよ。そんなふうに言いながら笑っていたが、帰国後もそれほど仲良くならなかった。彼女が近づいて来なかったからだ。多分、同級生たちよりませている感じがしたから美術大学時代から若い男たちとでも遊び惚けていたのだろう。★雪子。それからだな、あとで鶴岡八幡宮にも寄ってみようか。近くに近代美術館もあったね。まあ、あとは雪子に任せるよ。その前に、また軽く一杯やっていこうか。昼ご飯まだだろう？　おれと雪子は、観光客で溢れる小町通りの狭い露地に入った。道の両側にお土産の店や洒落た洋品店、鎌倉彫りなどの工芸品の店、飲食店などがひしめき、おれたちはとある平凡な食堂に入った。おれは夏だというのに焼酎のお湯割りを注文してみた。雪子は、どうしようかな、あたしは。と言って、熱燗の日本酒を頼んだ。きゅうりの酢の物、いたわさなどを頼み、そして焼酎が来ると、焼酎のお湯割りは取っ手つきの、生ビールのグラスを思わせる容器に入っていた。お湯割りのグラスを持ち上げ、雪子の日本酒のグラスと軽く触れ合わせ、雪子はお酒をこぼさないように注意深く右手でグラスを持ち、左手をその下に添わせるようにして、上品に飲んだ。そうだ、雪子って女はいつでもなんとなく上品なんだ。そういう育ちなのかな。だから、いまどき珍しいに違いない古風な貞操観念を大事に守っているのだろう。おれはそんなお嬢さん的女性とはつきあったことがなかったのだ。★そうだ。さっき言った与謝野晶子の短歌を思い出したよ。《鎌倉や御仏（みほとけ）なれど釈迦牟尼（しゃかむに）は美男におはす夏木立かな》というんだったな。さすがに与謝野晶子はいい歌を作るね。美男におはす、と書いてすぐに夏木立というふうに、季節感が一体化している。しかし一説では長谷の大仏は釈迦ではなく、阿弥陀如来だといわれている。別の仏さんを詠んだのかな。仏教に関しては、もっとも好きだった岡本かの子は詳しくてね、文庫本の全集を買ったんだけど、仏教の研究論文もたくさん入っていたな。でも、その仏教論は結局ほとんど読まなかったんだけどね。小説では、大正か昭和の戦前のいつごろか、隅田川あたりの堤防に隣接して置かれた木造のプールで、江戸時代の武士の、いわゆる「水練」という技術を教えているりりしい若い女性の話があってね、それはなかなかよかったな。★雪子はそれには答えず、あたしさ、きょうは鎌倉に泊まるかもしれないって家で言ってきたので、どこかで泊まってもいいよ。うーむ。おれと同じこと考えてるじゃないか。でも、また拒絶だろ。大きなパンツをはいてね。おれは雪子の下腹部のあの餅のような膨らみを憶いだしながら、しかし、にたりとしながら、雪子の瞳を覗きこんでみた。雪子はそれはそうよ。しかたがないわ。あたしは防御態勢だったんだから。なるべく色気がないほうがいいと思ったのっ。腹巻きもそうかい？　腹巻きはうちでもして寝ているわ。おなかを冷やさないようにね。婚約者がいるんだからさ、先生に許すわけにはいかないの。と可愛げな貌に似合わず、その点だけ、強情に言うのであった。性欲というものはないのか、きみは。うーん、よく解らない。おれに抱かれたいとかさ。でも、いっしょにお風呂に入ってもいいかな、今夜は。それにまたいっしょに寝れるわよ。先だっては先に寝ちゃったじゃないか。ごめん。あの日はだいぶたくさん飲んだから、酔っていたのよ。疲れてもいたしね。両親に怒られなかったかい。うちの両親は正直に話せば、赦してくれるのよ。正直に言ったのか。うん、大学時代の先生の所にね、なんて言うわけはないじゃない。ばかね。と悪戯っぽく言って笑った。うーん、鎌倉に泊まるのもいいかな。どこがいいかな。江の島あたりに行ってみるか。旅館を兼ねた料理屋があったような気がする。じゃあ、あとで行きましょ。★長谷の大仏は夏の陽光の容赦ない照射のなかで、悠然と構えて黙想していた。もともと仏教には仏陀、シッダルーダしかいなかったはずなのに、その後の仏教は土着のヒンドゥーの宗教などとも習合し、神さんがいろいろ増えてしまったのだ。阿弥陀仏とか薬師如来なんかもそうだし、守護神とされる毘沙門天だの、阿修羅とか護法童子だとかね、と雪子に知ったかぶりして解説したのだが、インド仏教に関してはほとんど勉強もしてなかったからたいした知識もなかったのだ。東大寺の大仏と違って、こちらは露天の仏像だから、もとの金銅仏か青銅仏か、青っぽい地の色がまだらになって地上に向かって流れ落ちているような模様ができて、やはり、捨てられた神のようなイメージもあった。室町時代あたりまでは大仏殿があり、露天の像ではなかったというが、そうするともとはきんきらきんに、黄金色に照り輝いていたのかな。この大仏を初めて見たのは、高林俊彦がデザインを依頼していてくれていた、ある生け花の流派が出していた婦人雑誌の表紙の撮影のために来た時だと思うのだが、やはりこの大きな図体に驚いたものだった。その日も真夏の炎天下の大仏はやはり暑気に堪えながら、じっと佇んでいたようだった。螺髪（らほつ）がなにかの特別の装飾のように頭部を覆っており、双眸はよく視えないが、下方に注がれた視線の先には民衆を慈愛の感情で見守るという、この阿弥陀仏の思想が現れていたのかもしれない。無宗教者になったおれには、仏像もイエスの像も一体の彫刻に過ぎなかったのだが、中世ヨーロッパの木造の磔刑のイエス像は彫刻作品ではなく、人間の表情などを再現するような、そんな造形物ではなかったのは、偶像崇拝を禁じていたユダヤ教的な世界では、しっかりしたイエス像を創ることができなかったのだろう。やがてギリシア正教的なりりしく威厳はあるが親しみはまったく感じられないような像と、北方ルネッサンス絵画の代表作品ともいえる、イーゼンハイムの祭壇画のグリューネワルトのイエス像のような、リアリズム的に捉えられたなんとも情けない、哀しい風情の、死を予兆するような像に分かれていったのに対して、仏教の仏さんたちの多くが聡明さと説明し難い崇高さを持っているように思われたが、これは仏像がヘレニズムの影響下に誕生し、古代ギリシア、ローマの完成された彫刻の美を再現していたからであったろう。

◉ふたりは由比ガ浜の海岸に立った。太平洋からの微風がおれたちの身体をくすぐるように揺れながら通り過ぎ、そして途絶えることのない波のように、何度も微風はやってきて、おれたちの身体を嬲(なぶ)るように通り過ぎていくのだった。雪子の薄いワンピースのスカートが風にはためき、その下に伸びた皓い太腿や脹脛(ふくらはぎ)をさも健康そうに見せていた。もちろん、雪子は健康そのものであったのだろうけど。この海には、わたしには歴史的な領域でのふたつの憶い出があった。

◉そのふたつは「吾妻鏡」という鎌倉幕府の作った本の中に書かれていた記述にあった。三代目将軍の実朝が、東大寺の大仏を再建するべく宋から招かれてやって来た陳和卿（ちんなけい）が鎌倉に来た時、あなたは前世においては中国の医王山の長老であったと告知したことから、憧憬するようになった中国に渡海するために、陳和卿に命じて大型の唐船を作らせたのだが結局、この巨船を最終的に海に浮かべることができずに、由比ガ浜あたりの砂浜に遺棄されて、眼前の海上に浮かんで雄姿を誇示することもなく結局は砂上の楼閣よろしく、朽ち果ててしまったというのだが、清盛の時代にも盛んだった宋との交易に使うとか、使い道はいくらもあったはずで、北条氏、鎌倉幕府の執権になる北条義時ら兄弟がこの造船に反対し、阻止しようとしたというのだが、なぜ、義時らが反対したのか、不思議な話であった。その点でも関西人であった清盛などと較べて関東勢の鎌倉幕府の武士たちは、無欲だったか無知だったとでもいうのであろうか。商業に対する差別感でもあったのだろうか。★北条義時に関しては実朝の死に関して疑問がある。実朝は右大臣という官職を後白河法皇から貰い、そのため鶴岡八幡宮の若宮で拝賀の儀式を行ったのだが、のちの執権となる義時は、実朝を先頭にした行列の前方に実朝と並ぶように歩いていたのだが、途中で急に体調がよくなくなったとかで、同行をやめて家に帰ってしまう。その間に、八幡宮境内についた実朝は、二代目将軍の頼家の息子公暁（くぎょう）によって刺殺されたと、「吾妻鏡」は書いているのだが。これを読む多くの人が、義時がこの暗殺事件と関係があったのではないか、と疑ってしまったのではないだろうか。死の直前に姿を消したのであるから。実朝の、和歌を初めとする京都文化への憧憬と志向はよく知られているが、その死は茫洋として明確ではなく、同時代的に伝承化され、「承久記」という本では三人の美男（！）の法師が通りすがりに殺したともいう。《さるほどに、若宮の石橋の辺に近寄せたもふとき、美僧三人、いづくより来るともなく、御後に立ち沿ひまいらせけるが、そうなく頸を打ちおとしまいらす。ひと太刀は笏にて合わせたもふ。次の太刀に切り伏せられたもふ》（古活字本、現代思潮社）とあり、実朝は美男の僧たちの最初の太刀は笏で払ってよけたが、二の太刀で頸を斬られたようだ。こんな不思議な伝承が成立するくらいに、実朝の死はいろいろ疑問のあるところだ。「吾妻鏡」を探ってみると、まず、健保五年四月十七日の記事である。読みやすくするため、本文を少しだけ補い漢字を開いたりしているのは、「承久記」も同じ。《十七日、甲子、晴、宋人和卿〔陳和卿という人。東大寺の大仏再造のため中国からよばれたようだ〕唐船を造りおわんぬ。今日、数百輩の匹夫〔数百人の人夫〕を諸御家人〔鎌倉幕府の武士たち〕より召し、かの船を由比が浦に浮かべんと擬す〔浮かべようとした〕、〔中略、実朝も見学に来た〕和卿の訓説に従い、諸人、筋力をつくしてこれを曳くこと、午剋〔うまのとき、お昼の十二時頃〕より申の刻〔さる、午後四時頃〕に至る、しかれども、このところのていたらく〔ようす〕は、唐船、出入りするべきの海、浦にあらざるのあいだ、浮かべ出すことあたわず〔できなかった〕、よって〔実朝は〕還御〔帰ってしまった〕、かの船は、いたずらに砂頭〔砂浜〕に朽ち損ずと云々》。★簡単に略して言うと、東大寺の大仏が、平家の重衡らの暴挙によって焼かれてしまったのを復元しようとした時、中国の宋からよばれた陳和卿という人物が鎌倉にも来ていたので、実朝が、唐に渡りたいと言って、唐船のような巨大な船を造らせたというのだ。しかし、由比ガ浜はそんなに大きな船が出入港できるような港ではないため、人夫たちを総動員して動かそうとしたのだが、海に届かなかった。だから、できあがった船は砂浜で朽ち果ててしまい艤装（外側のできた船を会場に浮かべて、内部完成のためのいろんな作業をすること）ができなかった、というのである。わたしは大学時代、造船所でアルバイトしたことがあるので少しだけ識っているのだが、大型の船のばあい、陸地から海までレールのようなものを敷き、その上で外側を造った船をレールを滑らせて海上へと運び、そこで内部もしあげるのであって、この作業の時は一種の「処女航海」でもあるので、船首にワインかシャンパンのような酒をぶらさげ、これを割ると見ていた人たちはどっと拍手しながら、お祝いをするのである。そして船を浮かべたあとで、艤装というのだが、船の内部のさまざまな工作をするのである。鎌倉時代の造船がどのような技術体系によっていたのかまったく識らないが、このような周到な準備をなにもしないで、浜の上で大型船をいきなり造ってしまうようなことはふつうなら絶対しなかったと思うのだ。もっとも陳名卿は仏師であり、造船には素人だったとも考えられるが、そうだったら、大型の船を造れたわけもないであろう。★「吾妻鏡」の文章を辿っていくと、実朝の父、頼朝が生きていたころ、陳和卿を鎌倉によんだ。この陳和卿が実朝に会ったとき、あなたは前世において、中国の仏教の地である医王山の長老であり、自分はその弟子であったと告げたのだった（聖徳太子にも同様の説話があった。じつは中国の高僧だったというのだ。このような説話はある日本人を特殊化するべく、日本人が作り出した挿話ではなかったろうか）。実朝はじつは六年まえに同様の夢を見ていて、陳和卿の言葉と一致したという。中国の医王山に行きたいと切望するようになった実朝は、唐に渡るべく、陳和卿に唐船を作ることを命じたのだというのだ。由比が浜が唐船のような大きな船が浮かばない浅い海だとすれば、そんな海の海岸で船を造った陳和卿という人物は愚鈍な人物だったということになるし、平清盛などが日宋貿易によって巨大な利益を得ていた時代なのだとすれば、この船を砂浜で腐らせるようなことも考えられない。鎌倉周辺にいくらでも港になる深い海はあったはずだ。三浦などがそうだ。ここから船が京都方面に出航したと、関西系の考古学の森浩一氏が、「関東学を開く」という題のテーマで、朝日新聞系の雑誌の特集ページを使って、このことを指摘、強調されていた。それが、鎌倉の海で憶い出した話のひとつだったので、おれは雪子に披露したのだが、雪子のような若い女性にはあまり興味がなかったのだろう。★もうひとつの興味深い物語は、朝比奈三郎義秀という海の勇士の話で、これは、滝沢馬琴の研究をしていた時、彼の「朝夷島巡記（あさひなしまめぐりのき）」という未完の小説があったことを識った。そしてその時、この小説のもとになった朝比奈三郎義秀という人物に興味を抱き、彼の実像を描いているに違いない「吾妻鏡」の記事を調べたのであった。馬琴の小説の〈島巡り〉という言葉は、義経に関する説話の中にも、「御曹司島渡り」という「御伽草子」があり、島に渡る、多分、北海道という未知の島に渡るという壮大な、しかしシュールレアリスム的物語が、日本にあったのだと思う。この、北海道という当時の未知の島に渡り、さらにアジア大陸に渡る、という壮大でかつ夢のようなテーマは、のちに源義経は東北、藤原氏のもとで殺されて死んだのではなく、北海道に渡り、さらに大陸に渡って、ついには、モンゴルのジンギスカンになったのだ、という壮大なテーマを、大正時代の歴史家が大真面目に考えた、ということだ。★馬琴の小説「椿説弓張月」の主人公の源為朝も、伊豆大島の八丈島に流刑になったあと、大凧に乗って琉球すなわち沖縄という、北海道とはまた反対側の未知の国にまで飛行し、為朝の息子はそこの島、琉球の王になったと、馬琴は書いたのだ。滝沢馬琴がそれを信じていたのかどうかは、たいして問題ではない。むしろ、日本人の、いや多分、あらゆる民族が彼らの少年あるいは年若いヒーローが簡単に死ぬわけがない、どこかに飛翔して新たな英雄として蘇るのだ、という幻想を抱いていたのだと思うのだ。さらにその幻想は、海を介して、アジア大陸や、琉球、さらにのちの山田長政のように、東南アジアに日本の貿易拠点都市を造ったという、未知の世界で活躍するヒーローを描き出してしまうのだ。★「島渡り」、「島巡り」など、平安時代以降の「渡り」、「巡り」という言葉は異国への移動すなわち、異世界への飛翔という記号であったのだ。

◉雪子とおれはもう夕暮れを迎えていた鶴岡八幡宮の石段に腰かけて、背後の西のほうに沈みつつある陽光の、微かな夕べの残り火のように消え始める前の光となって、石段の上部から這うように流れ落ちてきて、眼下に拡がる神社の祠や森を超えて、ずっと下方で暗く赫い輝きをちらちらと見せている小さな池の表面の光の波が蠢いている光景を遠く眺めおろしていた。八幡宮の神域を散策する観光客はごく少数になり、石段の下にはところどころ樹木の茂みが森となって、やはり黒っぽく翳っていた。なんだか、淋しいね、いや、淋しくなってきたと言うべきか、ここは。おれも雪子も同様に、なんとも淋しく、やるきれない孤独感を味わっていたようだった。先生、江の島に行こう、これから。うん、そうだね、そうしよう。時計を見ると五時を少し廻っていた。われわれは少々疲れた腰を摩りながら立ちあがって石段をゆっくり、ゆっくりと降りてゆき、暮れなずむ境内を歩いて外に出た。鎌倉駅に戻り、江ノ電に乗って片瀬海岸のあたりで降りると、眼前の海上に江の島が、西側の半分を西日に赫く晒され、小さいがしっかりした威容を見せていた。昔、どこかで江の島弁財天という筆の字が、中型の木の板の題箋に描かれていた仏像、というより女人像を視たことがあるが、仏教ではありえない完全な女性像になっているらしく、胸はそれほど膨らんではいなかったが、ともかく薄いピンクの乳首らしいもののある小さなふたつの乳房があり、横座りになったしどけない裸の像があったのだが、その両腿の間に春画の展示の時のような紫色の布切れが被せてあり、なんとなく艶っぽい妖気を放っているのであった。

下腹部の下には、リアルに割れめが刻まれ、薄っすらと陰毛ふうの翳りが描かれていたのかもしれない。そうなんだ、日本人の工芸師、細工とよばれた人たちはリアリストでもあって、ふたつの乳房も陰部もしっかり表現していたのだ。仏像を作る人たちは、仏像が基本的に男だから、どんなにリアルに表現しても、細工師の多くが男であったから、自分の股間にぶら下げている物体を再現しても、まったく面白くなかったが、弁財天などのばあいは、にやりとしながらも、陰毛を一本、一本ていねいに描いていたのではないかな。阿弥陀仏、なんてのも、作っているうちに、なんとなく女神像を作っているような気分になってしまい、何となくセクシーな像になってることも少なくないような気がする。有名な阿修羅の像は、同性愛者が作ったのであろう、男、女両性のイメージから男女のどちらかを、見た者に選ばせてくれるのだ。★話は違うが、山で狩りをするマタギなどの世界では、山の神は女であると信じられていたから、山に入る最初の日、男たちは男根を露出して山にむかって小便し、その山の神に狩の成功を祈ったというが、海の神のばあいはどうだったのか。まあ、海であれ山であれ、働くのは多くは男だから、海も山も神は〈女〉だったのだろう。都合よくできているのだ、この社会は。ただ海には女性の海女（あま）も多くいて、海中深く潜ってアワビなどを取っていたから、彼女たちの神は男神であったろう。そうすると、神は股間に棒状のものをぶらぶらさせていたのだろうか。海女の話はある女性民俗学者の本を読んだが、そんな神のことには触れていなかったな。女のほうが鷹揚で、こせこせしてないのだろうか。

★北九州の宗像神社は「古事記」の神話のなかでスサノオとアマテラスが争ったとき、アマテラスは、天上にやってきたスサノオとふたりで向かい合い、誓約（うけい）ということをした時（これは一種の交合であったと思う。古事記はそう書いていないが。しかし、ふたりの誓約あるいは交合から、それぞれ女神や男神が生まれたのである）、生まれた三人の女神たちは宗像神社の三つの宮の主神になっていた。つまり、北九州のほうでは、海神はやはり女性であったのだ（ね、前もってわたしが言ったとおりである）。

◉おれと雪子は江の島に渡り、奥のほうの神社も拝んで、海岸近くに戻って観光客相手の料理屋に入った。そこは入り口が大きなガラス戸の開放的な店で、中央の通路から両側に、三十センチくらいの高さの床があって畳が敷かれ、細長い座卓がいくつも並べてあった。片側は暮れてゆく海の光景が眼前に開けているのである。すでに何組かの客たちがいて、酒宴があちこちで始まっていた。おれたちは窓際のテーブルに陣取り、生ビールや日本酒の熱燗を注文し、そして刺身盛り合わせと栄螺（さざえ）のつぼ焼きを頼んだ。もし昼間だったら、太平洋やあるいは遠く富士山などの眺望が愉しめたのであろう。江の島で獲れたわけではなかろうが、活きのいい魚がうまかった。しかし、眼の前にいて時々熱燗のさかづきを喉に運んでいる雪子の動作は緩慢で、ああ、疲れたんだな、とすぐ解った。雪子、疲れたかい。言葉が少なくなったようだけど……。そうね。少しだけ、疲れたかな。久しぶりの遠出だったしね。なんとなく両方の瞳が潤んでいて、その瞼が瞳の上を下がってくるようであった。あちこち歩いたから疲れたんだな、と可哀そうになったが、江の島弁財天の妖気は彼女にも伝染し、その妖気は色っぽさにもなっておれに向かって放射されている。疲労と色気は同在するものらしい。わたしは、その、彼女の風情をあくまで愉しむように見守ったのだが。そして、その妖気を受け止めながら飲むアルコールはうまかった。雪子。今日は何と言うのかな、色っぽいよ、凄くいい。女はこうでなきゃ。先生。その、色っぽい、はお願いだからやめて。可愛い、くらいで充分。なんだか、先夜のあたしが責められてるみたい……。あたしも、先生、可哀そうだったわ。でも。こんな話、もうやめましょ。ここでは特にね、ともかく、今日はとっても愉しかったわ。ピクニックに来るなんて、学生時代以降、めったにないことよ。先生、今晩はどうしようか。うーん、どっか泊まってもいいよ。そこの小母さんに訊いてみようか。ここで泊まれるのか？　って。でも先生。なんだか、あたし、東京に帰りたくなったわ。疲れたからかしら。今晩は思い切って先生のアパートに行ってみる。どんな部屋なのかなって、ずっと考えてたのよ。べつに変わった部屋じゃあないよ。まあ、あまりきれいじゃないけどね。めったに掃除しないし。あたしがしたげるわ。洗濯物なんかどうしてるの？　土曜か日曜の夜に風呂に入るだろう、その時、今着てるような白シャツとかハンカチとか、それからパンツなんかを洗濯してるよ。まあ、先生ったら、週末しかお風呂に入らないの。不潔ね。おれって、風呂があまり好きじゃないんだ。おれ、江戸っ子じゃないからね。とくに熱い風呂は趣味じゃないんだ。かといってぬるい湯が好きなわけでもないけど。まあ、風呂はあんまり好かんな。まあ。だれでもお湯は好きだ、と思ってきたわ。パパなんか、三十分くらいいつでも入ってるわよ。しかしね、熱い湯に浸かっているというのが趣味じゃないんだよ。それにほら、湯の中では皮膚呼吸ができないだろう。長く浸かっていると苦しくなるんだよ。なによ、皮膚呼吸だなんて。聞いたことないわ。ふーん、識らなかった？　病院の事務長のパパは教えてくれなかったのかな。人間の軀ってさ、酸素補給のためにさ、全身の皮膚でも呼吸してるんだよ。風呂に入ると皮膚呼吸、できないだろ。三十分、風呂に浸かってたら、人はまちがいなく死ぬよ。皮膚呼吸できないからね。でもさ、風呂は好きじゃないが、温泉の露天風呂というのは好きだな。開放的で。深夜か、あるいは朝早く入るとだれもいないしね。のうのうと手足を伸ばしていられるよ。海が見えたり、あるいは高い、雪の残ってる山が見えたりね。あの開放感はいいな。四谷のアパートだとね、たまにね、夕方四時くらいにアパートのすぐ近くの銭湯に行くことがあるんだけどさ、あの辺、だいたい住民も少なくて、誰も入ってないことが多いんだ。いても近所の爺さんがひとり、ふたりとかね。あれは気分がいいな。天上のガラス窓から湯槽の表面に夕陽がさしこんできてね、ゆらゆらとお湯の表面が揺らめいている。★先生！　じゃあ、今夜は東京に帰りましょ、今夜は。また旅行に来て、そこに泊まれるチャンスもあるわ。うん解った。小田原まで行って、小田急の特急で新宿まで帰るというのもあるな。新宿で飲みなおしてもいいしね。でも、今夜はまた、四谷に行きたいわ。このあいだ、初めて行ったんだけど、好きになったよ。うん。四谷って、東京の真ん中にあるのに、デパートもないし、映画館もないし、都会の中の田舎だな。だから、おれみたいな田舎もんでも住みやすいんだ。町が気取ってないだろ。そこまでは解らないけど。だって朝早く帰ったからね。おれも凄く気に入ってるよ、四谷の町は。おれがちゃんとした結婚生活をしていた頃、おれのもとの妻が四谷に木造アパートを探したのが始まりだけどね。二階が二軒、下が大家さんで一軒という建物でね。彼女は東京のあちこちに手ごろな部屋を探し出してくるのがうまくてね。ちょっとしゃれていた目白とか、原宿にも住んだことがあるよ、四谷に来るまでの何年かをね。夜の一見淋しい四谷の町が、お湯割りの焼酎の酔いのように頭の中に蘇り、拡がり、軽い疲労感と一体化して、おれたちふたりともけだるい気分になっていた。雪子の皓い肌の頬や両腕がしかしあくまで、妖気を発散し、その妖気は彼女とわたしの間の空間を漂い、そしておれの開放的な気分をよけいに拡大してくれていたのだ。

◉わたしの借りている四谷のアパートは、鉄筋コンクリートの三階建てで一階はピロティ形式の空間で駐車場になっており、おれの部屋は二階の奥のほうにあった。狭い廊下を挟んで五室あったが、左隣の印刷ブローカーをやっている中年の男とはたまに出くわすので、会えば挨拶したが、残りの住人たちは見かけたこともなかった。部屋のドアを開けると、小さな靴脱ぎのコンクリートの床があり、靴箱があり、その天板に電話を載せていた。壁は白く、自分の作った三島美術館の、取り分け気に入っているポスターを貼りつけていた。それから四畳半を細長くしたくらいの木の床張りの部屋があって、右側のトイレや浴室がある壁際には、別居する時、妻がくれた小さめの和箪笥を置いていた。その細長い板の間には机をふたつ置いていたが、うしろはすぐ台所で、水道やガスの設備があり、板張りの床の部屋の奥には敷居を跨ぐと畳を敷いた六畳の部屋があった。この敷居には襖があったのだが、襖はおれが取っ払ってしまい、部屋全体が広く見えるようにしていたのだ。台所を背後にしてふたつ置いた一方の机を仕事用として大型の製図版を置き、版下づくりなどのデザイン作業をすることにしていた。他方は、読書のため、あるいは接客用として使うための机にしていた。編集者などが現れた時などは、その机の隣の小さな椅子に掛けてもらって仕事の話をする。そんなふうに使い分けていた。奥の六畳には小さな円形の折り畳み式の座卓を置き、蒲団を敷く時はこの円卓を折りたたんで、押し入れの前のあたりに置いた。冬は小さな電気ごたつを置いていて、親しい人にはこたつで休んでもらったのだ。円卓やこたつ板の上でお客の男や女たちと酒を飲んだり、歓談する。押入れには蒲団が一組用意してあり、夜半は蒲団を敷いて横になり、枕もとの小さなライトのもとで本を読みながら過ごすのだ。★最初の二、三年はテレビもラジオもなく、まったくの無音の中で、たいていはアルコールの酔いの拡大とともに眠るのだった。二十代は学生時代以来、完全な不眠症患者で朝方にならないと眠れなかったのだが、飲酒するようになってからは酔いのために眠ってしまうという習慣が身につき、かえって健康になったのかもしれない。というより、酒が弱かったので、ウイスキーをコップに少し注いで、これを飲むと、忽ち、ころっと畳の上に転がって眠ってしまった。それを利用したわけだ、睡眠薬のように。蒲団を敷き、いつ寝てもいい体勢になって、小量のウイスキーを飲む。すると蒲団の上で、ごろっと眠ってしまうのだ。これを毎晩やっているうちに、アルコールが少しずつ強くなったのかもしれない。★台所の水道やガス台の左側に中古の電気冷蔵庫を置いていたから、板の間のほうにはのんびりした空間はなく、その六畳の部屋だけが手足を伸ばせる領域だった。大きめの窓が一方に、他方に押入れがあった。奥の壁には、建築雑誌社勤めの頃の年若い同僚で、建築雑誌用の図面をトレースしていた青年に、壁にぴったりとくっつけた大きめの本棚をデザインしてもらい、かつ彼の叔父さんが営んでいるという工務店で部厚いラワン材を使って実物の本棚を制作してもらい、壁にぴたっと嵌めこむように置いていた。四谷は田舎町であると先に書いたが、さすがに大きな庭園をもつような家はこの周辺では少なく、わたしのアパートの窓の外はすぐ、一、二メートル先は隣家の出窓風の窓になっており、住人の小母さんの姿が時々、出窓に吊るした簀の子の簾の隙間から透けて見えていたが、隣人としてあいさつするのもどうかと思われて、まあ、たがいに無視することにしていた。

◉四谷駅に辿り着いたおれたちは、おれが雪子の肩を抱き、少し縺れるように歩く雪子を支えながら誘導して四谷二丁目のアパートのほうにのろのろと這うように歩いていった。土曜日、十時を過ぎた歩道には人がぽつん、ぽつんと歩いているくらいで、しかし道路に面した小さなキリスト教関係書を置いている書店やとんかつで有名な三金という店などの商店は、多くが店外の灯りだけ消し、店内はまだ明るかった。だから歩道もそれほど暗くはなかったが、街灯の球形の橙色の光が、周辺五、六メートルの領域を明るくしている夜の街に変貌していた。中華料理レストランの大型チェーン店やパチンコ店などだけがまだ煌々としたライトを歩道に向かって放出し、街全体がすっかり夜中になっていたわけでは全然ない。雪子、いいのか。こうして歩いていくと、すぐおれのアパートに到着するよ。今夜はお客もいないし。こんなに遅くやってくるお客がいるの？　たまにはね。酔って泊まりに来るやつもいる。……そんな人は実はいなかった。先生ったら。今晩はあたしだけにしてちょうだい。旅館に行かなかったんだからーっ。甘えた口調の言葉を吐き出す唇が、おれの頬にくっつくように接近していて、おれは、その唇に自分の唇をくっつけてみたが、雪子は抵抗もせず、おれの軀にぶら下がるように歩いていたのだ。ホワイトホースという古めに凝った木造のデザインのファサードを持つバアのような店があり、その店の手前で左に折れていく。少し行くと角っこに、初夏の季節だと臙脂色の棗の実をいくつもぶらさげたそれ程背の高くない樹木が一本生えていた。そこを右へと曲がると、その道のつきあたりが、おれのアパートだった。アパートの手前の右側のビルの二階だか三階に芸能関係の事務所があるらしいんだけどね、そこの社長が殺されたか殴られて怪我をしたとかいう事件が半年くらい前にあったんだ。まあ、殺人？　いやだな。縁起が悪いわ。でもまだ、犯人はみつかっていない。どうやらホモの関係の若いタレントが疑われているらしいよ。ある晩、刑事がふたりおれの部屋にやって来てさ、聞きこみと言うんだろうな、いろいろ訊いていったよ。そしてさ、二日あとくらいだったかな、夜中だったが反対側の小さな空き地で焚火して煙草を吸いながら掌を炙っている男たちがいてね、そんなかの強面の男が歩いていくおれを発見して、イヤー、森さん。今お帰りですか。先日は、お邪魔しました。われわれ、まだ仕事が終わんないんすよ。とにこにこしながら、片手をあげて手を振り、大きな声で呼びかけるんだよ。刑事が部屋に来た時は、ひとりは強面、もうひとりは穏やかな感じの老刑事って感じで、その組み合わせがテレビドラマなんかだといかにもありそう、っていう感じでね。その強面のほうが、にこにこ嗤いながらおれに合図してきたのには驚いたよ。と雪子に言いながらそのビルの前あたりを通り過ぎようとした時、突然、いつかの晩のように、森さん！　いいですね、きょうはおふたりさんで。羨ましいな。もてるんですね。と、またもや焚火のあたりから、強面が挨拶してきたのにはまたまたびっくりしてしまった。まだ、事件が解決しなくて、毎晩、ここで張ってるのかな。刑事って大変だな。面倒なので男に軽く挨拶すると、おれたちは彼らの前を通り過ぎ、そして梓アパートと書かれた白い表示板が黄色っぽい色の壁に埋めこまれた、小さなアパートの左側の石段を上っていった。そして、天井の薄い灯りが通路を照らしているその狭い廊下を歩き、部屋の前でズボンのポケットから鍵を引っ張り出してドアを開けた。室内は暗かったし暑かったが、雪子を抱いたまま縺れこむように、というより彼女の軀を部屋の中に引っ張りこんで床に座らせた。疲れてもいたが、酔ってもいたんだな。彼女は、床に腰降ろしてすぐに立とうとしなかった。わたしは背後の天井からの薄明かりの中で、彼女の靴を、片方ずつ脱がせた。その時、闇の中に雪子の膝が割れて両側の大腿部がほの白く視え、さらに一番奥の真っ白な下着が眼に鮮やかに覗けたのだ。ただし外廊下の天井からの危うい暗い光の中での一瞬の光景であったのだが。しかし、おれの意識がしっかり活動を始めるきっかけになったのだ、その白い下着の突然の出現が。嬉しかったのだ、ただただ。雪子には、そのことは何も言わず、ただ、おれはにんまりとした微笑を闇の中に一瞬放たれていたのだ。その下着を見つめながら、もう一方の靴も脱がせて、彼女の横からわたしは部屋に入った。そしてすっかり重くなった雪子の軀を引っ張りあげるように持ち上げ、床に立たせ、すぐ横のわたしの読書用の椅子に座らせた。そして初めて部屋の電気をつけ、ドアも施錠し、自分の靴や彼女の靴を一応並べ終えた。あーあ、さすがに少し疲れたね。そう言いながら、六畳間の電灯をともし、そして窓を全開した。雪子はまだ、おれの椅子に座ったまま、ぼおっとこちらを視ているのだ。雪子。疲れたろう。おれの部屋だよ。もう安心だ。あとはこっちの部屋に蒲団敷くからさ、ここに横になればいい。そう言うと、雪子はだいじょうぶよ。この部屋に着いたとたんに元気が出たわ。もう大丈夫、心配しないで。雪子の声が元気を取り戻していることが、その明るい声の響きになり、いつもの雪子に戻っていることを告げていた。しかし、暑いだろう、この部屋は。この辺は家が立てこんでいるから、風というものが生まれてこないんだな、きっと。毎晩、こんな具合なんだよ。何年たっても慣れないな、このどうしようもない暑さにはね。ムッとする熱気が、四畳半と六畳を一部屋にした空間を、毎晩変わらぬ熱気だけが住人を迎えてくれたのだ。台所の上部の小窓は開けてあったのだが、熱気は部屋全体を覆うように沈殿していて、全開した窓から、夜の闇のなかに沈んでいた静寂と微かな僅かな涼風らしきものが侵入してきてほっと溜息をついた。

◉おれが、何年か前、このアパートに移ってきて一か月もすると、友人の男たちあるいは女たちがぼつぼつ訪れるようになった。四谷駅から近いし、出版社の多い神田あたりから四谷は近かった。グループで最初に現れたのは美大の学生さんの四人組で、買ってきた総菜の料理を円卓の上に並べ、お喋りが部屋を充満させた。お酒の好きな人はビールを飲み、飲まない人は食べ、ただお喋りはやまず、わたしにとって初めての経験でもあった、そんな時間と空間は。あっという間に十一時近くなり、ふたりは帰っていった。残ったふたりがそのまま泊まっていくことになった。

わが、四谷アパート生活の最初の泊り客であった。彼女たちは自分たちで、押し入れから蒲団を出して敷き、六畳間の電灯を消して服は着たまま、ただし上着のようなものは脱いで、軽いシャツやTシャツ姿になり、スカートだけ取った薄いシュミーズというのだろう、そんな身軽になった身体の上に、夏用の薄い掛布団をかけ、上の電灯も電気スタンドもつけず、六畳間は暗闇になっていた。わたしも読書机のゼットライトだけにして、ふたつの部屋は暗い空間となったが、直ぐに眠れない少女たち、いや学生さんたちはもぞもぞ、蒲団の中で小声で喋ったり、ともかく蠢いているのだ。わたしはその闇の光景をちらちらとみつめたり、視線を本に戻したりしながら、ひとり、ウイスキーの水割りを飲み続けた。そして、四時を過ぎた頃、白いシャツを脱ぎ、Gパンだけになって、蒲団の端っこに潜りこんだ。眠りこけているふたりの上半身、薄いブラウスを着ていたようなT子の横に、軀を密着させせないように気を配りながら、横向きになった。そして、薄っすらと明るさを取り戻しつつある空間の中で、彼女たち二人の横顔を覗いてみた。その豊かな肩のあたりや、汗の滲んでいる首筋を眺めながら、おれは至福の思いで眠ったようだった。

◉その頃から四谷アパートをよく訪れてくるようになったのは若いカメラマンの荒地で、彼は四谷三丁目に部屋を借りて、ある女性と暮らしていたので、近いから遅くまでいっしょにわたしのアパートで酒を飲むことが多かった。もともとあまり飲めなかったおれを新宿のヴォルガという店に何度も伴って、酒を鍛えてくれたのも荒地だった。その店、ヴォルガは彼のカメラマン仲間の青年たちが集ってくる場所らしく、いろいろな友人たちを紹介された。荒地は、おれの下の部屋の住人はどうもタクシーの運ちゃんらしくてですね、不規則な時間に帰ってきては、おれたちが部屋で戯けていると、たぶん、箒のようなもので天井をどんどんと叩いて、つまりおれの部屋の床ですね、これを叩きながら、うるさい！　とか静かにしろっとか怒鳴るんですよ。と苦笑いしながら言ったが、それほどこたえているようでもなく笑い飛ばしているのだった。彼の仲間のカメラマンの神西は、新宿警察だったか、鑑識課で死体や遺品などの記録写真を撮る仕事をやりながら、本来の自分の表現としての写真としては、暗黒舞踏の大野一雄という有名なダンサーの写真を撮り続けていた。森さん、この間撮った中年の女の死体ですがね、なんかのノイローゼのためだったのか、自分の膣にね、壊れた電球やコップや針なんかの怖いやつをがんがん押しこんでいたんですよ。そんな写真ばっかり撮らされてるんです。そう言いながら、警察に届けるための死体写真などを見せてくれたりした。おかげでわたしは死んだ女や男の写真をたくさん見ることができたが、今はあまり記憶がない。おかしかったのは、神西が夜中に酔った女を彼女のアパートまで送っていった時のことですがね、と話し出した時だった。蒲団を敷いて服を脱がせて寝かせてやり、部屋にあったアルコールを飲みながらその寝顔を視ているとね、ふと、そのまま帰るのもなんだか勿体ないなという気がしてきたもんでね、おれも服を脱いで彼女の寝ている蒲団の横に潜りこんで、女の下着を剝ぎ取り、上に乗ってやりだしたんですよ。するとね、眠っている女がしだいに息を荒くしてですね、ちょうど盛りあがってきたころなんだけど、突然ね、女が上に向かって、つまりおれの顔や髪のあたりに、ぶはっ！　と思いっきり吐いたんですよ。吐瀉物をもろに引っ被ってしまってね。はっはっはっと破顔になって愉しそうに言うのだ。聞いていたおれも荒地も思い切り笑ってしまった。★あるとき、このふたりが真面目な貌つきでやってきて、改まったような感じで言うのであった。森さん、ここ何か月か真面目に考えてきたことがあるんです。おれたちね、写真の雑誌を作りたいと思ってるんですよ。しかし、本なんか作ったことないし、森さん手伝ってくれませんか、と切り出してきたのであった。フーン、雑誌か。おれも雑誌のデザインはやってきたが、編集のようなことはほとんどやっていなかった。ただ、本を作る仕事してるから、だいたいのことは解る。活字の大きさから組版や、その他、印刷の方面のこともよく知っていた。おれも自分でやっているギリシア神話研究の文章を纏めたいと思っていた矢先でもあり、少し考えて、彼らの願望を手伝って雑誌を作ることにしようと考えた。解った。おれも雑誌の編集というのはやったことはないが、雑誌を作る作業はよく知っている。手伝うよ。というより、三人で協力して雑誌を、写真雑誌を作ってみよう。まず、いろいろ考えるから、一週間くらいおいて、またあつまろう。それまで、おれも具体的に何から始め、どうやっていくか、雑誌ができたあとのこともあるし。今日はあとは雑談ということにして、それぞれが、いろいろ考えよう。一応、おれが編集長になるよ。しかし、あくまで、三人で作るんだ。今日は、あとは酒でも飲んで、気軽に前祝いということにしようか。

◉それから一週間、わたしは新雑誌について、いろいろと考えた。写真だけの本でなく、文章もしっかり載せる雑誌を作ってみよう。そうなると、手伝うというより、新雑誌の編集長そのものでもあり、編集制作人でもあった。まず、雑誌作りのための総費用を三人で等分に出すこと。お互いに協力して、文章家が写真を必要とするなら、荒地か神西がそのために撮影協力する、などから始まり、編集作業にも、本ができたら本屋の注文取りなど、すべて三人でやること。まず、写真ページであるが、彼らの写真だけでは、個人写真集は作れても、定期的に発行して、本屋に置いて貰うような雑誌はできない。一号につき、彼らの写真と、ゲストとして、著名な、あるいは彼らふたりが有望だと考えているような写真家をひとり用意して、作品を載せる写真家を三人にすること。それから、文章関係では、わたしの連載するギリシア神話論のほかに、メインゲストひとり、ゲストひとりのように、毎号、三人の書き手を用意すること。これが基本であった。第一回目のメインゲストとしては、最近、吉本隆明氏の『最後の親鸞』（春秋社）の装釘をしたので、思い切って吉本さんに、春秋社の担当編集者に仲介してもらって、インタビューに応じてもらうこと、吉本さんをメインゲストにし、もう一人の著名な文章家として、発売元の劇書房に紹介してもらった、日本の古典芸能や文学研究者の堂本正樹氏に原稿をお願いすることにした。写真家のほうは、川田喜久治という中堅の写真家に話をつけてきたので、「パノラマ◎虎豹別荘」なる写真ページを作ることになった。★そして書名だが、まず、彼らは、吉本隆明氏の主催されていた「試行」という雑誌の名まえを貰ってこれを単純にくっつけて、「写真試行」という題名にしたいと考えていた。おれは、題名をそのままいただくのはどうかと考え、「試行」を「試論」と変え、結局「写真試論」という題名をつける案を出した。こんなふうに話はまとまりながら、やっていこうと決意したのだ。

◉雑誌は始まった。その第一号に吉本隆明さんをお願いすることができた。吉本さんはパチンコ業界の雑誌であろうと、たぶん彼を頼ってやってきた編集者には必ず、対応する人だと聞いていたから、そんないきなりのインタヴューをお願いしてみたわけだ。『最後の親鸞』の編集者の春秋社の古関さんの協力が大きかった。また、発売元になってもらった劇書房という出版社に紹介してもらった堂本正樹氏の名まえをわたしは不覚にして識らなかった。劇書房の社長のおかげである。そんな手助けが、この雑誌を四号まで続ける、大きな力になってわれわれをバックアップしていてくれたことを、こんな場所を借りて、お礼を申しておきたい。★おれは、堂本正樹さんにお会いした時、古代の地中海地方の神だった大地母神のような母神的な存在は、日本にはなかったような気もしますが、いかがですか？　と尋ねてみたことがあった。アマテラス、などは天が照らすか、天を照らすのかよく解らないが、ともかく大地に根ざした母神でないことは確かだ。そうすると、日本には母なる神というのは、いなかったのだろうか、と改めて思ったのである。アマテラスが怒って洞窟に隠れた時、ストリップショウを演じたアメノウズメという女神がいたが、大地とは関係がない。スサノオや後に現れるオオナムチの神（一名、大国主の命）は土着の神のように思われるけど。まあ、ギリシアの十二神が基本的に天空神と言われたように、日本の初源の神は天空神であった。これが、土着の神から、国、日本列島を譲られた、という構図にまとめられている。★わたしの質問に面食らったのだろうか、堂本さんは非常にまじめな表情になって、ウーム、「堅牢地神」というのはいるけどね、天や地を守る神なんだけど。大地母神から、大地を守る神と彼は連想したようだが、地中海世界では大地の奥で成長を待つ植物たちの母とも言える、母なる神であったのだが。まあしかし、原稿の内容は当然、彼に任せて、集まった原稿を、やはり劇書房で教えてもらった和文タイプを専門にしている女性に組版を頼んだ。この女性は実は非常に知識的な人で、話があってしまい、いっしょに酒を飲んでふらふらと、といったおまけもあった。★それはさておき、本ができたとき、直ぐに、はっと気づいたのだが、吉本さんのよく使われる基本用語の〈対幻想〉という言葉を〈追幻想〉となぜか、まちがえてしまったのだ。冷や汗が流れ続けた、その日は。春秋社の編集者古関さんは、校正ならぼくがやってあげたのにね、と言ってくれたが遅かった。本ができ、吉本さんの所に届けた時は平謝りに謝った。それ以来、というか、文字校正には自信がない。というより、校正という仕事はあまり自分には向いていないのだ。細かいところにいい加減なおれの気質が現れている。★ともかく、荒地と神西とおれたちは書店営業ということを劇書房で教えてもらい、三人で担当地域を決めて、書店の注文取りもやった。おれは銀座からお茶の水あたりの大型書店を廻った。大型書店のいずれも本の受注の受付は若い女性が担当しており、雑誌の趣旨などを丁寧に話し、その号の特色などを説明すると、結構真剣に聞いてくれるのだ、若い女性たちは。そして、十部くらいは注文を取ることができた。

◉その後も、自分で選ぶか、劇書房に紹介してもらった研究者や表現者たちにインタヴューや原稿を依頼することができた。書店廻りも継続してやった。ある時は、京都で出版社をやっていた友人に連れられて、京都や大阪の有名大型書店を廻ったこともあった。大阪の紀伊國屋書店は、売上げ日本一ということだったが、本の注文をするセクションは地下七階か八階にあり、エレベーターで降りていく時など、驚天したものだ。さすが、と。★結局、インタヴューによる構成は、吉本さんに始まって、鷲巣繁男という詩人、作家として好きだった島尾敏雄氏、それから、これは劇書房の紹介だったと思うが、天井桟敷の主催者であった寺山修司氏らをお願いできたのはラッキーであった。島尾さんは『死の棘』を出されたあとで、嫉妬におかしくなって女の家に来たノイローゼ気味の妻を、玄関あたりで打擲（ちょうちゃく）するシーンなどがあり、そんな男女関係の話を訊いてみたいと思っていたのだが、ご自宅を訪問し、インタヴューをしている間、お茶を運んでくださったご本人のミホさん、すなわち『死の棘』の女主人公であるご当人が、島尾さんにぴったりとくっついて傍を離れることがなく、そんな話は持ち出すことができなかった。『死の棘』の頃の島尾さんの苦労だけがよく理解できた。病的な嫉妬、これは宇野浩二の小説にもあったな。★四号を出す時は、劇書房の社長から、のちに長く、彼が亡くなる直前まで親しくつきあってくださった日本近世文学研究の松田修先生を紹介してもらうこともできた。松田さんの仕事はその専門領域を遥かに超えた、大きな世界がいつでも広がっており、興味はつきることがないのだ。松田さんはホモ愛好者であったという評判どおり、いつでも、若く、短髪の大きなしっかりした身体の持ち主であるような、いかにも体育会系と思われる青年を伴って、劇書房などにも来られたが、残念ながら、おれのように痩せて長髪で暗いサングラスの男なんかのほうにはそんな気配をみせられたことはまったくなく、松田さんの描いている美青年の範疇から無縁だったな、と個人的に考えたものだったが、歓んでいいのか、哀しむべきか。まあ、失望したわけではない。むしろ長く友情を示してくださったことには今も感謝の思いで満足しているのだ。というのは友情半ばにして松田さんは不帰の客になってしまわれたからだ。松田さんには、その頃評判だったギリシアの、五、六時間に及ぶ大長編映画「旅芸人の記録」について書いていただいたのだが、この世間ではかなり、もてはやされている映画をやや疑問視するような、批判的な反骨の文章であった。松田さんとは、彼がパーキンソン氏病の始まった頃から、亡くなられた直前までおつきあいをいただいた。ぼくの本を何冊か出してくれていた右文書院が、松田さんの全集を纏めたいと言ってきた時は、仲介者の役割を務めたのだったが、松田さんはもう意識も不明確で、なんだか無理やり、かってに承諾を取りつけてしまったようで、後々までじつは心が痛み、あれでよかったのかな、と考え続けたものだ。全集ができて一年もしない頃、松田さんはついに、そのお墓以外の場所では会うことのできない存在になってしまわれたのだ。その死を予想はしていたが、取り返すことのできない至宝を、わたしもわれわれ全ファンも喪くしてしまったのだ。★葬式は簡素だったのだが、四十九日の最後の儀式は、どこか日暮里あたりの瀟洒な寺院で、十何人かのお客の一人として参加し、お経を聴き、出版社の関係者二人と、神田の藪蕎麦に寄って、淋しくビールを飲み、松田先生の元気だった頃の話に、いつまでも花が咲いた。一番最後にお会いした時の、車椅子の中でのあの小さく縮小してしまった軀や、いつものあの機知に富んだ知性の輝きが少しも表れてこない、くぐもった風貌が、全集出版の依頼を済ませて松田家を辞したおれと編集者を、なんとも形容しがたい孤独と絶望の谷間に突き落としていたかのような、そんな短い時間を過ごして最寄りの駅まで歩いた時の暗い切ない気分が、それ以後の自分の日常生活の中に、終わることのない記憶として、脳の底からいつでも立ち昇ってくるのをどうしようもなかったのだった。たいした霊感を持ち合わせていない自分が、松田さんの近い死を、その日だけは予感していたとでもいうかのように。

◉インタヴューのため吉本隆明さんのお宅に伺った時などは、経験的に初めての作業だったせいか、あまり緊張ということを知らない自分もやや、というよりかなり、緊張し、アパートから出発する時はウイスキーを二口か三口飲んでから出かけたものだ。★それ以来、いろんな雑誌を作ってきたが、知らない著者にいきなり電話する時は、たいてい酒を飲んで緊張感から少し逃れて、といった感じの気の弱い情けない編集者ぶりであった。この最初の雑誌「写真試論」は四号で終わってしまったのだが、その責任はわたしにあった。ちょうどその頃、わたしが美術大学に行き始めた最初の頃の学生さんだった、髙橋丁未子さんという編集者が、わたしが「写真試論」に書いていた、「ギリシア神話試論」という連載を読み、その頃彼女が勤めていた北宋社という出版社から、少女漫画の世界でもギリシア神話はよく描かれます、そんな読者を想定して、なんか書きませんかと声をかけてくれたのだ。そこで一気呵成に書き下ろした文章が、『神々の悲劇——ギリシア神話世界の光と影』という本に結晶した（しかし、この「神々の悲劇」というタイトルは北宋社の渡辺さんという社長が考えた題名で、ギリシア神話世界においてはゼウスという神が主神のオリュンポス十二神というのが中心で、悲劇的神はプロメテウスという神ひとりである。しかも悲劇というにはあたらない。ディオニュソスという暗い神はいるが）。渡辺さんは、ギリシア神話時代が終焉し、音楽劇という形態で始まった、いわゆる「ギリシア悲劇」という世界のイメージを頭に描いていたのだろう。わたしの仕事はそれ以前の、ギリシアの神たちの始原の時を描いていたのだ。★髙橋さんは、「牧神」という雑誌を出していた牧神社（この会社の社長さんはマイナーな編集の領域では有名だった）が、中学、高校の女学生を読者の中心に想定した雑誌を企画したとき入社して、「パンドラの匣（はこ）」という雑誌の編集長になり（といっても編集者一人の雑誌であったのだが）、わたしにそのブックデザインを依頼してくれたのだ。パンドラの箱はギリシア神話の物語に登場する「匣」であった。日本の民話の、竜宮から貰ってきた玉手箱と少しだけ趣向は違うのだが、この「匣」を開くとあらゆる不幸が世界に向かって飛び立っていくという怖い箱なのだが。★わたしの本は古代ギリシアのオリュンポス神族といわれた神たちを、文化人類学的な視点も加えて分析したもので、続いて、ヘラクレスやアキレウスら、英雄とよばれていた半神あるいは英雄とよばれた人間たちを書いた本も書きたいと思っていたのだが、北宋社では村上春樹やカート・ヴォネガットJr.の研究書など、いろんな本の書き手として使ってはくれたのだが、英雄論の話は来なかった。まあ、わたしの最初の著書はあまり売れなかったのであろう。ともかく、「写真試論」の次号を用意したりしないまま、この自分にとって初めての出版物のために全精神を傾けてしまったのだ。★そこで、というわけでもないが、数年後にわたしは荒地や神西らを加えた新しい友人たちと「遊行」という雑誌を出すことにした。遊行は「ゆぎょう」と訓み、各地を自在に移動する僧や歩き巫女、非人、無宿人などの人々を遊行者とよんでいた。農地に縛られて移動することのない農民などに対して、そんな自由闊達さを表現するべく、そんな言葉を選んだのだ。もっとも、その時代から「ノマド」とか社会の規制をくぐって移動する、あるいは放浪するという概念人気があったのだ。要するに土地に縛られている農業民と違って、好きな時に勝手に移動できるという点が、好まれたのだ。集まった編集者の中には、松田修さんの全集を企画した右文書院の土橋さんも友人づきあいになっていたので、これに加わってくれた。わたしは編集者として彼を、心から信頼していたのだ。ほかにもわたしに装釘を依頼してくれた編集の専門家内村さんもいたので、編集の細かい作業は彼らに任せて、自分自身は特集の内容に沿って、短い文章と図版をたくさん入れたページを何ページか作ったりした。かつ自分の原稿を書き、在日の民俗学や芸能学の金両基さんや、近世文学の松田修さんなどにインタヴューしたり、と気儘な雑誌作りを愉しむことができた。しかし、二号で終焉したのはなぜだったのか。記憶が定かでない。一号の編集長は自分であったのだが、二号めは、パリに八年間いたという小嶋さんで、彼は現代思想に強く、編集会議のたびにわたしと論争を繰り広げた。この雑誌時代を振り返ると、編集者も多く、参加者も多くて、それぞれの、この雑誌への思いがだいぶ違っていた。そんなことも長続きしなかった原因のひとつかもしれない。本来は、土橋さんなり、内村さんに編集長を任すべきであったのだと思う。★当時、雑誌を始める以前だったと思うのだが、誰が言い出したのか、小嶋さんや土橋さんやほかの友人たちと、フランス現代思想家のひとり、文化人類学者レヴィ＝ストロースの『野性の思考』という本を読む読書会をやることになった。週に一回だったか、新宿のあまり流行っていない喫茶店に集まった。その仲間のひとりはパリに八年もいたという青年、小嶋仁さんで、彼はフランス現代思想に精通していた。わたしは、この本を読み始めた最初の頃、はっきり言って書かれた意味が全く把握できなかった。構造主義とか記号論という領域をまったく勉強していなかったせいもあっただろう。しかし、その時は、小嶋さんがいちいち解説してくれたので、初めて少しずつ理解できるようになったのだ。たとえば生の食物をそのまま食べるのが〈自然〉だとすれば、煮炊きをしたものは〈文化〉である、といった具合に、ある記号に置き換えることで、世界の構造を理解しやすくするという方法論であったような気がする。この本の出発点のところで、著者は未開社会の人びとが、自分のごく身近にあるいろんなものを適当に集め、それらを使ってなにかの道具らしきものを作り出す、そんな作業を「ブリコラージュ」とよんでいたと思うのだが、これは、ある造形的な何か（文化）という観念を説明するために、もっとも初源的な複合のような観念を提示するべく、未開社会の人びとの思考をまずは紹介したのであったろうか。★ともかく、なにごとにも先達というのは必要だし、小嶋さんがその先達だったのだ。先達を知らなかった自分は、ある頃、遅ればせながら、フランス現代思想の本を少し読んでみようと考え、フーコーの本を三、四冊買ってみた。完読したのはたしか、『性の歴史』だけで、あとの本は、三分の一くらい読むと苦しくてたいてい投げ出してしまうほど、やはり難しかった。デリダなどはある本の一ページを見て、読むのをやめた。フランス現代思想の原点はマルクスなんだな、という気がしてマルクスの本は、買いやすい文庫本になっている限りなるべく読もうと考え、ほとんど買った。「武蔵野美術」という雑誌を作っていた頃、ある知識人の青年、上野俊哉さんだったと思うのだが、彼に、マルクスって、本がたくさんあるけど、なにから読んだらいいですかね、と相談すると、少し考えた末、『ルイ・ボナパルトのブリュメール18日』が読みやすく、おもしろくていいんじゃないかな、と言ってくれた。これは昔読んだ『共産党宣言』のあと、初めて読んだマルクスの書であり、文庫本であったから、まず買える範囲の文庫本を読もうと決めたのだった。文庫版を少しだけ大きくしたような『資本論』は全部揃えたのだが、四巻か五巻あたりまではなんとか読み、とりわけ一巻めの本の内容に関して、小嶋さんと夜を徹して議論したこともあった。小嶋さんの理解とかなりの程度に違っていたのだ。議論というより酒を飲みながらの喧嘩口論といったてい
のもので、まわりの仲間が呆れ果てていたっけ。★後年、わたしがまたほかの友人たちに声をかけ、文学を読む読書会を始めたのは、そんな経験もあったから、一冊の本をもとに議論することの愉しさを再現したかったのだ。新しい友人たちを誘って月に二度の金曜

の夜、吉祥寺の井の頭公園近くの喫茶店で開いていた。おれの美大関係のもと教え子、その友人や、その友人の友人たち、何人かで集って読書し、感想を述べあう会をやろうということにしたのだった。そして、読書会が終わると、近くの飲み屋「のろ」に行き、ここでは飲みながらの歓談の時間になる。おれは人見知りであったのだが、友情めいた感情が生まれるようになると、他者との交感が平気になり、そしてむしろその彼らと過ごす時間、友情感覚を大事にしたい、と思うようになるのだ。★この会では自分は結構、狡猾に頭を作動させ、自分が読んでなかった近世の文学を読むのはどうかと提案したのだが、みんなが素直に同意し、おれの意見を採用してくれた。大学の関係者が多かったから、この会ではみんなから「先生」、とよばれるようになってしまい、現在もそうだ。面はゆいが、慣れてしまった。始めてから三十年以上になるので、メンバーは随分変わった。最初から、という人が、自分を入れて三人だ。読書会では、まずは上田秋成の「雨月物語」から始めて、つぎにはやはり秋成の「春雨物語」へと進み、さらに西鶴のいくつかの小説、近松の浄瑠璃の戯曲、滝沢馬琴の亜歴史小説、山東京伝や式亭三馬、十辺舎一九らの雑多な小説群、幕末の為永春水の恋情小説などの戯作や読本類などのうち、何冊かを読み（その近世文学の作家たちの主要作品を読書会では読んできたので、残りの多くの作品は、おれの個人的作業の範囲、対象となった）、しだいに時代を遡って中世文学となり、「説教節」や「御伽草子」、「神道集」など中世無名文学世界へと向かった。この会をきっかけとして江戸時代の多くの小説類を読むことができたのは自分にとって大きな収穫だったと言える。この会では、現在、「平家物語」の異本といわれる「源平盛衰記」の世界に辿り着いたところだ。

◉雪子は靴脱ぎでわたしに下着を見られたことなど、まったく気がつかないまま、四畳半大の部屋に立った頃から、いきなり元気になり、いや、たちまち鎌倉に到着した時のように陽気さ（いや妖気さか）を回復して、ここ？　先生の部屋って。と言いながら薄暗い板の間を歩き、奥の畳の部屋に入っていって円形座卓の前に腰を下ろした。なんだか暗い部屋だけど、案外落ち着いてるわね。雪子のしっかりした肉づきの軀が、電灯の真下の円卓の前で凭れるように両膝を少し崩して座り、おれのほうに送る笑みが唇と頰の相好を崩壊させ、笑い聲が喉から開かれた唇を通って漏れ出し、それはおれのほうにつぎつぎに飛んできておれの身体に纏わりついてくるのだ。おれは雪子の横に坐り、改めて雪子の重みのある軀を抱きしめ、唇にキスしてその感触を確かめた。そして、おれの唇は彼女の上下の唇をかわるがわる舐め、そして舌を吸い、その夜に展開するだろう男と女の絡み合った軀の蠢めきが忽ち、おれの精神から身体まで、すなわちおれの全体へと浸透し、精神をも覆いつくしていくのをしっかり感覚していた。彼女の汗っぽい体臭がおれを包みこみ、おれの掌は彼女の背の服のジッパーを外そうと活動し始めたのだった。先生待って。まず、お風呂沸かすわ。だって今日は土曜だし、先生、お風呂に入る日でしょ。あたしも汗かいたから、入りたいわ。まず風呂に水を張ればいいんでしょ。雪子はさっと立ち上がり、ワンピースのスカートをひらひらと翻しながらいそいそと浴室の扉を開けて、その奥へと消えていった。鎌倉までの往復の疲労などはどこかに吹き飛んでおり、今は若い女の躍動感に充ちた彼女の後姿をじっと眺めた。そして、風呂桶に水を入れる音が響いてきて、おれは、なんだか疲れたな。今晩、雪子はどうするのだろう。婚約者にやっぱり義理立てするんだろうか。雑念はさまざまに飛び交い、おれはウイスキーを取り出して円形の座卓に置いたふたつのグラスの中に注ぎ入れ、氷と水を取りに冷蔵庫のほうに戻った。冷蔵庫の中はいつものようにほぼ空っぽで、冷気とウィーンという音が放出されてくる。雪子のいる風呂のある空間から響いてくる水の落下音はやまなかった。★雪子はなかなか出てこない。どうしたのかな、雪子！　と声をかけながら風呂のドアをさっと開くと、キャッという嬌声が狭い空間に響いた。同時に急いで便器の水を流す音がそれに重なった。雪子はトイレの便器に腰かけ、用をたしていたのだ。開き気味の両足の踵のあたりに、引き降ろされた白い下着が纏わりつき、お尻のほうのスカートが大胆に捲くりあげられていたせいか、あまり明るくない浴室の蛍光灯が照らしている真っ白な臀部や太腿がかなりの程度で素早く、おれの視線の中に侵入してきて、眩しかった。先生ったら。お願いよ、視ないで、そんなにじろじろと。と、とりわけ拒絶するわけでもなく、手を振って出ていくように指示した。まあ、いいじゃないか。好きな男におしっこしてるところ見せるんだからさ。もう終わった？　変なこと言わないで、早くドアを閉めて。出て行ってよ。変態！　ひょっとして、大をしていた？　おれの変態趣味が容赦なく発揮され、わざと意地悪っぽく訊くと雪子の貌つきは、今まで見せたことのないような怖い険しい形相に変貌し、ばかなこと言わないで！　とおれのほうを睨むのだ。別に大でも構わないんだけどな。おれは退散することにして、ドアをそっと閉めた。トイレと便器のある空間への木のドアは、白っぽく塗ってあったが、下のほうが少し隙間のあるレンジ状の窓のようになっていたので、その空間からの音はよく聞こえた。たいていの女性客たちは、トイレで多分、排尿などする時は、勢いよい音が出ないように工夫しているようだったから、雪子も注意深く排泄していたのだろう。尿か便を。★ウイスキーの水割りを飲むうちに、雪子が、浴室のドアを開けて出てきて、おれの横に来てべったりと腰を下ろし、先生。お風呂のガス栓を点火してきたわ。わたしの水割り作ってよ。わたしは立ち上がり、グラスをもう一個持ってきて、ウイスキーを注ぎ、氷と水を入れこれでいいかな、と聞きながら円卓の上に置いた。雪子は、グラスを確認するように見つめて、右手でそれをそっと摑んで、先生、乾杯しましょ。と声をかけてきた。風呂の番頭さん、ご苦労さんでした。風呂が沸くあいだ、これを飲んでいようか。と言いつつ、片手を雪子の背中に廻して抱き寄せた。先生。あたしさ、今日は思い切って大サービスしちゃうわ。先生といっしょにお風呂に入ることにしたのよ。と言って、薄っすら赧らんだ両頰を緩め、唇を半開きにして嗤うのだ。そりゃあ、いいこと考えたね。優等生だな。そうよ。あたしって案外成績がよかったのよ。そう思ってなかったでしょ。うーむ、その辺は解らないが、恋愛道の優等生という意味で言ったんだよ。でも婚約者がいるのにいいのかな、そんなことして。と嫌味ではないが、皮肉も籠めて言ってみたが、彼女は動じた表情など微塵も見せず、いいのよ。あたしの生き方なんだから。婚約者を愛してないのかい。と、今度は平凡な感想を漏らしてみた。だって、何回か会っただけで、好きになんかなれないわ。にこにこして言う雪子の表情には逡巡とか躊躇いといった領域はまるでなかったようだった。でも結婚はするんだろ。そりゃあ、パパの見立てだから反対できないのよ。うーむ、親孝行なんだ。いいや、親孝行の不良娘なんだ。複雑だな、雪子は。おれが続けて、それじゃあなぜおれと……、と言い出す前に、雪子は立ち上がり、風呂のぐあいを調べに浴室に入っていった。おれは、押し入れから蒲団を出して、円テーブルを横にどけて、敷いた。敷蒲団と薄い夏用の掛け蒲団。枕もひとつしかない。おれは座布団を取って二つ折りにして頭をつけ、仰向きに寝ころんだ。雪子は戻ってくると寝ているおれを見おろし、沸いたわよ。先生、先に入っていて。すぐにあたしも行くからね。と言いながら改めて敷かれた蒲団を見おろし、しかしやっぱり笑顔を崩さなかった。★されど、女は強しかな。おれはさっさと服を脱ぎ、裸になって浴室に入り、風呂の蓋を取って脇にどけ、お湯を汲んで下腹部のあたりにざっとかけ、その辺を掌で簡単にごしごしと洗ってから、あつっと言いながら浴槽に片足を入れ、さらに両足を入れて全身を湯槽に浸かり、雪子の来るのを待っていた。若い女性といっしょに風呂に入ることになるなんてな。妻ともそんなことはしたことがなかったし、おれを訪ねてきたほかの女たちとも風呂に入ったことなどなかった。おとなになってから女性と風呂に入るのは、初めての経験であったのだ。風呂桶にどっぷり浸かると、自分の軀がお湯のなかに透き通ってゆらゆらと見えていた。そこだけ白い亀頭が少しだけ上に浮かび上がって来そうに見えた。★だいぶ以前のことだが、風呂のなかで自慰をするとどうなるのか。なにかの本に書かれていた馬鹿げたことを実際にやってみたことがあったけな。放出された精液は、線香花火、ではなくあまり力のない噴水のように少しだけ上部に飛び出してゆき、そしていくつかの水滴が球状になって四方に散るように、ゆらゆらと落ちていく。大学の頃、古美術研究旅行で、奈良や京都を訪れたあと、独りで四国に旅したことがあったが、道後温泉に泊まった夜、風呂に入る最後の客だと女中さんに言われたので、湯泉の中でふと、自慰をしてしまったことがあった。残り湯に入る女中さんなんかが、妊娠したらどうしよう、などとあほな（?）心配をしたものだ。★雪子は全裸になった身体の胸は露出したまま、下腹部だけ片掌で軽く覆って入ってくると、先生、いっしょに入るわよ。うれしい？　そりゃあ嬉しいよ。こんなの初めてだ。女の子といっしょに風呂に入るなんてね。東京に来たばかりの頃、下町の銭湯で、小学生くらいの少女と混浴したことはあるけどね。まあ、変態ね。いや、下町の小父さんなどは、そんな少女、多分娘を平気で銭湯に連れてくるんだよ。江戸時代の銭湯はある時まで混浴が基本だったらしいし、その名残かな。まあ、今晩は初体験というやつだよ。膝を揃えてまっすぐ立ててちょうだい。その上に跨るわ。うん、この浴槽は狭いからな。ふたり、入れるかな。おれはなんとなく照れながら、胡坐をかいていた両腿を立てて、背は浴槽にぴたっとくっつけるようにまっすぐに伸ばし、浴槽の湯の中に少しだけ拡げた空間を作った。雪子は風呂桶でお湯をさっと軀にかけ、下腹部を軽く洗うとすぐに立ち上がると、大胆に右脚を上げて風呂桶の縁を跨いで湯の中に侵入してきた。下腹部の濡れた恥毛が覆った陰阜のあたりがおれの眼前、十センチくらいに大接近し、映画のスクリーンをすぐ近くで観ているように画像を拡大した。左脚もあげておれの両膝を跨ぎ、太めの重量感のある両脚を開いておれの両腿を挟むように立つと、すぐに両腿を大きく開いて、軀を湯のなかに沈めておれの立てた膝を挟むようにして腰を下ろした。割れめうんぬんははっきりとは確認できなかったが、そのあたりは自然な感じで暗かった。ともかく、雪子が軀全体を湯の中に入れると、途端にお湯が溢れてざーっと四方に流れ出た。ふ、ふ、ふっふっと雪子が嗤うと、ふたつの盛りあがった乳房はおれの痩せた胸にぴったりとくっつき、おれたちは湯の中でしっかりと抱き合うように密着しているのだった。当然入っているはずの凹凸の所だけが、たがいの軀に挟まれて聞こえない悲鳴を上げていたのだと思う。★ああ、これはいわゆる女上位ってやつだな。いや騎乗位と言ったかな。まあ、それって厭らしい意味でしょ。男と女がセックスするときの。先生ってそんなことばっかり考えてるの。いやあ、おれが考えたんじゃないよ。この用語はね、謝国権先生が命名したんだったか、ちゃんとした医学用語なんだよ。

帰ったらお御父上に訊いてみたら。おれは彼女の頸に廻した手で、おれの貌よりやや上にある雪子の貌を引き寄せ、唇を需めた。いつの間にか口紅は落ちていて、生っぽい唇の感触が湯気の中で充満し、おれの下腹部のあたりで陰茎が勃起しそうな雰囲気になってきたのを、とどめることはできなかった。その生きものは雪子の下腹部の真下のあたりを刺激したのであろう。★雪子は下腹部に異変を感じたのだな、先生！　先に出て、とわたしを強く抑制するように、あるいは促すように湯槽から追い出した。さすがに下腹部に異物感を、何か得体の知れないものが自分の大事なところで蠢めくのを察知したんだな。おれは雪子の言うままに浴槽の中から出ようとして、半分くらいに勃起し始めた性器を隠すこともできずに、雪子の両腿のあいだから抜け出て立ち上がり、雪子の眼前に全披露して、軀からお湯を落下させながら、浴槽の外に出た。雪子は黙ったまま、お湯の中で向きを変え、わたしが座っていた位置に軀を沈ませた。今、何を考えてるのかな、雪子は。風呂場の床はこの部屋全体がコンクリートの地肌を見せてトイレの便器の床まで一続きになっていた。便器の所で段はあったが。床は濡れていたが、すでに足の裏は幾分ひんやりと冷たかった。雪子のほうを視ながら木の小椅子にかけた。そして手拭いに石鹸をなすりつけ、乱暴に腕や腹や脚をごしごしと擦った。先生。あたしが洗ってあげるわ。少し後ろに下がって座ってよ。彼女も立ち上がり、乳房と恥毛を隠さずにまた風呂桶を跨いで、おれの前にしゃがんでおれの手から手拭いを取って、先生、後ろ向きになって。と言い、背を向けたおれの背中を洗い出した。

パパの背中もこんなふうに洗ってあげるんだな。馬鹿言わないで。もう風呂にいっしょに入ったりしないわよ、小学生じゃないんだから。雪子は少しだけ怒ったような声を出し、石鹸の泡だらけになっているおれの背中にお湯をかけた。じゃあ、今度はおれが洗ってやろう。と言って木製の小椅子を雪子に譲り、向かい合うように、おれ自身はコンクリートの床にかまわずじかに座って、両脚を開き気味にこちらを向いている雪子の軀を洗おうとしたのだが、それはいいわ。自分で洗うから。だってやっぱり恥ずかしいんだもの。雪子の両腿のつけ根のあたりの黒い陰毛がお湯のせいでつやつやと光っていた。真っ白い軀の肌色に、下腹部の翳りが強く自己主張するかのように、黒々と輝いた。おれの注視の前で臆せず、雪子は丁寧に乳房やお腹、腕や両脚をゆっくり洗い、手拭いを背中のほうに廻して洗っている間、おれは浴槽に戻って、雪子、こっち向きになれよ、と言い、雪子は自分を見せつけるように、こちら向きに座り直した。雪子の新鮮な果実のように弾む軀の上半身や、開かれたふたつの太腿を鑑賞した。石鹸の泡は軀に沿いながら流れ落ちてゆき、下腹部の黒い翳りのあたりを伝っていった。先生、ゆっくり風呂に浸かってね。うん、でも正直言って、雪子の軀をずっと見ていたいんだ。そして、雪子の躍動的な動きに見惚れていた。雪子が立ち上がるとふたつの乳房が揺れ、ふたつの乳首がつんと突き出て、あまり明るくない裸電球の下でしっかりした裸の軀を誇示して、〈女〉を嫌というほど見せつけ、おれは一瞬痺れた。さあ、視覚の歓びのつぎになにが待ってるんだろう。★おれは先に浴室の外に出て、接客机の上に置いておいたバスタオルでさっと軀を拭き、箪笥からパンツを出してはいた。勃起は治まっていたが、少しだけ膨らみが残っているようだった。そして、掛け布団を捲って敷き布団の上に腰をおろし、また、円卓から水割りのグラスを取って飲んだ。熱い軀に冷たい水分が吸収されてゆき、アルコールの匂いが鼻のあたりに漂って快かった。浴室からは雪子が浴槽に浸かっている音が聞こえてきた。そして小声でなんかの歌をハミングしているような雪子の声が聞こえてきた。おれは彼女の、やや小太りの軀の緩やかな動きを思い出しながら、いいなあ、若い女の裸って、と改めて考え眼を細めて、その画像の復元作業を続けていた。そのうち雪子が浴槽から出るざざっという音が響き、そしてドアが半分開き、その真っ白な身体は見せずに貌だけ出して、先生、悪いけど、バスタオルを取ってちょうだい。おれは立ち上がり、机の上のおれの使ったタオルを渡した。これ一枚しかないんだよ。おれが先に使ったから、少し湿っているけど、ごめん。先生、机のうえのあたしの下着も取ってちょうだい。いいじゃないか、真っ裸のままで、今晩くらいは。だめよ。もう、あたしの裸、鑑賞したんでしょ、充分に。まあ、外に出てさ、おれの前で穿けば。おれはそんなシーンを期待しながら、雪子の小さく折り畳んだ白い下着を摑んだ。手に取って拡げてもっと観察してみたかったのだが、素直に渡してやった。雪子はブラジャーとショーツを着けてドアから出てくると、蒲団の上のおれの横に座った。湯気が、その豊満な身体から立ち昇り、石鹸の匂いが微かに漂った。そして裸の腕を伸ばしてグラスを取り、氷が解けちゃったわね。と立ちあがり、肌にぴったりと食いこんだ薄い下着に包まれたお尻を振りながら、冷蔵庫のほうにゆきしゃがんだ。今日はあのデカパンじゃないんだな。薄い下着が少し伸び拡がり、お尻の割れめがほのかに覗けていたようだった。先生もいるよね。氷？　と言ってさっと立ち上がり、おれのグラスを取りにきた。せめてブラジャーだけでも取れよ。解ったわ。雪子は素直にブラジャーを外して裸の両胸、ふたつの大きめの乳房を見せながら、またもとの笑顔になっておれのグラスを受け取った。可愛いおっぱいだね。下のほうも視たいんだけどな。だめよ。そう言っておれのグラスも水と氷を入れて、おれの所に戻ってきた。横座りになっておれにしなだれかかるような体勢で腰を下ろすと、少し開かれた太りじしの太腿がおれの視線を弄んだ。雪子はおれの軀に自分の腕を密着させてウイスキーのグラスを傾け、唇に運んだ。蒲団が一組しかないんだよ。ここでくっついて寝ることになるよ。おれは片腕を彼女の背から胸のほうまで取り囲むように抱き乳房を摑んで優しく撫で廻しながら言った。いいわよ。でも、あれはなしよ。絶対に。今日は腹巻きはなし？　そうよ。あれは、防御用だったの。先生がその気を喪くすようにね。あの大きなパンツも？　そうよ。先生の興奮した気分が萎えるのを計算してたの。だからパンツを二枚はいてたのよ、あの夜は。おれの気分を弄ぶように、愚弄するかのように、微笑んで見せるのだ。今日は？　先生を信用してるわ。★おれたちは蒲団の上に腹ばいになり、両肘を立てて上半身を持ち上げるようにして寝そべった。スタンドの灯りだけにしてそれほど大きくない蒲団に並ぶとたがいの腕がくっついた。おれが眠れない時にする一人遊びのトランプゲームがあったのだが、それを雪子に教えた。カードを一枚ずつ横に四枚並べ、さらにつぎの列に並べていく。そして、縦、横、斜めに同じマークのカードがあれば、それを取り、空いたスペースを埋めながらつぎつぎにカードを四枚ずつ並べていくのだ。そして、カードがどんどん減り、最後に同じマークのカードが二枚並べばこれを取り去って終了となるのだ。しかし、滅多に全部なくなることはなく、なぜか何枚かのカードが残ってしまうのだ。一度だけ成功したこともあったが、それ以来、一晩中、飽きるまでこれを繰り返して疲れ果てて眠ってしまうこともあったな。雪子にこのゲームを教えると、自分はすぐ飽きて、専らウイスキーを飲んでいたのだが、彼女はこの一人ゲームをものも言わず、なんだか熱心にやっている。おれは右腕で肩肘ついて軀を横向きにして、雪子の、裸の上半身とショーツがぴったりとはりついた臀部の丘を横から眺めて、アルコールをちびちびと飲み続けた。乳房が少し垂れたように微かに揺れているのを観察し、掌を伸ばしてお尻を下着のうえから撫でてみた。弾力性のある臀部が、お尻の肉体が、微かな反応を雪子の意志と無関係に送り返してくるのだ。気がつくとショーツの中におれの掌は滑りこもうとしていた。だめ！　やめてよね。雪子はゲームに熱中しているのに、拒絶感覚だけ研ぎ澄ましたように、片腕を伸ばして、その遠慮がちなおれの掌に浸入を防ぐのだ。★しかし、ふっとこちらに軀の向きを変えた時は、意外に真剣な貌つきになっていた。先生。あたしね。今日は朝から、今夜、先生に軀を許していいかどうか、真剣に考えてきたのよ。あたし、正直言って、男と寝たことなんか、ないんだ。古臭い女だと自分でも思うんだけど、あたしヴァージンなんだ。先生が好きだけど、許していいのかどうか、本当によく解らない。婚約者がいなかったら、もっと違っていたかもしれないわ。でも頭がばかなせいなのか、どうしても、そこ、道徳的にまじめ人間になってしまうの。じつはね、鎌倉に行くことになった時、今度は男女関係になるかもしれない。許してもいいかな、とも思ったの。でもまた今日はやはりやめようって、なんとなく決めたの。今日の朝、船橋の駅で電車に乗って会社に向かった時ね。でもさ、次にいっしょに寝た時は許すかもしれない……。意志が弱いのよ、本当は。さっき先生のあそこ、少し固くなってたんでしょ。あたし、あんなの見たの、初めてよ。それなのに何もさせてあげないなんて、ひどいわね。そう思ったんだ。でもね、先生が好きになったことはまちがいないわ。でもお父さんを裏切ることもできない。今度の機会まで待って。お願い。先生。キスして。お酒を口移しで飲ませて。おれはウイスキーの水割りを口に含み、彼女の唇まで運んでゆき、唇をぴったり接触させながら、そして唇を開かせ、その口腔へと注いだ。雪子は少し軀を起こして、ぐっぐっと音を立てて飲みこんだ。喉のあたりの肌が動いて、嚥下されてゆく水割りの酒を彼女の身体が受容していくのが解った。何度か、同じことを繰り返した。きみも同じことをおれにしてくれよ。いいわ。彼女の口もおれの口にアルコールを運んだ。生暖かい水分はおれの口腔を満たし、おれの軀の中に染み渡るように吸いこまれていった。彼女の唇の艶めいた感触を味わいながら、何度かやりとりを繰り返した。おれの両掌は彼女のふたつの乳房を揉むように摑んだ。しかし、脳の奥のほうから非情な眠りの精霊がじわじわと現れてきて、おれたちをしだいに陶然とさせ、視界から光を奪いとり、ふたりはいつしか闇の、しかしなんだか暖かい感じの暗黒の領域へと突入していったようだった。

◉わたしが友人たちを募って始めた読書会は、吉祥寺の喫茶店で一時間ほど講読と感想会を終わると、「のろ」という地下にある飲み屋、いやビアホールというか、ともかくややだだっ広い空間が素人っぽいインテリアデザインのせいか、それほど明るくしていない照明のせいか、かえって落ち着いた雰囲気を醸し出しているなじみの店に行き、終電車あたりまでそこで酒を飲みながら歓談することにしていた。おれ自身の興味は文学中心の勉強から、ギリシア神話や原始キリスト教など、古代地中海世界の神話や宗教の世界に展開し、それは単に文学を読む地平から、民俗学や民族学、文化人類学、宗教学あるいは言語学（とくに日本語の成立論）などへの志向を強めてもいた。★「表現人類学」と、自分の領域をかつて名づけていた頃は、わたしは日本と世界の「文学」をできうる限り読みながら、その文学に描かれた、各時代の各世界の人びとの〈価値観〉や〈美意識〉を探り出していくのだ、と自分の理論の基本（ベース）を決めていたのだが、どのような時代も、世界も、結局は同じ価値観と美意識のふたつが同時代の思想や感性あるいは習俗その他と一体化しているのであった。ある社会における重要な「価値」とは、それぞれの人間が、基本的に人間として気持ちよく生き延びていくことであり、「美意識」は、他者と自己の関係性をなるべく愉快に保つために、自らと、自らの生みだす人為的世界を美的に構築していこうとする意識である。動物として美しくありたい、とか、人間として潔く生きていたい、他者から好かれるように生きたい、美男子でありたいなどなどというのも美意識であり、ぐっとくる絵画を制作したいと行為するのも美意識が原点にある。★吉本隆明さんの用語〈共同幻想〉は、国家論のような領域をまず、念頭において発想されたものだと思うが、共同幻想はもっと小さい社会である共同体や共同社会でも生まれてきて、そこで生きている人びとを規制し呪縛していると、自分は考えたのだが、たとえば、会社に勤めれば、その会社社会に固有の共同幻想はあり、ある町で生きれば、その町の共同幻想がそれぞれあった。男の社会と女の社会にもそれぞれの共同幻想はあった。それが、美意識と価値観という面でもしっかりと現れてくるのだが、あらゆる時空を超えて共有されているように思うのだ。吉本さんの共同幻想という概念は国家の成立と展開に関わる重厚なもので、その下位の幻想として、性をともなった一対の男女関係やその関係のうえに成立している家族における〈対幻想〉、最後は個人に帰してくる〈幻想個〉という三つの概念が提出されていたのだが、マルクス主義的に言えば、上部構造と下部構造に共同幻想をプラスして〈国家〉は成立するのだ、と吉本さんは言われていたように思う。（★わたしは吉本さんに、共同幻想ってかっこいい言葉を作られたんですね、と訊いたことがあった。すると彼は、いや、この言葉はぼくのオリジナルではなく、マルクスの『ドイツイデオロギー』の中に出てくるんですよ、と言われたことがあって、わたしは、『ドイツイデオロギー』のあちこちを開いて、「共同幻想」という用語を探した憶えがある。発見できたのだったかどうか、憶えていないのだが）。もっと多岐にわたる幻想があるのではないか、と考えるようになったのだ。あらゆる社会での生活や日常というもっと平易な領域でも幻想は絶えず共有されているのではないか、と考えるようになったのだ。国家と家族や個の中間に位置する共同体、あるいは共同社会での成員の構成や生活や習俗の細部にわたって共同の幻想は機能しているのではないだろうか。★吉本さんの思想の中では、多分、エンゲルスの『家族、私有財産及び国家の起源』など、マルクス主義の国家論が根幹になっていたと思われるが、自分の考えでは、観念的な意味での国家や家族でなく、実際の生活者たちの、生きる、という次元、地平、領野に興味があるのであり、文学などの表現もそんなある意味では小規模な共同幻想によって成立しているに違いないと考えるように、わたしの考えは展開していった。そして文学の世界を渉猟するだけではなんかもの足りないなと感じるようになり、文学の、とりわけ古代や中世の文学の周辺にあった民俗学的観念などをもっと勉強するべきだと考えるようになったのだ。たとえばグリム兄弟が童話や民話を蒐集し、これを分析する作業をフォークロア（民俗学）と規定していたように、折口信夫や柳田国男らの作業の中にも重要な分析がたくさんあるのでは、と考えるようになり、彼らの本が指針になることも多くなっていった。★たとえば、折口の「貴種流離譚」という概念から、貴種の到来を希求するような「貴種憧憬意識」といった概念が、地方で貴種を迎える民衆の側に、一種の共同幻想として潜在しているのではないか、という理論を思いついたこともある。憧憬する貴種の到来を迎えた地方の豪族たちは自分の娘を、流されてきた貴種に妻として差し出す。そこに民俗・民族学的地平が現れてくる。たとえば、説教節の「小栗判官」では、京都から来た貴族が関東地方豪族の娘、照手姫を略奪婚によって奪うような乱暴な物語に展開していたし、ギリシア神話の中の王の息子は、近親者を殺害するか怪我をさせて国を出奔する。そして、なにか怪物の犠牲に献げられていた王の娘を救い出しその娘と結婚し、その国の王を継承する。英雄ペルセウスが怪獣の犠牲になっているアンドロメダを救出する物語などはその典型のひとつであった。パターンは一様ではないが、地方豪族や他国の王が娘をそれらの到来した貴種に与えるという構造には変わりはない。★たとえば、史実かどうか疑問はあるが、源頼朝が平治の乱の敗戦により、伊豆に流された時、その地の豪族北条氏の娘政子と関係し、北条氏は頼朝を助けて鎌倉幕府は開かれることになる。頼朝の物語のこの部分は貴種流離と貴種憧憬物語が合体した例である、とわたしは考えている。「平治物語」では、単に伊豆に流された、という頼朝の話が、伝承の中で拡大し、あたかも北条氏は、彼を監視する役割を与えられていた、かのような伝承がしだいに実体化していった、とわたしは考える。そして、北条氏の作った「吾妻鏡」の中でしだいに、史実化されていくのである。★わたしは、ともかく日本では、グリムの日本版である、柳田や折口らの民俗学の本を読むことから、さらに南方熊楠や、宮本常一らを識った。そしてしだいに文学をある社会の共同幻想の表出したものと考え、ここを契機として社会、共同体や共同社会の存在の在りようや構成、あるいは美意識や価値観を考えるべきではないかと、自分の考えは展開していったのだ。そしてもっとも最近、偶然のように人類学の埴原和郎氏の、モンゴロイド（アジア人）二分論（日本列島に棲んだ縄文人と弥生人の関係性を分析するような作業仮説）みたいなものを識り、そこに、自分の前から考えていた「異人と異人は結婚しない論」（ふたつの民族なり種族が出遇った時、民族学の本がよく書くようにそこですぐに混血が起こってうんぬん、なのでは全くなく、むしろふたつの異民族は棲む領域を棲み分けて共存したという考え）を併せて、日本列島における、縄文人と弥生人の「棲み分け説」（棲み分け理論は生物学の今西錦司の提出したものであった）を考えるようになっていた。★しかし、わたしには、紋切り型的に自分の獲得した理論による解釈を性急に吹聴するという知ったかぶりの性癖もあって、読書会のあとの、「のろ」での飲み会などの場で、なにかにつけ縄文人と弥生人というテーマに結びつけるような言い方をしてしまい、友人たちはそれぞれがそれぞれの興味や関心の対象を持っているのであって、わたしがいきなり持論を持ち出して発言すると、その考古学的分析（つまり縄文土器や弥生土器などを核にしたふたつの民族・文化論）あたりまでは納得してくれても、当然のことながら、それ以上には理解してくれないことも多かった。わたしがいつもの癖で、それはだね、縄文的文化の特徴でね、弥生系の文化とは明確に切れているんだよ。などと言い出すと、またか、この人は。もういいよ。みたいな貌つきが露わになり、わたしはしだいに話の中心部からそれてしまうような機会に出遇うことも多くなったような気がしていた。わたしは、ある時代から、完全に懐疑論者になっており、伝承はもとより、史実とされるものにも、ある種の疑いを持つようになって、それは現在に至っているのだ。これは自分が孤立してゆく道程の第一歩がもう始まっているのではないか、と自覚している。

◉はっと目醒めると、雪子の蠱惑的な裸の身体がおれのすぐ傍らにあって安堵した。ふたりとも蒲団も掛けないで、しかし汗だくになって眠っていたのだった。おれは暫くふたつ裸の乳房がゆっくりと呼吸に合わせて上下するのを凝視していた。時計を視ると、九時を過ぎていた。まだそれほど暑くはなかった。雪子は唇を僅かに開き、すうっすうっと呼吸の静かな、小さな音を定期的に響かせていた。おれは少し起き上がり、雪子の裸の全身を眺めた。乳房は左右に分かれて少し垂れたようだったが、しかしその豊満さは損なわれていなかった。乳房から下のお腹のほうへと続いており、中央部いわゆるお腹がふっくらと膨らみ、小さく割れて奥まった臍のくぼみのなかに薄い翳りができていた。そして、その下には薄い絹のような生地だが、パンティがしっかりと防御している下腹部があった。陰阜のあたりの下着が少しだけ盛りあがるように起伏を作っていた。わたしの視線はその辺に釘づけになり、眩しい雪子の裸の軀に、ため息とも感嘆の言葉ともいえない感覚を味わっていた。太腿へと続く下半身を見詰めたわたしの掌は、思わずその下着のなかに潜りこもうとして、わたしの意志を無視して動き出しそうな雰囲気を醸し出していた。雪子が眠っているあいだに、下着を降し、両腿を左右に割ってそのなかに侵入していくことも可能だな、とその豊満な身体に視線を廻らしながら、しかし躊躇していた。下腹部の最先端、太腿がしっかりそこで閉じられているあたり、陰裂の秘密を確認してみたかったのだが。昨夜の雪子のあの必死な、訴えかける真剣な言いざまが滑稽でもあったのだが、まだ耳に残っていたのだ。わたしは窓枠のあたりに座布団を置いて背を凭れかけ、彼女の〈汚れなき身体〉を鑑賞するだけにした。立ち上がり、冷蔵庫から缶ビールを取り出してきて、また窓際に凭れて飲んだ。記憶が急激にやってきて昨夜の風呂場で裸体が動き続ける雪子の画像が、わたしの脳の中に緻密なデッサンのように描出されていた。濡れたふたつの乳房。その中央のそれぞれの乳暈。朱色が少し濃くなった感じの乳首。そして恥毛の揺らめき。いや、湯で濡れて軀に密着して一本一本の陰毛が白い身体にへばりついていたのだった。小椅子に掛けて軀を洗う雪子の太腿は大胆に開かれ、時どきわたしのほうに向けた潤んだような双眸が走ってきて、にっと嗤ったっけ。★雪子もふっと目醒めて、笑顔になったふたつの瞳がわたしを柔らかな視線で照射してきた。起きてたの。何時かしら。まあ。もうビール飲んでるの。あたしにもちょうだい。おれはまた立ち上がり、冷蔵庫から缶ビールを取ってきて雪子に渡した。ぷしゅっと音をたてて缶を開け唇を近づけて、うまそうに飲んだ。喉が動いて上下した。先生のTシャツかなんかない？　恥ずかしいわ、こんな格好じゃ。お隣の小母さん、視てないかしら。そう言いながら立ち上がっておれの横に並び、軀をくっつけて座った。おれはしかし簞笥からおれの半袖のTシャツを取ってきて、彼女の両腿のあたりにふわっと置いてやった。雪子はそれを着ると、太腿だけはおれの眼にさらすように長く伸ばして軽く組んだ姿勢で、先生、今日はどこに行こうか。日曜だしね。家に連絡しなくていいのかい。そうね、あとで電話するわ。そうだ、きみを船橋に送りがてらさ、総武線に乗って小岩か市川あたりまで行って下車してみようか。おれは大学時代、小岩に住んでたんだ。遠い親戚の叔母さんの家だったんだけどさ、まあ下宿していたんだ。葛飾区ってところで、国電の小岩からだとバスで十分か十五分くらいだったかな。京成電車の小岩駅からだとすぐ近くでね。近くには柴又の帝釈天があった。寅さんの映画で有名になってしまったんだけど。おれはあの映画はあんまり好きじゃないな。あの渥美清の演じてる男は、自分の家族や近所の人たちにいばり散らしてるだろう。あいう態度はまず赦せないな。しかも自分が好きになった女だけには異常に優しく、そしてのめりこむ。あんな横柄な男が横にいたら堪らないよ。ほかにも批判するところがいくらでもあるが、まあそんなことはどうでもいいか。市川には今も友人が住んでいるんだ。江戸川沿いの国府台ってとこだけどね。じつはきみの住んでいるという船橋市にも、大学時代の友だちが住んでいたんだ。だから船橋には何回か行ったことあるから、親近感があるんだよ。船橋ヘルスセンターってとこにも行ったしね。まだあるかな。そうなんだ。先生が船橋に来た頃は、あたしって小学生だったんだよね、きっと。ヘルスセンターはまだあるわよ。あたしは行ったことないけどさ。そうだ、あそこは老人の溜まり場だったのかもしれないね。おれは缶ビールが二本めになった。大学時代、映画が好きだったから、小岩とか新小岩の名画座系の映画館とか、市川真間にあった映画館なんかも行ったたな。あたしはその辺、あまり知らないわ。小岩も電車で通過するだけ。正直言っていつも、あの辺から千葉にかけて、田舎だなーって思ってたわ。あたしって田舎のほうに棲んでるんだなあってね。かっこ悪いな、恥ずかしいなと思ってた、大学時代ね。ごめんね、先生があの辺にいたなんて知らなかったんだもん。おれが大学時代だけの話だけどね。叔母さんは子どもがいなかったから、おれを養子にしたかったんだな。おれは父親に言ったよ、それだけは断ってくれって。叔母さんはお琴とお花を教えて自分の力で生きてたから偉かったんだけどね、叔母さんの勝気な気性があまり好きじゃなくってね。★でも、叔母さんが病院に入り、亡くなったあとも、葬式とかお寺への納骨とか全部、おれと、いとこの珠美という女とふたりでずっと面倒みていたんだ。あの時は、霊柩車というものに初めて乗ったよ。叔母さんの葬式用の写真を抱えてね、焼き場まで。まあ、そんなことはどうでもいいか。おれがその辺の地域になんか親近感を育ててしまったということ。大学に入ってそのあたりに住まなければ、こんな感慨も生まれなかった。おれが住んでいた叔母の家を改築し、二階をアパートにするというので、この建築作業が行われていた一、二か月のあいだ、おれは叔母さんの最も親しい友人の華村さんの家に預けられることになったんだ、この華村さんという小母さんは本当に優しい女性で、気性の激しい叔母とはまったく違っていたんだ。そして、この家の一人娘の京子という、高校生の女の子がいたことも、おれが気分よく過ごせた理由のひとつだった。美人というほどではなかったが太めの身体にパジャマを着たりして、おれがどんなに遅くなって帰宅しても、起きて待っていて、晩御飯を出してくれるんだ。丸顔の両方のほっぺが赤らんでいたな。おれはその頃、大学の二級下の女の学生とつきあっていて、上野公園の暗闇などで、遅くまで過ごして帰った夜なども、京子さんはおれの前で、食事するおれをにこにこしながら見守ってくれていたんだけど、あの時はやはり照れ臭かったな。その頃から、重症の不眠症時代が始まっており、おれは眠れないまま起き出して、すぐ近くだった早朝の江戸川の堤防を、その家で飼っていたスピッツを連れ出して散歩なんかしていたのだが、この短い滞在の日々は、自分に言いようのない愉快な時間を与えてくれ、それで、この地域が好きになったのかもしれないな。★「万葉集」に真間の手児奈（てこな）という女の歌と話があってね、市川真間のあたりの女だった。この人は美人だったのか、多くの男に言い寄られて、どうしようもなくなったのか、みずから入水して死んだという伝承が記されていた。だけどおれはちょっと違った見解があって、「現代詩手帖」って雑誌に原稿書いたこともある。美女というところと男が寄ってくるという話が雪子に似ているね。おれは自然に出てきたおれのお世辞にみずから微笑しながら、雪子の貌を観察してみた。雪子はまんざらでもないって感じで薄っすらした笑顔になり、先生さ。あたしも真間の手児奈は識ってたよ。高校の国語の時間だったかな。「万葉集」の話の時、先生が喋っていたわ。手児奈って本当に実在していたの？　まあ、伝説上の人だろうけどさ。おれは立ち上がって本棚から「万葉集」の文庫本を探し出して持ってきて、あちこちめくりながら説明した。ほら、ここにあるだろう、勝鹿（葛飾）の真間の娘子(おとめ)が墓を過ぐる時に、山部の宿祢、赤人が作る歌一首、とあるだろ。そのページを開いて雪子の視線の中に拡げた。《いにしえに（むかし）ありけむ人の　倭文機(しずはた)（機織り機）の　帯解きかへて……》。ある男が、この真間の手児奈を《妻どひしけむ　勝鹿の手児奈が　奥城(おくつき)（お墓）を》とあるだろう。「妻どひ」というのは、古代に妻問い婚、という結婚のかたちがあってね、まあ、男が女の家を訪れ、愛してるよ、てなぐあいに結婚を申しこむ。その時代は男は好きな女の家で暮らし、生まれた子どももそこで育てたんだ。帯解きかえてというところがなんとなく色っぽいだろう。男が女の家を訪ねていくというのが、古代の母権的な時代の習慣だったんだけど、帯を解いて、というのは男を待つ、ということだと思うんだけど、つまり男に自分の軀を許してもいいってこと。待っていたんだよ。手児奈はね。★先生さ。先生って案外しつこいタイプだったのね。それって嫌味ですか。あたしが帯を解かなかったたって。急に雪子は膨れっ面になって言った。昨日の夜の話に関係させて、わざわざ言ってるのね、先生ったら。ごめんね、って何度も言ったじゃない。しつこいわ、先生って。イヤー悪かった。ごめん、ごめん。そんなつもりはまったくなかったんだよ。たまたま、手児奈の話から、「万葉集」になったんだよ。雪子の住んでる船橋の近くの、市川真間の手児奈の話をすれば、雪子も真間の手児奈や、こんな話をするおれにさ、親近感を持ってくれるかなと思ったんだ。下帯を解くというのも、「万葉集」あたりだと、男女の恋愛や性交を象徴するふつうの言葉なんだよ。この時代の恋愛や結婚にもいろんな社会的規制があったと思うけど。男が言い寄り、女がそれを受容するかどうかは、そういう仕草で表現されていたんだよ。しかし、おれの真間の手児奈の話は、逆効果になって雪子は昨晩の自分が非難されているように感じたのだろう、ちょっとむくれてみせたのだ。おれは「万葉集」の手児奈の話でもすれば、雪子の棲む船橋と近いから歓ぶかと思ったんだよ。そうだな、とりあえず、総武線に乗ってきみを送って行くよ。市川に寄れたら、手児奈のお墓でも視に行こうか。うん、いいよ。解ったわ。ごめん、あたしこそ、怒ったりして。あたしって古臭い女だけどね、先生も案外、古臭いところが好きなのね。古いって意味が違うけどさ。すぐに彼女の機嫌はよくなって笑顔に戻るのが早かった。古代の美人の女が帯を解いて男を待つ姿が、彼女の脳裏にも描かれたのかもしれなかった。おれは缶ビール片手に雪子の軀を抱きしめた。その軀は、ぷりぷりと弾むように反応してくるのだ。倫理的なところではおれを拒絶してい

るというのに。でもおれは雪子といっしょに過せるだけで、ひたすら嬉しかった。雪子のような

素直でかつ、肉感的な若い女と時空を共有できていることが。

◉電車は、秋葉原、浅草橋を過ぎ、錦糸町を通過していった。錦糸町駅界隈は、この電車の沿線ではもっとも柄が悪いと言われていたのだが、キャバレーだのクラブだのバアだのがたくさんあり、夜の町には酔漢も多く、かつ地廻り的なチンピラ群が結構いたのではないか。小競り合いになり、喧嘩になる。とかってな想像を語ってみせた。ともかくおれが饒舌になって、雪子の尖った神経を解きほぐしてやりたかったのだ。おれはさあ、昔、学生の頃だけど、深川の木場で家庭教師をしていたことがあったんだ。家庭教師というのは言い過ぎで、小学一年くらいの女の子と幼稚園の男の子のふたりの絵を観てやっていたのだ。約束の曜日に錦糸町の駅で降りると、その家の小柄でまじめそうな奥さんが車で迎えに来てくれ、木場で長く材木問屋をしているというその立派な家に行き、まずは晩御飯をご馳走になり、子どもたちのお絵描き遊びに一時間くらいつき合っておやつなども頂き、また奥さんの車で錦糸町まで送ってもらって、自分は小岩に帰るということをしてたんだ。それで家庭教師料、つまりお金を貰うわけだからね。おれはね、ある冬、一か月、高校時代の友人のまた友人が経営するガソリンスタンドで住みこみのバイトをしたことがあった。この友人の友人はおれたちと同じ武生高校中退で東京に出て、どんな努力をしたのか、

その若さで、現在ガソリンスタンドを三店舗、ほかにも貸しビルを持っているというから、相当なやりてらしかった。★おれがある夏、一級下の友人小森といっしょに、晴海の石川島播磨重工の造船所でバイトしたのも、彼の紹介だったのだった。おれが住みこんだガソリンスタンドは木場から材木を運び出すためか、大型のトラックが日に何台もやってきてね。トラックの運転手たちとも仲がよくなったよ。風采を気取ってる若い運転手もいたが、たいていは開けっぴろげの性格の持ち主でね、彼らは。おれは夜半、暇になると、大きなガラス窓に映る自分の動きを注視しながら、寒さ凌ぎにシャドウボクシングをやっていたんだが、そのガソリンスタンドで働いていた三、四人の青年のひとりが、喧嘩が勁いらしいというのが彼の評判だったのだが、おれの動きを観察しながら、森さん、さすがに右ストレートが速いっすね、と感心したように言うのだ。大学でやってるんだって？　いやー。おれの大学っていったって美術大学だからさ、たいした練習もやってないよ。コーチとしてやってくる卒業生の先輩が新入部員といってもその年はおれしかいなかったんだけどね、おれや一年上級の青年の二、三人に教えてくれたんだけどさ、最初の半年間なんか、左のジャブと右ストレートだけなんだよ。これを前進しながら、ジャブ、ストレート、ジャブ、ストレート、を繰り返しながら、前進し、狭い体育館だったから、学生たちが体育小屋、ってよんでたんだが、その体育小屋の一方の壁まで前進、突き当たると、そのままバックしながらジャブ、ストレートとやってるわけだ。先輩はジャブとストレート、これがボクシングの基本なんだよ、そう言っていたが、しかしこのふたつの練習だけではたいしておもしろくない。しかしそれから残りの半年は右ストレートを打ったあとすぐに一瞬しゃがむような体勢になって左フックを繰り出す、っていうのを教えてくれた。これだけを毎日やっていた。先輩がいない時はサンドバッグを相手にこの、ジャブ、ストレート、フックを繰り返す。時々、一級上の上級生が軽い練習試合の真似事につきあってくれ、おれの相手をしてくれてたんだけど、向かいあって軽くスパーリングをやるんだ。おれは生まれつき鼻がよくなかったせいか、相手のグローブが鼻を軽く掠めただけで、すぐ血が出てくるんだ。すると先輩は中止、中止と言って、スパーリングをやめてしまう。なにしろ、本来なら練習の前後にグローブに油を塗って擦ったり磨いたりするんだろうが、おれの大学ではなにもしないから、グローブの表面がささくれだっていてね。だから貌をさっと掠っただけで、凄く危ないんだよ。そんないい加減なクラブだったからね。青年の笑顔を誘うためにオーヴァーに言ったりしたんだけどね、そいつはおれにいろいろ優しくしてくれたな。おれがやめるとき、おれの着ていた緑色の地に模様の入った派手なジャンパーがかっこいいと言うもんだから、じゃ、きみのと交換しようよって言い、おれは彼の白っぽい平凡なジャンパーと取り換えてやった。そんなこともあったな。なんか特技があると便利だね。★ある日、そのガソリンスタンドに美大生がいるというので、木場の問屋の若い旦那さんがやってきてね、うちの子どもたちの絵を観てやってくれませんか、と言うんだよ。晩御飯つきだというし、引き受けたのだが、もう少し大きい子どもで、石膏デッサンとかだったら、しっかり教えることもできたんだが、子どもたちって小学一年生の女の子と幼稚園の男の子なんだから、教えるもへったくれもないよね。ともかくお絵描きをさせて、つまり自由画を描かせて遊んでいるだけだった。当時は子どもの絵は写実とか再現性とか関係がなく、とりあえず自由に描こうという時代だったからね。教えることなんか何もないんだよ。男の子が途中で突然、ぷうっとおならをする。〇男、先生の前でおならなんかしたら駄目じゃないの、隣室から奥さんが声をかけてくる。違うよ、今のは先生だよ。などと男の子が真面目な貌で言うもんで笑ってしまったよ。女の子が、隣室の母親に向かって先生じゃないわ、と大きな声で告げ、弟には、あんたでしょって、幼い弟の男の子を怒ったりする。家族っていう存在だけが持っているそんなあったかい感情の展開が、故郷や、母親と別れて暮らしていた自分には目頭がふっと熱くなるような、そんな時間が流れるんだよ。そのうち母親がおやつを持って入ってくる。ある時、隣室から、森さん、カキ食べますか？　と声がかかった。おれの生まれ育った福井県のある一部は、国語学的に無アクセント地帯といわれていてね、カキが海の牡蠣か陸の柿か、聞いただけでは、解らないんだよ。返事に迷ったが、そんな、愉しいのかおかしいのか解らない時間を過ごして、そして教師代としてお金もしっかり貰っていたんだ。貧乏だったから、助かったよ。おれは大学の二年頃から、大学からすぐ近くにあった都美術館で、何度も開かれる展覧会の作品の選考委員会や、作品の搬入、搬出のバイトをするようになった。一日のバイト代が七百円くらいだったかな。でも、それでおれは初めて自分で自由に使える小遣いが持てる身分になってね。夏と冬に帰郷する時は、寝台車を使うようになったんだよ。それ以前は混んだ客車の床に新聞紙を敷いて腰をおろすことはできたんだが、もちろん本を読むなんてできなかったからね。しかしある時、はっと気がつくとおれの掌が隣の女の子のスカートのなかに入っていたんだ。おれは、ひょっとすると彼女のお尻に触れるんじゃないかと期待したんだけど、やはり、そっと掌をひっこめたよ。まあ、先生って。やっぱり、学生のころからもうすでにエッチだったのね。二等の寝台車にはね、上段、中段、下段とベッドが三つあってね、上段が一番安かった。しかし軀を起こすと、天井部分に頭がぶつかるという、狭い空間だったんだけどね。横になって一晩、暗めの灯りの下で本を読んで過ごすことができた。それだけでも充分贅沢だったんだね。もうその頃から、体質的な不眠症が始まっていたから、寝台の中で眠れることはまれだったけどね。それでも足や腰をゆったりと延ばして、福井県の実家へと帰ることができたんだよ。

◉この日、おれは関和彦という人の『古代農民忍羽(おしは)を訪ねて——奈良時代東国人の暮らしと社会』(中公新書)という本を持参していた。両国や錦糸町を越えたあたりで、アメ横で買った、米軍用のズック製のバッグからこの本を取り出して、ほら、ここにこんなことが書いてある。おれは雪子を軽く抱き寄せながら、本を開いて見せながら読んでみた。《鶏が鳴く、〔この鶏というのは、万葉集の時代から、東国つまり関東地方につける枕詞だろうね。朝日が出る方角だから、早起きの鶏の鳴き声が枕詞になったんだ、きっと〕。東の国に　いにしえに　ありけることと　今までに　絶えず言い来る　勝壮鹿の〔葛飾の古代の書き方だね〕真間の手児奈が　麻衣に　青衿著け　ひたさ麻を裳には織り着て〔青い衿をつけた麻の着物を着てだな〕髪だにも　掻きは梳らず〔髪もとかずにだな。髪の美しさを維持するために女たちは長い髪をくしけずっていたんだろう〕沓をだに　はかず行けども　錦綾の　中に包める　斎児も　妹にしかめや》髪も梳かず、靴もはいていなかったが、綾錦でくるまれた箱入り娘も到底およばなかったと。この表現だと、手児奈はちょっと汚いね、薄汚れていたというのかさ。風呂なんか入らなかったんだろうな、滅多に。しかし川で沐浴はしていたと思うから不潔ではない。この時代の民衆はね。しかし手児奈は貧乏だったということより、美人だったのだと言いたかったのだろう。この和歌を詠むとね。《夏虫の　火に入るがごと　湊入りに　船漕ぐごとく　行きかぐれ》若い男たちが飛んで火に入る夏の虫のように集まってきたというんだね。しかし、《波の音の　騒く湊の　奥つ城に　妹が臥やせる　遠き代に　ありけることを　昨日しも　見けむがごとく　思ほゆるかも》とあるから、手児奈は港から海に入水し、海の底に眠るように横たわっていた、つまり死んでいたわけだ。遠い昔に、と言うから、もうすでに、奈良時代には伝説になっていたんだ。この東国の葛飾や市川あたりでね。しかし、昨日見たように思われる、とあるから手児奈、の話はこの歌の作られた時代にも語り継がれていたというわけさ。「万葉集」には三つくらいだったか、手児奈の和歌が載っているところをみると、遠い関西の文人たちにまで知られた伝説だったんだね、きっと。★先生。その本、貸してちょうだい。ゆっくり読んでみるわ。先生といっしょにいるとなんだか教養が身に着くような気がする。おれをおだてるように言うのだ。この本はしかしさ、真間の手児奈のことだけを書いたものじゃないんだけどね。日本の最も古い戸籍帖にあった、忍羽（おしは）という人物像を借りて、当時の、この、都（奈良のあたり）からいえば随分離れた千葉県のあたりの、社会や習俗を書いたものなんだ。いいわ、それでも。だってあたしの生まれたあたりの古代の話が書かれてるんでしょ。勉強するわ。神妙に言う雪子の貌はふだんと少し違って、意外に知性的にさえ視えたのだった。★おれがね、その「現代詩手帖」って雑誌に書いたのは、女と男ふたりという三角関係、つまり結婚している男女の、とりわけ、女性が若い愛人（青年）をつくるという話、つまり浮気というのか不倫というのか、あるいは女性の〈姦通〉ということでね。と、おれはおだてられたせいか、教養と言えるかどうか、おれの持論のひとつを公開してみた。これは、おれが吉本さんにインタヴューした時、持ち出した意見でもあり、これを読んだ「現代詩手帖」の編集者が、不倫という言葉がはやっていた時代であったからか、現代の不倫に関わるように書いてほしいと言いながら、短いエッセイを依頼してくれたのだった。ヨーロッパの近代文学にはなぜか、この姦通の物語が多いんだ。トルストイの『アンナ・カレーニナ』とかフローベールの『ボヴァリー夫人』とかね。韓国にはまだ現在も「姦通罪」というものが残っているらしいんだけど、姦通した女、つまり、夫がある女性が別の男と性的な関係を結ぶということなんだけど、この姦通した女はたいていの小説では、自殺しているんだ。なぜだろう。これは共同幻想というやつで、男権的社会では、妻の姦通は、夫以外の別人の血がある家系に入ってくるわけだから、天皇制と同様、男系で純粋に家系を辿りたい、今後も、などと考える人たちにとって、それだけはどうしても許せない、と。ほかの男の「血」が入ってくるんだからね。まあそんなところから、女性の貞操だけは死守するという理念なんだけどね。★日本の天皇制の理念も、万世一系とかいって、神武かだれか以降、ある血統が連綿と続いてきた、そこに価値があるとしたわけだ。だから女性天皇も出たけど、その子どもには皇位を継がせなかった。いや子どもを作らせなかったんだったか。もっとも近親相姦に近い関係も古代にはあったから、皇太子が必要などきは、その血統の男と結婚させたと思うけどね。その共同幻想が小説家をして、姦通した女性をそのまま赦しておけない、というふうに意識させるんだな、きっと。だから、主人公の女が死ぬというストーリーになるんだ。なんてことを書いたんだけどね、真間の手児奈もその三角関係の中心人物で、姦通に及んだかどうかは別にして、彼女を慕う男がたくさんいた、とここでは書かれているが、実際は夫がいるのに、若い男ができたのかもしれない、真間の手児奈のばあいもね。それで、みずから死んだのかもしれないな。★電車は自分にとっては本当に懐かしい幅広い江戸川の橋を渡っていった。あたしね、電車が、小岩や市川のあたりに来ると、田舎だなー、この辺は。って、いつも思ってたわ。あたしは東京でなく、田舎の女の子なんだなって、なんとなくさみしくなるのよ。解る？　でも船橋はまあ、都市だったから、優越感を持ってもいたの。無知な田舎者の特権だわ。まあ、おれなんかは純粋田舎育ちだから、田舎の風景を淋しいとか思ったことはなかったけどね。北陸線の急行が敦賀って駅を過ぎて北上すると、日本で一番長いとかいう北陸トンネルになってね。そのトンネルを抜けるとそこは雪国だった、なんてね。トンネルを出た最初の駅である今庄を出ると、ずうっと森林地帯が続くんだけど、やがて右の方の水田地帯の風景が広がってくるんだけど、車窓の一角におれにとってはひたすら懐かしい山、日野山という、ちょっと崇高な、神の住む山って雰囲気の山が、登場してくるんだよ。その日野山を視ると、ああ、帰ってきたんだな、故郷に、って、そんな感慨でいっぱいになるんだよ。その日野山の麓にあった田舎町、いや武生市だったのだが、その武生って所の高校に通ってたんだ。★武生はかつて国府といって越前地方の国衙があった所で、父がこの地方の受領だったのか、紫式部がある時期、武生に来て住んでいたともされている。まあ、おれたち武生高校生は毎日、この日野山を視ながら通っていたんだ。この山は平野の中にひとり屹立しているといった孤独な山でね、頂上付近は蒼く、透明感が漂い、空中にその頂きを屹立させていたんだな。高校時代、二回くらい登山したこともあった。

◉古代においては、雪子の棲んでいた千葉や、おれの住んでいた江戸川沿いの小岩あたりも含まれるのだが、その関東地方から東北にかけて縄文人の大きな居住地域となっており、彼らは蝦夷（えみし、あるいはえぞ）とよばれていたのだが、おれの生まれた福井県や、富山県や新潟県などいわゆる裏日本の北陸地方は、日本列島の辺境の地であって、日本海側の辺境の各地にも縄文人は住んだと思う。それはまた、日本列島の南部の現在の和歌山県のあたりや、後醍醐天皇が南朝を開いた吉野のあたり、それから、熊野や新宮などの海岸地帯や日本列島の南岸地帯は関東のあたりから、四国、九州の各南部に縄文人の末裔は住んでいたのだ、琉球、すなわち沖縄地方は、縄文人の南側の拠点であり、ここに、縄文人の一派は定着したのである。琉球と，北の北海道のアイヌが日本列島の両端に住んだ縄文人であった。朝鮮半島から来た、ヤマト朝廷の人びと、あるいはその多分中心的な一族である、天皇族たちは、朝鮮半島からつぎつぎにやってくる弥生人系（新モンゴロイド）の渡来人たちを、まずは稲作文化の担い手であり、かつ土木や開墾の技術者として関東地方にたくさん、移住させ、かつヤマト朝廷によって、送りこまれていたので、関東は先住縄文人と、新来の弥生人たち、このふたりの混住地帯であったかもしれない。あるいは多分、細かく棲み分けていた。「狛江」とか、「高麗」、「高麗神社」などの地名や神社名の残る所は、高麗の日本的読み〈こま〉を露わに残した朝鮮半島から来た、弥生人たちの移住地であったと考えられる。「調布」などの地名は、織物の技術を伝えた、弥生人系の一族の残した地名だったろうと、これは考古学の森浩一さんが言っていた。こんな地名は古代、中世ともっといろいろと残っていたに違いない。★また多くの縄文人たちのうち東北へ逃れていった人びとも多かったであろう。あるいは移住してきた渡来人たちは、縄文人の集落の端っこだとかに集住したこともあったのであるが、関東に残った縄文人も多かったに違いない。

◉弥生人が運んできた稲作は北方から来たものではない。稲作の原郷はかつては、長江のずっと上流域でインドにも近いあたりといわれていたのだが、しだいに発見される稲粒痕や水田遺跡などから、長江の中流、下流とされ、その説は定着したようだ。この中国南部に近いあたりから、稲作はどのようにして日本列島へ伝播してきたのか。かつては三つの説があり、①そのひとつは柳田国男の南方説で、台湾や沖縄（琉球）を通って南九州に着いた、あの「流れ寄る椰子の実一つ」の歌のように。しかし、農業学の成果は稲が九州の北部から南部へと移動したとして、海上説は否定されるようになった。②もうひとつは、エバーハルトというアジア文化論者も賛同している理論（『古代中国の地方文化―華南・華東』白鳥芳郎・他訳、六興出版、一九八七）で、中国大陸の東岸を北上し、渤海を渡って朝鮮半島に達してそこで定着し、それが、朝鮮半島に来た新モンゴロイドにも受容され、彼らの日本列島への南下と定着にともなって日本列島の文化のひとつ弥生文化とよばれるようになったとするものだ。③残りのひとつは東シナ海を直接に東に横断した人びとがあり、彼らが九州に直接、稲や稲作を運んできたという想定だ。世界地図でこの海、東シナ海を視ると、上海のあたりから、北九州の五島列島のあたりまで、直線距離でほぼ、六〇〇キロメートルくらいある。この海を渡るというのは大冒険でなければならない。遣唐使の時代には、日本の造船・航海技術はあまりにも貧弱で、四、五艘の船を繋いで玄界灘を出ると、その出たあたりの激しい風波で船はばらばらになり、ある船は難破、ある船はフィリピンあたりまで流されたという。わずかに一艘くらいが山東半島のあたりに到着できたとされ、帰りは航海術に優れていた新羅の船で朝鮮半島経由で博多あたりに戻ってきていたようだ。これは唐に留学しようとした円仁という僧の『入唐求法巡礼行記』一~三（東洋文庫）が、体験談としてつぶさに書いている。★かつてボートピープルとよばれた難民があったが、長江下流から直接、海洋をやってくるというのはおもしろい仮説だが稲作は日本列島全体に広がるような技術体系であったから、単独では無理だった。難民たちが何度も渡来してきたというなら別だが。だから、二番めに述べた説が一番、理解されやすい気がする。しかし、つい最近思いついたことは、豊かな稲作地帯であった長江下流域の農耕民が故郷を離れて東上して移動していったなどということがあったであろうか、ということだ。「魏志倭人伝」に描かれた北九州の海での習俗、海中に潜水して魚を獲るのだが、大魚に襲われないように文身、入れ墨を顔や軀に施していたと、書かれているのであるが、中国の「漢書」だったか、「唐書」であったか、その風習が、長江下流のあたりの漁民、海民の習俗によく似ているとあり、北九州には、朝鮮半島からの移住民と、長江下流の今でいえば浙江省や江蘇省あたりからの移住民もいたのではないかと、考えるようになった。邪馬台国の卑弥呼はシャーマンであり、呪術・宗教者であり、男の弟が政治をつかさどったとあるのだが、これは沖縄の聞得(きこえ)大君(おおきみ)という女性のシャーマン、巫覡(ふげき)と、按針(あんじん)とよばれた男たちが政治を行っていたとされる体制と構造的に似ている気がするのだ。たとえば日本では海岸近くに家船(えぶね)とよばれる、船で生活する海民がいたが、香港などでも、船で暮らす人びとが、海岸沿いに密着して住んでいた。そこには大きな類似性がある。しかし、それ以上に研究しているわけでもないのだが。◎稲作以前のもうひとつの問題は、日本語という言語の成立に関するもので、ふつう、ある領域を征服した民族の言語が支配的であるが、被支配側の原住民の言語の単語などが名詞の母胎になる。このような複合語をピジン語といい、東南アジアに入った英語は現地語化して、ピジン・イングリッシュなどとよばれている。ピジン語とは混合語とでもいうか、合成語のことである。しかし、日本列島において、縄文人が多数派で、そこに弥生人が来て彼らを支配したのであれば、このためアルタイ語の文法が日本語に残ったと考えるのが妥当なのだが、わたしの「異人と異人は結婚しない」論のように、異人と異人が棲み分けていたとすると、弥生人の言語、つまりアルタイ語系のツングース語が、縄文人たちの単語を汲み取っていくということにはならないのだ。

◉雪子はすっかり陽気なイメージを復活させ、江戸川から市川に到る電車の中で、おれの軀にぴったりと自分の身体をくっつけ、なんだか小さな声で歌でも歌っているように唇を動かして喋ってくる。吐息がせつない、なんとかだから、という流行歌があったが、雪子が言葉を発するごとにそのやや暖かな匂いのある息がわたしの貌の側面に降りかかってくるのだ。吐息は雪子の代弁者になって、わたしの感覚を刺激し続けるのだった。ほら、この本に手児奈の墓、霊堂って書いてあるんだけど、地図が載ってるだろ。だから持ってきたんだ。この地図を視れば手児奈の霊堂に行けるよ。うーん、先生。手児奈の霊堂とか、もういいよ。あたしさ、どっか別の所に行きたいわ。でも船橋だと誰かに出遇うかもしれないもんね。どうしようか。やっぱり先生とふたりでいたいわ。ふたりきりの時間が好き。しかし、おれもこっち方面は昔の憶い出しかないからな。案内なんかできないよ。★先生。東京に戻ろう。それだったら得意でしょ。べつに得意ってわけじゃないけどさ。田舎出身だからね。先生、京成電車の上野に行くわ。そうだ、上野公園行きましょ。そっちなら得意でしょ。確か、最初の恋人と上野公園でデートを重ねたって言ってなかった？　うーん。まあ、上野なら、得意というほどじゃないけど、まあまあ知ってるよね。おれたちは電車が市川に着くと、雪子の提案に従って街に出て、京成電車の駅を捜し、しかし、それはすぐにみつかった。市川真間という駅があった。おれは雪子の分と合わせて上野までの切符を二枚買い、千葉のほうからやってきた電車に飛び乗った。車内は日曜の昼頃のせいかすいていた。またくっつくようにして座席に腰掛けた。雪子の体臭がすぐ、刺激的におれの鼻孔に侵入してきて、おれは片手を雪子の背中に廻し、薄いワンピースの生地の上から彼女の腕や背中を抱いた。ぷりぷりとして弾力的な反応はいつもと変わらなかった。電車は国府台を過ぎ、また江戸川を三、四分かけて渡り、おれが住んでいた鎌倉町のあたりを突っ走っていった。電車は懐かしい響きをいまだに保っている。京成小岩を過ぎる時は、ここだよ。この辺に住んでいたんだ。この辺に豊国女子高といったか、女子高校があってね、あの京子ちゃんも通っていたのかもしれない。おれが朝、大学に行くために駅のほうに向かう時、毎朝なんだけどさ、女子高校生の一団がつぎつぎと駅から出てくるのに出遇うんだ。これがなんとも恥ずかしくってね。下を向くか上を向くか、とりあえず眼をそらしていたのだが、考えすぎ、自意識過剰だったね。女子高校生のほうで、おれなんかに眼を向けるはずもないのに、なんだかひとりで、ひたすら恥ずかしかったんだね、人見知りだったからかな。などと言っているうちに、たちまち京成小岩を通り過ぎ、京成高砂や青砥（あおと）、堀切菖蒲園やその他、懐かしい駅名がつぎつぎと現れては消えていった。日暮里で国電と交差するが、そのまま乗っていくと、やがて終点の京成上野に着いた。駅は公園の一番南側の地下にあった。ヨーロッパ旅行のため、成田に向かう時、この駅を利用したこともあったが、地下の構内はさすがに明るく、都会というより、外国に直結しているって感じが漂っているのだ。上野は田舎だなと、大学時代は感じていたものだが。この京成電車の大きな駅構内は知らなかった。上野動物園のあたりで降りれば、G大にすぐ近かったのだ。★さて、どこに行こうか。そうね。そうだ動物園に行きましょう。もう随分、行ったことないから久しぶりだわ。動物園なんて。それだったら、前の駅で降りればよかったかな。大学のすぐ近くに小さな駅があったんだ。国立図書館の分館だとかいう地味な建物があってね。その図書館の端っこのほうに駅があって、そこからおれの通っていた大学がすぐ近くなんだ。また国立博物館や動物園もその駅が一番近い駅だった。あの頃、国立上野図書館の地下の食堂に行くと、ラーメンが確か三十円だったな。その辺で一番安かったんだ、嘘！　今どき、そんな安いとこある？　いや、大学時代のことだからもう十年以上も前の話なんだよ。大学の敷地はある部分で動物園とくっついていてね、ある所に行き、崖を乗り越えると動物園に入れるんだ。というより、動物園とくっついていて、動物の糞などの異臭が伝わってくるせいか、動物園は、おれたちの大学の学生さんは無料で入園させるしくみになっていた。教務課で言うとただの切符をくれたんだな。もっとも、油絵科や彫刻科の学生などは動物の写生もしていたから、動物園側が便宜を図るため、ただで入場させてくれていたんだったのかもしれない。公園を久々に歩いていくか。西郷さんの背の高いどっぷりとした像、犬を連れていたっけ。その像を右手にちらっと見ながら広い坂道をゆっくり上っていくと、左側の奥に精養軒という有名なしゃれた料理店の建物があった。そしてさらに進むと動物園や都美術館になるのだった。東京文化会館というのが右手にあって、国鉄の上野駅の公園口と向かい合わせに建っていたのだが、その二階の食堂で、百円だったチャプスイという食べ物を、夕方大学からの帰りにみんなで寄って、空きっ腹に押しこんだものだった。チャプスイというのは中華丼を洋風の丸皿に盛りつけたような料理だったな、たしか。そうだ、文化会館で昼飯を食っていかないか。おなか、減ったろう。うん、そうね。そうしましょ。おれたちは動物園と反対側にあった国立西洋美術館の前を通り、文化会館の二階へと入っていった。文化会館の一、二階は交響楽の大演奏会や、視たことはないが、オペラやバレーの公演に使う、音楽、舞踏、などの大殿堂であったのだろう。すなわち大きな舞台であったのだ。そして二階にはこれらの観客の食事を引き受けるレストランがあった。おれたちは西洋美術館の庭を見下ろせる席を確保し、まずはビールを飲もうかと雪子に言うと雪子も同意して、ビールとスパゲッティ・ミートソースを頼んだ。公園に向かう大きなガラス窓の外に、西洋美術館の広い前庭が拡がり、ロダンの「考える人」の青銅の大きな像が見えていた。学生の頃百円だった料理が五百円になっていた。ふーん。それなりに時間は経過したんだな。その頃は、公園から下った商店街にあった「聚楽」という和風と洋風の混じったような大型飲食店があり、船橋に住んでいた同級生の高橋くんに連れられてその地下の食堂で、湯麵（たんめん）というものを生まれて初めて食べたこともあったが、これは「文化ショック」であった。田舎にはなかったもので、それ以後も最も気に入った食い物のひとつであった。上野は東北からの出稼ぎや就職やその他の観光客などが多かったとされていたのだが、いや、文化会館の裏側あたりだったかに、男娼が多いとも言われており、実際、夕刻のその界隈の坂道のコンクリートの壁に凭れて客を物色している彼らしき青年たちを視た記憶もあった。田舎から出てきて、ホモセクシュアルの世界なんて識らなかったおれには不思議議な光景であったな。細身の色のついたズボンを掃き、派手な色のジャンパーを着ていたように思う。風貌はジェームス・ディーンのようで、髪の毛はオールバックにしていた。★ともかく彼らとの出遇い、湯麵との出遇いは、いわゆる東京民衆風俗のただ中に連れこまれた、という感じがしたものだし、文化会館のチャプスイは都会人のエリートの仲間になったんだという、そんな二重の気分と向かいあうことになったのだ。そんなあたりが上野の、自分にとっての出発点であった。その辺にたむろしていた娼婦ならぬ男娼の存在は、おれを混乱の中へと導いていったが、都会の世間の風俗を識るきっかけでもあった。大学の三、四年頃、つきあっていた女の子を夜半遅くに大学の裏手の桜木町のアパートに送って行った帰り、薄暗い公園を歩いて駅に向かうと必ず、交番に駐在する警察官においおいと声をかけられるんだよ。髪はあまり梳かずにぼうぼうと長かったし、あまり洗濯してない着た切り雀の服を毎日着ていたせいもあったろう。写真入りの学生証を出すとまあすぐに解放してくれたけどね。上野から近いので、浅草にも時々歩くか地下鉄に乗って行ったものだが、繁華街には、戦後間もない頃始まったに違いない、ごった煮のおかゆのようなものを大きな鍋で煮ながら売っている店もあったし、街の角々にはチンピラふうの青年たち二、三人が、観光客たちに鋭い視線を放っているようなそんな景観もまだ残っていた。戦後間もない頃の東京の焼け跡、闇市などはのちに映画で知ったのだが、浅草にはその光景の名残りはまだまだしっかり健在だったし、上野も、駅の地下を迷路のように走っていた通路にはそのイメージはしっかりと刻印されていた。そこには昼から酒を飲んでいる薄汚れた服の男たちがたむろしていた。人のことは言えないけどね。おれだって清潔って感じでもなかったから。しかし、現代娘の雪子にそんな話をしても無意味かなと思って、ビールを飲みスパゲッティを食べ終わるとそそくさと動物園へと向かった。当然のことながら、華麗な花たちを、もはや喪失している桜の樹々が、替わりに濃い緑の木の葉の群がり騒めく空間となっておれたちの頭上に拡がっており、おれは雪子の掌を握り、ゆっくりと歩んでいった。★動物園の大小の檻を経巡りながら、動物たちの放っている臭気と一体化し、やはり、猿たちの群れが一番おもしろかったことを思い出した。ライオンや虎など獰猛な動物たちはたいてい、檻の中か運動場のような空間に寝そべり、観客のほうなど一顧だにしないのだ。猛獣たちの凄味ある咆哮を聞き、怒りの表情を見たかったのだが、そんなことは皆無であった。日本猿たちは、母猿が子猿の体毛を掻き分けながら、蚤などを取っており、若い雄たちは、大きな広々した空間にしつらえられた枝だけの疑似密林を登ったり降りたり、枝から枝へと飛び越えたり、絶えず活動しているのだ。この若い猿たちはただ無目的に遊び廻っているのではないのだ。集団のすべての雌猿を独占しているボス猿がすきを見せたら飛びかかってボスを襲い、できたらその地位を狙って虎視眈々とボス猿の近況を伺っているのだ。★そうだ、雪子、つぎは水上動物園に行こう。モノレールが走ってるんだ。乗っている時間はせいぜい五分くらいなんだが。いいわね。子どもの頃、両親に連れられて来て、乗った憶えがあるわ。おれたちはモノレールに乗りこんだ。前方に、不忍池の眺望が巨大な空間としておれたちの視界を占領してくる。そこは蓮の葉が重なり合い連なって湖面全体を埋め尽くしており、水面が視えなかった。おれたちは小規模な水上動物園の檻の中の水鳥や大型の鳥たちを眺めながら歩いた。水族館があった。おれは水族館が好きなんだよ。魚たちがゆらゆらと身体を揺るがせながら泳ぐ姿形が好きだった。名まえも魚名だしさ。おれはね、蟹座だから、水が好きらしい。むかし、星座占いの人に言われたことがあるんだ。蟹座の人には水が必要なんですってね。たいして信用してなかったが、そう言われてみると、たしかに水のある光景が好きなんだ。どちらかというと海でなく、川や湖など淡水の水が好きだったな。蟹座って七月か八月生まれでしょ。そう、七月の二十一日生まれで、つぎの日に生まれていれば獅子座で、それだと、なにが好きなんだろうな。若い女を襲うのが好きなのかな。そうだとすると、あの美大の先生なんて、やってられないね。ヘッヘッヘッ。もっとしっかりしたタイプの男になってたかもしれないよ。まあ。今のままでいいわ。ちょっと助平なところもあるけどね。あたし、強い気性の人はあまり好きじゃないわ。おれも星座などたいして信用してないんだけどね。おれたちは、水族館の横にあった動物園の出口から外に出て、不忍池の池畔の小道を辿っていった。蓮の花が水面を覆っている池を観ながら歩いたのだ。そして池の外に出て、上野広小路の交差点に出た。そしてそれを突ききって御徒町の駅に出た。左に行くといわゆるアメ横が国電の高架線の下を上野駅のあたりまで続いているのだ。コリアンタウンに行って焼き肉を食べるか、どうしよう。ウーン、さっきご飯食べたから、焼き肉はいいわ。じゃあ、居酒屋を探そう。おれたちは高架線の東側に出て、ぶらぶらと歩んで行った。紺色の三枚の大きな暖簾にそれぞれ白い文字、白抜きになった大きな漢字で、江戸屋と書かれて揺れている大型の居酒屋ふうの店をみつけた。ここにするか。いいよ。なんだか、落ち着いた感じがするわ。おれたちは大きめのガラス戸を開けて店内に入っていった。広々とした店だった。ある角に面しているその店は、大きめのガラス戸が高架線側と北側を取り囲んでおり、開放的な雰囲気が漂い、すでに客が三、四割くらいは入っていた。おれたちはまぐろの刺身や、焼き鳥を何本か頼んで、これを肴にまず生ビールの中を飲んだ。そしてすっかり夜になった街に出る頃はふたりともかなりの程度に酔っていたようだ。おれたちはたがいに揺れる身体を支え合うように縺れながら、アメ横の中央の狭い通りを抜けていった。時計とか宝石とか、小粒だけど高そうな品物がぎっしり並んだ店や、服をたくさん吊るした店、さまざまな小さな店が行儀よく並んでいて、それはしかし異空間であった。★今夜も、おれんちに来るんだったよね。うん。それじゃタクシーで帰ろうか。今から混んだ電車に乗るのも面倒だしね。そうね。あたし、ちょっと疲れたわ。じゃあ、お茶の水あたりに寄ってみるかい？　いやいいわ。早く梓アパートに行きたいわ。おれたちは広小路のあたり、松坂屋の前の通りに出てタクシーを摑まえた。タクシーの中で雪子の重くなった軀を抱いておれのほうに密着させた。確かに少し疲労したのか、雪子の軀はぐにゃりとしておれのほうに倒れこむようにくっついていた。上野を離れると昭和通りは急激に薄暗くなり、ビルの群れだけが連続し、ビルのあちこちにあるガラスの窓からの蛍光灯の冷たい灯りを街路に向かって放つだけの暗い光と濃い翳りを、その孤独な夜景のなかに無遠慮に提供しており、タクシーの流れるような窓外をいつまでも覆っているのだった。しかし電気店街の秋葉原からお茶の水を通過するあたりまで、店舗の華やかな照明の街が展開し、わたしたちの疲れた身体を窓外から無遠慮に照らしてくる。雪子はおれの腕のなかで融けたアイスクリームのように眠りこけ、軀をおれの脇腹にめりこませるように密着させ、凭れかかっているのだった。★辿りついたアパートの部屋は暑かった。時計を視ると九時半を廻っていた。すぐに窓を開けると、やはり熱風のような重苦しい空気が隣家とのあいだの狭い空間から侵入してきた。しかし、雪子はもうすっかり元気を取り戻し、先生、またお風呂に入りたい。疲れがとれそうだからね。いいよ、またいっしょに入ろうか。今夜はおれが準備するからさ、テーブルを片付けて蒲団を出しておこうか。おれは浴室に入り、水道栓を閉じて浴槽に水道からの水を送りこみ、しかし溜まるまで少し時間がかかるから、部屋に戻った。そしてすることといえば、やっぱりウイスキーの瓶を円卓の上に乗せ、立ち上がって台所から、コップをふたつ、氷を入れる金属の容器（最近、雪子が買ってくれたものだ）に、近所の小型スーパー、丸正四谷二丁目店で最近売るようになったガリガリ氷を詰めたナイロンの袋から氷をざっと入れ、さらに薬缶に水を入れて、これを円卓に運んだ。それから、丸正で買った茹でた枝豆、ハムの詰め合わせの袋、雪印のチーズなどのおつまみを円卓に載せると、円卓は満員になった。雪子は疲れたのか、窓の桟に凭れて眼を閉じ、眠っているようだった。おれは上半身裸になり、水割りをふたつ作った。雪子は風呂が沸いたら起こすことにしよう。★風呂に入る時はたぶん、雪子は無抵抗だから、両腿のつけねもしっかりと視てやろう。それだけ見たら、もう、彼女の自由だ。今夜は。雪子のやつ、今夜もどうせ、拒絶するだろう。いやならいやでいい。べつに何もしなくてもいい。裸の熱れあがった瓜の実のような軀を抱いて寝ればいいや。そんなふうに鷹揚に構えて水割りを飲み、グラスの中でかちかち、と音を立てる氷の揺らめきを見詰めていた。おれも少し疲れたかな。二日にわたって遠出したから疲れても当然か。おれは浴室に戻って水位を確かめ、蓋をしてガスに点火した。ほんのりと青く光る小さな輝きを見せ、ガスの独特の臭いが一瞬おれの鼻先を掠めながら、反対側にあつた便座の上部にある小さな窓の隙間へと逃れていくようだった。また、熱いけど静寂の籠った部屋に戻り、おれも雪子の横に窓際に凭れるように座って、本棚から小説の文庫本を持ち出し、水割りを飲みながら読んだ。雪子はふっと眼を覚まし、あたしも飲むわ。グラスや氷はすべて準備ＯＫ。見てくれよ、この御馳走。おれはテーブルを窓際の雪子やおれの前に移動させ、そして、水割りを作ってやり、軽く乾杯した。雪子さま、何をめしあがる？　チーズはどうだ。そう言いながら、チーズの包装を少しずつ開いてやった。先生って、ほんとは優しいのね。男の人って、もっといばってるのかなと思ってたわ。あたしのパパなんか、あたしや母になんか言う時は、ほんと、いつでも命令口調なのよ。お酒を熱燗してきてくれ。早くしろよ、とかね。つまみは今日は何だ、とかね。自分でやることなんてないわよ。外で働いてきた男が寛ぐ時間なんだろう。優しくしてあげればいいじゃないか。でも女にとって強い男と優しい男と、どっちがいいんだ？　もちろん、何でもやってくれる優しい人がいいに決まってる。パパはね、婚約者もほとんど、独りで探し、独りで決め、もちろん、お見合いみたいなことはしたけどね。気がついたら、婚約者がいたってわけ。母はいつでも文句も言わず従ってるわ。でもわたしも、古臭いたちだからそのままパパの言うこと、決まったことを受け入れてしまったんだけど。★今日はお風呂はひとりずつ入りましょ。先生まず、入って。いや、いいよ、おれは。熱いお湯は苦手なんだよ。皮膚呼吸もできないし。お湯を掻きまわすのも面倒だし。先生ったら。ほんとにめんどくさがり屋なのね。風呂も好きじゃないんだ。じゃあ、お先ね。雪子は板の間の接客机の横に立つと、こっち視ないでよ。服を脱ぐから。解った、解った。視ないようにするよ。板の間の天井の蛍光灯は点けていなかったので、薄暗く、雪子は安心したように、おれのほうに背を向けると、素早くワンピースを脱いで裸になり、背に廻した両手で器用にフックをはずしてブラジャーを取ると、今度はやはり両手で、薄いパンティの両側に手をかけ、さーっと膝のあたりまで降ろした。大きく、そして丸っこい白いお尻がふたつ、薄明りの中で仄かに、しかししっかりと自己主張するように輝いた。暗く翳った臀裂からふたつの太腿の裏側をおれの眼に曝しながら、かがとのあたりに落ちていた薄い下着を片足ずつ少し持ち上げるようにして脱ぐと、小さくたたんで机に置いたバッグに入れた。そして裸身の背をおれの視界に残したまま浴室に消えていった。お湯を浴び、浴槽に浸かっているようすが覗えた。おれはまた、ウイスキーの水割りを作り、さっきの本を読み始めた。トーマス・マンの『魔の山』の下巻で、上巻を読み終わり、下巻を読みだしたところだった。上巻のカヴァーの裏側に《第一次大戦前、ハンブルグ生まれの青年ハンス・カストルプはスイス高原ダヴォスのサナトリウムで療養生活を送る。無垢な青年が、時にアジア人の双眸を感じさせるロシア人らしき女性ショーシャに魅かれ、理性と道徳に絶対の信頼を置く人文主義者セテムブリーニ、独裁によって神の国を打ち樹てようとするのだが根本的には虚無主義者である複雑な心情の持ち主ナフタ等と知り合い、彼らの果てることのない会話、いや議論を訊きながら、自己を形成してゆく過程を描き、〈人間〉と〈人生〉の真相を追究したドイツ教養小説の大作》（解説文のあちこちをかってに少しだけ変更させてもらった）と書かれていたが、実にみごとに、この長編小説の前半を紹介している。★セテムブリーニという中年男はルネッサンス時代に生まれた人文主義の信奉者であり、リベラル派なのだが、その論争の相手のナフタは、キリスト教の過剰な尊崇者であり、ふたりの議論は終わることがない。だいたい、もっとも嚙み合わないふたりの議論を通して、それぞれの主張をまずは語るのだ。わたし自身は、反キリスト教主義者であって、セテムブリーニの側に立たざるを得ない。人間は、自分を縛ってくるあらゆる束縛、そのひとつは宗教であり、最も強固な宗教がキリスト教であったといえるが、いつかこれを完全に打破しないといけない。★登場するロシア人だが、たぶんに東洋人の血が混じっているらしい女性が、主人公の滞在する結核療養所の患者のひとりで、患者たちは毎食をともにするような施設であった。その〈非ヨーロッパ人〉系の〈アジア人〉系的な容貌が、主人公の若い男ハンスを深く捉え魅了するのだが、女のほうは、だからといって青年にとりわけ関心を示し、特別視しているようでもなかった。彼女は途中から登場した裕福な商人のような男の愛人のようであった。物語はたいしてなく、ハンスは毎夜、当時の結核療法であったのだろう、顔を外の空気にじかに触れさせながら眠り（このような結核療法の光景は、堀辰雄の小説にもあったと思う）、全体として、人文主義的な男と超保守的な男の理論闘争が延々と描かれているのだ。この小説には、トーマス・マンの知識と全霊が籠っている。少し読み始めた時、雪子が浴室から声をかけてきた。先生。今日着ていたシャツを洗ってあげるわ。昨日は洗濯の日だったでしょ。いいよ、いいよ。そんなことしなくても。しかし元気な声が続いて呼びかけるので、おれはシャツを持って浴室のドアを開けた。雪子が裸の全身からお湯を滴らせながら立って、おれの手からシャツを受け取った。おれは素早く彼女のふたつの乳房や下腹部の黒っぽい翳りから滴り落ちる水滴を凝視し、テーブルの前に戻った。暫くすると、先生、ハンガーはない？　シャツをかけるのよ。それから、パンツは？　洗ってあげる。いやー、おれはパンツははいてないんだ。うそ。変だわそんなの。おれはね、じつは女性用の下着を愛用してるんだ。なーに、それって。気がつかなかったわ。先生って、やっぱり変態だったの。いや、男性用のブリーフとかいうものが嫌いでね、股ぐらのあたりが二重になってるので、もごもごして気分が悪いんだよ。女性下着は昔、いっしょに暮していた頃の妻からもらったんだ。彼女のお古をね。女性の下着のほうがぴたっとはけるだろ。べつに変態趣味ではないよ、残念ながらね。まあ、それじゃあなんでもいいから頂戴。洗ってあげるから。おれははいていた女性用の下着、ベージュ色の女性用下着を脱いで渡したのだが、やはりなんとなく恥ずかしくはあった。女性の眼に曝したのは初めてだったが。いや、ヴォルガの女王さん早苗のマンションに泊まった翌朝、下着を捜すとどうしても見つからなかったのだ。しかたなく、素肌のうえにGパンをはいて帰ったのだが。早苗はおれが帰ったあとでおれの女性用下着を発見して、おや？　なんだろうこれって。とか思っただろうな。ともかく、おれにはやはり変態志向があるのかな。自分には。★そして暫くすると、雪子がなんだか真面目な貌つきになってタオルで裸の軀を拭き拭き浴室から出てくると、裸のまま言った。先生、ごめん。悪いけど、やっぱりわたし、帰るわ、家に。あたし、着替えを持ってこなかったから、昨日と同じ服で会社に行かないといけないの。これって変に思われるから、家に帰らないとだめなのよ。これには自分も答えようがなかった。雪子の意志はしっかり機能していた。うーむ、今晩はなんかできるかなって思ってたんだけどな。男と女のすることがね。おれは苦笑しながら雪子に言った。雪子はおれの皮肉なんかに動じることはまったくなく、バッグから折り畳んだ先ほどの下着を出して、おれに背を向けてはいた。今から服を買いにゆこうか。だめよ、もう売ってないわ。新宿まで行けばきっと売ってるよ、まだ。雪子はおれの言葉を無視して冷静に服を着けると、ごめんね、先生。男と女のすることができたかどうかわからなかったけど、帰るわ。思い切って。明日は月曜だから、しゃきっとして出社しないとね。おれはしかたなく雪子の決意を無視できず、彼女を送って駅まで歩いた。日曜の夜の四谷は街灯の灯りと、新宿通りを行き交うタクシーなどの車のヘッドライトや後部ライト以外に光は少なく、侘しい気分が歩道を歩く少ない人びとを襲ってくるのだ。おれは駅の改札口で、階段を下りて消えてゆく雪子の後ろ姿を最後まで見届け、そしてまた、その侘しさの街の中へと、昂まる孤独感とともに戻っていくのだった。

◉読書会のメンバーとの交流は途切れることなく続いていたのだが、あらたに参加するようになった人、来なくなった人など、メンバーは少しずつ変わった。おれは武蔵野市あたりで配られている朝日新聞系の小型地域新聞の小さな募集欄に、その読書会のことを載せたことがあった。

すると、文学が好きだという少し歳取った中年の女性や、猫に関する本も出しているという活発な女性も現れ、そんな予想もしなかった交流も生まれて愉しかった。その活発な女性は三十代のなかば、といった感じの年頃で、美人ではなかったが快活で、西荻に住んでいるというので、一度、彼女の借りているアパートに誘われて、訪れたこともある。前述したようにそれぞれのメンバーがそれぞれの興味の対象を持っていたことに変わりなく、美術大学関係者が多かったせいもあり、わたしと同じような民族学だとか文化人類学などの領域の興味を共有できる友人という人はほとんどいなかった。このころ、「源平盛衰記」を週二回、べつの週一回は「日本書紀」を読んでいたのだが、ある時、読書会のメンバーに森さんはなぜ、「日本書紀」に書かれたことをそのまま信用しないんですか、と問われたことがある。わたしは「古事記」や「日本書紀」を、歴史学者の津田左右吉の古代天皇制に対する懐疑主義的な理論を通して読んでいたので、これらの日本のもっとも古い書物を文字通り受け取ることはできなかったのだ。もっともわたしが懐疑主義的思考を始めたのは、最近ではなく、長い歴史がある。だから、その点に関してはいつか、ちゃんと自分の考えを整理しておきたいと考えている。だから、ここでは、少しだけ、「日本書紀」への疑問を述べておこう。かつて「古事記」偽書説という、「古事記」という日本最古とされる本に対する懐疑的な分析が江戸時代から始まったとされ、戦後、かつての皇国史観が希薄になり、かわってマルクス主義の歴史観が濃厚になった現在、少数の研究者が古事記偽書論にこだわっているように思われる。大和書房の社長さんらしき大和岩雄氏の、『古事記偽書説の周辺』（名著出版）などはその懐疑論的領域をつぶさに研究してあり、参考になったしおもしろかった。日本の古代史を考えようとすると、「日本書紀」以外には中国の「漢書」などの歴史書の「東夷伝」などを根拠にするしかないのだが、学術世界では、中国の本の方が圧倒的に信頼されているという傾向がある。古代中国が、魏、蜀、呉の三つに分かれた三国時代のそのひとつの国、魏の歴史を書いたいわゆる「魏書」に「東夷伝」という項があり、その最後に「倭人」と題された人びとに関する記述があるが、この書において日本列島に住む人びとを〈倭人〉と呼び、国名も〈倭国〉と書かれるようになったのだが、「日本書紀」に書かれた日本列島文化の始まりに関する歴史と「倭人伝」ではまったく違った世界になるのだ。「倭人伝」には「邪馬台国」とされる国が書かれているのだが、「古事記」「日本書紀」にはそのような記事はまったくない。★中国の書を重視している当時の研究者たちもこの「邪馬台国」を無視はできなかった。そして明治時代から、邪馬台国は北九州にあったのか、畿内にあったのかが大きな問題で、白鳥庫吉による「北九州説」と内藤湖南の「畿内説」という二つの説があって、以降現在まで論争が繰り広げられてきたのである。「日本書紀」が日本国家の始まりの時代として、邪馬台国を巻頭に書いていれば問題は起こらなかったのだが、そのような記事はまったくなく、「神功皇后」のところに、邪馬台国の女王とされる卑弥呼の名が現れ、この二人が同一人物であるかのように引用されている。しかし「書紀」では神功皇后は気長足姫尊（オキナガタラシヒメノミコト）という名があり、どう考えても卑弥呼のようには思われない。つまり、このふたつの記述、「魏書」と「日本書紀」には、歴史認識における、断絶があった。多分、北九州あたりにあった倭国連合のような領域と、天皇族が生まれてきたヤマトという畿内の領域が、古代のある時期、両立していた、と考えざるをえないのだ。あるいは、どこかの時代、漢字という中国の文字のまだ日本列島に入っていなかった時代に、のちの日本国家に繋がる、ふたつの領域があったわけだ。★この辺から、日本列島の支配層を形作った人びとはしだいに北九州から日本列島の中心部へ移動した、という「邪馬台国東遷説」という理論が生まれたのだ（ヤマト朝廷ないし天皇制は、北九州の邪馬台国を作った人びとが東遷して作ったのだ、という説）。これに対し、日本の歴史学者たちの多くは保守的で、とりわけ「邪馬台国畿内説」を提唱している研究者たちは、日本民族が自生的に日本列島の中央部である畿内に誕生し、成長して、ついには天皇制国家を確立したのだ、と考えたのだ。★戦後間もない頃、東洋史学の江上波夫の「騎馬民族征服王朝国家」論が提出されると、これはアジア大陸中央部の北方で、牧畜を営んでいた遊牧民のあるグループが朝鮮半島を南下して日本列島に渡来し、彼らが、畿内に天皇制国家を構築したのだ、という説を唱えた時、日本中の研究者、一般の人たちの多くが、衝撃を受け、その真偽を論ずる人たちが大勢出てきたのであった。

◉地球という星に人びとが住むようになってから、どのくらいの年月がたったのか、ともかく地球の氷河期や温暖期を通じて、地球に住んだ人びとはさまざまに移動を繰り返した。南北、東西、その移動は微々たる距離から、長大な距離などさまざまで、一番新しい理念は、アフリカで生まれたある原人間の系統が、あちこちへと移動し定着し、あるいはさらに移動したりしながら、現在に至った、というものであったが、とりあえず、「移動」という行為が人間生命をとりあえず、相当の年数にわたっての生存を助けてくれてきたのであって、移動は人間生存の大原則であった。日本列島というアジア大陸の東の端っこにある小さな島にあっても、移動という世界的な潮流から逃れることはできず、考古学的にももっとも解りやすくなった時代の先住民は、縄文人と言われ、そこに稲作と鉄器をもった弥生人と言われた人びとが朝鮮半島を南下して、日本列島へと移動し、登場したのだ。それ以降の日本列島の歴史は、ともかくもある程度、明確になり、そして現在に至っている。

◉以上が、生存や移動であるとすれば、人間の頭脳には精神や観念というものが存在し、それが、現実の生活の過程でさまざまに作用し、文化や文明として人間生活、社会生活というすべての領域で機能してきた。しかし、観念や精神は複雑多様でもあり、生まれた理論には必ず、反対の理論も生まれてくる。「懐疑論」というのは、これが正当な理論だ、と誰かが主張した時、そこに疑問を抱く人びとがいつでもいた。この疑問を持つ人が、単純化すれば、懐疑主義者であって、疑問なく平穏に暮らす人びとには理解できないタイプかもしれない。自分はいつ頃からか、この懐疑的精神の持ち主になったわけだ。そのため、いつでも疑問は生まれ、そのため、解答を求めて本を読む。そしてまた疑問が生まれるからまた本を読む。そんな繰り返しを、自分は繰り返しているわけだ。そんな生き方が身についてしまって、むしろ、いわゆる「考える人」になってしまったわけだが、自分では今さらどうしようもない。こうして今後も生きていくのだろう。

◉雪子からの連絡が幾分、途絶えがちになった。家には電話をやはりかけづらく、やはりもと妻帯者が、まだ離婚もしていないまま、未婚の娘さんを誘惑しているという感じが自分でもしていたし、しかし若い魅力的な女性たちにはどうしても魅かれてしまうのではあるが、しかし、人見知りだったせいか自分から積極的に女性に接近することもできない性格でもあり、また、いつものように静かな生活を地道に送る日々が戻ってきたのであった。しかしそれは杞憂であった。二週間目の土曜の昼頃、電話してきた雪子は、先生！　元気？　ごめんね、連絡あまりしなくって。いろいろあってね。で、今日はアパートにいます？　夕方になるけど、行っていい？　となんだか遠慮がちに言うのである。なんだか殊勝な雰囲気だな。男ができたのかな。じゃないか、婚約者がいるんだからな。などと思いながら、もちろんだよ、待ってるよ。今日は仕事もないので、本読んで過ごそうと思ってたんだ。そいで、夜は新宿に出ようかなと考えていたところだよ。うーん、新宿か。じゃあ、先生。新宿で会おうか。いいよ、それでも。場所はどこがいい。そうね、解りやすい所ある？　先生、決めてちょうだい。じゃあね、紀伊國屋書店は知ってるよね、あそこの一階の左側にエスカレーターがあるだろ。あの下は通路になってるんだけど、その通路の入り口の辺りで待ってるよ。じゃあ、そこで五時でいい？　うん。解った。そうしよう。なんだかおれはほっとし、雪子はおれを忘れてしまったわけじゃなかったんだな。電話の通話音が向こうで切れるのを確認しておれも受話器を置いた。安堵感がどっと沸いてくるのを抑えることができなかった。忽ち、雪子のコケティッシュな身体やふっくらした貌つきが浮かんできて、暫くのあいだおれを虜にせずにはおかなかった。一杯飲もうか。祝杯だ。★おれは立ち上がり、ウイスキーの水割りを作り、六畳の部屋に来て寝ころんで、グラスを口に運んだ。喉を通過する水分が、ぼんやりしていた意識を取り戻すように冷たく、しかしすぐ、熱い感覚も呼び醒ますように刺激的であった。おれは畳の上に投げ出された『魔の山』を取り出した。ギリシア神話を研究していた頃、一番信頼して読んでいた神話・宗教学者カール・ケレーニィと、トーマス・マンの往復書簡集という本があった。わたしのギリシア神話の理解にケレーニィの理論は大きな影響を与えたと思う。トーマス・マンもある時代、好きになったドイツの小説家であったが、彼には代表作の『魔の山』などのほか『ヨセフとその兄弟たち』といった「旧約聖書」に取材した小説も二、三あり、マンは古代地中海世界の神話や宗教に造詣が深かったのであろう。そこで、この神話学者とのあいだに実際に書簡が取り交わされるようなことになったのだろうが、想像力逞しい小説家、ではマンはなかったようで、その書簡は比較的平凡だったような印象がある。当時六十歳前後だったマンは、二十歳年下のケレーニィに対して、師のように思いやって書いた手紙だったから、私見をあまりさし挟まなかったのかもしれないが、『魔の山』以外の小説は概ね、非凡とはいえないような気もしていた。長編小説『ブッデンブローク家の人々』なども、ある商家の何代かの家族の話をたんたんと描いていた。彼の日本語訳されている小説のなかでも『魔の山』は傑出した作品であるが、ヨーロッパ文化の開花期の始まりでもあった人文主義と、偏狭なキリスト教主義の理論的論争がおもしろいのであり、物語的な多様さはほとんどなく、結核患者たちの療養と、ホールでの食事の風景がやはりたんたんと描かれていた。しかし、読むに堪える小説であり、わたしは今、二度目になる『魔の山』読書に熱中していた。その午後はだから、『魔の山』の文庫本の下巻を読んで過ごそうと思って、ページを開いては眼を凝らして、とりわけショーシャ夫人という東洋人を思わせる風貌の女性の行為と思慮を見守っていたのだ。★わたしは、今晩に備えて水割りを二、三杯でやめ、本棚の中央下段に埋めこむように置いている大型の電蓄、とは言わないのかな、現在は。カセットレコーダーとして使っているのだが、まだ主としてレコードを廻して聴いていた頃、板の間の机で仕事している時は、レコードをひっくり返すために時々、立ち上がらねばならないのが面倒なのだった。テープにしてからは、その演奏の時間は長くなり、だいぶ楽になった。わたしは、いろんなクラシックの音楽を聴いたのだが、もともと通俗的な人間だったせいか、誰でもそうであるように、バッハとベートーベンの何曲かが好きになり、これを何度も何度も聴いたものだ。この蓄音機は、京都の、わたしがそこで仕事をしていた出版社の年若い編集者で、後に会社をやめて、その会社の営業部にいたわたしの友人とが、新しい会社を作った。わたしもその会社設立には協力し、京都を訪れる機会がぐっと増えたものだ。彼が、その会社の東京支店を作り、みずから上京し、四谷の、わたしの部屋の近くに事務所を構えたのだが、その若い友人が、喪くなった父親の遺品だと言ってくれたもので、大型のスピーカーがふたつついていたから、音響はなかなかのものであった。とくに低音は部屋全体を震わせるかのように響いていた。ある時、遊びに来たやはり美大の卒業生だった女の子が、ムスタキというフランスの歌手の低音の気取らないシャンソンのテープをくれ、これが、シャルル・アズナブールなどとも違った良さがあり、その頃からクラシック以外の音楽も聴くようになったのだ。キース・ジャレットの即興の作曲と演奏だというテープもくれた。この女性は、バタイユの『空の青み』という小説もくれ、ほとんど識らなかったバタイユなどの世界をおれに開示してくれたのだ、おれにとってはある種の文化的恩人なのであった。バタイユはのちに『エロティシズム』という大著を読んだ。しかし、久々に幸福な気分の今日はベートーベンの「月光」をかけた。この曲が一番好きだったのだ。これらのクラシックのテープは、ある雑誌編集者の男が全部くれたものだ。彼もまた過剰なクラシックの愛好者だったようで、レコードを何百枚か何千枚か持っていて、おれの希望に従ってテープに入れてくれたのだ。すなわち、この部屋の音響はすべて、友人たちからの賜物であり、それ以前は、つまりこのアパートに引っ越してきて以来、テレビもラジオもない、無音の時代を三、四年、続けていたのだ。テレビはずっと、今もなかったのだが。わたしは小学校の五、六年生の時は合唱部であり、声があまり高くなかったせいか、アルトの部分を受け持っていた。低音部担当は、二重合唱というのか高音部と低音部があるような曲はたいてい、低音部に廻され、高音部に引っ張られないように、しっかりと音域を守る役割を与えられていた。まあ、それはともかく音楽は好きだったのだ。自己流のハーモニカも結構うまかった。そんなおれにとって、音楽時代がまた到来したって感じで、好きな女性も現れず独りで過ごす時間はそれらの音に塗れて仕事をしたり、読書したり、酒を飲んだりといったふうに豊饒な日々を送ってきたわけだ。★わたしが紀伊國屋書店の入り口付近に立ったのは、まだ五時より少し早かった。逸る気持ちを抑えることができずに、アパートを出て電車に乗り、文字通りわくわくして雪子を待っていたのだ。しかし雪子はおれをじらそうとでもいうのか、なかなか現れないのであった。わたしはズックのバッグから、トーマス・マンを取り出して、入り口付近の紀伊國屋書店の店内の視える大きなガラスの窓に凭れて立ったまま、『魔の山』の栞のあったページを開いた。しかし三十分くらいたったころ、雪子は鼻の頭に薄っすらと汗を浮かべて、急いで来ました、という表情を隠さず、現れた。やあ、待ってたよ。おれはいきなり愉快になる心情を抑えることもできずに、彼女を抱こうとした。先生。待って。今日はお友だちもいっしょなの。紹介しようと思って連れてきたのよ。そういえば、彼女に少しだけ遅れた感じで続いて現れ、雪子の背後に若い女性が立って、おれのほうに頭を下げるのである。長い髪の少女、であり、頭を下げると前髪が垂れ下がってきて貌全体を覆うほどだったが、おれは驚きを表さないように努めながら、やあ、どちらさん？　と声をかけた。先生、大学時代のお友だちなの。紹介しようと思ってね連れてきたんだ。この子、もたもたして遅れちゃったわね。ごめん。あんたも謝って。待たせちゃったんだからさ。先生。山根さん、山根百合というの。山根百合は貌をあげ、おれを視てにっと笑顔になり、山根でーす。憶えてませんか。美大で雪子と同級生だったんだけど。うん、詳しくはどっかへ行って聞こう。どこがいいかな。そうだ、バガボンドでも行こうか。この時間、もうやってるかな。西口にあるんだけど。そう言いながら、じつは雪子を今日はバガボンドに連れていこうと電車の中で考えて来たのだ。いいかい？　ふたりが頷くのを視ながら、着いたばっかりで疲れてるかもしれないけど、まあ、ゆっくり歩いて西口に行くかかい。先生にお任せするわ。遅くなってほんとにごめんね。雪子の双眸がちらっと悪戯っぽく微笑み、流し眼でおれをそっと観察するような感じで視るのだった。★バガボンド（確か、放浪者のような意味だったのではなかったかな）はヴォルガの近くの店で、荒地たちの仲間の女性が、ねっ、今度ふたりだけでデートしましょ。といつだったかヴォルガでおれの横に坐った早苗が、仲間たちに聞こえないようにおれの耳にそっと囁いたのだったが、彼女は荒地グループの紅二点ともいうべき女性のひとりで、早苗、早苗とみんなから呼ばれていて、そのグループの中で女王さんのようにふるまっていたのだ。紅二点のもうひとりは荒地が個人的につきあっている女らしかったが、荒地は四谷三丁目に同棲している妻のような女性（まだ結婚してないと荒地は言っていたが）がいることをおれに紹介していたためか、おれにはちゃんと紹介せず、しかしヴォルガでは時々出遇うことがあった。早苗は小柄だったが、完全な美人タイプで、ヘアーデザインをやっているということだった。要するに美容室に勤めていたようだ。もうひとり荒地の恋人は愛くるしい貌つきの少し太めの女の子で、どこかの専門学校に通っているということであった。陶器の仕事がしたいと言っていた。おれは、荒地の仲間の前では、彼らより少し年配だったせいか、森さん、森さんとなんだか先輩扱いされていたので、彼女たちにも別格の人間のように振る舞い、無関心を装ってきたのだったが、ふたりとも実は魅力的であった。そのひとりである早苗とこっそりふたりだけで会った時、彼女がバガボンドを教えてくれたのだ。★ある時、早苗が武蔵小金井から荻窪の駅近くのマンションのようなアパートに引っ越した時、荒地が地方に出張していたためだったか、おれが、軽トラックを借りて引っ越しの荷物運びを手伝ったことがあった。荷物運びは弟が手伝うというのでおれはトラックの運転だけすればよかったから引き受けたのだ。おれは腰がよくないので、重いものを運ぶのが苦手だったのだ。その日、おれは四谷のレンタカーの店で一トントラックを借り出し、武蔵小金井のアパートに出かけた。ほとんどの荷物がすでにダンボールに詰めこまれていて、弟と称する男がせっせとそのダンボールを運んでトラックに乗せるのを、おれは煙草をふかしながら見守っていた。腰痛によくないので、重いものは運びたくないんだ、と偉そうに嘯(うそぶ)いていたのだ。重いものはベッドや冷蔵庫やふたつの箪笥くらいしかなかったから、それほど罪の意識を覚えることなく、てきぱきと働く弟の労働で荷物の積みこみ作業はすぐ終了し、おれは、早苗とその弟を運転台に乗せて荻窪に向かった。そして、駅近くの青梅街道に面したマンションに到着した。入り口附近で荷物のトラックから荷物を下ろす作業だけを簡単に手伝い、終わると、森さん、今日はごめんね、ありがとう、助かったわ。と早苗は言い、これ車の借り賃とお礼よ。と言って白い封筒を渡してくれながら、ね、今晩来て頂戴。待ってるわ。三階の十五号室よ、忘れないでね、と小さな声でおれの耳に唇を接近させながら言うのを、うんうんと生返事しながら聞いていた。車を発進させ四谷に戻ったのだが、早苗のやつ、おれを誘ってるのかな。うーん、どうしようか。尋ねてみるかな、どんな部屋なのか視てみたい気もし始めた。バガボンドにいっしょに行ってから、なんとなく、早苗に親愛感を覚えていたのだ。★レンタカーのトラックが四谷に着いた頃、まだ、車を返す時刻までだいぶ間があったので、ふと、息子を乗せてドライブでもするかな、と思いついた。トラックの運転は初めてだったが、一般の車よりずっと高い位置から前方や周囲を視ながら走るのは、なんだか幼稚だが、優越感のような感情を齎す快適さがあったから、息子も喜ぶかと思ったのだ。息子と妻が住んでいた家の前に車を停めてドアを叩いてみたが応答はなく、残念ながら息子とのドライブは諦めて、トラックは返してしまい、梓アパートに戻った。疲れたわけではないがなんとなく倦怠感がおれの周囲を囲繞している午後を、本を読みながら過ごした。雪子からの電話もなく、静謐の空間をもてあましそうに感じたおれは、ふと立ち上がり、今日はやはり早苗のアパートを訪ねてみようと考えて、国電に乗った。引っ越し祝いとかいるかな、やはり。おれは荻窪の駅の北口に出る階段を上りながら考えた。外に出ると、すぐ右側に店外にはみ出す大きな天幕を張った店で、鶏を焼く煙を毎日、周辺に漂わせている焼き鳥屋があり、そこで、お土産用の焼き鳥セットを買い需め、ぶらぶらと青梅街道のほうに歩き、何時間か前に来たマンションに辿り着いた。午後の八時を過ぎていた。早苗は部屋にいた。弟も。壁際にベッドを置き、反対側の壁に箪笥を置いていて、早苗と弟は荷物を解体して、箪笥や台所の食器棚に詰めこむ作業をやっていたのだが、おれが部屋に導かれて入ると作業をやめ、まあ、来てくれたのね。来ないかもしれないって思ってたんだ。待ってたかいがあったわ。今日は疲れたでしょ。風呂も沸かせるわよ。いやあ、全然疲れてない。早苗は、ベッド脇の和風の小さなテーブルの上に、簡単に包装された包みを開いて食べ物を出し、おれが差し出した焼き鳥を加えて、そこにビールやウイスキーの瓶、グラスなどを出してきて並べた。早苗さんこそ、疲れたでしょ。まあ、今日は慰労会ということにしますか。座蒲団を出すからちょっと待ってね。フローリングの床に座蒲団を敷いてわれわれ三人がテーブルを囲んで座ると、早苗は弟にビールがいい？　などと訊き、弟さんが森さんは？　と訊くので、おれはウイスキーを貰います、と答えた。早苗はかいがいしく水割りを三人分作って、改まったように、今日はありがとうございました。大学の先生をトラックの運ちゃんにしてしまってね。これ、と言いながら弟を指して、弟の信雄です。今、大学二年生なの。阿佐ヶ谷に住んでるの。じゃあ、乾杯しましょ。★おれは水割りのグラスを差し出しながら弟さんのほうを改めて見詰めると、案外好男子で、まあ、美人の早苗の本当に弟だとすれば、美男子も当然か。早苗に似ているとも似ていないともよく解らなかったが、まあ、早苗の年若い男だとしてもいいや、おれに関係があるわけじゃないし。弟は無口なのかあまり喋らず、もくもくと飲み、刺身や焼き鳥などをつまんでいたが、ぼくは成蹊大に行ってるんですが、森さんて、美術大学の先生なんですか。と静かに訊くのだ。長い髪が美大の先生って感じで、いいですね。いやね、先生といっても、講師、非常勤講師というんだけどね、たいして偉いわけじゃないんだ。と嗤ってみせた。非常勤って何ですか。うん、専任じゃないってことなんだけど、まあ、期間を区切って雇われた教師ってこと。そこの大学の専任じゃないから、給料なんか凄く安いけどね。大学ってのはね、教授とか助教授というのが偉いんで、給料もそれなりに貰ってるんだ。そんな話をぽつっぽつっと、たがいの貌を視ながら喋った。きみは何科なんですか。

ああ、ぼくは経済学部で、経営学というのを専攻するつもりですが、今は一般教養の授業がほとんどです。弟さんは寡黙だし朴訥な感じだが、愛想が悪いわけじゃなく、おれを退屈させてはいかんと思ったのか話題を振ってくれるのだ。弟さんはがっちりした軀だけど、なんかスポーツを？はあ、柔道部に入ってます。ああそう。おれは早苗さんの友人に誘われて、空手習ってたんだけど、相手の拳が胸に当たって肋骨にひびが入ってしまってね、休んでるうちにやめてしまったんだ、と照れ笑いした。ともかく、弟さんなる若い男とも、なんとかうまく会話ができた。早苗さんはいい姉さんですか。新宿のヴォルガではいつも女王さまのような雰囲気で男たちを周囲に集めているんだけどね。いや、姉は実はそんなにいばらないですよ。とくに優しいわけでもないですけどね。まあ、あたし、あんたに優しくしてるじゃない？　お小遣いだって時々あげてるでしょ。と軽く睨んでみせる。森さん、でもあたし女王さまではないわよ。★そんなふうに時間が過ぎ、弟さんは立ち上がって、もう十一時だから、お先に失礼するよ。全部手伝えなくてごめん。おれも、じゃあ、帰るとするか、と立ち上がろうとするのを、早苗はだめよ、まだいて。もう少し飲もう。弟が独りでドアを開けて帰っていくと、早苗はにこにこっと笑いながら、漸く邪魔者が消えたわ。森さん、気楽にしてくつろいで。夜は空いてるっていってたから、荒地くんとかだれか呼ぼうかなとも思ったんだけど、それはまたにして今夜は森さんとふたりで過ごしたかったのよ。泊まっていけるでしょ。おれはさすがに図々しくないかなとも思ったが、まあ、あと暫くは早苗といっしょに酒飲んで過ごすかな。でもおれは、ヴォルガで酔ってくると健ちゃん、健ちゃんと荒地の下の名まえを呼び、あるいは、おい、○男、と言いながら、彼ら周囲の男たちにしなだれかかる早苗を見ていたから、この女は、荒地たち、みんなとできてるのかもしれないな、と邪推もしていたのだが、酔いにつれてそんなこともどうでもよくなり、ただグラスを傾け続けた。気がつくといつの間にか、おれたちは裸になっており、ベッドのなかに並んで抱き合うような姿勢になっていた。おれたちはキスしながら、たがいの軀をさすったり、おれは彼女の下着のなかに掌を入れて陰部に触ったりしていたのだが、なぜかいつまでも勃起しなかった。この引っ越したばかりの部屋ががらんとした空洞のようで、神経質な自分には、なんとなく落ち着かなかったせいかもしれなかった。おれは早苗の下腹部の先端の濡れた領域を触りながら、早苗さん、ここを舐めてもいい？　そうすれば何とかなると思うんだけどさ。彼女の性器を弄りながら言うと、彼女は頸を左右に振って、いやだ、森さん、ごめん、それだけは勘弁して。と別に恨みっぽく言うわけでもなく、むしろ眼を細めて、潤んだ瞳をおれに投げかけながら、クンニリングスを拒絶した。性的経験が重なると、ピンク色の部分がやや黒ずんでくると俗に言われているが、そんな性器を早苗は見せたくなかったのかな。今夜できなくてもいいわ。またつぎもあるんだから。あたし森さん好きよ。健ちゃんが連れてきた最初の頃からよ。みんな若いでしょ。でも森さんだけは、落ち着いてるし、ちょっとだけほかの人たちと違うって感じがしていてね、先生だとも聞いていたから、ちょっとだけ恐れ多いみたいな感じだったわ。どちらかというと無口でしょ。だれかが質問したりすると、よく喋ってたけど。だから、あたしも実はあまり口がきけなかったのよ。最近でしょ、みんなと打ち解けてきたのって。あたしもあなたとお話ができるようになって嬉しかったんだ。うーん、美人にそんなふうに言われるとお世辞でも気分がいいね。でも、ごめん。時々駄目な時があるんだ。いいのよ、気にしなくって。つぎはだいじょうぶよ、もう少し飲みましょ。あなたももっとリラックスしたら、できるかもしれないわ。おれたちは抱き合い、口に含んだアルコールをたがいにやり取りしながら、早苗はいつしか眠ってしまったようだった。小さめの唇が半開きになって、蠱惑的であった。おれは、それまでも、何度か、女性の前で陰萎者のようになったことがあった。自分がゆったりと落ち着けるところ、安心できる所でないとだめなのかもしれない。自分でそんなに気が弱いとも思っていないのだが。だから気落ちはしなかったが悔しかった。早苗のような可愛い女を裸にして抱いていながら不能者とは……。こんな時、だれを恨めばいいんだろう。神か。こんなおれを産んだ母親か。おれの遺伝子が性的に弱い情報を伝えているのかな。あるいはやはり自責の念を抱くべきなのか。とりとめのないまま、脳のどこかで、思念や情念がうろついているだけの虚ろな時間は、知らず眠りの中に入っていっても終わらなかった。

◉バガボンドは、西口の小田急の裏のあたり、数えて二本目の道を入った左側にあった。ヴォルガはその道の真正面にあった。この店ではヴォルガのお客には滅多に遇わなかった。新宿西口好きのお客たちはヴォルガ派とバガボンド派のふたつあって、ふたつの店を棲み分けていたらしい。ドアを開けると、すぐ、急な階段があって、店は二階になる。階段を上がった所に店員の若い女性が立っていて、こちらにします？ それとも向こう？と客に訊いていた。左側に丸い背の高い円テーブルのカウンター席があり、恋人たちはこの席に並んで軀をくっつけあって座るのだが、カウンターの端っこに料理を作るスペースがあって、網の上で魚が焼けていたり、この店の看板である豆腐と肉の煮込みの大きな黒ずんだ鉄鍋が火にかけてあり、湯気があまり高くない天井のあたりまで漂っていた。カウンターの前にやや足の高い椅子が並んでいて、カウンター前の客はそれに座るのだ。椅子の後部は階段のスペースを挟んで、二列に分かれ、両側とも四人掛けの低いテーブルや椅子がぎっしりと並べられ、一番奥にピアノがあって、ある決まった時間、中年の女性の歌手がやってきて、三十分ほどピアノを弾きながらなにかの歌を歌っていた。お客に希望の曲名を書く紙が廻ってくるのだ。壁には、平賀敬という油絵の画家のやや小振りな作品が所狭しと並べて掛けてある。わたしたちが入った時は、時間がまだ早かったせいか、お客の数はあまり多くなく、おれは最奥のピアノの横のテーブルにふたりを誘った。そして、アルコール類を頼んでから、雪子が先生、一週間も連絡せず、ごめんなさい。いろいろと問題があって身動き、取れなかったの。そして、それから山根百合を正式に紹介した。先生。彼女、あたしと同級生で仲のよかったグループのひとりなの。前から、あたしが先生と会ってると言ったら、わたしたちも会わせてよ、とうるさかったのよ。みんな、先生のファンだったからね。山根も改めて、山根です。お久しぶりです。雪子に会わせろ、会わせろって迫ってたんですよ。やっぱりプロダクトの方の出身？　わたしが訊くと、そうです。今はだから、インテリアのデザイン事務所で働いてます。と言って、山根百合は名刺を出しておれにくれた。柳宗理先生ご存じですか？　その先生の事務所から独立したお弟子さんの事務所なんですよ。うーん、柳宗理なら知ってるよ。彼の事務所は四谷にあってね、おれの大学時代の友人が勤めてたことがあるから、一度訪ねたこともある。友人は今は独立してるけどね。わたしの事務所は青山です。雪子に、先生に会わせてって頼んでたんですが、やっと念願が叶いました。おれって別にたいしたことない人間だからさ、遇っても本当にたいしたことはないよ。でも、先生が、みんな好きだったんですよ。わたしたちのグループは。うーん、おだててくれるね、最初から。山根はすらりとした長身で、弥生系の美人といってもよかった。韓国の美人女優といっても通るだろう。雪子はどちらかといえば縄文系ということになるな。丸顔で。おれは、縄文系の女性に魅かれるのだが、後者が眼がぱっちりし、眉も濃く、睫毛も濃く長いから、美人度が高くなるからであろうが、もちろん、弥生系美人も多く、彼女たちのほうが好きだ、という男も多いだろう。★それはさておき、おれたちは美大時代の彼女たちのさまざまな物語を酒のつまみにして歓談したのだが、山根百合さんもかなりお酒が好きなようすだった。

そう言えば彼女たちにもボーイフレンドや恋人がいたとしても不思議はないが、そんな話は出なかった。雪子もそんな男の話は一度もしたことがなかったな。生活デザイン学科のばあい、男の学生は圧倒的に少ないので、美青年の出現する割合はやや、少なかったかもしれない。かりに同級の男の名まえを言われてもプロダクトデザイン計画コースの男子学生は、おれもあまり知らなかった。ひとりだけ、おれに教わったことのないプロダクト系の男の学生で、おれに関心を持ったのか、接近してきた学生さんがいた。現在も彼は、一年に一度くらいは大阪の本社から出身地である横浜に帰ってくると、おれの所に挨拶に来るのだ。彼は、羽鳥といったが、おれが大学から帰ろうとして校門のあたりまで来ると、先生、と言って近づいてくるのだ。待っていたのだろう。おれたちはいっしょにバスに乗り、国分寺の駅前の通りの焼き鳥屋などに寄って、生ビールを奢ってぼそぼそと話をしたものだ。彼は優秀な学生だったようで、松下電器（ナショナル）の福岡支社のデザイン部に就職し、九州へと旅立ったのであるが、正月やお盆などに故郷の横浜に帰還すると、必ずおれを訪ねてきた。会社の帰り、博多の海に行ってひと泳ぎして部屋に帰るんですよ。などと、東京では考えられないようなことを言うのだった。博多や福岡の地方性というものに興味をもったものだ。一度だけ、おれが卒業した女子学生の結婚式に招かれて博多に行ったことがあったのだが、式の前々日、飛行機で博多に着き、一泊は彼のアパートということにして、昼は大宰府など観光地を案内してもらい、夜半、博多の街をブラブラ散歩したこともあった。栗本慎一郎の『都市は、発狂する。』（光文社）という本は、都市のふたつの相貌の大きな違いについて書いたものだが、たとえばヨーロッパのブダペストは、ブダという町とペストという町が合体した都市で、一方は公官丁や教会などのお堅い建物の街であり、他方は歓楽街や商店が多いという違いが顕著で、そのふたつの区域を分断するように大きな川が流れているという。日本の都市を視ると、同様な都市がいくつかあり、福岡と博多もまたそれぞれ、かたや官公庁、かたや歓楽街のように分かれているのだ、と栗本氏は書いていたと思うのだが、確かに羽鳥くんが案内してくれた博多は飲み屋なども多く、彼はシックな木造の洋風民家を改造してパブというのか、小ビアホールにしたような、そんな店におれを連れていってくれた。★山根百合はだんだん場に馴染んできて、先生、わたしも雪子のように百合！　って名まえで呼んでください。そのほうが一気に先生と生徒という垣根が取れて、仲良くなれた気がするんです。と雪子を視ながら笑顔を作るのだった。うん、いいよ。そのほうが、おれもなんだか気分がいい。いいよな、雪子。いいわよ。先生と仲良くなってもらおうと思って連れてきたのよ。いいのかい。ふつうは男を友達に取られた、と嫉妬するとこなのに。あたしは心が広いのよ、普通の女たちよりね。百合、先生のほっぺにチュッとやってもいいわよ。ほっぺならね。そりゃそうよ、あんたの専有物じゃないでしょ、先生は。おれはいいのかな、ふたりと仲良くして。雪子のやつ、あとで文句言うんじゃないだろな。そんなに寛容な女だったかな。しかし、雪子にはひとつの目論見があったのだ。ただし、その時は、おれにはまだそんな目論見があるなんて、解っていなかった。先生、今晩はふたりで先生のとこ、行ってもいい？　泊まっていいかな。うん、いいよ。蒲団が一組しかないけど、まだ夏が終わってないようだから、なんとかなるだろう。百合さんは、と言いかけてすぐ、百合はさ、家に帰らなくともいいの？　と訊いてみた。いえわたしは関西出身で、自宅じゃなく、小さなアパートに独りで住んでます。ふーん、そうか。じゃあ、今夜は三人で風呂、入ろうか。うーん。そこまでは考えなかったけど、百合しだいね、雪子は鷹揚に言うのであった。えっ。うそー。今日初めて遇ったのに。いや、そうじゃないか、何度か私のほうは先生を学校で見てるけど。でも、いきなりお風呂に入るっていうのは、そんなことできないわ、やっぱり。と生真面目な表情で言うのがおかしかった。おれは冗談だよ、冗談、と笑い飛ばそうとしたが、雪子の眼に一瞬、悲しさと憂いの感情が漂ったようにも思えた。あたしは構わないわよ、三人でお風呂に入ってもね。雪子はその双眸に一瞬灯った暗い光とは無縁の表情をつくって、意地を張るかのように言った。まあ、それはあとで決めよう。気分がよくなったらそうしよう、若い美女の裸体がふたりも視れるなんて、凄い幸運の夜だよ。明日はステーキでも御馳走するかな。まあ、それより、帰ったら今夜はトランプでもしようか。おれは昔さ、トランプの帝王と言われたことがあるほど、強いんだよ。で、トランプで負けたほうがおれと風呂に入るってのはどうかな。などと言いあう間に、時間はあっという間に過ぎてゆき、十一時を廻っていた。おれたちは席を立ち、急階段を手すりに摑まりながらゆっくり下り、外に出た。新宿の夜は今始まりましたとでも言うように明滅するネオンや行き交う人びとが路上に満ちていた。★梓アパートの部屋はやはりまだ熱かった。夏の終わり、もう秋が始まっている季節だったのだが、気温は下がることなく、クーラーのない部屋の住人には容赦のない夜を毎晩、プレゼントしてくれるのだ。窓を全開しても、生ぬるい空気がじわっと侵入してくるだけだった。山根百合も気兼ねせず入ってきて、円卓の前に、タイトスカートの膝を崩して、太腿の内側の白さもちらちらと見せながら坐った。先生、便利なとこ、住んでますね。羨ましいわ。部屋代高いんでしょうね。と、生活人らしい言葉を発しながら板の間の机などを観察し、しかしこの畳の部屋はさすがに熱いですね。この辺、ビルが多そうだから、風が通らないのね。ふたりとも、いやおれもだが、服を脱いで裸になりたかったろう、こんな熱くぐもった空間の中では。おれは部屋の隅っこにある扇風機のスイッチを捻ったが、涼しい空気は流れてこなかった。先生、あたし水割りを作るわ。雪子は言って立ち上がりながら、トランプでもしましょ。いくら帝王でもこう熱くっちゃ、力が発揮できないでしょ。負けたら、一枚ずつ服を脱いでいくっていうので、どーおっ？　雪子にしてはよく頭が廻るね、今晩は。昔、芸者の遊びで客と踊りながらじゃんけんして、負けたほうが一枚ずつ着物を脱いでいくというのがあったらしいんだけど、女の和服って紐だとか襦袢だとか多いだろ。だからたいてい、男の客のほうが先に裸になってしまうらしいんだよ。よくそんな遊びを識ってたね。まあ、ひどい。あたしってふだんはばかですか。

これでも知能指数は、と言いかけたが、まあ、そんな遊びはもちろん知らなかったわ。でも先生は女の裸、お好きなんでしょ。じゃんけん遊びがやりたそうね。雪子は機嫌を悪くしたようではなく、ウイスキーの瓶を脇に挟んで、冷蔵庫からは氷や冷水を取り出すのを視ると、百合も立ち上がって、グラス三つを洗いかごから取り出してきてテーブルに載せた。また座るとさっきより大胆に太腿をおれの眼に曝して、しかしまじめな貌を作っているのだ。三人が小さな円テーブルを囲んで座り、雪子は水割りを作った。百合は部屋の中を遠慮せず見廻して、本棚を視て、これって手製でしょう。こんな分厚いラワンを使って。売ってないわ、こんなの。と、さすがにインテリアデザインの専門家らしく、目聡く指摘した。でも、本がいっぱいね。雪子が時々言うんですよ。先生って、物識りだって。うーん。それほどでもないし、識らない領域のことはまったく無知だよ。しようがないけどね。先生はどの方面が好きなんですか。おれは本棚の中にあった自分の書いた本である『神々の悲劇』を取り出し、かつての興味は、こういう方面だったんだけどね、時代時代で変わるんだ。飽きっぽいんだね。この本、わたし持ってます。えっ。ほんと？　この本が出た時、大学の研究室で学生さんたちに売ってたでしょ。あの時、買いましたよ。先生のサインを入れてもらったわ。そうか、そんなこともあったっけな。確かにおれの初めての本でね、鷹見教授が、森さん、これ、研究室で学生に売ったら。と、おれが本を贈呈した時、提案してくれたのだ。三十部くらいは売れたかもしれない。でも、今考えてることが書いてあるから、これもあげるよ、と、同人誌の「立吉」を何冊かあげた。おれが興味持ってること、時々書いてるからね。これはおれが関わっている読書会の同人たちと作ってる冊子なんだ。まあ、先生。その読書会って、わたしも参加できますか。うん、それは嬉しいな。今ね、ちょうど「源平盛衰記」という鎌倉時代を描いた本を読みだしたところだから、ちょうどいいかもしれない。その「源平」なんとかって、どんな本なんですか。これは「平家物語」って識ってるだろ。その本の「異本」と言われていて、だいたいの内容は同じなんだけど、中国の歴史上の話とかいろんな挿話がたくさん詰まっている本なんだ。読書会は第二、第四金曜日に吉祥寺の、井之頭公園の近くの喫茶店でやっている。八時からね、始めるんだ。来れるんなら、一度覗いてみたら。先生、ぜひお願いします。わたし、古い文学方面は無知ですが、興味はあるし、現代の小説はけっこう読んでます。話ははずんで、いっしょに風呂に入る話にはなかなか至らなかった。★雪子は仲間外れのように感じたのか、無口になって、しかし不機嫌ではないようで、おれたちの酒が薄くなるとウイスキーや氷を足してくれ、甲斐甲斐しいその雰囲気は、あたかもおれの奥さんといったていで、お客の山根百合を歓待している夫を視るように寛大な雰囲気を崩さなかった。おれは機嫌を取らなきゃと思って、そろそろトランプしようか。きみたちの裸が拝めるかもしれないんだから。そう言うと、ふたりとも同意して、わたしが取り出したトランプを丁寧にカットしテーブルの中央に置いた。だれか、カットしてよ。これはね、カードを半分、適当なところで二分して上下を入れ替える。ディーラーとして、やばいことはやってませんというまあ儀式みたいなもんだ、ともったいぶって言ってみた。じゃあ、と雪子が言って、上のほうでふたつの塊に分けたトランプの上下を入れ替えた。何をするかな、ゲームはいろいろあるが。先生のあまり得意じゃないのがいいわよね、と薄笑いしながら雪子が言った。それより、一枚ずつ脱いでいくって本当？ とやや心配そうな顔つきになった山根百合が言った。さっきのは冗談だけど、もし勇気があるならそれでもいいよ。でもーっ。初対面に近いわたしが先生の前で裸になんかなれないわ。と百合は言ったが、雪子はにやにやしながら、黙っているのだ。まあ、それじゃ、七並べでも軽くやって勝った人がどうするか決めることにしよう。さすがにおれは、正直言ってふたりが裸になるはずがないと思って気楽な貌つきを作って言った。じゃんけんして順番を決めよう。裸になるゲームが始まったかのようにふたりとも真剣な貌つきになってじゃんけんするのだった。

◉つぎの日の夜、雪子から電話がかかってきた。先生、昨日はありがとう。じつはね、先生に言わねばならないことがあったの。でもなかなか言えなかった。あたしね、急な話なんだけど、再来月くらい結婚するかもしれないの。パパが向こうの人たちと相談していてね、日取りを決めてるようなの。だからね、と、そこまで言うとたちまち涙声になり、つぎの言葉が生まれてこないかのように、押し黙ってしまった。それでね、それで。百合を紹介したのは、百合に、あたしの跡継ぎを頼もうかと思ったからなの。先生、あたしなんかでもいなくなると淋しいでしょ。百合がわたしのかわりにね、なってくれるかと思って。百合にはまだそこまで話してないけど、おといはふたりで意気投合したみたいだったし、これならいけるかなっと。先生、わたしがいなくなったら、今後は百合を可愛がってあげて！　うーん、嫉妬しないのか、たとえそんなことになっても。だいじょうぶ。だってその頃、あたし、人の奥さんだもの。そんなこと言ってられないわ。そして、彼女から先生の消息を時々訊くことにするわ。先生、ごめん。ほんとに。ほんとうにごめんね。ひどい女だったわ。あたしって。自分勝手で。そんなことないよ。そりゃあ、きみがいなくなったらなんて、うかつだったけど、あまり真剣に考えてなかった。でも、おれ、おとなだし、だいじょうぶだよ。また、今度遇った時に、ちゃんとしたこと、訊くよ。そう、返事したが、その後たがいに寡黙になってしまった。船橋と四谷という、ふたりを繋いでいる長い長い電話線がどこかで、ふっと切れてしまったのだろうか。視えない闇だけが、おれと雪子のあいだに横たわっているかのようだった。おれは唇を嚙みしめ、畳の部屋に戻ってまた本の世界に埋没した。いやいや、やはり、埋没などできなかった。ただ、無力感だけがあとからあとから波のように、うちひしがれた自分のほうに、容赦なく押し寄せてくるのだった。★翌週あたりから、山根百合は本当に読書会に来るようになった。勤めている事務所は青山だったが、住んでいる所は東小金井だというので帰り路は近かったから、事務所からの帰りに寄り道するという感じだったのだろう。

読書会が終わると皆が行く「のろ」にも来て、遅くまでつきあっていた。彼女は短い時間の中で、直ぐ、読書会のメンバーに溶けこんでいたのだ。おれは、そのうちアパートに誘ってみようかと思いながら、まだ百合に連絡したことはない。

◉山根百合に、自分の書いた本『神々の悲劇』の話をしたので、ついでに、当時のわたしの勉強ぶりを、もう一度整理しておきたい。なんと言っても、わたしがある意味で、学問・研究の徒になったのは、小川卓さんと始めた「イーリアス」の読書、それから、高林俊彦から貰った、早逝した奥さんの慶子さんの遺品の「新・旧約聖書」の二冊の存在が原点であったのだ。これがなければ、自分は二十代の半ば以降をどのように暮らしてきただろう。ひたすら、貧しくとも文学青年として、生きてきたであろうか。意志は弱く、誘惑に負けやすいおれも、単なる遊び人間にはならなかったと思うが、精神的展開のための努力などということも、あえてやらなかったであろう。そこは解らない、というしかないのだが。出遇えばどんな勉強でもできる、という特性は持っていた。ある問題に出遇うと、その解答をみつけるべく、別の領域にも踏みこんでいく。これがある道の専門家でない人間の自由さでもあったのだが、落ちつかない知の放浪者、バガボンドとして生きてゆくというスタイルがどこかでしっかりできあがったのだ。★古代ギリシア文化や初期キリスト教の研究を始めて、気がつくと十年という年月が過ぎていた。個人的勉強として、思想的な本の著者であった吉本隆明さんの本だけは読み続けていた。ある時期は『共同幻想論』が知の方向性の指針になっていたと思う。しかし、「実朝論」や、「親鸞論」その他、吉本さんの世界は自由な展開をやめなかった。吉本さんの思考は、まとめて言うと、いわゆる「観念論者」になるのではないかな。彼がまず否定しようとした、「唯物論的弁証法」的領域。これらの極致にあるのは、やはり「観念論」であり、わたしも、世の中で、もっとも重要なのは、個人の頭脳の中に形成されている〈観念〉というものではないか、と現在は考えるのであるが、わたしが大学の民青の人たちから教わった、彼らが最も重要だと考えた「唯物弁証法」を背景に彼らは言った。世の中には、まず物質というものがある。太陽や月から始めてもいいが、人間の住む地球には、山だの川だの、土だの水だのといった物質があるんだ。人間の身体もいろんな物質で構成されている。世界は物質で満ちている。そこに生物が登場し、人間が現れ、とりわけ人間は感情や理性などの物質ではないものを持つようになった。しかし、それらは先ずあった物質の影響を受けているのだ。すなわち、物質が人間の持つ〈観念〉というものをまずは支配し、規定しているんだよ。そこでわれわれは、物質を優先させる考え方をまず選んでいる。そこから考える、という方法を選んだのだ。かんたんに言えば、「唯物弁証法」というものを最も重要視しているんだよ。弁証法は解るね、ひとつの個体、あるいは集団はすべて、Aという要素と、非Aという要素を持っている。この要素が闘って勝った一方が、その集団の主体になるわけだ。われわれの「唯物弁証法」は、乱暴に単純化して考えれば、あらゆる世界の基本ということになるのだよ。多分に彼らの言わんとするところを、自分流にまとめると、上記のようなことになる。★わたしの大学時代及びそれ以降は、存在の弁証法的ありようと違った存在様式を探し求めていたのだ。そしてそのひとつは、生物学者今西錦司氏の「生物棲み分け論」で、闘争による優劣などと無縁に、平和のうちにいろんな存在は、棲む世界を棲み分ける、という蝶の世界の研究があった。わたしはこれを、いわゆる「棲み分け論」と名づけ、生物のみならず、もっと広い、人間の世界にも敷衍できると考えたのだ。もうひとつは、大学の卒論の基本文献を探していた頃、アメリカの論理学者ホワイトヘッドが唱えた、「世界有機体説」といったか、世界は全体として片方が膨れたら片方がへこみ、というぐあいに、絶えずある種の調和を、世界は保っているのだ、といった理論であった。そのふたつが、わたしの指針となったのだった。わたしは、ともかく、人間にとってもっとも重要なのは、それぞれの人間が持っている諸観念であり、その中のある観念を最も重要視してその観念を中心としてそれぞれが生きていけるのが最高である、と考えた。人間が物質界と無縁に観念の世界で生きていけたら、と考えたのだ。そんな単純な世界ではないし、純粋な世界でないことも充分承知している。人は、茨の道を通って進んでいかざるをえないのだ。このような考えは、今も変わっていない。絶えず、超越的にそんなことを考えてきたわけではない。人間にとって重要なものは、いくらでもある。人との触れあいや、食いものや健康や性的な問題、個人的世界や、集団的世界、それらは言いだすときりがない。★しかし、自分の考えだけに固執するつもりではなく、興味ある領域に対してはいつも心を開き、勉強はそれなりにするつもりと覚悟のもとに生きてきた。フランス現代思想的の基底にマルクスがいることを識り、『共産党宣言』くらいしか読んでいなかった自分は、文庫本になっていて手軽に買えるマルクスの本を買い集め、『資本論』も含めて少しずつ読んだ。日本の記号論者であった山口昌男の「中心と周縁」という考えもおもしろかった。日本中世史の網野義彦さんには魅了され続けた。吉本さんの「共同幻想」のもとになった、柳田国男のある話。それは、ある村の村人が、ある峠かどこかの道を歩いている時、多くの村人がだれかが呼んでいるような、泣いているような同じ音声を聴くという体験をしていた、というのだが、これだ、吉本さんの「共同幻想」の根幹は、このあたりの、村人たちに共有される擬体験、これと関係があるのでは、と考えたのだ。そんなことから、民俗学の世界を知り、柳田国男、同じく民俗学の泰斗と言われていた折口信夫も読むようになったのだ。折口は文学論的要素も多かった。民俗学のみならず、知的世界の本たちは、読んでも読んでも、きり、というものがなかったのだ。吉本さんから、こうして解き放たれるように、いろんな知的世界に視界は開けていくのだった。

◉おれたち、雪子とおれは結局、三か月くらいつきあったのちついに別れようということになった。というのは、雪子の結婚式が十月の後半の吉日に行われることになったのだ。おれたちはある土曜の午後、お茶の水駅近くの喫茶店の暗い部屋で向かい合って座り、たがいに寡黙になり、おれは煙草をふかしながら雪子のようすを窺ったり、微笑みかけてみたが、雪子は俯き加減の顔に、笑みを見せず、ふと、先生。どうして止めてくれなかったの？　先生が強く止めたら、あたし、結婚なんか、しなかったかもしれないのに。と恨みがましく唇を歪めておれを非難するような視線を放ってくるのだ。おれは、正直言って困った。おれが無理に彼女の結婚を止めたとして、果たして、自分が彼女と結婚してやれたかどうか。おれは困った無力な人間を地のまま演じ続けるしかなかった。だって、こうして別れるしかないことを何度も、話しあってきたじゃないか。きみのお父上が決めたことに反対できるのは、きみや母親しかいないだろう。お父上はかなり用意周到で、厳格な人なんだろう。でも。でも、やめろ！　って先生が言ってくれたらやめてたかもしれないわ。そもそもおれが独り暮らしを始めたのは、おれには、いつかいっしょになろうと思っている女がいたのであり、そのため、妻子を置き去りにして家を出てきたのだった。だからといっては悪いが、雪子と再婚するような発想はじつはまったく持っていなかったのだ。好きな女は関西に住んでいたので、たがいに新幹線を利用して時々、京都と東京で逢っていたのだが、最初の頃は貯金をすべて妻のもとに残して家を出てきたため、あるいはそれ以降もおれも収入の多くは、妻が所有する貯金通帳に振りこまれることを変更していなかったので、手持ちのお金もあまりなく、経済的にも好き放題に関西に行けたわけではなかった。★そして、雪子がそんなふうに婚約者との破談を考えていたことなど、まったく気づかず、青春の最後を時々、おれと過うことで、気持ちのよい時空を過ごしてくれているとばかり考えていたから、雪子の非難めいた言葉にちゃんと反論もできず、そうか、やはり、雪子もほかの女と同様、おれとつきあうなら結婚まで進みたかったのだろうか、と改めて考えたのだがもう遅い。遅すぎる。★向かい合った雪子の小太りで可愛いく、色気も十二分にある貌つきや軀を眺めているしかなかったのだった。その顔はゆがみ、身体はぶるぶる震えていたのかもしれないが。先生は再婚しないの。また雪子は言った。おれはさ、息子が成人するまではだれとも結婚するつもりはなかったよ。週に一回遇う関係だったが、息子はおれを信頼しているように思えた。おれはだから、自分の生き方をちゃんと理解してくれるような年齢まで、再婚なんかできないな、と今も考えてる。息子が二十歳になったら離婚もして、と考えていたんだ。だいたい雪子、きみはおれをそんなふうに、おれたちがそんなふうに結婚するような方向へと誘わなかったじゃないか。おれは、きみがむかしの大学の教師との愉快な気分を愉しんでくれているものだとばかり思ってたよ。違うわ。そうじゃないの。あたしはその日その日、自分の心に従おうと思って生きてきただけよ。あたしの気持ちはきっと解ってくれてると思ってたわ。★この日おれは、このあと、本郷の東大病院に入院しているいとこの珠美を見舞うことになっていたから、こうして雪子とコーヒーを飲みながら、最後の刻を過ごそうとしていたのだ。お酒を飲んでの見舞いはやばいだろうと思ったから、喫茶店で遇ったのだ。雪子の膨れっ面はいつまでも和んでこず、却って泣き出しそうな表情になるのだ。涙がその薄赤らんだ頰を伝い流れ落ちる前に、雪子はハンカチを出して、眼もとを押さえ、先生って、ほんとにずるいし、意地悪ね。今になってまたそんなこと言うなんて。おれも反論する気も起きず、なるべく、気分を壊さないで別れられたらいいな、と思いながら、雪子の表情に現れてくる心の蠢きを、なるべくおれ自身が優しく見えるように努めながら、見守った。その辺はおれも冷徹で、酷薄であったかもしれない。しかし他方、中年にさしかかった寡男（やもめ）のおれとしては、雪子が結婚してもまた遇うことはできるだろう、いわゆる浮気っていうものを雪子が望むなら、いくらでも応える気持ちはあったから、悲しい気持ちもそれほど起こっていなかったし、むしろ、そうなったほうが、おれとしては責任感を感じずふたりの時間を持てるだろうなどと、気軽にかつ、横着に構えていたのだ。罪深い男だろうか、おれは。無宗教だけど。★おれたちは外に出ると、おれは彼女をお茶の水駅に送り、それじゃ、元気出してくれよ。いつでも連絡してくれ。きみが会おうと言ってきたらいつでもオーケーだよ。結婚式が終わり、新婚旅行も終わったら、すぐ、電話くれよ、また会ったらいいんだ。そう言い置いて、お茶の水橋を渡って、東京医科歯科大学病院の前で左折し、順天堂大学病院の角で右折し、本郷通りの方に歩いていった。そして信号を渡って、ふと振り向くと、雪子が向こう側の信号のあたりに立って俯いているではないか。あれ？　ついてくるつもりなのかな。おれは少し衝撃を受けたが、ともかく本郷通りを三丁目の方に歩き出した。しかしまた振り返ると、黒のタイトのミニスカートに白いシンプルなシャツを着た雪子が十四、五メートルくらい後ろを歩いてくるのだ。本郷三丁目の交差点に来た時振り返ると、雪子の姿は消えていず、やはり俯いたまま、こちらに歩いてくるのだった。おれは感極まって後戻りし、雪子のほうに近づくと、彼女も後ろ向きになって戻り始めた。まいったな。そう思いながらおれは小走りになって雪子を追った。そして肩を摑まえ、雪子！　今日一日、いっしょに過ごそう。な。これから行く見舞いはいとこの珠美との約束だから、行くけど、雪子も東大までいっしょに来てくれよ。そして、今晩はまたおれんとこ、泊まればいい。最後の晩餐をふたりでやろうじゃないか。いや、最後の晩餐でなく、結婚の直前まで、来られる日には、おれんとこ、来てくれたらいいんだ。今日はとりあえず、ワインかシャンパンを買って帰ろう。な。泣くなよ、もう。ともかく雪子を元気にしていっしょに過ごさなければ、という思いが募ったのだった。雪子は瞳を曇らせながらもじっとおれを視た。いいの？　行っても。いいとも。うん、おれ、三十分くらいで見舞いを終えるから、まずは東大病院までいっしょに行こう。おれは雪子の肩を抱き、三丁目を右に折れ、春日通りを進んでいった。雪子は逆らわず、おれに肩を抱かれたまま歩いていた。本富士署や消防署のあるあたりで左にゆくと、自然に東大の敷地内に入っていく。この辺は最初に勤めた建築雑誌の会社の近くだったから、知悉していたのだ。おれは、雪子を三四郎池の畔（ほとり）に連れていった。

ほら、夏目漱石の小説の三四郎池だよ。池はあまり手入れが充分でなく、雑草が周りを取り囲むように生えていて、あまり美しくはなかったのだが、とりあえず、池に向かったベンチに雪子と並んで座り、東大病院はほら、あそこだからさ、と振り向きながら指さして言い、三十分くらいでお見舞いをすませてくるからね。まあ、三十分もかからないかもしれない。ここで、待っててくれよ。おれが大学に入った時、小岩の叔母さんの家で同居していたいとこなんで、今もつきあいがあるんだ。もう結婚してるんだけどさ。肺を悪くしてね、かなり大変な手術だったみたいなんだ。背中の肋骨を二、三本切ったらしいよ。そう言いながら立ち上がり、それじゃここから動くんじゃないよ。と子どもに言い聞かせるように何度も念を押して、おれは病院に向かった。振り向くと、雪子は少しだけ笑みを取り戻し、おれのほうに少しだけ上げた掌を振っているのだ。これならだいじょうぶだろう。おれは安堵しながら、今晩はどんな夜になるのかなと考えながら歩いた。しかし、ふと、病室まで連れてくるべきだったかな、という微かな不安もないではなかったのだった。★いとこの珠美は子どもの頃から一歳下のおれを弟のように思っていたのだろう、なにかと可愛がってくれ、ちょっとだけ姉さんぶって偉そうにもしてみせ、その感情は今も変わることなく現在にも至っていた。田舎で住んでいた頃、地域は違っていたが（彼女は武生市、おれは今立町粟田部）高校は同じで、廊下などで出遇うこともあったが、たいていうしろにいかつい男子学生を二、三人連れて歩いているのだ。美人というほどではなかったが、男に好かれやすいタイプだったのだろう。少し緩んだ瞳だけをおれのほうにちらっと見せながら、軽く手をあげるかウインクして通り過ぎたものだ。おれは受付けで病室を訊いて部屋を訪ねた。そして、やはりそれほど快活さを回復していない珠美のくぐもった声を聴きながら、珠美、顔色いいじゃないか。退院できる日も近いいんじゃないのか。また、来るからさあ。欲しいもんはないかな。綺麗な下着、買ってきてやろうか、とからかうように言うと、すけべ、と少し微笑みながら言うのであった。まなぶさん（長女）なんかも来てくれるのかい。ええ、一度来てくれたわ、旦那さんといっしょにね、そんな珠美を見ながら、そいじゃ、また来るよ。そうだ、来週は金曜くらいかな。欲しいものあったら、下着とかね、電話してくれよ、と声をかけて病室の外に出た。そして外に出て時計を視ると、ちょうど三十分は過ぎていたようだ。三四郎池のほうに戻ったが、夏枯れのために寂れた印象の濃い池畔には、誰もいなかった。ここを動くんじゃないよ、と言い残したはずなのにと思ってあたりをきょろきょろっと見廻したのだが、周辺を歩く東大生たちがちらほらと、周りの樹間を通り過ぎていくのがぽつぽつと視えるだけだった。ふと、この、なになにするな、という禁忌の言葉がいつでも裏切られる、神話のシーンが思いだされた。おれは雪子に、この場を動くんじゃないよ、と命令口調で告げて病院に向かったのだ。黄泉の国に死んだ妻のイザナミを訪ね、自分の籠った部屋を覗かないで、と言われたにもかかわらず覗いてしまったイザナキ。イザナミは永久に黄泉の国の死者になってしまった。冥府に死んだ妻を訪ねたギリシア神話のオルペウスも帰り道で振り返るなと言われたにもかかわらず、振り返ったために妻は永遠の死者となって地下世界の住人になってしまい、妻を取り戻すことができなかったのだ。日本神話では、ホヲリの尊は海岸に建てた産屋で子どもを産む妻のトヨタマ姫、海の神の娘に、お産をするところを視たもうなと言われたのに覗いたため、妻が八尋和邇（やひろのわに）という海の怪獣に変身してお産をする光景を視てしまった。妻は羞恥の塊のようになって、生まれた子を海辺に残して海底へと戻ってしまった。すべての禁忌の言葉は反対の行動が実行されるためにあったのだ。開いてはいけないという玉手箱も、パンドラの匣も開かれた。なになにするな、という禁句は、しろと暗示しているのだ。わたしの「動くなよ」という雪子への禁忌の言葉は動けということであったのだ。神話世界の悲劇的なイメージが湧いてきた。しかし現在は神話の世界ではない。たぶんトイレにでも行ったのだろう、そう思ってベンチに座り、茫然と池の水面を見詰めていたが、雪子はいつまでたっても戻って来なかった。散歩でもしてるのかな。捜しに行くには東大の構内は相当に広いので、おれが動いてしまうと戻ってきた時、逆におれがいないことになる。おれはどうしようか、どうしようかと苦悶しながら、しかし辛抱強く待っているほかなかったのだ。しかし、少しだけ歩いてみようか、そう思って立ち上がり、バッグから出したノートを破って、雪子、きみを捜しに行くけどすぐ戻ってくるよ、と鉛筆で書き、ノートの上に小石を載せてベンチをあとにした。★たくさんある校舎の間をあちこち捜索し、雪子の姿を追ったのだが、どこにもいなかった。おれは池に戻ったが、そこには空白と静寂と、そしてわたしの書き残したノートの紙片だけが小石とともに風に揺らぎながら待っていたのだった。それから、おれは三十分ばかり、バッグの中の本を取り出して読みながら雪子を待ってみた。しかし、雪子は帰ってしまったのだろうか、姿を現すことなく、時間だけが過ぎてゆく。そして諦めて池を離れ、本郷三丁目まで戻り、地下鉄の駅に寄ってみた。ひょっとしてここにいるかなと考えたのだが、本郷通りから内側に入った駅舎は大通りから少し奥まっていたので、この辺に詳しくない雪子が寄るはずもないか。そう思って今度は国電のお茶の水駅まで引き返した。雪子を病室まで連れていくべきだったかな。珠美にはガーフレンドだよ、とひとこと紹介すればすむことだった。しかし、お茶の水駅の改札の周辺にも雪子はいなかった。暫く佇んで、改札を出入りする人びとを眺めていた。寂寥感と疲弊感が、ぼんやり立っているおれを襲っていた。雪子は諦めて千葉に帰ったんだな。おれは唇を嚙んだ。もともとお茶の水で別れる積りでいたのだが、雪子の逡巡するようすを視ておれも戸惑ってしまったのだ、今日は。そんな気持ちも湧いてきて、おれは中央線の長い階段をゆっくり降りながらホームに立った。外堀のあまりきれいでない水面がいつもより暗く濁って揺れているのだった。★おれは四谷で電車を降りず、そのまま新宿まで行った。アパートで独りになる自分を想像すると、いたたまれない気分になったからだ。あんな約束をしなければ、当然、いつものように、孤独だが快適でもある、あのアパートの一室に戻っていたはずだ。おれは西口に出て、荒地たちが集まるヴォルガに行った。

その店はもとはロシア料理店だったのだろう。その印象を壊すためか、レンガ造りのファサードの入り口の左側にガラスの入った大きな窓を穿って、白い割烹着を着た男が焼き鳥を焼いているのが外からよく視えるようになっていた。ドアを開いて店内に入ると、狭い通路の両側に四角いテーブルがいくつか並んで、たいてい多くの男女が生ビールなどを飲みながら、酔態を露わに賑わっていたのだが、その通路の突き当りを左に行くと暗くて狭い廊下になり、トイレがある。そしてまた少し進んで突き当たった左側が大きな空間になっており、大型のテーブルや背もたれのない長椅子がいくつも置かれている。そしてやや若い酔客がたむろしているのである。この建物は変わっていて、一階のはずなのに窓というものがまったくないのだ。地下空間のように思われ、かえってなんだか安堵感を醸し出しているのだった。★その一団の中に荒地やその友人たちが固まって座っており、おれはその仲間の一員となって狭い長椅子の端っこに腰を下ろした。今日は早苗の姿はなかった。このコーナーは表側のレストランふうの店内から独立した空間のように、まわりが窓のない壁で取り囲まれていたので、地下室のようなそんな雰囲気に充ちているのが受けているのか、やや若い常連たちが毎晩のように集まっていたのだ。店長らしい男は、口に障害があるのか、くぐもった解りにくい言葉で、しかし笑顔で、これらの常連たちを迎えていた。荒地たちのグループはあまり裕福でないなと思われていたのだろう、あるいはつきあいが長かったせいか、店長をはじめ、二、三人の店員たちがほかのテーブルの客たちの残り物なのか、無料のつまみなどをそっと持ってきてくれるのだ。安い酎ハイ何杯かの値段で閉店近くまで、荒地たちは飲んでいた。そこは十一時半くらいで終わるので、そのあと、西口小便横丁にあった、ここはちゃんとした菊屋という二階建て畳敷きの飲食店に寄って終電車まで過ごすことも多かった。おれは十一時頃、荒地に今日は帰るよ、と声をかけ、千円札を二枚置いた。今日はなにやら、元気ないですなあ、と関西弁を残す青年が心配そうな貌つきで、おれを見あげた。女に振られてしまってね、笑いながら、自分を元気づけるようにして言って笑ってみせ、彼らに背を向けた。★こうして新宿で遅くなると、酔いのせいもあって電車に乗る気がせず、西口と東口を結ぶ、高架線の地下の細い汚い通りを歩き、東口から新宿通りに出て四谷までぶらぶら歩いて帰ることも少なくなかった。おれはそのいつもの歩き帰宅コースを通って新宿通りを歩いた。地下鉄の新宿御苑前のあたりまで行くと、道路は完全に暗くなり、行き交うタクシーのヘッドライトだけが、消えることなく流れていた。御苑を過ぎたあたりに新宿税務署か区役所の分館があり、二階の端っこに小さな図書館が併設されていたので、おれはよく自転車でこの図書館に来ていた。ある時、小泉八雲の全集を探して日本文学のコーナーを辿ったが、みつからなかったことがあった。そうか、小泉八雲は日本文学グループに入れてもらえてないんだな。なんだか理不尽な気がした。わざわざ日本人名まで名のって、日本の伝承を日本文学にしているというのに。図書館は小さくて本自体、少なかったのだが。日本文学全集のコーナーにはいろいろあったが、本居宣長の本が何冊か並んでいてぐっと重みを発揮していた。そのうち、のちに、「古事記伝」三巻は古本屋で買ったのだが。そして、その暗く、照明の消えた建物の前を過ぎ、四谷四丁目、三丁目、と辿りながら、二丁目のわが、梓アパートに戻るのだ。おれは石段を上り、薄暗い廊下を歩いておれの部屋の鉄製のドアの前に辿り着き、ポケットから鍵を引っ張り出した。★ドアを開けると、隙間に折り畳んで挟まっていた紙片がぱらりと、床に落ちた。あれっ、と思いながら紙片を取って中に入り、電気をつけ、紙片を開いて素早く読んだ。先生。駅の近くの喫茶店で待ってたのよ。時々、ここに電話したり、やっても来たんだけど、先生ったらどうして帰ってこないの。だから、いま十一時だけど、もう千葉に帰るわ。会ってちゃんと挨拶して帰ろうと思ってたんだけど。じゃあ、先生、お元気で。私も元気で生きていくわ。雪。と書かれていた。しまった、読みながら後悔した。新宿など行かないでアパートに戻っていれば雪子に遇えたのだ。失敗だった。今頃言ってもしようがないけど。おれは、奥の間の小テーブルにウイスキーの水割りを作って運んできて、窓を開けて夜半の少しだけ涼しい風を入れながら、ぼんやりと水割りを飲んだ。時計を視ると十二時少し過ぎだった。おれは立ち上がり、玄関の靴箱の上の電話の受話器を取り上げ、雪子に教えられた電話番号の数字をゆっくりと廻した。少し待つと、はい、墨田でございますが。と中年らしい女性のやや低い声がおれの耳に飛びこんできた。夜分に失礼します。墨田さんは、いや墨田雪子さんはおられますか。いいえ、まだ帰っていないんですよ。でもさっき、駅から電話がかかってきたので、これから迎えに行こうと思ったところです。失礼ですが、大学のご学友の方でいらっしゃいますか。はあ、そんな者です。でももう遅くなったので、切らせていただきます。そう言って名まえも告げることもできず、伝言も残せず、電話を切った。部屋はふだんより暗かった。おれの気分をおれに代わって表現しているかのように。おれは蒲団を出し、横になって酒を口に運びながら『魔の山』を読みだした。しかし、活字はひとりでざわざわしているだけで、文字となって頭脳の中にまでは入ってこず、どこか空中で舞っているだけであった。ぼんやりとしながら、うつらうつらしたのであろうか。三十分くらい眠りかけた頃、電話が激しく鳴り出し、わたしを急な覚醒へと誘っているのだった。雪子だな。そう思って立ち上がり、電話の所にゆき、受話器を取り上げた。雪子の懐かしい、なんだか何年かぶりのような声音がおれの耳から心臓まで侵入してきた。先生。会えなかったね。ごめんね。ずっと待ってたんだけど、十一時過ぎになったから、帰ってきちゃったわ。うん。こっちこそごめん。きみがアパートに来るとは夢にも思わなかったから、御茶ノ水からの電車、四谷で降りずに新宿まで行って、ヴォルガで飲んでたんだ。遅かったよ、帰ってくるのが。でも、電話くれてありがと。だけど、もう切るわ。母がまだ起きていて、隣の部屋にいるのよ。あまり長く話せないのよ。先生のこと、大学の男友達とでも言っておくわ。それじゃ、元気でね、ほんとよ。雪子もな。★……電話が切れたが、おれの言葉はまだ続いていた。雪子。考えてみたら、きみが結婚しても別に別れることもなかったんだよ。時々、また、これまで通り、会えばよかったんだ。おれはいつまでも変わらない。待ってるよ。いけないかな、こんな考え。おれの雪子への言葉は終わることなく、蒲団に戻り『魔の山』を読み始めたが、文字は単なる漢字やひらがなの群れとなって行儀よく並んでいるだけで、おれの言葉のほうが、活字の上にかぶさり、滅茶苦茶に上下左右しながら覆っていった。その活字の群れの上に丸い小さな水滴が時々、言葉とつかず離れず落ちてくるのだ。そして、東洋人ふうの風貌のショーシャ夫人がいつのまにか雪子に代わっているのだ。雪子はいつの間にか裸になって、おれを誘惑しているようだ。双眸は、ふたつの黒目がちの瞳は、おれに向かって頬笑み、潤み、媚(こび)を強め、そしてなにかを希求するようにキラキラ、燃えていた。おれは、その映像に向かって言葉を投げ出すことができずに、そして視線は活字の群れの上をいつまでも彷徨(さまよ)い続けているのだ。しかし、それらはしかし、わたしの意識の不明確さと混在し、しだいに揺れながら気体のように変化してゆき、おれの頭の中の映像とも、現実の闇ともつかないなにかが、スタンドだけの灯りの暗い空間を相変わらず、いつまでも浮遊し、蠢き続けているようであった。

「聖処女讃歌★ヴァージン・ブルース」は、彩流社刊『**処女幻想譚★ヴァージン・ブルース**』（二〇一八年）の改版であり、ただし少々修正をほどこしたものである。

★あとがき………

わたしが初めて小説なるものを書いたのは大学四年の時で、机に卒論用と小説用のふたつの原稿用紙の束を置き、かわるがわる書いた。その小説のことを知った西洋美術史の某教授が、文藝春秋社の知り合いの渡してくれ、約束の日、その頃銀座の新橋寄りのあたりにあったこの出版社を尋ねると、中年の女性編集者が出て来て、わたしの原稿をつき返しながら、くそみそに酷評したのであった。下宿に帰るとすぐ読み直したのだが、そんなに良くないとは思えなかった。その後も何作か書いたのだが、この女性編集者との出遇いは、わたしの若い感性にアダムとエバの前に現れた蛇のように、最悪の出遇いであったと思う。そのため、というわけではないが、文芸雑誌の新人賞なるものに出したことはなく、ひたすら時期を待っていたのだ。そんなある日、わたしが装釘を引き受けていた冬樹社の副編集長氏が、わたしの渡した小説を読み、なかなかおもしろいので、うちで出している雑誌「カイエ」に載せましょう、と約束してくれたのだ。わたしは、やった！　ついに自分の小説が活字になるのだ、とひとりで祝杯をあげたのだが、つぎの週だったか、新聞に冬樹社がつぶれた、と報道されているではないか。

そんなこともあって、わたしの主な執筆は小説ではなく、なにかを研究した成果を本にまとめるという作業のほうに自分の知力を注ぐようになったのだ。いくつかの研究書を上梓したが、武蔵野美術大学にいた頃は、この大学の機関誌の編集長を引き受けるようになり、十年以上、その季刊「武蔵野美術」の、全国大型書店の店頭に配本する、という作業を知り合いの出版社に頼み、そして自分は編集作業に熱中し、その後、自分の資力で「游魚」という年刊の雑誌を出すことになった。だから、わたしの半生は編集者と、もともとの仕事であった本の装釘をやりながら、この雑誌「游魚」に自分の研究論文を発表する、という原稿書き生活をやってきたのだ。

小説は、何年か前、彩流社という出版社を紹介されて二冊の小説を出した。今回、静人舎の馬場先社長さんに声をかけていただき、三冊めの小説を出すことになった。久しぶりに自分で装釘もやろうと考え、昔描いた絵を取り出してきて、タイトルと並べてみた。最近の本の制作はほとんど、「游魚」時代からお世話になっていた小林茂男氏を煩わせて、組版からすべてをお願いすることになった。静人舎の馬場先さんも小林さんの紹介であった。そんなわたしの人間関係も今回の小説上梓には凝縮している。おふたりのご協力に心から感謝している。また、わたしが愛する在日の小説家、大大長編小説『火山島』の作者である金石範先生にも、その変わらぬ友情とご厚情に対して、この場を借りてお礼を申し上げておきたい。この先生の存在が、わたしが〈小説〉の徒であり続ける大きな力となってきたのである。

二〇二三年三月某日　著者しるす

自分史を仮構する◉森魚名論

谷川渥・美学

森魚名のペンネームで綴られた二篇の「小説」集である。

「聖処女讃歌」は、かつて『処女幻想譚』として上梓された小説のほぼ原形をとどめる再話だが、今度は「ヴァージン・ブルース」というサブタイトルが付されて、その「処女」性を強調しているかのようでもある。そして新たに「鷹の台の黄昏」の一篇が加わって、この特異な書物が成立した。

特異な、と言うのは、「作者」森魚名の背後に「作家」本人たる安達史人氏が控えていることは、本書の奥付に森魚名（安達史人）と明記されていることからも周知の事実でありながら、しかも二篇の「小説」の主人公がいずれも森魚名その人であることによる。つまり、ここでは「作者」がその「作品」たる物語の語り手として堂々と登場していることで、まぎれもなく私小説の形式をとりつつも、なお「作家」本人はかろうじてうしろに身を隠すという体裁になっているわけだ。

いや、「作家」―「作者」―「作品」という三者の区別にそれほど神経質になる必要もないかもしれない。これをたんに安達氏の自分史、それもある程度仮構された自分史として位置づけることがむしろ妥当とも思われるからだ。そして森魚名というペンネームを使っているところに、「作家」と「作者」とのありうべき距離が、自分史の「仮構」の可能性が託されていることになるだろう。

それにしても、語り手の一人称は、とりわけ「聖処女讃歌」では、「ぼく」「わたし」「おれ」と自在に変化し、語る主体の同一性を保証しないかのごとくである。というより、この複数化される一人称は、関係性のなかで自在に変容する主体を暗示しているのかもしれない。関係性とは、いずれの「小説」においても、おおむね、中年にさしかかった主人公たる森魚名その人と、彼がかつて非常勤講師をしていた美術大学の元あるいは現女子学生との関係性のことである。

「作者」が何十年か前の自分の経験を回想するという構成は、二篇の「小説」に共通する。「聖処女讃歌」が一九七〇代の東京を、「鷹の台の黄昏」が一九八〇年代の東京を背景に描かれたという。しかし、老人が若き日の自分を回想するという、世にありがちな自分史の臭みがここにはいっさいない。なまなましいほどのリアリズムが、物語の現在性を際立たせているからだ。ほとんど行替えも括弧入れもなしに延々と綴られる主人公と若い女性の一挙手一投足と会話、微に入り細を穿つ執拗なほどの行動と状況の描写。よくもまあここまで覚えていたものだと舌を巻かざるをえない回想録。いや、これを回想録ととらえること自体が、そもそも間違いなのであろう。なんらかの経験の記憶に基づく現在時点での想像力の展開と見るのがいっそう正鵠を射ているというべきだろう。

想像力の展開を、端的に妄想、あえて言うなら性的妄想と呼び換えてもいい。この「自分史」は、ひたすら若い女性との性的関係性をめぐる独白のように展開するからだ。「作者」は、こういうかたちで過去に決着をつけようとしているのかもしれない。その過去は、ただ女性との関係性だけで成り立っているかのごとくに見えて、しかしそこに語り手の仕事の委細や知的遍歴、読書と研究の体験が折に触れて巧みに挿入され、この「自分史」に一定の厚みを添えてはいる。だが、物語の主軸が、あくまでも主人公と若い女性との関係性にあることは言うまでもない。

それにしても主人公は、両篇に共通して、どこにいても酒ばかり飲み、また相手の女にも酒ばかり飲ませているが、その行動ぶりがいささかもどかしい。それは、自己言及的に相手の女からときに「やさしい」と言われ、またときに「変態」とも呼ばれるたぐいのもので、「好色」な中年男と自覚しながらも、彼はその性的欲望を直接に対象に向けてあえて発動しようとはしないのである。

「聖処女讃歌」は、吉行淳之介の小説『夕暮まで』をなにほどか彷彿とさせないではいないが、結局主人公森魚名のまぎれもなく優柔不断な態度によって相手の女性が処女性を守るという話である。「聖処女」とは、よく言ったもので、それは結果論にすぎない。「変態」とは、「好色」な素振りをいろいろと見せながら、ストレートに性的欲望を相手に向けないことへの相手側からの批判の言葉とむしろ受けとめるべきではあるまいか。もちろん、元「先生」と「学生」という立場からする倫理的配慮といったものも少しはそこに介在しているかもしれないが、それならば最初からいっさい「関係」すべきではないだけの話であろう。

両篇に共通して、関係性のクライマックスと言ってもいい、相手の女と一緒に風呂に入る場面がある。「聖処女讃歌」では結局回避されることになる性的結合が、「鷹の台の黄昏」では、風呂に入った直後にあまりにもさりげなく実現される。それまでの女体の執拗な描写に比べて、処女喪失の場面の描写の淡白さとでもいうべきものに強い印象を受けるのは私だけだろうか。ここでは性的妄想をあえて十全に展開させなかったのだろうか。もっとも、その前に男が女のパンティを取って、田山花袋の『蒲団』さながら、その匂いを嗅ぐという「変態」的場面が挿入されてはいるのだが。

森魚名の魅力、そのダンディズム、「やさしさ」、正直さ、廉直さは、欲望を無理やり発動しない、積極的に対象と関わろうとしないナルシシズム、オナニズム、あるいは孤独なエゴイズムと表裏一体のものである。どこかに「窃視」という言葉も自己言及的に使われていたと思うが、ここに拙著のタイトルを援用させてもらうなら、自分史の体裁をとった本書を「孤独な窃視者の夢想」と呼びかえることもできそうである。

いずれにせよ、「鷹の台の黄昏」の最後の一文こそ、安達史人＝森魚名の実存の真骨頂を示していると言わねばならないだろう。「ただ、呼吸し、水割りを飲み、読書だけは終わることなく続き、追憶の感情の中で、ともかく〈生存〉を続けているだけなのであった」

森 魚名（安達史人）

1943年生まれ
東京藝術大学美術学部芸術学科卒業

◉雑誌編集歴
「武蔵野美術」（武蔵野美術大学季刊誌）編集主幹
「游魚」（木の聲舎）編集・発行人
◉著書（研究書）
『神々の悲劇―ギリシア神話世界の光と闇』（北宋社）、『日本文化論の方法―異人と日本文学』、『漢民族とはだれか―古代中国と日本列島をめぐる民族・社会学的視点』（右文書院）、『東国武士政権――日記「玉葉」が捉えた鎌倉幕府の展開と、悲劇の武士たち』、『天皇学入門――われわれ日本人は、天皇をどう捉えてきたのか』（批評社）
◉著書（小説）
『偽装恋愛★ある痴人の告白』、『処女幻想譚★続・ある痴人の告白』（彩流社）
◉共著
『言葉空間の遠近法―安達史人インタビュー集』、『金石範《火山島》小説世界を語る！』（右文書院）、『大衆としての現在』、『吉本隆明ヴァリアント』（北宋社）

鷹の台の黄昏
2023年4月25日　初版第1刷発行

著者　森 魚名
装釘・装画　安達史人
組版　小林茂男
発行者　馬場先智明
発行所　株式会社 静人舎
〒157-0066　東京都世田谷区成城4-4-14
Tel & Fax　03-6314-5326
印刷所　株式会社 エーヴィスシステムズ

ISBN978-4-909299-23-9